全解全析

宋词三百首

【清】 朱孝臧 编著

吉林出版集团股份有限公司
全国百佳图书出版单位

图书在版编目（CIP）数据

宋词三百首全解全析 / 徐荣强 编. -- 长春 :吉林
出版集团股份有限公司, 2023.5
ISBN 978-7-5731-3328-1

Ⅰ.①宋… Ⅱ.①徐… Ⅲ.①宋词—选集②宋词—译
文③宋词—注释 Ⅳ.①I222.844

中国版本图书馆CIP数据核字(2023)第095821号

宋词三百首全解全析

SONGCI SANBAISHOU QUANJIE QUANXI

编　　者　徐荣强
出 版 人　吴　强
责任编辑　蔡宏浩
助理编辑　崔雅轩
装帧设计　金墨书香
开　　本　710 mm × 1000 mm　1/16
印　　张　17.5
字　　数　300千字
版　　次　2023年6月第1版
印　　次　2023年6月第1次印刷
出　　版　吉林出版集团股份有限公司
发　　行　吉林音像出版社有限责任公司
　　　　　（吉林省长春市南关区福祉大路5788号）
电　　话　0431- 81629667
印　　刷　廊坊市博林印务有限公司

ISBN 978-7-5731-3328-1

定　　价　79.80元

词，作为一种配乐而歌唱的抒情诗体，她的产生可以追溯到隋唐的"新声"（燕乐）或更早的汉魏乐府，直到晚唐五代才逐渐摆脱按曲拍谱词的束缚，发展成一种独立的新诗体。在唐朝得到一定发展，在宋朝则得到了极大的繁荣。她由依附于音乐的唱词上升为声情并茂的独立文体，由娱宾遣兴的文字游戏，提高到表现时代命运的重要篇章，由单纯的小令，繁衍为八百余调，二千三百余体的形式，因此呈现出百花竞妍的局面，与唐诗相映成辉。

宋词在我国古代文苑占有着重要地位，因此有许多选本流传至今。而《宋词三百首》是目前最流行的宋词选本，为朱孝臧（1857—1931）晚年精心编辑。其选录标准以"浑成"为主旨，并求之体格、神致。从原序中可知其大略。所选作品，多为两宋名篇，兼顾了各种风格，小令长调均采，偏重于长调慢词。从中可以窥见宋词面目。但是朱氏个人较推崇周邦彦、姜夔，并侧重于南宋，在有限的篇幅中，遗漏两宋词佳作在所难免。该版本大致以时间先后为序，但将徽宗赵佶排首位，僧仲殊和女词人李清照排于最后，是朱氏的历史局限所致。

我们编排此书时力求忠于朱氏版本原貌，对其所选的词未做顺序的调整和内容的增删，同时为了更好地满足读者的阅读需要，也作了些新的改变。

一、介绍了作者的生平仕履及主要文学成就和词作风格，并介绍了作者的作品集名。

二、注释力求简洁完整，侧重于对文中典故、僻字、难词的介绍，并

1

对生僻字予以注音说明。

三、对词加以今译，译文力求通俗易懂，又能保留词句的美感。

四、对一些名作的写作背景，在"欣赏"中也作了必要说明，"欣赏"文字简明生动，并对特别的结构、意境、名言佳句进行有重点的深入点评。这样有助于培养读者的审美兴趣，提高审美能力和艺术鉴赏力。

此书以朱氏版本为依据，参阅了其他目所能及的选本并配有精美插图，谨此说明。如果您能从中获取有益的知识、美的享受，那正是我们所期盼的。

目录

宋词三百首全解全析

目录

3

宋词三百首全解全析

目录

5

宋词三百首全解全析

赵佶

赵佶（1082—1135），即宋徽宗。公元1100—1126年在位。靖康二年（1127），被金人俘虏北去，死于五国城（今黑龙江依兰）。他政治上昏庸无能，生活上穷奢极侈，艺术上却多才多艺，书、画、词皆善。

宴山亭

北行见杏花

裁剪冰绡①，轻叠数重，淡著燕脂匀注②。新样靓妆③，艳溢香融，羞杀蕊珠④宫女。易得凋零⑤，更多少无情风雨。愁苦，问院落凄凉，几番春暮？

凭寄⑥离恨重重，者⑦双燕，何曾会人言语？天遥地远，万水千山，知他故宫何处？怎不思量，除梦里有时曾去。无据⑧，和梦也新来⑨不做。

【注释】

①冰绡：洁白的生丝绸。绡，生丝织成的薄绸。　②著（zhuó）："着"的本字。附着、涂上的意思。燕脂：即"胭脂"。　③靓（jìng）妆：以脂粉妆饰。　④蕊珠：装饰有花蕊珠玉的宫殿，指仙境。　⑤易得：容易。　⑥凭寄：寄托。　⑦者：即指示代词"这"。　⑧无据：不足依凭；无所依据。　⑨新来：近来。

【译文】

仿佛是能工巧匠的杰作，那轻盈重重叠叠的花瓣像用洁白透明的素丝裁剪而成的一样，花瓣的颜色如同淡淡的胭脂色晕染均匀。新的式样，美的妆扮，艳的颜色与香气融合。蕊珠宫中的仙女，见到她也会羞愧得无地自容。可是那娇艳的花朵最容易凋落飘零，又有那么多凄风苦雨无情地摧残。这情景实在令人愁苦，不知经过几番暮春，院落中只剩下一片凄清。

我被拘押着北行，谁能代我寄托这些离恨？这双飞的燕子，又怎能理解人的语言和心情？天遥地远，已走过了万水千山，又哪里知道故宫此时的情形？怎么能不思量，但也只有在梦里才能相逢。可又不知什么原因，近几天来连梦也不曾做了。

【赏析】

此词为北宋徽宗皇帝在1127年覆国被掳往北方五国城，北行途中见杏花而托物兴感之作。

全词所写即李煜《虞美人》词："雕栏玉砌应犹在，只是朱颜改""故国不堪回首"之意。上阕摹写杏花以寄意。"裁剪"三句写杏花冰洁如白绸，花瓣簇绽轻柔重叠，花色淡雅似胭脂匀染。"新样"三句则以拟人化手法将杏花比喻为"靓妆"新颖、艳香流融的美女，直令天界蕊珠宫仙女而羞愧。这两层文辞传写出杏花的形俊神逸，淡雅而香艳之美。"易得"五句感叹杏花命运之凄凉：一叹杏花易开放亦易凋零；二叹暮春时无情风雨之摧残；三叹落花风雨弄得院落一片凄凉；四叹杏花之未来还将经受"几番春暮"之凄凉。四层转进，愈转愈深，愈深愈痛，而以"愁苦"二字深致哀感，以"杏花"意象隐喻词人自身命运，于惜花怜花之中寄托自惜自怜情意。下阕写怀思故宫之离恨，亦是四层转进。一是欲借双燕寄托离恨，然而"双燕"不会人的言语，亦属徒然。二是身为敌囚，天遥地远，欲见故宫而不可得。三是思念故宫繁华，却只能在梦里归返故宫，虚幻无凭。四是新近竟连虚无凭据的梦也做不成。层层撇弃，层层落空，感叹伤怀，泣诉难堪，写出词人故国覆亡的幻灭与绝望。

全词托物咏怀，抒写故国沦亡之悲慨，幽咽委曲，伤感无奈，对故国沦亡无一句悔恨与反思，又显见其情虽真而骨力乏弱。

钱惟演

钱惟演（977—1034），字希圣，钱塘（今浙江杭州）人，吴越王钱俶之子。博学能文，辞藻清丽，从其父归宋。曾参与编撰大型类书《册府元龟》。他是西昆诗派的代表诗人之一。累官至枢密使，同中书门下平章事，终崇信军节度使。

木兰花

城上风光莺语乱，城下烟波春拍岸。绿杨芳草几时休？泪眼愁肠先已断。

情怀渐觉成衰晚，鸾镜朱颜惊暗换①。昔年多病厌芳尊②，今日芳尊惟恐浅。

【注释】

①鸾镜：镜子。朱颜：这里指年轻的时候。 ②芳尊：盛满美酒的酒杯，也指美酒。

【译文】

城墙上到处是莺声鸟语，城墙下浩渺的春水拍打着岸堤。绿杨衬着芳草，这美景不知何时才能休止？因为景色越美，我越愁肠百转。

泪眼凄迷。我也感觉到自己渐渐意志萎靡，对镜自照，更加吃惊，想不到容颜变化得竟如此迅疾。往年多病而厌烦饮酒，如今惆怅，却总怕空了酒杯。

【赏析】

此词是作者临死前不久所作，作者一生仕宦显达，晚年被贬外放，自觉政治生命与人生旅途都到了尽头，因作此词，借悼惜春光抒发他无限的迟暮之悲。词中用清丽的语言描绘了春声、春色，首句的"乱"字用得极好，将春景渲染得十分生动热闹，而群莺乱啼已是暮春天气，这里也暗含春光将尽之意。作者又用明丽的景色来反衬自己凄黯的心情，以及对于年光飞逝、生命无多的感伤，末二句以借酒浇愁来表现他无可奈何的心境，又隐约地显示了他对生命的留恋，整首词情调极其凄婉。

范仲淹

范仲淹（989—1052），字希文，吴县（今江苏苏州）人。大中祥符八年（1015）进士。官至枢密副使、参知政事。宋仁宗时他率兵守卫西北边境，遏制了西夏的侵扰。在政治上他主张革新，是当时著名的政治家，"庆历新政"的主持者之一。诗文词均有名篇流传于世。

渔家傲

塞下①秋来风景异，衡阳雁②去无留意。四面边声③连角起，千嶂里④，长烟落日孤城闭。

浊酒⑤一杯家万里，燕然未勒⑥无归计。羌管⑦悠悠霜满地，人不寐，将军白发征夫⑧泪。

【注释】

①塞下：边关。这里指西北边疆。 ②衡阳雁：指秋日南飞的归雁。 ③边声：

指边塞上羌笛声、胡笳声、风声、马嘶驼鸣声等混合的声音。　④嶂：像屏障一样的山峰。　⑤浊酒：古人以米酿酒，酒汁乳色，故称"浊酒"。　⑥燕然未勒：燕然，山名，即今杭爱山。勒：刻石记录功绩。　⑦羌管：即羌笛。羌为西北民族名，笛出自羌。　⑧征夫：戍边军士。

【译文】

塞下风景，秋来格外不同；连那南去的衡阳归雁，也没一点留恋之意。四面风鸣与马嘶声连同军营号角阵阵响起。重峦叠嶂，逶迤绵延，上浮一抹长长云烟；云烟后是遮不住的西沉落日，落日下是一座孤寂紧闭的边塞城阙。

喝一碗边塞的米酒吧，家乡远在千里万里；燕然山上还没有刻下驱敌的功绩，无法回家。羌笛声又悠悠吹起，寒霜又布满无边的草地，戍边的将士再也无法入睡。寒霜冷冷映衬着将军鏖战边关的白发，笛声凄哀吹落了战士思乡的泪。

【赏析】

此词别本题作"秋思"。范仲淹于宋仁宗康定元年(1040)，任陕西经略副使兼知延州(治所在今陕西延安市)，守边四年。本词上阕从听觉、视觉两方面写足了边地秋天景象，"千嶂里，长烟落日孤城闭"与王维《使至塞上》诗："大漠孤烟直，长河落日圆"意境相类而情调迥异，王诗壮阔高远，范句则寥廓荒寒。下阕抒情，表达了边地将士破敌立功的决心与思念家乡的矛盾心情，苍凉凄楚。"羌管悠悠霜满地"借景抒情，凄凉之感，极富典型意义。此篇意境开阔，格调悲壮，给宋初充满吟风弄月、男欢女爱的词坛，吹来一股清劲的雄风，对以后的词风革新产生了积极影响，是一首难得的佳作。

苏幕遮

碧云天，黄叶地，秋色连波，波上寒烟翠。山映斜阳天接水①，芳草无情，更在斜阳外②。

黯乡魂③，追旅思④，夜夜除非，好梦留人睡⑤。明月楼高休独倚，酒入愁肠，化作相思泪。

【注释】

①"山映"句：这句说山映照在斜阳之下，水天成一片。　②"芳草"二句：芳草比喻乡思离愁，是说无边的芳草带给人无尽的乡思离愁，如此无情令人痛苦，一直延伸到斜阳之外那看不见的故乡。　③黯乡魂：黯，沮丧愁苦，黯乡魂指思乡之愁苦令人黯然销魂。江淹《别赋》："黯然销魂者，惟别而已矣。"此处化用其意。　④追旅思：撇不开羁旅的愁思。追，追随，这里有缠住不放的意思。旅思，旅居在外

的愁思。思，心绪，情怀。　⑤"夜夜"二句：留，让。夜夜除非有好梦让人安睡，否则不得入睡。

【译文】

天是碧蓝碧蓝的天，地是落满枯叶的地；这一汪秋色绵延到水边，连水波上的寒烟也是翡翠般颜色。斜阳映照秋山，秋日的天与水连成一片；分不清哪是水哪是天。只有芳草全不理秋已来临，依然芬芳，一直开放到斜阳照射不到的地方。思乡的心黯淡忧郁，与羁旅他乡的愁绪纠缠在一起；除非夜夜都有好梦，才会换得片刻安睡。切莫在月明之夜独登寒冷的高楼，那会使流落他乡的人倍感孤独伤悲。想借酒一舒愁苦的心情，谁知酒入愁肠也化成滴滴相思泪。

【赏析】

这首词别题作《别恨》或《怀旧》，抒写作者秋天思乡怀人的感情。上阕用多彩的画笔绘出绚丽、高远的秋景，意境开阔。"碧云天，黄叶地"为传诵名句。下阕表达客思乡愁带给作者的困扰，极其缠绵婉转。

御街行

纷纷坠叶飘香砌①，夜寂静，寒声碎。真珠帘卷玉楼空②，天淡银河垂地。年年今夜，月华如练③，长是人千里。

愁肠已断无由④醉。酒未到，先成泪。残灯明灭枕头欹⑤，谙⑥尽愁滋味。都来⑦此事，眉间心上，无计相回避。

【注释】

①香砌：砌，台阶。落花布在台阶上，故曰香砌。　②"真珠"句：真珠，即珍珠。玉楼，传说中天帝居住的高楼，这里借指华美的楼阁。　③"月华"句：月华，即月光。练，素色的绸。　④无由：无法。　⑤欹（yī）：同"倚"，倾斜。　⑥谙（ān）：熟悉，深知。　⑦都来：即算来。王闿运《湘绮楼词选》云："'都来'即'算来'也，因此处宜平，故用'都'字。"

【译文】

秋叶纷纷飘落在台阶之上，在寂静的寒夜中显得声音凄凉。珍珠的帘幕高高卷起，玉楼空空无人迹。夜色清淡，天空上闪烁的银河直垂大地。年年月月都能看见夜晚中如洁白素练的月光，而人远隔千里，受着相思的煎熬而满怀愁绪。

愁到深处，已无法靠喝酒来麻醉。酒尚未到唇边，已先化作了眼泪。一盏如豆的青灯忽明忽暗，独自凭栏斜倚，尝尽这孤眠的滋味。这种苦苦相思的滋味，看来无论如何也无法回避。不是在心里隐隐作痛，就是把眉头紧紧皱起。

【赏析】

这首词又题作《孤雁儿》。这首词上阕以寒夜秋声衬托主人公环境的冷寂，突出人去楼空的落寞感，并抒发了良辰美景无人与共的愁情。沈际飞《草堂诗余隽》称赏"天淡"句写景空灵。词的下阕淋漓尽致地写出作者长夜不寐，无法排遣思愁别恨的情绪，"都来此事"几句为李清照《一剪梅》词所袭用，化作"此情无计可消除，才下眉头，却上心头"，向为词评家所赞誉。这首词虽写似水柔情，却骨力遒劲，绝不流于软媚。

张先

张先（990—1078），字子野，乌程（今浙江湖州）人。天圣八年（1030）进士，尝知安陆，终尚书都官郎中。词与柳永齐名，词风含蓄蕴藉，情味隽永，韵致高逸，也是上承晏、欧，下启苏、秦的一位重要词人，在艺术上有相当造诣。他也是较早大量创作慢词长调的词家，对词体的发展有一定贡献。有《安陆词》，又名《张子野词》。

千秋岁

数声鶗鴃①，又报芳菲歇。惜春更选残红折，雨轻风色暴，梅子青时节。永丰柳，无人尽日飞花雪②。

莫把幺弦③拨，怨极弦能说。天不老，情难绝，心似双丝网，中有千千结。夜过也，东窗未白孤灯灭。

【注释】

①鹈鴂：亦作"鹈鴂"，鸟名。　②飞花雪：指柳絮。　③幺弦：琵琶的第四弦，因其最细，故称。

【译文】

几声杜鹃悲嗟，又预报了芳草将要凋谢。为怜惜春光，想选择几枝残花采撷，细雨轻柔，唯有风色暴戾，正是梅子青涩未熟时节。可叹永丰绿柳，在无人园中飞絮似飞雪。

不要把危弦弹拨，那危弦也会诉说哀怨。天不会老，情难以绝断，心儿像双根丝缕织成网，其中有千千纽结。熬过漫长春夜，东窗未见曙光，孤灯已灭。

【赏析】

《千秋岁》，又名《千秋节》。这首词抒写作者惜花伤春的情怀，同时暗寓相思之意。上阕织入鹈鴂鸣叫、花残、雨轻、风狂、梅青、人静、絮飞种种景象，造成浓重的、令人感伤欲绝的氛围，逼出下阕满腔幽怨地倾诉。"天不老，情难绝"化用李贺《金铜仙人辞汉歌》"天若有情天亦老"诗句，以天的无情作为反衬，表现了作者"之死矢靡它"的执着感情。词中用"双丝网"比喻愁心千结，十分惬当有味。

一丛花

伤高怀远几时穷？无物似情浓。离愁正引千丝乱。更东陌、飞絮蒙蒙①。嘶骑②渐遥，征尘③不断，何处认郎踪？

双鸳池沼水溶溶，南北小桡④通。梯横画阁黄昏后，又还是、斜月帘栊⑤。沉恨细思，不如桃杏，犹解嫁东风⑥。

【注释】

①陌：田间小路。蒙蒙：细雨迷茫的样子，比喻杨柳花絮飘飞。　②嘶骑：嘶叫的马声。　③征尘：旅途风尘。　④桡（ráo）：船桨。此处代指船。　⑤帘栊：指窗户。栊，窗棂。　⑥嫁东风：即愿意随东风而去。

【译文】

在高楼上眺望而伤感，苦苦地思念着远方的心上人，这样的事何时才能结束呢？看来在这世界上再没有什么东西能比爱情更为强烈的了！离愁别恨正牵连着千丝万缕的柳条纷乱不已，更何况东陌的小路上，垂柳已是飞絮蒙蒙了。我眼前还浮现着你的马儿嘶鸣着，越跑越远，一路不断扬起灰尘的情景，情郎啊，你叫我到哪里寻找你的踪迹呢？

池水溶溶，一对鸳鸯在戏水，这水南北可通，时见有小船往来。雕梁画栋的楼阁上梯子已经撤去，黄昏以后，依然还是独个儿面对帘栊，望着斜照在它上面的冷冷清清的月亮。怀着深深地怨恨，我反复思量，我的命运竟然不如桃花杏花，它们倒还能嫁给东风，随风而去呢。

【赏析】

这是一首闺怨词，描写一位女子伤高怀远的情绪。上阕用倒叙法着意渲染女主人公的愁绪，在这样的情景中叠现出离别的镜头，给人十分强烈的印象。下阕描绘了这女子孤寂的生活环境，"又还是斜月帘栊"句，极其含蓄地点出她日复一日地孤单、寂寞，由此自然地生出不如桃杏嫁东风的痴想。末三句尤其脍炙人口。

天仙子

时为嘉禾小倅①，以病眠，不赴府会。

水调②数声持酒听，午醉醒来愁未醒。送春春去几时回？临晚镜③，伤流景④，往事后期空记省⑤。
沙上并禽池上暝⑥，云破月来花弄影⑦。重重帘幕密遮灯，风不定，人初静，明日落红应满径。

【注释】

①小倅（cuì）：小官。倅，副职。宋庆历元年（1041），张先任嘉禾（今浙江省嘉兴市）判官。 ②水调：隋代民间曲子。 ③临：照镜。 ④流景：流年光景。 ⑤后期：后会的期约。记省：记忆。 ⑥并禽：成对的鸟儿，这里指鸳鸯。暝：天黑，暮色笼罩。 ⑦弄影：谓物动使影子也随着摇晃或移动。弄，摆弄。

【译文】

歌女弹奏着《水调》的乐曲，我端着酒杯聆听。在乐曲声中，我因酒力而昏昏欲睡，午睡醒来，愁却未消减。年年都送春归去，而春天去后何时再回来？傍晚独自照镜，更加感伤年华消逝，留待以后回忆和反省。

来到庭院之中，沙滩上，鸳鸯双栖交颈，水池上一片昏暝。忽来一阵轻风，浮云被吹破，皎洁的明月露出笑容。花枝在微风中摇曳，仿佛在卖弄她的倩影。回到卧室之中，我放下帘幕，一层又一层，密密地遮住那盏小灯，人声初静，风声未定，明天清晨，一定有许多花瓣被风吹落，将会铺满院间的小径。

【赏析】

这首词是张先佳作，也是宋词名作。此词描写作者在嘉禾做小官时的平庸生活。作者以病眠为由不赴府会，自在家饮酒聆歌。午醉虽醒，却伤春归去，愁怀难解，晚暮对镜中衰影，回忆往昔，哀伤流年一去不返。词语言精妙婉丽，尤其"云破月来花弄影"一句，广为流传，深被称道。

青门引

乍①暖还轻冷，风雨晚来方定。庭轩寂寞近清明，残花中酒②，又是去年病。

楼头画角③风吹醒，入夜重门静。那堪更被明月，隔墙送过秋千影。

【注释】

①乍：初，刚。　②中酒：醉酒。　③画角：古乐器。形如竹筒，本细末大，以竹木或皮为之，亦有用铜者。

【译文】

刚刚转暖但还有点冷的时分，凄风冷雨到傍晚方才消停。庭院高窗一片寂寞、冷清，时节已近清明，痛惜残花，借酒解忧，喝到大醉，这又是去年留下的旧病。

楼头上凄厉的画角声与清冷的风声，将我从沉醉中吵醒，夜已深，重门紧闭，万籁寂静。哪能忍受，月光下隔墙映过来的秋千影！

【赏析】

这首词又题作"怀旧"，抒发了残春时节作者萧索落寞的情怀。词中写出从风雨初定的黄昏直到月明之夜，孤独的作者触景伤心的种种感受。用字非常新警，如"楼头画角风吹醒"句，"醒"字极尖利，给人触耳惊心之感。末二句与前面提到的"三影"同为名句，系描神之笔，它不是写打秋千的人，而借"秋千影"来显示他人对春残花落的无知无感和作者的多愁善感，及他人欢乐而独自伤悲的难堪情状，意味隽永。

晏殊

晏殊（991—1055），字同叔，临川（今江西）人。少年时以神童召试，官至同中书门下平章事兼枢密使，喜奖掖后进。词风承袭五代，受南唐冯延巳影响较深。晏殊词多为佳会宴游之余的消遣之作，有着浓厚的雍容华贵的气派，况周颐《蕙风词话》将其词比作牡丹花。但其词不铺金缀玉而清雅婉丽，音韵和谐。有《珠玉集》。

浣溪沙

一曲新词酒一杯①，去年天气旧亭台②，夕阳西下几时回？
无可奈何花落去，似曾相识燕归来，小园香径独徘徊。

【注释】

①一曲：一首。因为词是配合音乐唱的，故称"曲"。新词，刚填好的词，意指新歌。②旧亭台：曾经到过的或熟悉的亭台楼阁。旧，旧时。

【译文】

填一曲新词，斟一杯美酒仔细品尝，非常惬意。时令气候和亭台池榭都与去年一个模样。夕阳西下，几时才能回转再放光芒？

无可奈何，百花再次残落；似曾相识，春燕又归画堂。我独自在充满花香的小径里徘徊彷徨，思量又思量。

【赏析】

本词为晏殊的名篇之一，抒写悼惜春残花落，好景不长的愁怀，又暗寓相思离别之情。语意十分含蓄，通篇无一字正面表现愁绪，读者却能从"去年天气旧亭台""燕归来""独徘徊"等句，领会到作者对景物依旧、人事全非的暗示和深深地叹恨。美好的事物无法挽留，即使再现与先前非一模一样，只不过是似曾相识而已，想到这些怎不令人感伤。

词中"无可奈何花落去"工巧而流丽，风韵天然，向称名句。

浣溪沙

一向①年光有限身，等闲②离别易消魂，酒筵歌席莫辞频。
满眼山河空念远，落花风雨更伤春，不如怜取③眼前人。

【注释】

①一向：即"一晌"，片刻。　②等闲：平常。　③怜取：即珍惜，怜爱的意思。

【译文】

片刻的时光，有限的人生，即使是平常的离别，也令人特别销魂。还是尽情地去欢歌筵饮吧，不要嫌这样的场合太多太频。

面对着满目河山，空有怀人念远之心，花儿在风雨中飘零，更令人惜春与伤春。恋旧念远徒劳而无益，还不如去怜爱眼前这些如花似玉的美人。

【赏析】

晏殊一生仕宦得意，过着"未尝一日不宴饮""亦必以歌乐相佐"（叶梦得《避暑录话》）的生活。这首词描写他有感于人生短暂，想借歌筵之乐来消释惜春念远、感伤时序的愁情。"不如怜取眼前人"句，表现出作者感情的浅薄，他的《木兰花》"美酒一杯谁与共？往事旧欢时节动。不如怜取眼前人，免更劳魂兼役梦"等句，可作为此句的注脚。本词语言清丽、音调谐婉。

清平乐

红笺小字①，说尽平生意②。鸿雁在云鱼在水③，惆怅此情难寄④。
斜阳独倚西楼，遥山恰对帘钩。人面不知何处，绿波依旧东流。

【注释】

①红笺（jiān）：印有红线格的绢纸，多指情书。　②平生意：平生相慕相爱之意。③鸿雁在云鱼在水：在古代传说中，鸿雁和鲤鱼都能传递书信。　④惆怅：失意，伤感。

【译文】

精美的红格信笺写满密密小字，诉说平生的爱意。鸿雁飞翔在云端，鱼儿游戏在水里，独我满腹惆怅，这番情意难以传寄。

斜阳里我独自倚着西楼，遥远的群山恰好正对窗口。桃花般的人不知何处去，唯有碧波绿水依旧向东流。

【赏析】

这首词上阕抒写作者的一片深情，以及此情难寄的惆怅，语意恳挚。下阕前两句显示主人公的孤独寂寞，含蓄有致，"遥山恰对帘钩"暗示心上人未至，帘钩闲挂，唯远山与自己相伴的苦况。末二句点明相思之意，"绿波依旧东流"，说明只有景物依旧，同时又以流水的悠悠比喻作者的思情和愁绪的悠悠。

清平乐

金凤①细细，叶叶梧桐坠。绿酒初尝人易醉，一枕小窗浓睡。
紫薇朱槿花残②，斜阳却照阑干。双燕欲归时节，银屏③昨夜微寒。

【注释】

①金凤：秋风，古代以阴阳五行解释季节演变，秋属金，故称秋风为金凤。②紫薇：花名，亦称紫葳。凌霄花的别名，夏秋开花。朱槿，花名，即扶桑。 ③银屏：镶银或银色的屏风，借指华美的居室。

【译文】

微微的秋风细细吹，梧桐树叶叶飘零坠。新酿的绿酒味香醇，初尝入口便让人陶醉，小窗前一枕酣眠浓睡。

紫薇花、朱槿花在秋寒里凋残，夕阳余晖正映照着楼阁栏干。双燕到了将要南归的季节，银箔镶嵌的屏风昨夜还透着微寒。

【赏析】

这首小词抒发初秋时节淡淡的哀愁，语意极含蕴、极有分寸，作者只从景物的变易和主人公细微的感觉着笔，而不正面写情，读来却使人品味到句句寓情、字字含愁。语言清丽，风调和婉。

木兰花

燕鸿过后莺归去，细算浮生①千万绪。长于春梦②几多时？散似秋云无觅处。

闻琴解佩神仙侣③，挽断罗衣留不住。劝君莫作独醒人④，烂醉花间应有数⑤。

【注释】

①浮生：谓人生漂浮不定。 ②春梦：喻好景不长。 ③闻琴：据《史记》载：文君新寡，司马相如于夜以琴挑之，文君遂与相如私奔。解佩：据刘向《列仙传》载：郑交甫行汉水之滨，遇二美女而悦之，二女便解下玉佩相赠。 ④独醒人：仅有的清醒的人。 ⑤数：运数，即命运。

【译文】

随着春光消逝，春燕鸿雁飞过后黄莺也已归去，细推算人生飘浮不定，心情一时感慨万千。人生如梦，再长又能有多少岁月？好似秋云倏忽散逝无处寻觅。

愿她像闻琴夜奔的卓文君，解佩相赠的江妃二女，和我结为神仙一样的伴侣，然而挽断她的罗衣也留不住她的离去。劝君不要作独自清醒人，清醒梦破更伤心，不如烂醉在花间春梦里。

【赏析】

这首词真实表达了晏殊人生苦短、及时行乐的思想。他感叹岁月易逝、浮生短暂，人却纷纷乱乱、千头万绪，而春梦一枕的美好时光不多；欢会难得且易散，不如也烂醉花间，与世同浊皆醉。此词一反晏殊含蓄委婉风格，直抒胸臆，言所欲言，明朗畅达，毫不隐讳。

木兰花

池塘水绿风微暖，记得玉真①初见面。重头歌韵响琤琮②，入破③舞腰红乱旋。

玉钩④阑下香阶畔，醉后不知斜日晚。当时共我赏花人，点检⑤如今无一半。

【注释】

①玉真：仙人，此处借指佳人。 ②"重（chóng）头"句：词中上下阕节拍完全相同者，曲中前后数首重同一调者，皆曰重头。琤琮：玉石碰击声。此处借喻歌声。③入破：唐宋大曲的专用语。大典每套有十余遍，归入散序、中序、破三大段。入破即为"破"这一段的第一遍。《新唐书·五行志二》："至其曲遍繁声，皆曰'入破'……破者，盖破碎云。"白居易《卧听法曲霓裳》诗："朦胧闲梦初成后，宛转柔声入破时。"④玉钩：玉制的挂钩。 ⑤点检：查核、清点。

【译文】

池塘的绿波荡漾，和煦的春风送着温暖。记得正是在这样怡人的场景，我初次见到佳人芳容。她的嗓音甜美而圆润，往复回环的响亮的歌声荡人心魂。她的舞姿婀娜优美，随着节奏急促时，腰肢舞动，飘舞的红裙飞旋。

白玉钩挂着窗帘，我就斜卧在栏杆之下香阶的旁边。醉后沉睡，不知道红日西斜天已傍晚。当时与我共同赏花的人，如今盘算起来，剩下的还不到一半。

【赏析】

此词写作者在风暖水绿的池塘旧地回忆往昔初见美人欢歌曼舞的情况，而今却是时过境迁，当时赏花行乐的人大半作古，前后对比，显出人生如梦、好景不长的悲感。全词始欢终哀，尤其最后二句，读来令人恻然心酸。张宗肃《词林纪事》云："东坡诗'尊前点检几人非'，与此词结句同意。往事关心，人生如梦，每读一过，不禁惘然。"然而语言清婉俊丽，尤其"重头歌韵响琤琮，入破舞腰红乱旋"二句，脍炙人口。

木兰花

绿杨芳草长亭①路，年少抛人容易去。楼头残梦五更钟，花底离愁三月雨。

无情不似多情苦，一寸②还成千万缕。天涯地角有穷时，只有相思无尽处。

【注释】

①长亭：古代驿路上供行人休息的亭子。　②一寸：指愁肠。

【译文】

绿杨垂柳，芳草萋萋，沿着长亭送别的道路，年少的情侣轻易地抛下情人远去。楼头的钟声惊醒了五更的残梦，心头的离愁就像洒在花底的三月春雨。

无情人毕竟不像多情的人多愁善感，一寸相思愁绪竟化作了丝缕万千。天涯地角再远也有穷尽，只有相思情绵绵不断，海枯石烂也没有尽头。

【赏析】

这首词描写一位女子的离愁别恨。词中句句是对情人的怨，语意却极柔婉，饱含着无限的爱与思念，黄了翁《蓼园词选》说："'楼头'二语，意致凄然，挈起多情苦来。末二句总见多情之苦耳，妙在意思忠厚，无怨怼口角。"

踏莎行

祖席离歌①，长亭别宴，香尘②已隔犹回面。居人匹马映林嘶，行人去棹③依波转。

画阁④魂消，高楼目断⑤，斜阳只送平波远。无穷无尽是离愁，天涯地角寻思遍。

【注释】

①祖席：饯行的宴席。离歌：伤别之歌。　②香尘：带有花香的尘埃。　③棹（zhào)：船桨，代指船。　④画阁：彩绘的精美的楼阁。　⑤目断：目力望尽。

【译文】

饯别宴席上，唱着离歌。长亭中，我和你依依惜别。路上的香尘已把我们阻隔，但你还在不断回首，我更是难分难舍。留下的人骑着马，马也在林边嘶鸣留恋，离去的游子乘着小舟，伴随着渐渐隐去的绿波。

登上画阁，我更是愁绪万千。朝你所去的方向眺望，只见斜晖脉脉，万里云烟。离别的愁绪占据了我的心田，无计消除，无法排遣。尽管你走到天涯海角，我的心也会永远把你陪伴。

【赏析】

这首词抒写送别之后的依恋不舍和登高望远的无限思念，融情于景，含蕴深婉。"香尘已隔犹回面"句，传神地描摹了送别归去，作者步步回顾、步步留恋的情景。"斜阳只送平波远"句，分明怨斜阳不解留人，反随着行舟渐远，也从水面渐渐消隐，却说得极婉转。

踏莎行

小径红稀^①，芳郊绿遍，高台树色阴阴见^②。春风不解禁杨花^③，濛濛乱扑行人面^④。

翠叶藏莺，朱帘隔燕，炉香静逐游丝转^⑤。一场愁梦酒醒时，斜阳却照深深院^⑥。

【注释】

①红稀：红花凋落稀疏。 ②阴阴：暗暗。见(xiàn)：显现。 ③解：知道、懂得。 ④濛濛：形容细雨蒙蒙，此外形容柳絮纷纷如细雨。 ⑤游丝：蜘蛛、青虫所吐之细丝飘游于空中。 ⑥却：正。

【译文】

暮春的小路上残红稀疏，郊野的路上全是芳草，高耸的楼台从密树的浓阴里暗暗隐现。春风不懂得禁制杨花，反倒吹得飞絮蒙蒙，缭乱地扑向行人的脸。

翠绿的叶丛隐藏着啼啭的黄莺，隔着珠帘，门窗外飞翔着双双春燕，袅袅炉香静静地追逐着游丝飘荡流转。酣醉里做了一场愁思难解的梦，醉梦醒来，只见金色的斜阳正照着深深的庭院。

【赏析】

这首词，上阕写暮春景色，使人隐觉一丝淡淡闲愁。而下阕写翠叶藏莺，朱帘隔燕，写静香游丝，写斜阳深院，完全是为描写内心深处的愁怨作铺垫，起到了一种静寂中的闲愁更加郁悒深远的烘托作用。全词语言清丽幽雅，但不雕凿，却神情俱得，精微有致。如"翠叶藏莺，朱帘隔燕"二句，寓动于静；"炉香静逐游丝转"一句，动中更觉寂静，在这一派寂静中，透现出淡淡的愁思；而"斜阳"一句，如同前首"斜阳只送平波远"一样，传神地描写了主人公怨愁，沈谦《填词杂说》言其"更是神到"，十分恰当。

蝶恋花

　　六曲阑干偎碧树，杨柳风轻，展尽黄金缕。谁把钿筝移玉柱^①，穿帘海燕^②双飞去。

　　满眼游丝兼落絮，红杏开时，一霎清明雨。浓睡觉来莺乱语，惊残好梦无寻处。

【注释】

　　①钿筝：以罗钿装饰的筝。玉柱：指弦柱。　②海燕：燕子的别称。古人认为燕子产于南方，渡海而至，故称。

【译文】

　　曲折的栏杆依靠着绿树，春风在轻轻吹拂着阳光下金黄色的柳丝。是谁在拨弄装饰着罗钿的筝，一对燕子穿过珠帘双双飞去。

　　满天飘拂着游丝和柳絮，红杏正在开放，清明时又下起阵阵急雨。浓睡醒来，只听见黄莺乱啼，惊破了我的好梦，那温馨的梦境再也无法寻觅。

【赏析】

　　本词抒写春日的闲愁。词意蕴藉，上阕写迎春之情，下阕抒送春之意。

　　上阕开头三句写初春之景，有富贵之象。后两句是主人公的活动，在意念上有倒装，他看到海燕双飞，而伤心自己的孤独，面对芳春美景而触动春愁，故弹筝以抒情。下阕前三句写暮春之景，后两句化用金昌绪《春怨》诗的意境，抒发伤春的意绪。语言明丽，用意婉曲。晏殊说："余每吟咏富贵，不言金玉锦绣，而惟说其气象"（《青箱杂记》）。本词正体现了这一风格。本词一作冯延巳词，又作欧阳修词。

韩缜

韩缜（1019—1097），字玉汝，真定灵寿（今河北灵寿）人。仁宗庆历二年（1042）进士。英宗时任淮南转运使，神宗时知枢密院事，哲宗时拜尚书右仆射兼中书侍郎。后出任颍昌府，以太子太保致仕。存词一首。

凤箫吟

锁离愁，连绵无际，来时陌上初熏①，绣帏人②念远，暗垂珠露③，泣送征轮④。长行长在眼，更重重，远水孤云。但望极楼高，尽日目断王孙⑤。

消魂，池塘别后，曾行处，绿妒轻裙⑥。恁时携素手⑦，乱花飞絮里，缓步香茵⑧。朱颜空自改，向年年，芳意长新⑨。遍绿野，嬉游醉眼，莫负青春。

【注释】

①陌上初熏：路上散发着草的香气。熏同"薰"，香气，发出香气。　②绣帏人：指闺阁中人。绣帏，精美的帷帐，代指闺房。　③珠露：即眼泪。　④征轮：指远行的车。　⑤"尽日"句：《楚辞·淮南小山〈招隐士〉》："王孙游兮不归，春草生兮萋萋。"后人本此以作怀人之典。　⑥绿妒轻裙：轻柔的罗裙和芳草争绿。　⑦"恁时"句：恁时，那时。素手：洁白的手。这里代指佳人《古诗十九首》之二："娥娥红粉妆，纤纤出素手。"　⑧香茵：香草地。　⑨"向年年"句：此处用白居易《赋得古原草送别》"离离原上草，一岁一枯荣。野火烧不尽，春风吹又生"诗意。

【译文】

锁住了漫漫离愁，那芳草连绵无际，来时小路开始散发出草香的温馨。绣帏里的佳人思念着远方，只见芳草暗暗垂落着露水珠圆玉润，仿佛默默哭泣着送走远征的车轮。人已走远，送别的长亭总在眼前浮现，更何况阻障重重，旅途困顿，过了远水又过孤村。唯有登上高楼怅望极远，落日时分，从凝眸专注的视线里消失远去的人影。

伤神呵，离别后澄碧的池塘；昔日曾一同漫步怡心的地方，芳草已生长得茂密葱绿，与轻裙互相争绿。那时候牵着她如玉的手在凌乱的花丛、飘飞的柳絮里，缓缓漫

步在芳香的草地。可怜青春的红颜在空虚中暗自改变，年复一年，那芳草却在更新着盎然的春意。与其空自感伤，倒不如踏遍绿野，纵情游嬉，陶醉的双眸会怡然惬意，切莫辜负了青春美丽。

【赏析】

这首词借连绵芳草以诉离愁缠绵不尽，全词不着一"草"字，却几乎句句咏芳草，处处写离情，且语言清雅明丽，哀婉有致，意境温情绵绵，深沉真挚，全无半点"暴酷"之气。真可谓"自古丈夫亦多情"。

宋祁

宋祁（998—1061），字子京，安州安陆（今湖北安陆市）人。天圣二年（1024）与兄庠同举进士，排名第一，章献太后以为弟不可先兄，乃擢庠第一，而置祁第十，时号大、小宋，并称"二宋"。累迁工部尚书、翰林学士承旨。善诗文，曾与欧阳修同修《新唐书》。

玉楼春

春景

东城渐觉风光好，縠皱波纹①迎客棹。绿杨烟外晓寒轻②，红杏枝头春意闹③。

浮生④长恨欢娱少，肯爱千金轻一笑⑤？为君持酒劝斜阳，且向花间留晚照⑥。

【注释】

①縠(hú)皱波纹：縠，绉纱。形容波纹细密如绉纱织纹。　②晓寒轻：早晨稍稍有点儿寒气。　③闹：这里意为浓盛。　④浮生：见前晏殊《木兰花·燕鸿过后》词注。李白《春夜宴从弟桃李园序》："夫天地者，万物之逆旅也，光阴者，百代之过客也，而浮生若梦，为欢几何？"此处暗用其意。　⑤"肯爱"句：肯，岂肯。爱，吝惜。南齐王僧孺《咏宠姬》诗："再顾连城易，一笑千金买。"此处化用客。　⑥晚照：落日余晖。李商隐《写意》诗："日向花间留返照，云从城上结层阴。"此处借用其句。

【译文】

城东的风光让人感觉美好，湖面漾起绉纱似的波纹上迎接客人的游船慢摇。早晨的寒气笼罩着如烟的杨柳，唯见红艳的杏花簇绽枝头，春意盎然，像火焰似地喧闹。

人生飘浮不定，总恨苦恼多欢娱少，谁肯愿吝惜千金却轻视美人的迷人一笑？我手持酒盏劝说斜阳为朋友聚会人多留一抹晚霞夕照百花丛中。

【赏析】

此词是当时传诵的名篇，作者因此而获得"红杏枝头春意闹尚书"的雅号。上阕描绘春天的绚丽景色极有韵致。王国维《人间词话》说："'红杏枝头春意闹'，著一'闹'字，而境界全出"，它运用通感手段，化视觉印象为听觉，将繁丽的春色点染得十分生动。下阕直抒胸怀。"浮生"句，点出人生变化无常，欢乐的时间很少，"肯爱千金轻一笑"一个设问，不难明白作者暗示要尽情追求快乐的意思。"为君"二句，更是将及时行乐的劝勉迫切地表达出来，去追求欢乐，享受人生。

欧阳修

　　欧阳修（1007—1072），字永叔，号醉翁，晚年又号六一居士，吉州永丰（今江西永丰）人。天圣八年（1030年）进士。官至枢密副使、参知政事。欧阳修是北宋诗文革新的领袖，一代文宗，散文名列唐宋八大家，又是其中影响较大的一位，文风平易流畅，纡徐婉曲，富于情韵。他又是史学家，与宋祁同修《新唐书》，独立完成《新五代史》，他还开了宋代笔记文的先声，并为散文赋的开山作者，对当时的浮艳诗风也有所革新。欧阳修善论诗，他的《六一诗话》开了《诗话》这一新的文学批评形式，对后来词话的产生有很大影响。欧阳修也擅长写词，与晏殊齐名，并称"晏欧"。他的词主要内容与晏殊相仿，多写恋情相思、酣歌醉舞、惜春赏花之类，但他的词比晏词更深婉缠绵、意境更浑融。欧词也深受冯延巳词影响，一些作品与冯延巳相混。欧词有一部分赠答、咏史以及抒发仕途坎坷的作品，词风除深婉清丽外还有疏宕明快的，内容、风格均比晏词丰富。欧词也受到民间俚曲影响，有些词十分口语化，他还仿民间曲子词的定格联章体（组词），用《渔家傲》十二首两组分咏十二个月的节物风光，《采桑子》十首咏颍州西湖。欧阳修是北宋前期重要的词家之一，有《六一词》传世，又名《欧阳文忠公近体乐府》，另一种本子为《醉翁琴趣外篇》，共存词二百余首。

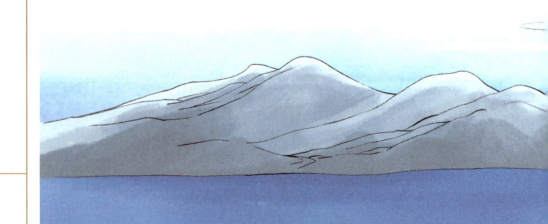

采桑子

群芳过后西湖好^①，狼籍残红^②，飞絮濛濛，垂柳阑干^③尽日风。
笙歌散尽游人去^④，始觉春空，垂下帘栊^⑤，双燕归来细雨中。

【注释】

①群芳：百花。西湖：在安徽省阜阳市西北颍水合诸水汇流处。 ②狼籍残红：
残花纵横散乱的样子。残红，落花。狼籍，同"狼藉"，散乱的样子。 ③阑干：横斜，
纵横交错。 ④笙歌：笙管伴奏的歌筵。散：消失，此指曲乐声停止。去：离开，离去。
⑤帘栊：窗帘和窗棂，泛指门窗的帘子。

【译文】

百花过后的暮春，西湖风景依然美好，凋残的落红，任游人踏得狼藉遍地，漫天
飘飞的柳絮迷迷蒙蒙，垂柳拂着栏杆，整日里暖风融融。

喧闹的笙歌散尽，熙熙攘攘的游人离去，我才顿然发觉西湖之春的空寂，垂下窗
帘，一双燕子穿过细雨蒙蒙，翩翩回到巢中。

【赏析】

本词为《采桑子》十首咏西湖组词之四。本词描写了暮春西湖迷离的美，语言清
丽，风格空灵淡远。

诉衷情

眉意

清晨帘幕卷轻霜，呵手试梅妆①。都缘②自有离恨，故画作远山③长。
思往事，惜流芳④，易成伤。拟歌先敛⑤，欲笑还颦⑥，最断人肠。

【注释】

①"呵手"句：呵手，天寒。因卷帘手冷，哈气使暖变灵活。梅妆：即梅花妆。
《太平御览·时序部》引《杂五行书》："宋武帝女寿阳公主日卧于含章殿檐下，梅
花落公主额上，成五出花，拂之不去。皇后留之，着得几时；经三日，洗之乃落。宫
女奇其异，竟效之，今梅花妆是也。" ②缘：因。 ③远山：以喻女子双眉的秀丽。
旧题汉刘歆《西京杂记二》："文君姣好，眉色如望远山。"汉伶玄《赵飞燕外传》：
"女弟合德入宫，为薄眉，号远山黛。" ④流芳：即逝去的流年光景的意思。 ⑤敛：
敛容，以表庄重。 ⑥颦：皱眉忧愁。

【译文】

清晨卷起帘幕，凝结着薄薄的白霜，呵着热气暖手指，强打精神试作梅花妆。总
因本有离恨别怨压心房，故意将双眉画得像远山一样弯曲细长。

追思往日的青春风华，可惜如花岁月像春水流淌，触景观物，处处都容易引起感
伤。准备唱歌却先敛容含悲，想要欢笑却又颦眉凝愁，这情态最是令人断肠。

【赏析】

《诉衷情》又名《桃花水》，别题作"眉意"。古人多以山水表示离情别意，本
词以女主人公特地将双眉画成远山模样来表现离恨，用意新巧。"拟歌先敛，欲笑还颦"
八个字，透露了这位靠色艺谋生的歌女不得不强颜欢笑的苦闷，隐含着作者的同情，
语简意深，十分传神。

踏莎行

候馆①梅残，溪桥柳细，草熏风暖摇征辔②。离愁渐远渐无穷，迢
迢不断如春水③。
寸寸柔肠，盈盈④粉泪，楼高莫近危阑⑤倚。平芜⑥尽处是春山，行

人⑦更在春山外。

宋词三百首全解全析

【注释】

①候馆：原指候楼。《周礼·地官·遗人》："五十里有市，市有候馆，候馆有积。"注："候馆，楼可以观望者也。"后也指接待行旅宾客的馆舍。唐常建《泊舟盱眙》诗："平沙依雁宿，候馆听鸡鸣。" ②"草熏"句：草熏，见前韩缜《凤箫吟》"陌上初熏"注。征辔(pèi)，行人的坐骑。辔，马缰绳。古诗文中多指马匹。 ③"离愁"二句：迢迢，原指路途遥远，这里指愁思绵延长远。 ④盈盈：泪水满眼的样子。 ⑤危阑：高楼栏杆。李商隐《北楼》诗："此楼堪北望，轻命倚危栏。"此处反用其意。 ⑥平芜：平坦草地。 ⑦行人：这里指恋人。

【译文】

馆舍庭院里的梅花已经凋残，小溪桥头的柳树，新生的枝条迎风招展。春草散发着清香，春风和煦而又温暖。行人信马由缰，辔头轻轻摇晃，离家也渐渐遥远。我的愁绪越来越浓，如滔滔奔流的春水般无穷无尽，连绵不断。

柔肠寸断，晶莹的泪珠流过粉妆的双脸。且不要登高楼倚着栏杆，因所见到的情景更令人难堪。在平坦开阔的草原的尽处，是充满春意的远山，而那位心上的人，还要在远山的那一边。

【赏析】

这是一首写离情别绪的词，写作手法奇妙，意境优美。上阕写冬去梅残、草熏风暖的春天，行者在别馆与恋人离别，他信马由缰，渐行渐远，离愁上心，愁绪如迢迢不断的春水，自然真实地刻画了行者离情别绪萌生渐长的过程。下阕写的是行者想象，恋人思念远行的自己，盼行者归来的愁情。恋人望尽平芜，望断春山，不见行者，而行人还远在春山之处，不知何处，思人盼归而绝望痛苦。这首词写春景讲离愁，景愈佳而愁愈深，语浅淡而情深。

蝶恋花

庭院深深深几许①？杨柳堆烟，帘幕无重数②。玉勒雕鞍游冶处③，楼高不见章台路④。

雨横风狂三月暮⑤，门掩黄昏，无计留春住。泪眼问花花不语，乱红飞过秋千去⑥。

【注释】

①几许：多少。　②"杨柳"二句：黄蓼园《蓼园词选》解释为："杨柳烟多，若帘幕之重重者。"　③"玉勒"句：玉勒雕鞍，镶玉的马笼头和雕花的马鞍，指华贵的车马。游冶处，指歌楼妓院。　④章台路：汉长安章台下有章台街，后因妓女多居此处而以章台为妓女居所的代称。　⑤雨横(hèng)风狂：雨暴风狂。　⑥"泪眼"二句：乱红，落花。张宗肃《词林纪事》卷四："《南部新书》记严恽诗：'尽日问花花不语，为谁零落为谁开。'此阕二语似本此。"

【译文】

庭院深深，谁知到底有多深？杨柳笼聚着团团烟雾，一重重帘幕不计其数。华贵的车马停在王孙们的游冶寻欢处，登楼凭高远望，却看不见歌楼妓馆章台路。

暮春之际，三月风雨横暴狂虐，黄昏时掩闭门窗，也无法留住春意。泪眼汪汪，问花知我否，花儿默默不语，凌乱的落花片片飞过秋千去。

【赏析】

作者以含蕴的笔法描写了幽居深院的少妇伤春感怀的复杂思绪和怨情，整首词如泣如诉，凄婉动人，意境浑融，语言清丽。尤其是最后两句，向来为词评家所赞誉。

蝶恋花

谁道闲情①抛弃久？每到春来，惆怅还依旧。日日花前常病酒，不辞镜里朱颜瘦②。

河畔青芜堤上柳③，为问新愁，何事年年有？独立小桥风满袖，平林④新月人归后。

【注释】

①闲情：闲散的愁情。　②"日日"二句：病酒，饮酒过量而生病。《晏子春秋·谏上》："景公饮酒酲，三日而后发。晏子曰：'君病酒乎？'"朱颜，红润的脸色。③"河畔"句：青芜，青草。古乐府《饮马长城窟行》："青青河畔草，郁郁园中柳。"此处化用其意。　④平林：原野上的丛林。

【译文】

总有一种莫名其妙的闲愁，总想把它抛弃，可它萦绕我的心头。每到新春来临之时，那种惆怅忧伤一如故旧。为了消除这种闲愁，我天天在花前月下痛饮美酒，宁可酩酊大醉，不惜身体日渐消瘦。

河边上青草萋萋，河堤上又绿新柳。见到如此美景，我痛苦地暗问自己：为何年年都有一段新愁？我思绪万端，独立在小桥的桥头。清风徐来，吹拂着衣袖。新月从东方升起，弯弯如钩，只有远处那一排排树木与我为伴，在暗淡的用光下影影绰绰。

本篇抒写感伤之情，大有"春花秋月何时了，往事知多少"的那种对于整个人生的迷惘和得不到解脱的苦闷，但又不仅限于此，词中同时包含着主人公对美好事物的无限眷恋，以及他甘心为此憔悴的执着感情。"独立小桥"两句，表现了主人公若有所得又若有所失的情状，语淡而意远。

蝶恋花

几日行云①何处去？忘了归来，不道②春将暮。百草千花寒食路③，香车系在谁家树④？

泪眼倚楼频独语，双燕来时，陌上相逢否⑤？撩乱春愁如柳絮，依依梦里无寻处⑥。

【注释】

①行云：比喻人踪迹无定。语出宋玉《高唐赋》："妾在巫山之阳，高丘之阻，旦为朝云，暮为行雨，朝朝暮暮，阳台之下。"本指女性，此处指男子。 ②不道：不觉。 ③"百草"句：百草千花，语意双关，既指寒食节踏青路上繁盛的芳草香花，也暗喻花街柳巷的歌姬妓女。白居易《赠长安妓人阿软》诗："绿水红莲一朵开，千花百草无颜色。"寒食，节令名。在清明节前一或二日。 ④香车：装饰华美的马车。⑤"双燕"二句：有燕子寄书的传说。江淹《杂体诗拟李陵》："袖中有短书，愿寄双飞燕。"此处化用其意。 ⑥依依：意同依稀，隐约的样子。

【译文】

我那如天上行云来去一样的爱人呀，近日你飘游到了哪里？你竟忘了归来，没想到春光即将过去？又到了一年一度的寒食节，游人双双走在百草千花的踏青路；你把香车宝马系在谁家树？剩我一人多么孤独。

噙着泪眼倚凭在高楼，对天上双燕喃喃自语：燕子呀燕子，你来自何处？在飞来的路上，可曾与我的爱人相遇？春愁如到处乱飞的柳絮，已撩乱我的心；就是在幽幽梦中，也寻找不到我的爱人。

【赏析】

这首词见于冯延巳《阳春集》。

这是一首闺怨词。上阕写爱人如行云游荡在外忘归。春将暮残，百苑千花的寒食踏春路人游人双双对对，更显闺中女子的孤独，她自然深怀哀怨。下阕写思妇泪眼倚楼，独语问燕，不得爱人消息，乃至梦见也寻他不见，表现她对爱人的思念和痴情。全词塑造了一个情怨交织内心的闺中思妇形象，语言清丽婉约，悱恻感人。

木兰花

别后不知君远近，触目凄凉多少闷。渐行渐远渐无书①，水阔鱼沉知何处②？

夜深风竹敲秋韵③，万叶千声皆是恨。故欹④单枕梦中寻，梦又不成灯又烬⑤。

【注释】

①书：书信。　②鱼沉：相传鱼能传书，详见晏殊《清平乐》"鸿雁在云鱼在水"注。鱼沉谓书信不传。　③秋韵：秋声。秋时西风作，草木零落，多肃杀之声，曰秋声。④欹(qī)：古通"倚"，斜倚。　⑤烬：火烧尽后成炭质或灰质部分。庾信《灯赋》："烬长宵久，光青夜寒。"

【译文】

离别后不知你的行程远近，触目皆是凄凉景象，生出多少烦闷！你渐渐越走越远，渐渐断了书信。水面宽阔，鱼儿深藏，向何处寻问你的音讯？

深夜里大风吹，竹林敲击着凉秋的声韵，千万片竹叶千万种声响全是怨恨。故意斜倚着单枕，想到梦中将你寻觅，可惜梦做不成，灯芯也化为灰烬。

【赏析】

这是一首别后相思愁怨的词。上阕描写妇女与爱人别后的孤凄苦闷和对爱人深切的怀念之情。下阕描写妇女秋夜难眠、独伴孤灯的愁苦。"夜深风竹敲秋韵，万叶千声皆是恨"二句，借风竹之声诉离怨别恨，很有艺术感染力，尤其"敲"字，极富神韵，有使此二句字字敲心、声声动魄的神力。

浪淘沙

把酒祝东风，且共从容①。垂杨紫陌②洛城东，总是③当时携手处，游遍芳丛。

聚散苦匆匆，此恨无穷，今年花胜去年红，可惜明年花更好，知与谁同④?

【注释】

①"把酒"二句：从容，留连，不急迫。五代司空图《酒泉子》词："黄昏把酒祝东风，且从容。"此处借用其句。　②紫陌：帝都郊外的道路。唐刘禹锡《元和十年自朗州承召至京戏赠看花诸君子》诗："紫陌红尘拂面来，无人不道看花回。"③总是：大多是，都是。　④"可惜"二句：杜甫《九日蓝田崔氏庄》诗："明年此会知谁健，醉把茱萸仔细看。"

【译文】

手端着酒盏祝愿春风，且一道留连这明媚春光，自在从容。沿着垂杨飘拂的京郊小路直奔洛阳城东，都是当时携手春游之处，今日要重新游遍花丛。

人生的聚散，苦于聚也匆匆，散也匆匆，这憾恨无尽无穷。春花艳丽更胜过去年的花红，可惜明年的花儿开得更美，不知与谁一同享受那赏花盛景。

【赏析】

这是一首惜春忆春的小词。上阕写邀春留连，忆旧游怀恋人。下阕感叹人生聚散匆匆，好景不长，华年苦短。上阕之景今昔如一，下阕的时序今后不同，产生物是人非、时过境迁的鲜明对比，艺术效果强烈。全词层层渐进，脉络明晰，语言流畅清丽，自然明快，言到情出，情感深沉。

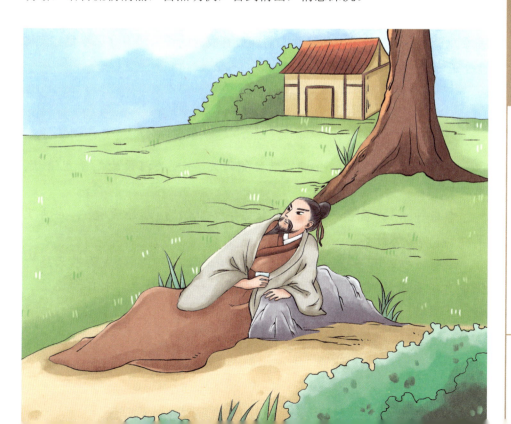

柳永

柳永（约984—约1053），原名三变，字耆卿，崇安（今福建武夷山）人，宋仁宗朝进士，做过屯田员外郎，世称柳屯田，又因排行第七，亦称柳七。他自称"奉旨填词柳三变"，以毕生精力作词，并以"白衣卿相"自许。柳永是北宋一大词家，在词史上有重要地位。他扩大了词境，所写内容不限于男女风月，尤工羁旅行役，佳作极多，许多篇章用凄切的曲调唱出了盛世中部分落魄文人的痛苦，真实感人。他还有相当多的词篇抒写了与歌妓舞女的诚挚恋情，有部分作品反映了她们悲楚的生活和她们对美好生活的愿望。柳词还描绘了都市的繁华景象及四时节物风光，有游仙、咏史、咏物等题材。柳永发展了词体，留存二百多首词，词调竟有一百五十个之多，大部分为前所未见的、以旧腔改造或自制的新调，十之七八为长调慢词，对词的解放与进步作出了巨大贡献，为后人提供了更便于抒情叙事的艺术形式。柳永还丰富了词的表现手法，他的词长于铺叙、工于写景言情，讲究章法结构，词风真率明朗，语言自然流畅，有鲜明的个性特色。他上承敦煌曲，用民间口语写作，合理运用"俚词"，下开金元曲。柳词又多用新腔、美腔，旖旎近情，富于音乐美。他的词不仅在当时流播极广，对后世影响也十分深远，之后的词家几乎无不受其影响，他是北宋前期最有成就的词家，有《乐章集》。柳永亦工诗文，可惜多已散佚。

曲玉管

陇首云飞①，江边日晚，烟波满目凭阑久。一望关河萧索②，千里清秋，忍凝眸③。

杳杳神京④，盈盈仙子⑤，别来锦字终难偶⑥。断雁无凭⑦，冉冉飞下汀洲⑧，思悠悠。

暗想当初，有多少、幽欢佳会；岂知聚散难期⑨，翻成雨恨云愁⑩。阻追⑪游每登山临水⑫，惹起平生心事，一场消黯⑬，永日⑭无言，却⑮下层楼。

【注释】

①"陇首"句：陇首，高丘上。梁柳恽《捣衣诗》五首之二："亭皋木叶下，陇首秋云飞。"此处借用其句。 ②一望：眺望一下。梁王僧孺《落日登高》诗："凭高且一望，目极木能舍。" ③凝眸：注目而望。 ④杳杳：遥远渺茫。神京：帝京，京都，这里指汴京（今开封） ⑤"盈盈"句：盈盈，形容女子神态美好。仙子：比喻美女，这里指词人所爱的歌女 ⑥"别来"句：锦字，即锦字书。用前秦窦滔、苏蕙夫妇事。《晋书·列女传·窦滔妻苏氏》："窦滔妻苏氏，始平人也，名蕙，字若兰。善属文。滔，苻坚时为秦州刺史，被徙流沙。苏氏思之，织锦为回文旋图诗以赠滔。宛转循环以读之，词甚凄婉。"后多用以指妻子给丈夫或女子写给恋人的表达思念之情的书信。李白《久别离》诗："况有锦字书，开缄使人嗟。"偶：遇到，得到。⑦断雁无凭：断雁，失群孤雁。无凭：无所依靠。 ⑧冉冉：慢慢。 ⑨期：预料。⑩雨恨云愁：指两个相爱的人，心中充满悔恨哀愁。 ⑪追：随。 ⑫登山临水：宋玉《九辩》："僚慄兮若在远行，登山临水兮送将归。" ⑬消黯：即黯然销魂，形容极其神伤怅惘。 ⑭永日：整日。 ⑮却：只好。

【译文】

山岭上暮云纷飞，江边处暮霭迷茫。满目烟波浩渺，我凭栏很久，凝神注视着远方。一眼望去，山河冷落萧条，清秋万里凄凉，真不忍心再望。

在那遥远的神京汴梁，有位美女，光彩照人如仙人一样。自从分手以来，再也无法得到她的音信，令我不胜忧伤。望断南飞的大雁，也毫无用处，只能追引我的愁思更加悠长。

暗想当初之时，有多少美好时光，岂知聚散难以预想，当时的欢乐，反而酿成今日的无限怅惘。千里阻隔，我们无从相见，只有相互思量再思量。每当登山临水，都会惹起我对往事的回想，总是暗自销魂，神情沮丧。终日里闷闷无言，独自默默地走下楼廊。

【赏析】

这首《曲玉管》，描叙作者登高望远，触景生情，感叹羁旅行役生活的愁苦，抒发无限相思之情。第一、二阕称"双拽头"（两阕字句相同，比第三阕短，如双双拽出第三阕，故称），以写萧瑟清秋晚景为主，羁旅之愁寓于其中；忆念恋人，抒离愁别恨，寄托无穷相思。第二阕忆旧欢，诉今愁惹起平生心事，令人忧郁无限，无言终日。全词以写景抒情为脉络，层层铺叙，步步深入，结构有序，言浅意深。

雨霖铃

寒蝉①凄切，对长亭晚，骤雨初歇。都门帐饮无绪②，留恋处，兰舟催发③。执手相看泪眼，竟无语凝噎④。念去去，千里烟波，暮霭沉沉楚天阔⑤。

多情自古伤离别，更那堪，冷落清秋节！今宵酒醒何处？杨柳岸，晓风残月。此去经年⑥，应是良辰好景虚设。便纵有千种风情⑦，更与何人说？

【注释】

①寒蝉：秋蝉。 ②都门：京都城门，指汴城门。帐饮：古人送行时设宴饮饯别。③兰舟：木兰舟，以木兰树所造之船。后世泛指船只。南朝任昉《述异记》载，木兰洲在浔阳江中，多木兰树。有鲁般刻未兰为舟。 ④凝噎：喉咙凝滞哽咽说不出话。⑤楚天：南天。楚国在江南。故称南天为楚天。 ⑥经年：年复一年。 ⑦风情：男女间的爱恋深情。

【译文】

秋蝉叫得凄凉悲切，面对着长亭的暮色，一阵骤雨刚刚停歇。都门外设帐饮别，却没有情绪，留恋难舍之际，木兰舟上的人催促着出发。和恋人手牵手相互凝视，满眼泪花，竟喉咙哽咽说不出话语。想这一次远远离去，千里浩渺烟波，黄昏的云霭昏漠漠，弥漫着南天无边辽阔。

多情人自古伤感的是离别，更哪能忍受，这冷落、凄清的秋季！今夜酒醒时我又会身在何处？怕只有杨柳垂拂的岸边和晨风与残月相伴。这一去长年累月，虽有良辰美景，可无人与我欣赏。美景也是虚设。纵然有千种眷恋的衷情，更向何人诉说心声？

【赏析】

这首词是柳永著名的代表作。词中以种种凄凉、冷落的秋天景象衬托和渲染离情别绪，画出一幅秋江别离图。作者仕途失意，不得不离开京都远行，不得不与心爱的人分手，这双重的痛苦交织在一起，使他感到格外难以忍受，他真实地描述了临别时的情状，"执手"两句，以白描手法表现情人相别的情状，语简情深，极其感人。作者又以景物点染，绘出别后及未来岁月一幅幅凄清的生活图画，使人如临其境。整首词情景兼融，结构如行云流水般舒卷自如，时间的层次和感情的层次交叠着循序渐进，一步步将读者带入作者内心世界的深处，艺术手法十分高明。"杨柳岸，晓风残月"这一千古名句，宋代以来人们就以之概括柳词的风格特点。

蝶恋花

伫倚危楼^①风细细，望极春愁，黯黯^②生天际。草色烟光残照里，无言谁会凭阑意？

拟把疏狂图一醉^③，对酒当歌^④，强乐还无味。衣带渐宽终不悔^⑤，为伊消得^⑥人憔悴。

【注释】

①危楼：高楼。　②黯黯：形容心情沮丧。　③"拟把"句：拟，打算。疏狂：疏散狂放。　④对酒当歌：此句借用曹操《短歌行》"对酒当歌，人生几何？"诗句。⑤"衣带"句：《古诗十九首·行行重行行》："相去日已远，衣带日已缓。"此处化用其句。　⑥消得：值得。

【译文】

伫立高楼倚栏杆，和风细细，极目望春愁无际，悲伤的情绪自天边涌起。夕阳斜照里，青青草色映着烟霞的光彩，谁领会我凭栏的心意？

打算尽情地图个痛快一醉，对着美酒纵情高歌，但强求的乐趣反觉无趣味。纵然衣带渐渐宽松也终生不悔，为了她值得我刻骨相思，哪怕人都憔悴。

【赏析】

这首词又题为《凤栖梧》。上阕以写景为主，景中含情，写出作者伫立望远之苦；下阕以明畅淋漓的笔调抒写他"虽九死其犹未悔"的执着恋情，真挚感人。其中"衣带渐宽终不悔，为伊消得人憔悴"为传颂千古的名句。王国维《人间词话》以这两句词所表现的刻骨爱情，来比喻"古今之成大事业、大学问者，必经过三种之境界"的第二境，即锲而不舍、甘愿献身的精神，并说此等语"非大词人不能道"。

采莲令

月华收，云淡霜天^①曙。西征客、此时情苦。翠娥^②执手，送临歧^③、轧轧^④开朱户。千娇面、盈盈^⑤伫立，无言有泪，断肠争^⑥忍回顾？

一叶兰舟，便恁^⑦急桨凌波去。贪行色^⑧、岂知离绪。万般方寸^⑨，但饮恨、脉脉^⑩同谁语？更回首、重城不见^⑪，寒江天外，隐隐两三烟树。

①霜天：寒冷的天气。　②翠娥：美女的代称。　③临歧：指分道时的惜别。④轧(yà)轧：象声词，开门声。　⑤盈盈：体态轻盈的样子。　⑥争：即"怎"。　⑦恁：如此，这样。　⑧行色：出行前的形态。　⑨方寸：心思、心绪。　⑩脉脉：内心情感无法倾吐而沉默貌。　⑪"重城"句：欧阳詹《初发太原途中寄太原所思》诗："高城已不见，况复城中人。"此处化用其意。

【译文】

月光消逝，淡云飘浮。满地繁霜，天色已黎明。即将西行的人，此刻的心情最为痛苦。随着门轴转动的声音，一层层打开红色的大门。美人紧拉将远去的人的手，一直送到岔道口。她千娇百媚，亭亭伫立，没有语言，只有满脸的泪珠，那样态，那神情，令人肝肠寸断，又怎能忍心回头再看她？

乘着一叶扁舟，匆忙地凌波而去。他人只贪看旅途中的景色，岂知我此时的离情别绪，心如刀割，纷乱至极。只能暗自含恨，脉脉此情向谁倾诉？再回头望去，层层的城门早已不见，只有那充满寒意的江天之外，隐隐约约，可以看到三两棵树木。

【赏析】

这首词写离别之情。上阕写离别时月落云收，霜天欲曙，离人将要远去，居人依依不舍。"千娇面"至"断肠怎忍回顾"几句，生动细腻地描绘了离人内心的痛苦。下阕写离人别后无限惆怅和不尽的留恋。因无人可与诉说愁苦，只能恨别吞声，其哀其痛，更是不堪忍受。全词以景起兴，以景作结，景中寓情，景黯情凄。写景抒情，铺叙有致，层层渐进，语言浅淡而意深情挚。

定风波

自春来、惨绿愁红，芳心是事可可①。日上花梢，莺穿柳带，犹压香衾卧。暖酥②消，腻云亸③、终日厌厌④倦梳裹。无那⑤。恨薄情一去，音书无个。

早知恁么，悔当初、不把雕鞍锁。向鸡窗⑥、只与蛮笺象管⑦、拘束教吟课⑧。镇相随、莫抛躲，针线闲拈伴伊坐⑨。和我，免使年少，光阴虚过。

【注释】

①可可：不关紧要，不在意。　②暖酥：指肌肤。　③亸：下垂貌。　④厌厌：犹"恹

恢"，精神不振貌。　⑤无那：无可奈何。　⑥鸡窗：书窗、书房。　⑦蛮笺象管：纸笔。
蛮笺，古时四川所产的彩色笺纸。象管，象牙制的笔管。　⑧吟课：把吟咏当作功课。
⑨针线闲拈：一作"彩线慵拈"。

【译文】

　　自从入春以来，我一直闷闷不乐。即便那些红花绿叶，也令我凄惨愁绝。太阳已
升到了花梢，黄莺在柳树上穿梭。我依旧拥着薰香的棉被，终日里慵闲懒惰。云样的
秀发蓬松散乱，红润的面容憔悴瘦削。终日无精打采，懒得梳洗打扮，搭搭抹抹。真
是无可奈何。只恨薄情人一去，踪影全无，连书信也不捎回一个。

　　早知这样的结果，真后悔当初没把他的马鞍子紧紧上锁。把他留在家中，只让他
坐在窗前，给他些纸张笔墨，终日苦读，温习功课。我常常陪伴在他的身边，也不用
闪闪躲躲。手中做着针线活，一边陪着他闲坐。说些情话，唠些情嗑。我爱他，他也
爱我，免得像这样，孑身独处，让美好的青春白白度过。

【赏析】

　　这是柳永俚词的代表作之一。作者用明白透彻的语言，大胆而直露地描写一位女
子的相思别离之情，上阕铺叙她别后百无聊赖的情态；下阕纯属内心独白，写出她的
一片痴心，以及对爱情生活的渴望，刻画细致入微，真实动人。

少年游

长安古道马迟迟^①，高柳乱蝉嘶。夕阳鸟外，秋风原上，目断四天垂。

归云^②一去无踪迹，何处是前期^③？狎兴^④生疏，酒徒萧索^⑤，不似去年时。

【注释】

①马迟迟：马行缓慢的样子。 ②归云：指往事不可复返。 ③前期：前约、预约。 ④狎兴：游乐的兴致。狎，治冶游。 ⑤酒徒萧索：酒徒，酒友。萧索，冷落、稀少，汉焦延寿《易林》三《遁》之《否》："海老水干，鱼鳖萧索。"

【译文】

行走在长安古道上缓缓前行，秋蝉在高高的柳树上鸣叫，声音纷乱哀凄。夕阳在飞鸟外的远方渐渐沉落，旷野荒原上秋风习习。极目四望，没有人烟，只有旷阔的天空如幕帐般向下四垂。

往事如归去的云，一去后便再无踪迹不知何时能再有以前的时日。游玩的兴致已经衰减，那些酒友也渐渐散去，一切都如虚如幻，再也不像少年时那样狂放不羁，无所顾忌。

【赏析】

这首词描写作者落魄潦倒时独处的凄凉情形。上阕写秋风萧瑟，作者在长安古道马行迟迟，乱蝉鸣柳，四天低垂，一派凄景；下阕写所爱离去，难寻难期，似乎已床头金尽，冶趣疏远，连昔日酒友也寥寥无几。全词尽露世态炎凉，人情冷暖的悲绪，表现出作者心灰功名，意懒宦游的思想。

戚氏

晚秋天，一霎微雨洒庭轩^①。槛菊萧疏，井梧零乱，惹残烟。凄然，望江关^②。飞云黯淡夕阳间。当时宋玉悲感，向此临水与登山^③。远道迢递^④，行人凄楚，倦听陇水潺湲^⑤。正蝉鸣败叶，蛩^⑥响衰草，相应喧喧^⑦。

孤馆，度日如年。风露渐变，悄悄至更阑。长天净，绛河^⑧清浅，皓月婵娟⑨，思绵绵。夜永对景，那堪屈指，暗想从前。未名未禄，绮陌红楼⑩，往往经岁迁延⑪。

帝里风光好，当年少日，暮宴朝欢。况有狂朋怪侣，遇当歌对酒竟留连。别来迅景⑫如梭，旧游似梦，烟水程⑬何限。念名利，憔悴长萦绊。追往事、空惨愁颜。漏箭⑭移、稍觉轻寒。渐呜咽、画角数声残。对闲窗⑮畔，停灯向晚，抱影无眠。

【注释】

①一霎：一阵。庭轩：厅堂前檐下平台。　②江关：江河关山。　③"当时"二句：宋玉《九辩》："悲哉秋之为气也，萧瑟兮草木摇落而变衰。憭慄兮若在远行，登山临水兮送将归。"此处化用其意。　④迢递：远貌。　⑤陇水：在陕西陇县西北。此处泛指流水。潺湲：水流貌。　⑥蛩：蟋蟀。　⑦喧喧：喧闹声。　⑧绛河：即银河。⑨婵娟：月色明媚的样子。　⑩绮陌红楼：绮陌，指繁华的街道或风景美丽的郊野道路，这里指花街柳巷。红楼，此处指歌楼妓馆。　⑪迁延：徜徉留连，逍遥自在。　⑫迅景：飞速而过的光阴。　⑬烟水程：指水上的路程。　⑭漏箭：古代计时器漏壶上的箭，刻节文，随水浮沉以计时。这里借指光阴。　⑮闲窗：这里指清冷寂寞的窗屋。

【译文】

晚秋的凉天，一阵渐沥细雨洒落在平台庭院。槛栏里菊花稀疏冷落，天井里梧桐黄叶零乱，残雾缭绕如烟。令人感到悲伤，远望江海关山，飞驰的暮云昏沉沉，在夕阳余晖中铺展。追思当年此刻，宋玉多情悲感，面对消逝的秋色，曾俯临秋水仰登青山。迢迢千里路，踽踽游子凄楚悲酸，厌烦听那陇水的响声。正值秋蝉在残败的叶丛里悲吟，蟋蟀在枯萎的草丛里低唤，秋虫儿此叫彼应地闹闹喧喧。

孤单单羁旅驿馆度日如年，只觉秋风露水渐渐变冷，愁心忧闷熬到更深夜残。辽阔的天空明净无云，一道银河晶莹清浅，一轮皓月明媚娇艳。相思绵绵，夜漫漫对景伤怜，不能再忍受这样的悲景。暗暗回想从前，没有功名，未享利禄，留连花街柳巷，往往是一年年消耗时光。

京都里风光美好，想当时青春少年，只顾得朝朝暮暮宴乐寻欢。何况还有狂放怪诞的朋友相伴，流连于对离歌醉酒的地方。离别以来，迅速流逝的光阴如玉梭飞穿，昔日的游乐情景而今像春夜梦幻。前路是烟波无际，何处是边岸？我想全是利禄功名长久地将我纠缠，使我形容憔悴，追怀往事空自愁容惨淡。滴漏标时的箭头缓缓移动，稍稍感觉到天气微寒，渐渐传来画角呜呜悲鸣，几声残留的余响在空中荡旋。对着静静的窗沿，停一盏灯直照到曙光东现，守着自己的孤影焦虑难眠。

【赏析】

柳永年轻时曾过了一段奢华浪漫的生活，曾"论槛买花，盈车载酒，百琲千金邀妓"，后来屡遭统治者的压抑和打击，一生只做过几任小官，长年南北转徙、四方漂流，尝尽羁旅行役的苦痛。本词可看作柳永的自叙传，它几乎概括了作者一生的思想和生活状况。王灼《碧鸡漫志》引前人语云："《离骚》寂寞千载后，《戚氏》凄凉一曲终"。柳永词中多以宋玉自况，继承宋玉悲秋的余绪，抒写他"贫士失职（不得其职）而志不平"的感慨。本词颇具代表性。全词篇幅宏阔而针线细密，首叙悲秋情绪，次述永夜幽思，末尾写出对于功名利禄的厌倦，层次分明，首尾呼应，言与意会、情与景融，语言清丽、音律谐美，"状难状之景，达难达之情，而出之以自然。"

夜半乐

冻云①黯淡天气，扁舟②一叶，乘兴离江渚③。渡万壑千岩，越溪④深处，怒涛渐息，樵风⑤乍起，更闻商旅⑥相呼。片帆高举，泛画鹢、翩翩过南浦⑦。

望中酒旆⑧闪闪，一簇烟村，数行霜树⑨。残日下，渔人鸣榔归去⑩。败荷零落，衰杨掩映。岸边两两三三，浣纱游女，避行客、含羞笑相语。

到此因念，绣阁⑪轻抛，浪萍难驻⑫。叹后约、丁宁竟何据⑬？惨离怀、空恨岁晚归期阻。凝泪眼、杳杳神京路⑭，断鸿⑮声远长天暮。

【注释】

①冻云：严冬的阴云。　②扁（piān）舟：小舟。　③江渚（zhǔ）：渚，水中小高地。这里江渚指江岸。　④越溪：即若耶溪，在今浙江绍兴若耶山下。相传西施曾浣纱于此溪，故又名浣纱溪。这里泛指水流。　⑤樵风：好风，顺风。　⑥商旅：商人旅客。　⑦画鹢：船其首画鹢鸟者，以图吉利。这里以"画鹢"代指舟船。翩翩：形容穿行轻快的样子。南浦：南岸的水边，泛指水滨。　⑧酒旆（pèi）：酒旗，酒幌子。⑨烟村：烟霭迷蒙的村庄。霜树：经霜后的树木。　⑩鸣榔：榔，用以击船舷作声的木棒。　⑪绣阁：闺房。　⑫浪萍难驻：浪萍，随波飘逐的浮萍。这句说自己流浪在外像浮萍一样难以安定。　⑬"后约"句：后约，后会的期约。丁宁，即叮咛，再三嘱咐。　⑭杳杳：遥远。神京：指汴京（今河南开封）。　⑮断鸿：失群孤飞的鸿雁。

【译文】

严冬的冷云阴沉盖住了天空，驾一叶扁舟，乘着游兴离开了沙洲江岸。越过了万道深壑千道高岩，若耶溪幽深的水湾。狂涛刚渐渐平息，山风又突然刮起，听到商贾旅客互相呼唤。一片征帆高悬，一条条航船轻悠悠驶过南岸。

远望中一面酒旗随风飘扬，一座烟雾团簇的村落，几行树霜花斑斑。夕阳残照下，归家的渔人挥棒敲响船舷。枯败的荷花零落了，晚霞透过衰残的杨柳忽掩忽现。岸边两两三三浣洗衣物的姑娘，躲避着游客，害羞的笑语欢颜。

到此处引起我思念，竟将绣阁闺房轻易地抛开，像浪游的浮萍难寻立身的家园。可叹将来约会的誓言怎能为据，叮咛再三竟不知能否实现？惨淡呵离别的情怀，这一年又将岁暮，归期受阻，徒然恨叹。泪眼凝神远看，迢迢的大路通向京都，断群的孤雁传来远远的呼唤，辽阔的长空暮色黯淡。

【赏析】

这首词描写旅途所见风光景色，抒发去国怀乡愁思哀情。上阕写乘舟离岸，历高山深溪，经怒涛樵风，闻商旅相呼，画船泛过南浦的旅程景色。中阕写望中酒旗闪闪，残阳下渔人叩舷而歌归去，岸边三三两两浣纱村女，含羞避客，笑语相去，一派田园风光，大有桃源气象。下阕抒写被所经所见景色勾起的去国怀乡愁思。全词铺叙奔放，笔法大开大合，蓄势浑厚。

玉蝴蝶

望处雨收云断①，凭阑悄悄，目送秋光。晚景萧疏，堪动宋玉悲凉②。水风轻，蘋花渐老③；月露冷，梧叶飘黄。遣情伤，故人何在？烟水茫茫。

难忘，文期酒会④，几孤风月⑤，屡变星霜⑥。海阔山遥，未知何处是潇湘⑦。念双燕、难凭⑧远信，指暮天，空识归航⑨。黯相望，断鸿声里，立尽斜阳。

【注释】

①雨收云断：雨停云散。　②宋玉悲凉：见前柳永《戚氏》注③。　③蘋：一种多年生浅水草本，夏秋间开小白花，也称白赞。　④文期酒会：约会在一起饮酒做诗文。　⑤"几孤"句：辜负了多少美好风光景色。孤，辜负。风月，美好的风光景色。⑥"屡变"句：经过了好几年。星霜，星指岁星（木星），岁星一年一周转，霜每年遇寒而降，因以星霜指岁月。　⑦潇湘：湘水，在今湖南省。　⑧难凭：难有准信。⑨归航：归舟。

【译文】

我悄悄地凭栏眺望，心中暗自恓惶。雨停云散，我目送着秋光。傍晚的景色萧条疏旷，足令宋玉一类多愁善感的文士更加悲凉。清风吹过水面，蘋花渐渐枯萎，月光使露气变冷，就连梧桐叶也逐渐飘落，叶子枯黄。这情景更令人感伤，我的朋友们啊，你们都在哪里？眼前所见的只是烟水茫茫。

实在难忘，当年与朋友们在一起，或定期填词赋诗，或饮酒放狂。如今辜负了多少风月，虚度了大把时光。山路迢迢，海面宽广，不知何处才是潇湘？我的朋友也一定在那里彷徨。想到双双飞去的燕子，难以凭它传送远信，暮色苍茫，枉自辨认那些归来的船。我默默伫立，黯然神伤，在孤雁的哀鸣声中，眼看着夕阳慢慢沉没，渐渐地收了它的余光。

【赏析】

这首词作者悲秋怀人，将景物与羁愁融合。上阕写凭栏望远，晚暮中花萎叶黄，风凉露冷；一片萧疏冷落，令人悲凉情凄，顿起怀人念远之愁思。下阕接写往昔文期酒会的欢乐，反衬出此时孤寂，尤其"断鸿声里，立尽斜阳"二句，极尽黯然魂伤之情，足显柳词厚朴沉雄、清劲老辣的"骨气"。

八声甘州

对潇潇①暮雨洒江天，一番洗清秋。渐霜风②凄紧，关河③冷落，残照当楼。是处④红衰翠减，苒苒⑤物华休。惟有长江水，无语东流。

不忍登高临远，望故乡渺邈⑥，归思⑦难收。叹年来踪迹，何事苦淹留⑧？想佳人、妆楼凝望⑨，误几回、天际识归舟⑩。争知我⑪、倚阑干处⑫，正恁⑬凝愁。

【注释】

①潇潇：风雨急骤的样子。 ②霜风：秋风。 ③关河：山河关隘。 ④是处：处处。 ⑤苒苒：同"冉冉"，形容时光消逝，渐渐过去。 ⑥渺邈：渺茫、遥远。 ⑦归思：思归的心思。 ⑧淹留：久留。 ⑨凝望：一本作"长望""颙望"。 ⑩"误几"二句：多少次错把远处驶来的船当作心上人回家的船。 ⑪争：怎。 ⑫阑干：即"栏杆"。 ⑬恁：如此。

【译文】

伫立在江边的楼头，面对着潇潇的暮雨，那暮雨仿佛在洗涤清冷的残秋。渐渐地雨散云收，秋风一阵紧似一阵，山河冷落，落日的余晖映照江楼。满目凄凉，到处是花残叶凋，那些美好的景色都已歇休。一切仿佛都静止了，只有楼下的长江在流动，但仿佛也在暗自伤心，默默地无语东流。

实在不忍心登高远眺，望到故乡的方向云烟渺茫，归乡的思绪便难以排遣。唉，真令人伤心。这几年来四处奔波，究竟是为什么才苦苦地到处滞留？思念中的那位佳人，一定天天登上江边的画楼，眺望我的归舟。可是误认了一舟又一舟，仍不见我的身影，心里必然要充满责怪和怨尤。可你哪里知道我啊，在这里正倚楼眺望思乡，也是这样地深深忧愁。

【赏析】

作者在暮雨潇潇、霜风凄紧的秋日登高临远，满目山河冷落，残照当楼，万物萧疏，大江东流，不由勾起作者思乡怀人的愁情；这种愁情却无人可与诉知，更令人伤感悲戚。全词意境舒阔高远，气魄沉雄清劲；写景层次清晰有序，抒情淋漓尽致。语言凝练，气韵精妙。千古来深受词家叹服欣赏。

迷神引

　　一叶扁舟轻帆卷，暂泊楚江①南岸。孤城暮角，引胡笳怨②。水茫茫，平沙③雁，旋惊散。烟敛寒林簇，画屏展④。天际遥山小，黛眉浅⑤。

　　旧赏⑥轻抛，到此成游宦⑦。觉客程⑧劳，年光晚。异乡风物，忍萧索，当愁眼⑨。帝域赊⑩，秦楼阻，旅魂⑪乱。芳草连空阔，残照满。佳人无消息，断云⑫远。

【注释】

　　①楚江：泛指南方的河流。　②胡笳：古代北方民族管乐器，传说为张骞由西域传入。其音悲凉。　③平沙：平旷的沙原。　④画屏展：比喻山水风光佳美如画。⑤黛眉浅：比喻山色暗淡，如眉黛色。　⑥旧赏：指往日的欢快之事。　⑦游宦：离家在外做官。　⑧客程：旅程。　⑨"忍"二句：不忍。当：对着。愁眼：因自己心中充满忧愁，连眼神也显得忧郁。　⑩赊：远。　⑪旅魂：羁旅的情绪。　⑫断云：孤云。

【译文】

　　一叶小舟卷起了轻帆，暂且停泊在楚江南岸。孤城上响起黄昏的号角，像胡笳吹奏出古老的悲怨。江水茫茫，平展沙滩落了大雁，忽而惊得四散。雾霭从空中收敛，显露出一簇簇寒秋的树林，犹如画屏展现。辽阔的天边，远山那么微小，就像淡淡的黛色描出蛾眉弯弯。

　　昔日的游赏轻易抛弃，如今为做官漂泊辗转。只觉得客游他乡，旅程劳烦，一年光阴又近岁晚。异乡的风光景物，怎忍看萧条、冷落，遮住我忧愁的双眼。京城遥远归路难，佳人远阻难相见，搅得我客旅神魂迷乱。芳草连绵，伸延到空阔的天边，夕阳残照的余晖将大地铺满。佳人音信皆无，像扯断的彩云越飘越远。

【赏析】

　　这是柳永晚年游宦时羁旅行役之作。作者仕途蹭蹬，屡不得志，直到仁宗景祐元年（1034）才进士及第，此时年已约五十岁；此后长期任地方小官，久经辗转，四处游宦。这首词就是他行役途中的写作。上阕写晚景，下阕抒愁情，全词寓情于景，情景交融，语言哀愁缠绵，情调清凄婉约，气韵含蓄沉郁，风格清劲浑厚，完全呈现出游宦失意的凄凉晚景。

王安石

王安石（1021－1086），字介甫，号半山，谥文，封荆国公。世人又称王荆公。汉族，北宋抚州临川（今江西省抚州市临川区邓家巷）人，北宋著名政治家、思想家、文学家、改革家，唐宋八大家之一。传世文集有《王临川集》《临川集拾遗》等。其诗文各体兼擅，词虽不多，且有名作《桂枝香》等。

桂枝香

金陵怀古

登临送目，正故国晚秋^①，天气初肃。千里澄江似练^②，翠峰如簇^③。征帆去棹斜阳里，背西风、酒旗斜矗。彩舟云淡，星河鹭起。画图难足^④。

念往昔、繁华竞逐，叹门外楼头^⑤，悲恨相续^⑥。千古凭高，对此漫嗟荣辱。六朝^⑦旧事随流水，但寒烟衰草凝绿。至今商女，时时犹唱，后庭遗曲。

【注释】

①故国：指金陵，地在今江苏南京。　②练：白色的绢。　③如簇：这里指群峰好像丛聚在一起。　④画图难足：用图画也难以完美地表现它。　⑤门外楼头：指南朝陈亡国惨剧。　⑥悲恨相续：指南朝各个王朝的覆亡相继（也暗指后来隋炀帝在江都的身死国灭及五代南唐的灭亡）。　⑦六朝：指三国吴、东晋及南朝宋、齐、梁、陈六个朝代。它们都建都金陵。

【译文】

登高注目，金陵故都此时正是晚秋，天气开始冷肃，千里澄澈的长江像条白练，青翠的山峰犹如箭镞。远行的船帆在斜阳飘浮，背着西风簌簌，酒旗斜斜地高矗。画船上云烟淡淡，银河里白鹭飞舞，图画也难以将这美景绘出。

怀念往昔在繁华京都歌舞追逐，可陈后主门外兵临城下，楼头美人歌舞，亡国的悲恨凄楚首尾相继。自古以来多少人对此登高凭吊，空嗟叹兴亡荣辱。六朝旧事已随着流水消逝，只有寒雾如烟，草木衰枯，凝聚着碧绿，至今那茶楼酒肆的歌女，时时还在演唱陈后主《玉树后庭花》的旧曲！

【赏析】

本词黄升《花庵词选》题作"金陵怀古"。上阕描绘金陵山河的清丽景色，大笔挥洒，气象宏阔。下阕对六朝统治者竞逐繁华、亡国覆辙相蹈的可悲历史发出浩叹，并寓谴责之意，又暗含伤时之慨。词中多融入前人诗句而浑化无迹。

千秋岁引

秋景

别馆寒砧①孤城画角，一派秋声入寥廓②。东归燕从海上去，南来雁向沙头落。楚台风③，庾楼月④，宛如昨。

无奈被些名利缚，无奈被他情担阁⑤，可惜风流总闲却。当初漫留华表语⑥，而今误我秦楼约⑦。梦阑时⑧，酒醒后，思量着。

【注释】

①别馆：客馆。寒砧(zhēn)：捣衣石。这里指捣衣声。 ②寥廓：即辽阔。这里指天空。 ③楚台风：泛指清爽凉风。 ④庾楼月：此处泛指秋月。晋庾亮因讨平叛乱有功，以中书令迁都督江、荆、豫、益、梁、雍六州诸军事，为征西将军，镇守武昌，曾于秋夜气佳景清时与僚吏登南楼赏月，谈笑竟夕。后世以"庾楼"或"庾公楼"为高人雅兴之处。 ⑤担阁：即耽搁。 ⑥"当初"句：漫，徒然。华表语，华表是古代用以表示王者纳谏或指示道路的木柱，也指设在宫殿、城垣、桥梁或陵墓等建筑物前兼作装饰用的巨大石柱。 ⑦秦楼：秦穆公为其女弄玉所建之楼。亦名凤楼。 ⑧阑：残尽。

【译文】

寒冷的旅馆敲响捣衣的石砧，悲鸣的画角响彻孤单的城郭，一派秋声散入无边的寥廓。东归的燕儿从海上飞去，南来的大雁向沙头降落。楚王的兰台有快哉之风，庾亮的南楼有皓然之月，眼前的景物宛然如昨。

无奈我被束缚了名缰利索，无奈我被它将真情耽搁，可惜那些风流俊雅全都丢脱。当初随意在华表上书写谏语，而今误了我秦楼的誓约和承诺。睡梦觉来时，酒醉醒来后，总要深深地思索。

这首词写秋景以抒愁情。上阕写秋天寥廓，秋声悲切，秋鸟分开，秋风寒冷，秋月凄凉，一派悲秋景象，借以抒写下阕难以排遣的愁怀。下阕自白为名利世情所束缚担搁，而虚放过多少欢娱安乐，深感后悔，大有退隐追仙之想，实际上是作者政治上失意时的一种厌倦和愁怨感的表露。但全词情感真挚、悱恻感人；语调凄哀清婉，手法空灵宛曲。

宋词三百首全解全析

晏几道

晏几道（1038—1110），字叔原，号小山，晏殊的第七子。仕宦不得志，只做过卑微的小官，曾任颖昌府许田镇（在今河南许昌市南）监。词与晏殊齐名，号称"二晏"，其父称"大晏"，他称"小晏"。词风受《花间集》、南唐影响，凄婉清新，秀丽精工，哀怨自然处颇近李煜。

临江仙

梦后楼台高锁，酒醒帘幕低垂。去年春恨却来时，落花人独立，微雨燕双飞。

记得小蘋①初见，两重心字②罗衣。琵琶弦上说相思，当时明月在，曾照彩云③归。

【注释】

①小蘋：歌女名。　②心字：依领屈曲如心字。　③彩云：指小蘋。

【译文】

梦觉后高高的楼台紧锁，酒醒后长长的帘幕低垂。去年春天惹起的离恨又来恼我，恰是落花纷坠，斯人孤独伫立，细雨霏霏，燕儿翩翩双飞。

曾记得和小蘋初次相会，她穿着心字罗衣。拨弹着琵琶，诉说相思之情。当时映照小蘋的妙姿倩影的明月如今还在。

【赏析】

上阕描写人去楼空的寂寞景象，表达伤春伤别的凄凉之情。下阕追忆初见小蘋温馨的一幕，末二句化用李白诗句，另造新境，表现作者对旧欢"如幻、如电、如昨梦、如前尘"的怃然之慨。

蝶恋花

梦入江南烟水路，行尽江南，不与离人遇。睡里消魂①无说处，觉来惆怅②消魂误。

欲尽此情书尺素③，浮雁沉鱼，终了无凭据④。却倚缓弦歌别绪，断肠移破⑤秦筝柱。

【注释】

①消魂：魂魄消灭。多以名悲伤愁苦之状。江淹《别赋》有"黯然销魂者，惟别而已矣"。　②惆怅：因失望或失意而哀伤。　③尺素：素，生绢。古人写书信用长一尺左右的素绢，故称书信为尺素。　③浮雁沉鱼：古代诗文中常以鸿雁和鱼作为传递书信的使者。终了：纵了，即使写成。无凭据：不可靠，靠不住。　④移破：犹云移尽或移遍也。

【译文】

梦境里进入了烟水微茫的江南路，走遍江南也未与离别的人相遇。睡梦里离情消魂无处诉，梦醒来更觉惆怅，消魂离情将人误。

为要诉尽消魂离情写封书信，但是雁儿飞远，鱼儿下沉，信终究没有回音。无可奈何和着舒缓的琴弦唱出离情别绪，为奏断肠悲曲，将秦筝的弦柱遍移。

【赏析】

这首词写对恋人的无穷相思和无尽的离愁别绪。上阕写梦中行遍江南上下几千里，也不见离人。可见相见之难；"日有所思，夜有所梦"，梦中犹遍寻，昼日更不待言，可见相思之深。也更不消说睡里消魂，觉来消魂的相思苦情。下阕写梦寻不见，托鱼雁传书没有准信，再去倚筝弦以寄托相思，却是抚奏遍筝柱缓弦，奏出来的都是离愁别绪的悲曲。全词不着一"愁"字，但处处言愁。语言清朗明白，但浅语淡言却意长有致，情厚沉挚。

蝶恋花

醉别西楼醒不记①，春梦秋云，聚散真容易②。斜月半窗还少睡，画屏闲展③吴山翠。

衣上酒痕诗里字，点点行行，总是凄凉意。红烛自怜无好计，夜寒空替人垂泪④。

【注释】

①"醉别"句：李白《鲁中都东楼醉起作》诗："昨日东楼醉，还应倒接䍦。阿谁扶上马，不省下楼时。"此处化用其意。　②"春梦"二句：指欢乐不长，来去不定。白居易《花非花》诗："来如春梦不多时，去似朝云无觅处。"此处化用其意。

又晏殊《木兰花》："长于春梦几多时，散似秋云无觅处。"此处或承用其父语。
③闲展：冷落寂寞地张展。　④"红烛"二句：烛油流泻，如人流泪。杜牧《赠别》
二首之二："蜡烛有心还惜别，替人垂泪到天明。"此处化用其意。

【译文】

醉中告别西楼，醒后全无记忆。犹如春梦秋云，人生聚会或分离实在太容易。半
窗斜月微明，我还是缺少睡意，彩画屏风空展出吴山翠碧。

衣上有宴酒的痕迹，聚会所赋的诗句，点点行行，总唤起一番凄凉意绪。红烛自
悲自怜也无计解脱凄哀，寒夜里替人空垂泪滴。

【赏析】

这首小词写别后的凄哀愁情。上阕写醉梦醒来，记得的只是因离别痛苦难遣而大
醉以浇离愁，醒来更感慨人生如梦如云，聚无由，散去容易，眼下只剩自己一人独对
斜月画屏，凄凉孤寂不尽。下阕写聚时的酒痕诗字，现在的睹物生景，无不都是美女凉
哀伤，连红烛油流，也觉得替人流伤心泪。全词语淡情深，句句凄哀。结尾赋红烛以
人性，更显凄凉。风格婉约，手法精妙。

鹧鸪天

彩袖殷勤捧玉钟①，当年拚却②醉颜红。舞低杨柳楼心月③，歌尽桃
花扇底风④。

从别后，忆相逢，几回魂梦与君同⑤。今宵剩把银釭照，犹恐相逢
是梦中⑥。

【注释】

①彩袖：代指穿彩衣的歌女。玉钟：古时指珍贵的酒杯，是对酒杯的美称。
②拚(pàn)却：豁出去的意思。　③楼心月：指高挂天上正对楼顶的月亮。　④扇底风：
扇摇时所起之风。　⑤同：聚在一起。　⑥银釭(gāng)：银质的灯台，代指灯。

【译文】

彩袖玉手捧着酒杯殷勤又多情，当年我拼出去喝得满面通红。从楼顶的明月一直
舞到坠下杨柳梢，尽兴歌唱竟累得无力扇动桃花扇。

自从离别以后，总思念重新相逢，多少次在梦中与你相聚。今宵举起银灯细照，
还恐怕是相逢在梦中。

【赏析】

这首词写了与久别佳人重逢时犹疑是梦的惊喜和追忆别后对佳人苦苦相思之情。

"舞低"二句，晁补之称其词"风度闲雅，自是一家"，"此人必不生于三家村中者"。全词言情婉丽，文心曲妙，空灵雅致，足见小山本色。

生查子

关山梦魂长，塞雁①音书少。两鬓可怜②青，只为相思老。

归傍③碧纱窗，说与人人④道："真个⑤别离难，不似相逢好。"

【注释】

①塞雁：塞外之雁。雁是候鸟。　②可怜：奇怪，非常之意。　③归傍：别本作"归梦"，梦中归乡之意。　④人人：对所爱之人的昵称。宋时口语。　⑤真个：真正。难，忧愁。宋时口语。

【译文】

梦魂思乡却怨关山太长，乡音杳杳却怨鱼雁太少。可怜两鬓丝发青青，只因这日日相思变白。

做个归乡梦，回到碧纱窗，我说给亲爱的人儿知道："别离真个是难而又难，到底不如相逢好。"

【赏析】

这首词抒写相思怀远之情。下阕纯由想象生发，真实而亲切，于平淡中见韵味。

木兰花

东风又作无情计，艳粉娇红①吹满地。碧楼帘影不遮愁，还似去年今日意。

谁知错管春残事，到处登临曾费泪。此时金盏直须深②，看尽落花能几醉。

【注释】

①艳粉娇红：红粉，胭脂和铅粉，女子的化妆品，代指美人，此处借喻花朵。②金盏：酒杯的美称。直须：就要，就是要，宋时口语。

【译文】

东风又作了无情事，一夜就把艳粉娇红片片摧残落满地。我不思看这惨景，欲自躲在帘幕低垂的小碧楼；但还是如同去年那样，小楼帘幕都遮不住我心中的悲伤忧愁。

伤花残，悲春去。我何苦要管它春残花谢这些多余事！为什么我要到处登山临水追春留？还大把大把空流悼春的泪！如今只管金杯倾尽痛饮醉——我倒要看看要喝醉几多回，才眼不见它红消香断残春归！

【赏析】

这首词抒写伤春惜花之悲情。上阕写东风无情，践踏粉红，实以抒还如去年的今日苦愁。下阕开首似是悔语，实为悲痛感慨春残可哀，后两句变沉痛为凄厉以致愤懑。全词语辞深婉清劲，更显沉痛悲怆之愁怀。

木兰花

秋千院落重帘暮，彩笔闲来题绣户①。墙头丹杏②雨余花，门外绿杨风后絮。

朝云信断知何处？应作襄王春梦③去。紫骝④认得旧游踪，嘶过画桥东畔路。

【注释】

①彩笔：五彩之笔。绣户：雕绘华美的门户，多指妇女居室。 ②丹杏：红杏。③襄王春梦：实为先王梦之误传。 ④紫骝(liú)：古代骏马，又名枣骝。

【译文】

秋千摇曳的院落里重重帘帷染昏暮，闲暇时挥彩笔题诗在华丽的门上。墙里佳人似出墙红杏雨后花，门外游子如绿杨飞絮随风舞。

朝云飘逸，音信断了不知她在何处？应作个襄王觅神女，梦到高唐浦。紫骝马还认得旧时游踪，嘶叫着跑过了画桥东边秋千路。

【赏析】

这是一首怀旧之词。上阕写别后回想往昔闲来彩笔题诗的绣户，如今恐怕因欢尽人散，已是秋千冷落，庭院幽寂。门内之人，已如雨后红杏，香消花残；户外游子，也如风后柳絮，四处漂泊。其今非昔比之悲哀，不言可知。下阕写对佳人深深怀念，以致慨然重游旧地。末二句只写紫骝认得旧踪，直过画桥东路，可谓有情，人之深意浓情，自不待言。

清平乐

留人不住，醉解①兰舟去。一棹碧涛春水路，过尽晓莺啼处。

渡头杨柳青青，枝枝叶叶离情②。此后锦书③休寄，画楼云雨无凭④。

【注释】

①兰舟：船的美称。　②"渡头"二句：唐刘禹锡《杨柳枝》词："长安陌上无穷柳，唯有垂杨管离别。"此处化用其意。　③锦书：书信的美称。　④无凭：没有准信。

【译文】

留人留不住，醉中解缆随着兰舟远去。一只船桨划出碧波漫漫春江路，霎时过尽黄莺啼叫处。

渡口上杨柳青青，枝枝叶叶是离情。此地别后书信休再寄，画楼欢情已化作残云断雨虚幻无凭。

【赏析】

这是一首写离情别怨的词。上阕写送者留人不住，去年亦是不忍离别苦情，只好趁醉离去。"一棹"二句，大有柳永"今宵酒醒何处？杨柳岸晓风残月"所袭唐词"帘外晓莺残月"意。下阕写送者如渡头杨柳，枝枝叶叶俱含离别苦情。结尾二句看是绝情语，实是多情负气之怨语。故周济《宋四家词选》云："结语殊怨，然不忍割弃。"情在怨中，小山情奇。

阮郎归

旧香残粉①似当初，人情恨不如。一春犹有数行书，秋来书更疏②。

衾凤③冷，枕鸳④孤，愁肠待酒舒⑤。梦魂纵有也成虚，那堪和⑥梦无。

【注释】

①旧香残粉：指旧日残剩的香粉。香粉，女性化妆用品。　②疏：稀少。　③衾凤：绣有凤凰图纹的彩被。　④枕鸳：绣有鸳鸯图案的枕头。　⑤舒：宽解、舒畅。　⑥和：连。

【译文】

旧日残剩的香粉，芳馥似当初，但人儿的情意却淡了，恨不如往日。春天时还寄来几行书信，到了秋天书信越见稀疏。

绣凤被儿冷，鸳鸯枕儿孤，郁郁愁肠只待酒来宽解。梦魂儿纵然有相逢，把晤也成虚无，怎忍受连想做个虚幻的梦儿也无路。

【赏析】

本词写出作者虽然怨恨情人负心、改变了初衷，却依旧独抱痴情、自守寂寞。末二句陈述连梦中相会聊以自欺的慰藉都没有，其痛苦诚何以堪！言语虽浅淡，感情极沉痛。

阮郎归

天边金掌①露成霜，云随雁字②长。绿杯红袖③趁重阳，人情似故乡。兰佩④紫，菊簪⑤黄，殷勤理旧狂⑥。欲将沉醉换悲凉，清歌莫断肠。

【注释】

①金掌：汉武帝时在长安建章宫筑柏梁台，上有铜制仙人以手掌托盘，承接露水。此处以"金掌"借指国都，即汴京。即谓汴京已入深秋。　②雁字：成列而飞的雁群。群雁飞行时，常排列成一字或人字。　③绿杯红袖：绿杯，代指美酒。红袖，代指美女。　④兰佩：以秋兰为佩饰物。　⑤菊簪：古人有于重阳日插戴菊花之俗，谓之簪菊。⑥旧狂：昔日的疏狂。

【译文】

高耸近天的金掌上的露水凝成了白霜，天上的云朵随着排成字形远翔的鸿雁不断变化。美人捧着美酒趁着重阳节尽情狂饮。这里的人情物色仿佛回到了我的故乡。

佩戴紫色的兰花，簪上金色的菊黄，重新恢复往日的轻狂。想要用沉醉来代替悲凉，请唱欢快的乐曲，不要再唱那缠绵的歌让人断肠。

【赏析】

本词便抒写了他失意的感慨。作者以故作轻松的笔词描写他重阳佳节在异乡为客，因主人殷勤而产生"人情似故乡"的亲切感，但从"绿杯"句，已可见其佯狂及借酒浇愁之状，下阕的"欲将沉醉换悲凉"即是此句注脚。作者又化用《离骚》句意，以佩兰簪菊来象征自己品格的高洁。而"殷勤理旧狂"五个字有三层意思："狂者，所谓一肚皮不合时宜，发见于外者也。狂已旧矣，而理之，而殷勤理之，其狂若有甚不得已者"。这类"狂篇醉句"，思想内容较为深刻，风格沉着凝重，又觉清丽空灵。

六么令

绿阴春尽，飞絮绕香阁。晚来翠眉宫样，巧把远山学①。一寸狂心未说，已向横波②觉。画帘遮匝③，新翻曲妙，暗许闲人带偷掐。

前度书多隐语，意浅愁难答。昨夜诗有回文④，韵险还慵押。都待笙歌散了，记取来时霎。不消红蜡，闲云归后，月在庭花旧阑角。

【注释】

①远山学：古代妇女化妆的一种眉形。 ②横波：眼神如水波之横流。 ③遮匝：周围之意。 ④回文：诗中字句，回环读之，无不成文。

【译文】

绿阴浓春色尽，闺阁上柳絮飘飞缭绕。傍晚时依照宫中样式描翠眉，只爱把远山眉巧学细描。春心荡漾虽未说，但眼中的秋波已让人察觉。彩绘的帘幕四围，奏起新谱的曲子，音调真妙啊！我心里暗暗地允许外界闲人偷听到学了去。

前次来信中，你用了许多隐语，意思倒浅显，我却愁难以作答。昨夜惠赠的诗中，又有回文，韵押得太险了，我还是懒得费神去步你的韵。等那笙歌宴乐全散了，请记住暂留片刻相处。不须点燃红蜡烛，闲云归散以后在庭院栏杆旧角，一轮明月照花围。

【赏析】

这首词写一位歌女与情人的约会，题材的角度新颖，展现女主人公的内心活动，描摹相当生动。最后叮嘱约会的时间、地点，是全词里写得最生动部分。

御街行

街南绿树春饶①絮，雪②满游春路。树头花艳杂娇云，树底人家朱户。北楼闲③上，疏帘高卷，直见街南树。

阑干倚尽犹慵去④，几度黄昏雨。晚春盘马⑤踏青苔，曾傍绿阴深驻。落花犹在，香屏空掩，人面知何处⑥？

【注释】

①饶：充满，多。 ②雪：这里以形容白色的柳絮。 ③闲：高大的样子。 ④慵去：懒得离去。 ⑤盘马：骑马驰骋盘旋。 ⑥"落花"三句：翻用《本事诗》载崔护事。

【译文】

街南绿树浓阴春天多柳絮，柳絮如雪飘满游春的道路。树顶上杂映着艳花交织的娇云，树荫下是居住人家的朱红门户。闲懒地登上北楼，疏散的珠帘向上高卷，一眼看到遮护艳花朱户的城南树。

倚遍栏杆还懒得离去，经过了几度黄昏细雨。记得暮春时她曾骑马徘徊踏过青苔，曾靠在绿阴深处停马驻足。昔日落花今犹在，华美的屏风却空掩，谁知桃花人面在何处？

【赏析】

这是一首忆旧怀人的词。全词用大量的篇幅描写旧地春景：街南绿树成荫，柳絮如雪满路；树头花艳如云，花下朱户人家；北楼高矗，帘幕卷起，佳人久倚栏杆远眺，和恋人共度几多黄昏暮雨；二人骑马出游，也曾在绿荫深处密语。这大量的忆旧篇幅，反衬出结尾花在楼存，时异人非的今时冷落，令人怅惘不已。此词采用这种今昔对比的手法，以写作者对往昔欢乐的怀念和今时失落的悲凄，这和他晚年家道中落，屡不得意的生活遭遇是有一定联系的。全词铺叙有序，结构巧妙；以崔护诗意作结，意犹未尽，咀之而韵味无穷。

虞美人

曲阑干外天如水，昨夜还曾倚。初将明月比佳期，长向月圆时候、望人归。

罗衣著①破前香在，旧意谁教改。一春离恨懒调弦，犹有两行闲泪②、宝筝前。

【注释】

①著：穿。　②闲泪：闲愁之泪。

【译文】

回廊上的栏杆曲曲弯弯，外面的天色像水一样清澈。昨天晚上，我也曾在这里凭依栏杆。人们都把明月比作佳期，认为月满时人也会团圆。因此我每天都在这里倚栏眺望，盼望心上人早日回到身边。

绫罗的衣服虽已穿坏，但以前的余情尚在，令我缅怀留恋。可是不知旅行在外的游子，是谁让他把初衷改变。自春以来，因为离愁别恨而满怀愁怨，也懒得抚筝调弦。还有那两行因闲愁而伤心的眼泪，滴落在那宝筝的前面。

【赏析】

　　这是一首写妇女怀人怨别的小词。上阕起首二句，将妇女盼望人归来的思情淡淡提起，接下来二句，将情调转深：离人去时言明月圆满时即相会佳期，使得闺中人长在月圆时望其归来。妇女盼归的痴情，可怜可叹。下阕写妇女情虽罗衣著破，仍留前香。可是离人情薄，早已将旧意更改。"谁教"二字，可见她怨恨之深。结尾几句，将妇女内心痛苦以泪洒筝前表达，更显深沉。此词语言平易自然，却意境含蓄深远。其痴情怨绪，摇动人心。

留春令

　　画屏天畔，梦回依约①，十洲云水②。手捻③红笺寄人书，写无限伤春事。

　　别浦④高楼曾漫倚，对江南千里。楼下分流水⑤声中，有当日凭高泪。

【注释】

　　①依约：依稀，隐约。　②十洲：神仙之所居，在八方巨海之中。汉东方朔有《十洲记》谓祖洲、瀛洲、玄洲、炎洲、长洲、元洲、流洲、生洲、凤麟洲、聚窟洲。③捻：拈取。　④别浦：送别的水边。　⑤分流水：以水的分流喻人的离别。

【译文】

　　屏风上展现的画景似远在天边，梦醒初回，隐隐约约，犹记十洲仙境的烟云碧水。手捻着红格笺纸寄给心上人一封书信，将伤春心情写出来。

　　就在分别的水边的高楼上，曾无聊地倚靠栏杆，远对着江南辽阔千里。楼下东西分流的水声中有我登高凭栏时流下思念的泪水。

【赏析】

　　此词写与意中人别后的怀思，落笔便出奇想：画屏中的风景，仿佛远在天边；残梦初回，依稀见那十洲的行云流水。我手执着红笺，那是准备寄给她的书信，里面写有无限的伤春心事。下阕写往事的回忆：我也曾无聊地独倚高楼——正是两人分别的水边——面对着辽阔的千里江南之地。最后两句进一步写倚楼时的怀思。

思远人

　　红叶黄花秋意晚①，千里念行客②。飞云过尽，归鸿无信，何处寄书得③？

泪弹不尽临窗滴，就砚旋研墨④。渐写到别来，此情深处，红笺为无色。

苏轼

苏轼（1037—1101年），字子瞻，号东坡居士，眉山（今四川眉山）人，嘉祐二年（1057年）进士。曾任杭州通判，又知密州、徐州、湖州，政绩卓著。苏轼是北宋文坛领袖，建树了多方面的文学业绩，散文与欧阳修并称"欧苏"，是唐宋八大家之一；诗歌与黄庭坚并称"苏黄"，开有宋代诗歌新貌；词与辛弃疾并称"苏辛"，改革了词风，开拓了词境，提高了词品；书法与黄庭坚、米芾、蔡襄并称"四大家"；绘画是以文同为首的"文湖州竹派"的重要人物。他在文学艺术的各个领域都取得了突出的成就，在中国文学史上极为罕见。苏轼词创造了多种风格，除传统的婉约清丽外，他的词或清旷，或雄放，或凝重，或空灵，佳作极多，对后世影响极为深远。

水调歌头

丙辰①中秋，欢饮达旦，大醉，作此篇。兼怀子由②。

明月几时有，把酒问青天。不知天上宫阙，今夕是何年。我欲乘风归去。又恐琼楼玉宇，高处不胜寒，起舞弄清影，何似在人间。

转朱阁，低绮户③，照无眠。不应有恨，何事长向别时圆？人有悲欢离合，月有阴晴圆缺，此事古难全。但愿人长久，千里共婵娟④。

【注释】

①丙辰：宋神宗熙宁九年（1076）。　②子由：苏轼弟名辙，字子由。　③绮户：绣户。　④婵娟：美丽的月光。

【译文】

明月从何时才有？手持酒杯来询问青天。不知道天上宫殿，今夜是哪年。我想要乘御清风去月宫，又怕受不住高耸九天的寒冷。起舞翩翩玩赏着月下清影，月殿怎比得上在人间！

转过朱红楼阁，月光低洒在绮窗前，照到床上人惆怅无眠。明月不该有什么怨恨，却为何总在亲人离别时候才圆？人有悲欢离合的变迁，月有阴晴圆缺的转换，这种事自古来难以周全。但愿离人能长久康健，远隔千里共享月色明媚皎然。

【赏析】

词人运用形象描绘的手法，勾勒出一种皓月当空、美人千里、孤高旷远的境界氛围，把自己遗世独立的意绪和往昔的神话传说融合一处，在月的阴晴圆缺当中，渗进浓厚的哲学意味，可以说是一首将自然和社会高度契合的感喟作品。此词通篇咏月，却处处关合人事。上阕借明月自喻孤高，下阕用圆月衬托别情，它构思奇特，畦径独辟，极富浪漫主义色彩。是苏词的代表作之一。

水龙吟

次韵章质夫《杨花词》①

似花还似非花，也无人惜从教坠②。抛家傍路，思量却是，无情有思③。萦④损柔肠，困酣娇眼，欲开还闭。梦随风万里，寻郎去处，又还被莺呼起⑤。

不恨此花飞尽，恨西园、落红难缀⑥。晓来雨过，遗踪何在？一池萍碎。春色⑦三分，二分尘土，一分流水。细看来、不是杨花，点点是离人泪。

【注释】

①次韵：指依照一首诗词原韵所和之诗词，称次韵。章质夫：章楶，字质夫，与苏轼同官京师。杨花词：章质夫咏杨花的名作。杨花，指柳絮。　②惜：爱惜。从教坠：任凭飘坠。　③有思：有情意。　④萦：缠绕。　⑤"梦随"三句：化用唐金昌绪《春怨》诗意："打起黄莺儿，莫教枝上啼。啼时惊妾梦，不得到辽西。"　⑥缀：连结。　⑦春色：代指杨花。

【译文】

像花又好像不是花，也无人怜惜任凭它衰零坠地。它抛离家乡倚路旁，细思量仿佛无情，却是含有深情。受伤的柔肠婉曲，困倦的娇眼昏迷，欲开又闭。梦魂随风飘万里，追寻情郎去处，却又被黄莺儿叫起。

不恨此花飘飞落尽，却恨西园，满地落红枯萎难再旧枝重缀。清晨淋过阵雨，何处有落花遗踪？它飘入池中，化成一池细碎浮萍。三分春色姿容，二分化作尘土，一分坠入流水无踪影。细看来，那不是杨花呵，点点飘絮是离人泪盈盈！

【赏析】

本篇构思巧妙，刻画细致，咏物与拟人浑成一体：柔肠、娇眼的想象已是出神入化，随风万里寻郎，更是将杨花的精魂和思妇的形象处理得不即不离、若即若离，表现出极其缠绵妙绝伦，压倒古今，为咏物词的极品。

念奴娇

赤壁^①怀古

大江东去，浪淘尽、千古风流人物。故垒西边，人道是、三国周郎^②赤壁。乱石穿空，惊涛拍岸，卷起千堆雪。江山如画，一时多少豪杰。

遥想公瑾^③当年，小乔^④初嫁了，雄姿英发。羽扇纶巾，谈笑间、强虏灰飞烟灭。故国神游，多情应笑我，早生华发。人生如梦，一樽还酹江月。

【注释】

①赤壁：赤壁之说不一，实际上三国时周瑜击败曹操石灰岩大军的赤壁是在湖北薄圻县西北、长江南岸。　②周郎：即周瑜。　③公瑾：周瑜字公瑾。　④小乔：周瑜妻。

【译文】

大江滚滚向东流，波浪冲淘尽千古风流人物。那遗弃了的旧营垒西边，人说是三国周瑜大败曹公的赤壁。四面石乱山高，两岸悬崖峭壁耸入云霄；惊涛骇浪汹涌澎湃，日夜将江岸冲击撕裂；波涛水涡翻滚腾跃，像似冬日里堆积的白雪。江山如图如画，一时引出多少英雄豪杰！

遥想当年周郎公瑾，那时乔家小女初嫁归门；他英姿雄健睿智卓越，风度翩翩神采照人。手执羽扇，头著纶巾；从容潇洒笑谈间，八十万曹军如灰飞烟灭如今我身临古战场，神游往昔浮想万千。可笑我如此多怀古幽情竟未老先衰鬓发斑白。啊，人生如一场梦幻，还是举起酒杯，莫祭这万古长存的大江明月。

【赏析】

这首词是苏词豪放风格的代表作。他以赤壁怀古为主题，将奔腾浩荡的大江波涛、波澜壮阔的历史风云和千古而来的风流人物，酣畅淋漓地泼墨挥写于大笔之下，抒发了作者宏伟的政治抱负和豪迈的英雄气概。词中也流露壮志未酬的感慨和人生如梦、岁月流逝的遗憾，但这种感慨和遗憾并非失望和颓废。它向人们揭示：千古风流人物身名俱灭，但江山长在，江月长留，当举酒相酹。

永遇乐

彭城①夜宿燕子楼，梦盼盼，因作此词。

明月如霜②，好风如水，清景无限。曲港③跳鱼，圆荷泻露，寂寞无人见。纮如④三鼓，铿然⑤一叶，黯黯梦云惊断⑥。夜茫茫，重寻无处，觉来小园行遍。

天涯倦客，山中归路，望断故园心眼⑦。燕子楼空，佳人何在？空锁楼中燕。古今如梦，何曾梦觉，但有旧欢新怨。异时对，黄楼⑧夜景，为余浩叹。

【注释】

①彭城：即徐州。 ②明月如霜：李白《静夜思》诗："床前明月光，疑是地上霜。"③曲港：湖隈。 ④纮(dǎn)如：鼓声沉闷的样子。 ⑤铿(kēng)然：形容声音响亮有力。⑥梦云：夜梦神女朝云。惊断：惊醒。 ⑦心眼：心愿。 ⑧黄楼：徐州东门上的大楼，苏轼徐州知州时建造。

【译文】

明月皎洁像给大地铺了一层霜，秋风凉爽如水一样清凉，清秋的夜景无限美好。环曲的港湾鱼儿跳出水面，圆圆的荷叶露珠儿晶莹流转，天地的美景寂寞无人看见。三更鼓声响亮，一片叶落，铿然作声，竟把我的梦惊断。夜色茫茫无处重寻梦里悲欢，醒来后走遍小园心中怅然。

漂泊天涯的游子，已经感到十分疲倦。看那山中的归路，对着故乡家园苦苦地思念。看如今燕子楼空空荡荡，佳人已不在，楼中的画堂里空留着那呢喃双燕。古今万事皆成空，还有几人能从梦中醒来，有的只是难了的旧欢新怨。后世有人，面对着这黄楼夜色，定会为我深深长叹。

【赏析】

这首词，上阕描写明月清风、鱼翻露泻的清冷夜景。此时人从梦中醒来，独自徘徊小园，更显寂寞。下阕联想佳人已去，眼前楼空，因而感叹人生如梦，转眼皆为虚无。反映了作者失意时思念故乡的伤感心情。全词写景景如图画，抒情情思缠绵叙事的纲领，用典不泥涩。遣辞用字精炼，意境清丽优美，很有艺术魅力。"燕子楼空"三句，尤为人称道。

宋词三百首全解全析

洞仙歌

仆七岁时，见眉州①老尼，姓朱，忘其名，年九十岁。自言尝随其师入蜀主孟昶②宫中。一日大热，蜀主与花蕊夫人③夜纳凉摩诃池④上，作一词。朱具⑤能记之。今四十年，朱已死久矣，人无知此词者，但记其首两句。暇日寻味，岂洞仙歌令乎？乃为足⑥之云。

冰肌⑦玉骨，自清凉无汗。水殿⑧风来暗香满。绣帘开、一点明月窥人，人未寝，欹⑨枕钗横鬓乱。

起来携素手，庭户无声，时见疏星渡河汉⑩。试问夜如何？夜已三更，金波淡、玉绳低转⑪。但屈指西风几时来，又不道流年暗中偷换。

【注释】

①眉州：今在四川眉山境内。　②孟昶：五代时蜀国君主，在位三十一年，后国亡降宋，深知音律，善填词。　③花蕊夫人：孟昶的妃子，别号花蕊夫人；　④摩诃池：故址在今成都昭觉寺，建于隋代，到蜀国时曾改成宣华池。　⑤具：通俱，全、都的意思。　⑥足：补足。　⑦冰肌：肌肤洁白如冰雪。　⑧水殿：建在摩诃池上的宫殿。　⑨欹：斜靠。　⑩河汉：银河。　⑪"金波"二句：金波，指月光。玉绳：星名，位于北斗第五星玉衡的北面。

【译文】

肌肤像冰玉般莹洁、温润，身体清凉无汗。晚风来，水殿里丝丝暗香弥漫。绣帘撩开，明月一点，偷窥着佳人，佳人尚未寝眠，倚在枕边金钗横堕鬓发乱。

牵着白净的玉手，起来步在寂静的庭院，时而可见稀疏的流星渡过银河岸。试问夜色如何？三更已过，月波淡淡，玉绳星随着北斗低旋。屈指掐算，秋风何时送寒，又不知不觉，似水年华在暗中偷偷转换。

【赏析】

本词是苏轼的名篇之一。上阕写人物、环境之清凉，人物"冰肌玉骨"，具不同凡响的神仙资质；水殿、清风、暗香、月光，如置身月殿瑶台的清虚之境，无一毫尘俗气。"绣帘开"几句绘闺房情景宛然如见。"一点明月窥人"句，"一点"与"窥"字灵动奇妙，为本词增添许多情致。下阕描写蜀主孟昶和花蕊夫人流连月下纳凉而思秋风，因思秋风而感念流光飞逝的怅惋之情，其间融入作者对时光流逝深深惋惜之情。

卜算子

黄州①定惠院寓居作

缺月挂疏桐，漏断②人初静。谁见幽人③独往来，缥缈孤鸿影。

惊起却回头，有恨无人省④。拣尽寒枝不肯栖，寂寞沙洲冷。

【注释】

①黄州，今湖北黄冈县。 ②漏断：指夜深。漏，古代计时器。 ③幽人：幽居的人。这是作者自指。 ④省（xǐng）：理解、了解。

【译文】

残月高挂在稀疏的梧桐，漏尽夜深，已听不见有人声。谁能见幽居人独自往来徘徊？唯有那缥缈高飞的孤鸿的身影。

它突然惊起又回过头寻觅同伴，却只有自己，心里有恨却无人能懂。它拣遍了寒冷的树枝不肯栖息，甘愿躲到寂寞的沙洲忍受清冷。

【赏析】

人而似鸿，鸿而似人，非鸿非人，亦鸿亦人，这就是本词艺术形象的特点。而托鸿以见人，自标清高，寄意深远，风格清奇冷隽，似非吃烟火食人间语。

青玉案

送伯固归吴中

三年枕上吴中路，遣黄犬①，随君去。若到松江呼小渡，莫惊鸥鹭，四桥尽是、老子经行处。

辋川图②上看春暮，常记高人右丞句。作个归期天定许，春衫犹是，小蛮③针线、曾湿西湖雨。

【注释】

①黄犬：狗名。　②辋川图：唐王维于蓝田清凉寺壁上曾画《辋川图》。　③小蛮：歌妓名。

【译文】

三年间睡梦中魂魄总回到吴中故园路。我送只传信的黄犬，随你返回故土。若到松江呼唤小舟摆渡，切莫惊吓了鸥鸟白鹭。吴中四桥的河湾渡口，当年都是我常游的去处。

品鉴、研摩《辋川图》，仿佛看到吴中暮春景物，常常记起高士王右丞的诗句。定个还乡的归期天公已应许，身上春衫还是小蛮的细针密线，曾浸湿了西湖依依的泪雨。

【赏析】

上阕抒写作者对苏坚归吴的羡慕和自己对吴中旧游的系念之情。下阕使用虚笔，以王维诗画赞美吴中山水，抒发自己欲归不得的惋惜。间接地表现他对宦海浮沉的厌倦，笔致极委婉清丽，令人爱不忍释。

临江仙

夜饮东坡①醒复醉，归来仿佛三更。家童鼻息已雷鸣。敲门都不应，倚杖听江声②。

长恨此身非我有，何时忘却营营③！夜阑风静縠纹平④。小舟从此逝，江海寄余生。

【注释】

①东坡：在湖北黄冈县东。苏轼谪贬黄州时，友人马正卿助其垦辟的游息之所，筑雪堂五间。　②听江声：苏轼寓居临皋，在湖北黄冈县南长江边，故能听长江涛声。③营营：周旋、忙碌，内心躁急之状，形容为利禄竞逐钻营。　④夜阑：夜尽。縠纹：比喻水波细纹。縠，绉纱。

【译文】

夜里在东坡雪堂饮酒，酒醒又酒醉，醉后归来恍惚已将近三更。家童鼾声如雷鸣。反复敲门也无人应，只好倚着竹杖倾听江浪声。

长恨这形骸不归我所有，何时能忘却为利禄功名。夜将尽风静水波平，真想一叶小舟从此去，寄身江海了残生。

【赏析】

词的上阕着意渲染其醉态，下阕写酒醒时的思想活动。这首词做到了情、景、理的巧妙结合。

定风波

三月七日，沙湖①道中遇雨，雨具先去，同行皆狼狈②，余独不觉。已而遂晴，故作此。

莫听穿林打叶声，何妨吟啸③且徐行。竹杖芒鞋④轻胜马，谁怕？一蓑⑤烟雨任平生。

料峭⑥春风吹酒醒，微冷，山头斜照却相迎。回首向来萧瑟⑦处，归去，也无风雨也无晴。

【注释】

①沙湖：在黄冈县东三十里处。 ②狼狈：进退两难的样子。 ③吟啸：犹长啸，吟咏。徐行：慢走。 ④芒鞋：草鞋。 ⑤蓑：蓑衣，用棕制成的雨披。 ⑥料峭：微寒的样子。 ⑦萧瑟：风雨吹打树叶声。

【译文】

不要在意那穿林风雨打叶声，不妨低吟长啸且从容徐行。拄行杖，曳草鞋，轻便自在胜过骑马，有什么可怕？披一袭蓑衣任凭风雨，我依旧往来自如。

微凉春风把酒意吹醒，微微感到寒冷，山头上雨过斜阳正来相迎。回首看看来程风雨萧萧的情景，归去吧，不管它是风雨还是放晴。

【赏析】

这首词写作者途中遇大雨仍吟啸徐行的经历和感受，表现了作者任凭政治风云变幻，屡遭挫折也无所畏惧的倔强性格。这实际上也是苏轼政治上不得志后追求精神上的自我解脱的安宁，也是其对现实社会的一种无力的思想反抗。

江城子

乙卯正月二十日夜记梦

十年①生死两茫茫，不思量，自难忘。千里孤坟②，无处话凄凉。纵使相逢应不识，尘满面、鬓如霜。

夜来幽梦③忽还乡，小轩窗④，正梳妆。相顾⑤无言，惟有泪千行。料得年年肠断处，明月夜、短松冈⑥。

【注释】

①十年：苏轼妻王氏去世十年。　②千里孤坟：王氏去逝后葬在四川。　③幽梦：梦境隐约，故云幽梦。　④小轩窗：指小室的窗前。轩，门窗。　⑤顾：看。　⑥明月夜，短松冈：苏轼葬妻之地。短松，矮松。

【译文】

十年生死隔绝两茫茫。不想去想念却又难忘记。千里遥远的孤坟，竟无处向你倾诉满腹凄凉。纵然是夫妻再相逢你也许认不出我，因为我已灰尘满面，两鬓如霜！

夜里忽然做了个渺茫的返乡梦。在那小门窗前，仿佛看见爱人正在梳妆。我们相对惨然不语，只有淋漓热泪洒千行。料想得到，每年她思念我痛断柔肠的地方，就在那明月的夜晚，矮松的山冈。

【赏析】

用词写悼亡，是苏轼的首创。这首悼亡词分合顿挫，虚实结合以及叙述白描等多种艺术方法，来表达怀念亡妻的感情，在对亡妻的哀思中又糅进自己的身世感慨，因而将夫妻之间的感情表达得深婉而执着。

贺新郎

乳燕①飞华屋。悄无人、桐阴②转午，晚凉新浴。手弄生绡白团扇③，扇手一时似玉④。渐困倚、孤眠清熟⑤。帘外谁来推绣户？枉教人⑥、梦断瑶台曲⑦，又却是，风敲竹。

石榴半吐红巾蹙⑧。待浮花、浪蕊都尽⑨，伴君幽独⑩。秾艳⑪一枝细看取，芳意千重似束。又恐被、西风惊绿⑫，若待得君来向此，花前对酒不忍触。共粉泪，两簌簌⑬。

【译文】

雏燕儿穿飞在华丽的房屋。悄然无人，梧桐树荫儿转向正午，晚间凉爽，美人刚刚出沐。手里摇弄着白绢团扇，团扇与素手似白玉。渐渐困倦斜倚，独自睡得香熟。帘外是谁来推响彩绣的门户？白白地叫人惊散瑶台仙梦，原来是，夜风敲响了翠竹。

半开的石榴花像红巾叠簇。等浮浪的花朵零落尽，它就来陪伴美人的孤独。取一枝浓艳榴花细细看，千重花瓣儿正像美人的芳心情深自束。又恐怕被那西风骤起，惊得只剩下一树空绿，若等得美人来对此，残花之前对酒竟不忍触目。只有残花与眼泪，一同洒落。

【赏析】

《贺新郎》，宋人常用的长调之一。首见于苏轼词，因词中有"晚凉新浴"，亦题为《贺新凉》。毛先舒《填词名解》卷三谓此调系苏轼所创。

这首词咏人兼咏物。上阕描写在清幽环境中的一位美人，她高洁绝尘，又十分孤独寂寞。"帘外谁来推绣户"几句，如梦似幻，动而愈静，极其婉曲地表现了女主人公的孤寂。过阕转

而咏榴花，这不与"浮花、浪蕊"为伍的榴花，即女主人公的象征。最后四句描写美人和榴花的迟暮之叹。这首词意象清隽，托意高远，隐约地抒写了作者怀才不遇的抑郁情怀。

秦观

秦观（1049—1100），字少游，一字太虚，号淮海居士，扬州高邮（今江苏高邮）人。秦观是"苏门四学士"之一，在四学士中他最受苏轼爱重，诗、文、词皆工，词名尤著，当时极负盛誉。他的词艺术成就很高，柔丽典雅，情味深永，音律谐婉。词风上承柳永、晏几道，下开周邦彦、李清照。

望海潮

洛阳怀古

梅英①疏淡，冰澌溶泄②，东风暗换年华。金谷俊游③，铜驼④巷陌，新晴细履平沙。长记误随车⑤，正絮翻蝶舞，芳思⑥交加。柳下桃蹊⑦，乱分春色到人家。

西园夜饮鸣笳⑧，有华灯碍月，飞盖⑨妨花。兰苑未空⑩，行人渐老，重来是事堪嗟⑪。烟暝⑫酒旗斜。但倚楼极目，时见栖鸦。无奈归心，暗随流水到天涯。

【注释】

①梅英：梅花。　②冰澌（sī）：冰块流融。溶泄：溶解流泄。　③金谷：金谷园，在今河南洛阳市西北，西晋石崇所建。俊游：同游的好友。　④铜驼：铜驼街，因汉代洛阳王宫门外设铜铸骆驼两座而得名。　⑤误随车：错跟了陌生女子的车辆。　⑥芳思：春天引起的情思。　⑦桃蹊：桃树众多的地方。　⑧西园：即金谷园。据李格非《洛阳名园记》载，洛阳还有董氏西园。笳：胡笳，古代西北少数民族的一种管乐器。　⑨飞盖：飞驰车辆上的伞盖。　⑩兰苑：美丽的园林，亦指西园。　⑪重来：秦观赴京应试，元祐三年（1088）因苏轼推荐应试入京，元祐五年（1090）因范纯仁推荐再次赴京，至绍圣元年离京。是事：事事。　⑫烟暝：烟霭弥漫的黄昏。

梅花稀疏淡雅，冰雪流泻融化，春风吹拂暗暗换了年华。想昔日在金谷同好友游春，铜驼街巷的繁华，趁新晴漫步在雨后平沙。总记得曾误追了人家香车，正是柳絮翻飞蝴蝶翩舞，引得春思缭乱。柳荫下桃花正娇媚，把春色送到千家万户。

西园雅集夜饮，吹奏起胡笳，缤纷高挂的华灯遮掩了月色，飞驰的伞盖碰损了繁花。花园尚未凋残，游子却渐生霜发，重来旧地事事感慨吁嗟。暮霭里一面酒旗斜挂，空倚楼纵目远眺，时而看见栖树归鸦。我归心难奈呵，已暗自随着流水奔到天涯。

【赏析】

本词以怀旧为主抒写今昔之慨，由今感昔，又由昔慨今，错综交织。词中以"陈、隋小赋"手法极力铺叙过去的欢乐，句法丽密，将眼前的凄清冷落以疏笔借景物点染，形成强烈对照，感人至深。词中"柳下桃蹊"几句，把绚烂的春色、无处不在的春光渲染得十分真切动人，充满了生意。整首词典雅清丽，温婉平和而意脉不断、气骨不衰，是出色的长调。

八六子

倚危亭①。恨如芳草，萋萋刬尽还生②。念柳外青骢③别后，水边红袂④分时，怆然暗惊。

无端天与娉婷⑤，夜月一帘幽梦，春风十里⑥柔情。怎奈向⑦、欢娱渐随流水，素弦声断，翠绡⑧香减，那堪片片飞花弄晚，濛濛残雨笼晴。正销凝⑨，黄鹂⑩又啼数声。

【注释】

①危亭：高耸的楼亭。 ②"恨如芳草"二句：化用南唐李煜《清平乐》词意："离恨恰如春草，更行更远还生。"刬，消除。 ③青骢：毛色青白相间的马。 ④红袂(mèi)：红袖，代指女子。 ⑤无端：没来由，无缘无故。娉婷：姿容娇美的样子。 ⑥春风十里：化用杜牧《赠别》"春风十里扬州路"诗意。 ⑦怎奈向：怎奈、如何。张相《诗词曲语辞汇释》卷三："义犹云奈何也。" ⑧翠绡：碧丝纱巾。 ⑨销凝：销魂凝魄，极度伤神之意。 ⑩黄鹂：黄莺。

【译文】

倚着危耸的高亭，离恨如芳青翠茂密的草，铲尽了还会复生。回想起柳树外骑着青骢马离别的场景，与流水边红袖女分手依依，不禁内心悲怆痛楚。

老天没有缘由赐给她娇美姿容。帷帘透出夜月银辉，笼罩了幽梦欢情，柔情融融

宋词三百首全解全析

仿佛沐浴着十里春风。怎奈何，往日的欢乐随着流水消逝，琴弦声音已断，碧纱巾芳香也减，怎忍受飞花片片，逗引着暮色昏暗，残雨蒙蒙笼罩着晚晴。正在凄然伤神，黄莺儿又啼叫了几声。

【赏析】

《八六子》，唐词牌名，始见于《尊前集》载杜牧词。

此词抒写怀人之情。起句为神来之笔，见景物而陡然起离恨，以"刬尽还生"的芳草比喻剪不断的离情，变故为新，用笔空灵含蓄。"念柳外"至"十里柔情"六句，回忆分别情景及往日欢娱，缠绵婉曲，意味无穷。以下几句再叙离恨，并融情入景，以飞花、残雨、黄鹂等幽美意象，衬托凄迷的感情。本词清丽精美，音律柔曼和谐，是情韵兼胜的佳作。

满庭芳

山抹微云，天连①衰草，画角声断谯门②。暂停征棹③，聊共引离尊④。多少蓬莱旧事⑤，空回首、烟霭⑥纷纷。斜阳外，寒鸦万点，流水绕孤村。

销魂⑦。当此际，香囊暗解，罗带轻分⑧。谩赢得⑨，青楼薄幸名存⑩。此去何时见也？襟袖上、空惹啼痕。伤情处，高城望断，灯火已黄昏。

【注释】

①连：一作"黏"。　②画角：古代乐器，角身绘图案，故称。谯门：城门。③征棹：棹，船的大桨，借代指船。征棹指远行的船。　④引离尊：端起离别的酒杯。引，举起，端起。　⑤蓬莱旧事：这里指男女爱情的往事。　⑥烟霭：指云雾。　⑦销魂：形容因悲伤或快乐到极点而心神恍惚不知所以的样子。　⑧香囊暗解，罗带轻分：解开腰间的系带，取下香囊。古人结罗带以象征相爱。罗带轻分表示离别。　⑨谩：空，徒然。　⑩青楼：指妓院。薄幸：负心、薄情。

【译文】

远山抹着淡淡的浮云，碧天连着枯黄的衰草，城楼上画角断了号音。暂时停下远行的船桨，姑且共举这离别的酒樽。蓬莱阁多少往事，而今空自回首，已是纷纷迷乱的烟云。斜阳夕照外，寒空里乌鸦万点，潺潺的流水绕过孤村。

凄绝伤神呵！当此时暗暗解下香囊，将罗带轻易离分。空自赢得个混迹青楼妓馆，风流薄情的名声。此一去何时相见呵？我衣襟双袖上，白白染上了啼泪残痕。令人伤情痛楚，那高城已从远望的视线中消隐，惟见一片灯火闪烁的黄昏。

【赏析】

这首词写男女恋人离别时的哀愁之情，以寄托自己仕途蹭蹬不遇的感怀，即周济

《宋四家词选》所言："将身世之感，打并入艳情，又是一法。"风格和笔法接近柳永体，即情调伤感缠绵，气格低沉不举。但语句既新奇精妙，得到词作大家的美誉，苏轼直称"'山抹微云'秦学士"。

满庭芳

晓色云开，春随人意，骤雨才过还晴。古台芳榭①，飞燕蹴②红英。舞困榆钱③自落，秋千外、绿水桥平。东风里，朱门映柳，低按小秦筝④。

多情，行乐处，珠钿翠盖⑤，玉辔红缨⑥。渐酒空金榷⑦，花困蓬瀛⑧。豆蔻梢头旧恨，十年梦、屈指堪惊。凭阑久，疏烟淡日，寂寞下芜城⑨。

宋词三百首全解全析

【注释】

①芳榭：华丽的水边楼台。 ②蹴（cù）：踢，蹬踏。 ③榆钱：春天时榆树初生的榆英，形状似铜钱而小，甜嫩可食，俗称榆钱。 ④秦筝：似瑟的弦乐器，相传为秦时蒙恬所造，故称。 ⑤珠钿翠盖：以珠宝镶嵌的车身，以翠羽装饰的车篷盖。此处泛指华贵的车子。 ⑥玉辔红缨：用玉装饰的马笼头，上系红缨结。泛指华丽的骏马。 ⑦金榷（què）：金制的饮酒器。 ⑧花：借喻美人。蓬瀛：即蓬莱、瀛洲。传说中的海上仙境。 ⑨芜城：指扬州城。南朝宋竟陵王刘诞作乱后，扬州城邑荒芜。鲍照作《芜城赋》以吊。后因之称扬州为"芜城"。

【译文】

拂晓的曙色中云雾散净，好春先随人意兴，骤雨才过天色转晴。古老的亭台，芳美的水榭，飞燕穿花踩落了片片红英。榆钱儿像是舞得困乏，自然地缓缓飘零，秋千摇荡的院墙外，漫涨的绿水与桥平。融融的春风里杨柳垂荫朱门掩映，传出低低弹奏小秦筝的乐声。

回忆起往日多情人，遨游行乐的胜景，她乘着翠羽伞盖的香车，珠玉头饰簪发顶，我骑着缰绳精美的骏马，装饰了几缕红缨。金杯里美酒渐空，如花美人厌倦了蓬瀛仙境。豆蔻年华的青春少女呵，往日同我有多少别恨离情，十年间浑然大梦，屈指算来令人吃惊。凭倚着栏杆久久眺望，但见烟雾稀疏，落日昏蒙，寂寞地沉入了扬州城。

【赏析】

这首词，从天气景物写到人事，又从人相会写到离别，表达了"真个别离难，不似相逢好"的主旨；结尾"疏烟淡日"二句，与起首反衬照应，更显出离散后的愁难。全词章法绵绵，意旨深远，语辞清丽自然又精炼巧妙，情调婉约忧伤；写景状物细腻，生动表现出景物中人的思想情怀。

减字木兰花

天涯旧恨，独自凄凉人不问。欲见回肠①，断尽金炉小篆香②。
黛娥③长敛，任是春风吹不展。困倚危楼，过尽飞鸿字字④愁。

【注释】

①回肠：形容心中忧愁不安，仿佛肠子牵转一样。　②小篆：比喻盘香或缭绕的香烟。此处指香烟。　③黛娥：黛画的蛾眉，指美眉。　④飞鸿字字：即雁群飞行时排列成"一"字或"人"字。

【译文】

远隔天涯的旧恨，独自品味着凄凉无人荃过问。想要看我九曲回肠，就像铜香炉里一寸寸烧断的小篆香。

青黛蛾眉总是紧紧蹙敛，任凭是温煦的春风也吹不展。困怠地独倚高楼，过尽了高飞的鸿雁行行字字皆是愁。

【赏析】

上阕起首写怀远人之愁怨和孤寂凄凉，接下以金炉香烟以喻哀愁回肠，状物写情，极为形象。下阕描写愁眉万般不展，见雁群也觉字字是愁，写景抒情，极为深刻。全词情调凄哀，意境含蓄，得南唐词风范；而语辞清丽隽永，气格情韵深远，则是秦词本色。然其和婉醇正，虽苏轼之明隽，柳永之幽秀，尤瞠乎其后，何况其下流者。

浣溪沙

漠漠轻寒上小楼①，晓阴无赖似穷秋②，淡烟流水画屏幽。
自在飞花轻似梦，无边丝雨细如愁③，宝帘闲挂小银钩④。

【注释】

①漠漠：像清寒一样的冷漠。轻寒：薄寒，有别于严寒和料峭春寒。　②无赖：无心思、无意趣。穷秋：晚秋，秋天走到了尽头。　③丝雨：细雨。　④宝帘：缀着珠宝的帘子，指华丽的帘幕。闲挂：很随意地挂着。

【译文】

一阵阵轻轻的春寒袭上小楼，拂晓时阴云惨淡，好像是无聊的晚秋。彩色屏风上，画着淡烟笼罩流水，也是一片迷蒙幽隐。

悠闲自在地飞着的杨花，好像梦境般虚幻飘悠，丝丝不断的细雨，如同我排遣不掉的忧愁。万般无奈，我把精美的帘幕挂起，倚在窗前独自凝眸。

【赏析】

这首词描写了闺中女子淡淡的闲愁，却透溢出她浓浓的哀思。这种淡而有味、韵味无穷的艺术风格，是秦词，实际上也是婉约词正宗特色之一。这首词以清丽优美的语言描绘了一位相思女子的精小的阁楼和她闲淡的精神世界，这两者全容纳在寥寥三十几字的小令之中，却作得仿佛一件精美玲珑艺术盆景，或如一块琢磨剔透的美玉，令人久久欣赏，爱不释手。

阮郎归

湘天风雨破寒初，深沉庭院虚。丽谯吹罢小单于①，迢迢清夜徂②。乡梦断，旅魂孤，峥嵘③岁又除。衡阳犹有雁传书，郴阳④和雁无。

【注释】

①丽谯：亦作"丽樵"，城门更楼。小单于：唐大角曲名。　②迢迢：时间漫长。徂（cú）：过去。　③峥嵘：形容岁月逝去。　④郴阳：今湖南郴州市，在衡阳之南。

【译文】

湘南天气的风雨开始冲破严冬的寒气，深沉沉庭院一片空虚。城门的更楼上吹奏着《小单于》乐曲，漫漫的清冷长夜即将过去。

怀乡之梦已断，羁旅之魂孤寂，又到了不平凡的日子除夕。衡阳还可以有鸿雁传书捎信，郴县这里却连鸿雁也无踪迹。

【赏析】

这首词写于郴州贬所。上阕写春寒之夜，庭院深沉空寂，楼头画角声哀，清夜漫长人孤凄，反映出羁居贬所的凄凉困境。下阕接写思乡苦情，羁旅悲伤孤独的愁绪，已到了度日如年的境地。最后两句，真实地写出了作者身在贬所，举目无亲，孤凄无援，呼天抢地，凄声哀嚎。全词景凄情哀，意境黯然；语辞哀婉，韵调低沉凄楚。全词未卒读，已使人心悲鼻酸。

晁元礼

晁元礼（1046—1113），一说名端礼，字次膺。其祖先澶州清丰（今属河南）人，家彭门（今江苏徐州）。熙宁六年（1073）进士。两为县令，忤上官，废。

政和三年（1113）以承事郎为大晟府协律。

绿头鸭

咏月

晚云收，淡天一片琉璃①。烂银盘②、来从海底，皓色千里澄辉。莹无尘、素娥③淡伫，静可数、丹桂④参差。玉露初零⑤，金风未凛⑥，一年无似此佳时。露坐久、疏萤⑦时度，乌鹊正南飞。瑶台⑧冷，阑干凭暖，欲下迟迟⑨。

念佳人、音尘⑩别后，对此应解相思。最关情、漏声正永，暗断肠、花影偷移。料得来宵，清光未减，阴晴天气又争知。共凝恋⑪、如今别后，还是隔年期。人强健，清尊素影⑫，长愿相随。

【注释】

①琉璃：此处比喻天晚清碧如琉璃色。　②烂银盘：形容中秋月圆而亮。　③素娥：嫦娥的别称。也用作月的代称。　④丹桂：传说月中有桂树，高五百丈。　⑤玉露：秋露。零：指雨露及泪水等降落掉下。　⑥金风：秋风。　⑦疏萤：一作"疏星"。　⑧瑶台：美玉砌的楼台。　⑨迟迟：眷恋的样子。　⑩音尘：音信，消息。　⑪凝恋：深切思念。　⑫素影：月影。

傍晚浮云收敛,淡净的蓝天像一片澄碧的琉璃。银灿灿的圆盘,从海底升起,皎洁的月色洒下澄澈的银辉,笼罩千里。月色晶莹透明,看上去一尘不染,月宫嫦娥淡装伫立,静静地不动声色看着人间,那丹桂的枝叶参差不齐。露珠儿滴落,凉爽宜人的秋风尚未凛冽,一年中再没有如此美好的秋夕。露天下久坐仰望,疏落的流萤时时闪过,惊起的乌鸦向南飞去。登上冰冷的瑶台,将栏杆倚暖,欲下台阶却迟迟疑疑。

我想那佳人,自离别断了消息,当此夜月也应寄情千里缓解相思愁绪。最牵动情怀,是那铜漏的水声不断滴沥;暗自伤心悲惨,是那婆娑的花影偷偷转移。料想来日的夜晚,皎洁的月光依然清丽,但天气是阴是晴又怎能预知呢?我们倾心爱恋,如今离别后,又期望着隔年的相遇。但愿人强健,清醇的美酒,淡素的月影,永远相随相伴。

【赏析】

这首词描写中秋之夜的佳美月色,抒发了无尽的怀人情思。全词层次清楚,铺叙精当;气脉连络贯串,前后纵收自如;意境清新,格调和婉;言辞清丽,情致绵绵。

赵令畤

赵令畤(1051—1134),初字景贶,苏轼为其改字德麟,自号聊复翁。涿郡(今河北蓟县)人。燕王德昭玄孙。元祐中,签书颍州公事,坐与苏轼交通,入元祐党籍。绍兴初,袭封安定郡王,迁同知行在大宗正事。著有《侯鲭录》《聊复集》。

蝶恋花

欲减罗衣寒未去,不卷珠帘,人在深深处。红杏枝头花几许?啼痕止①恨清明雨。

尽日沉烟②香一缕,宿酒醒迟,恼③破春情绪。飞燕又将归信误,小屏风上西江④路。

【注释】

①止:犹"只"。　②沉烟:点燃的沉香。　③恼:撩惹。　④西江:古诗词

中常泛称江河为西江。

【译文】

想要减掉罗衣，可是春寒尚未退去。珠帘也无心卷起，一个人在深闺中闲居独处。红杏枝头的花不知还剩几许，美丽的面庞尚有啼痕，只是怨恨，清明时这无情的风风雨雨。

终日无聊闷坐，看着沉香的轻烟一缕。昨夜喝闷酒而大醉，今早醒来得太迟。被惜春的情怀所困，心中充满了愁绪，飞回的燕子又耽误了带来回信，我泪眼凄迷，呆呆地望着小屏风，那上面画的是遥远的西江的水路。

【赏析】

这首词描写闺中妇人伤春怀远的愁情怨绪。上阕借杏花以写伤春悲情，下阕借飞燕以抒怀远愁绪。语言婉约清丽，情致柔和缠绵，意境含蓄；结尾余韵不尽，神味久远，深得好评。

蝶恋花

卷絮风头寒欲尽，坠粉飘香，日日红成阵①。新酒又添残酒困，今春不减前春恨②。

蝶去莺飞无处问，隔水高楼，望断双鱼信③。恼乱横波秋一寸④，斜阳只与黄昏近⑤。

【注释】

①"卷絮"三句：意思是说落花飞絮，天气渐暖，已是暮春季节。 ②"新酒"二句：张先《青门引》："残花中酒，又是去年病。"此处化用其意。 ③双鱼信：传说鱼能传书信，后因此称书信为鱼书、鱼信。 ④"恼乱"句：恼乱，撩乱。横波，喻女子眼波流动，如水横流。 ⑤"斜阳"句：李商隐《乐游原》诗："夕阳无限好，只是近黄昏。"此处翻用其意。

【译文】

柳絮随风飘飞，春寒即将退尽。花在凋零，香气在飘散，眼看着每天落红一阵又一阵。残酒未醒又满新酒，使我更加慵懒倦困。今年春天的怨恨，比去年春天的更甚。

蝴蝶翩翩离去，黄莺叫着飞走，我无人可以问讯。只能注目楼前的流水，望眼欲穿也看不到双鱼信。更加使我烦恼愁苦的是，眼看着太阳西斜，黄昏又要临近。

【赏析】

此词是写闺中妇女惜春怀人、愁情难遣的孤寂之作。全词清丽婉转，言短而意长，李攀龙《草堂诗余隽》言："妙在写情语，语不在多，而情更无穷。"结尾"斜阳只与黄昏近"一句，淋漓尽致地勾画出妇女孤独寂寞难耐黄昏晚暮的心情。

清平乐

东风依旧，著意隋堤柳①。搓得鹅儿黄②欲就。天气清明时候。

去年紫陌青门③，今宵雨魄云魂④。断用一生憔悴⑤，只消几个黄昏？

【注释】

①著意：有意于，用心于。隋堤柳：隋炀帝开凿运河，随河筑堤，沿堤植柳。此处泛指柳树。　②鹅儿黄：幼鹅毛色黄嫩，故以喻娇嫩淡黄之物色。　③紫陌青门：紫陌，旧指京师道路。青门：汉长安城东南门。本名霸城门，因其门色青，故俗呼为"青城门"或"青门"。门外有霸桥，汉人送客至此，折柳赠别。　④雨魄云魂：化用宋玉《高唐赋序》襄王梦遇巫山神女事。见前欧阳修《蝶恋花》（几日行云何处去）注①。此处言佳人别后，只能在梦中相见。　⑤断送一生憔悴：张相《诗词曲语辞汇释》卷五："断送，犹云逗引也。……言逗引一生憔悴也。"

【译文】

春风依旧像往年，在清和明丽的天气里着意儿吹拂着隋堤的杨柳，搓揉得柳条儿长出鹅黄的嫩叶。

去年曾到京都青门游春，今晚却不见朝云暮雨，落得丧魄失魂。此一生将在憔悴中断送，不知将要消受多少寂寞黄昏。

【赏析】

此词写春景以抒情，忆旧而怀今。写景细致精工，如"搓得鹅儿黄欲就"一句，将春风催杨柳生发芽的形象生动地描写出来，令人赞叹。下阕今昔对比，显出今时的冷落。结尾二句，笔法与晏几道《木兰花》"此时金盏直须深，看尽落花能几醉"有异曲同工之妙，而所表达的感情，晏为沉痛，此词则"最为悲切。"

晁补之

晁补之（1053—1110），字无咎，号归来子，济州巨野（今属山东）人。元丰二年（1079）进士。历仕秘书省正字、校书郎、礼部郎中及地方官职等，曾两度被贬。文章温润典缛，亦工诗词。著有《鸡肋集》《晁氏琴趣外编》。

水龙吟

次韵林圣予惜春

问春何苦匆匆,带风陪雨如驰骤。幽葩①细萼,小园低槛,壅②培未就。吹尽繁红,占春长久,不如垂柳。算春长不老,人愁春愁,愁只是、人间有。

春恨十常八九,忍轻孤③、芳醪④经口。那知自是,桃花结子,不因春瘦。世上功名,老来风味⑤,春归时候。纵樽前痛饮,狂歌似旧,情难依旧⑥。

【注释】

①葩(pā):花。 ②壅(yōng):用土肥堆积护住植物根部。 ③孤:同"辜",辜负。 ④芳醪(láo):美酒。 ⑤风味:风度,风采。 ⑥"纵樽"三句:一作"最多情犹有,尊前青眼,相逢依旧。"

【译文】

试问春天为何行色匆匆,带着风伴着雨奔驰急骤。绿萼纤细香花清幽,小园里栏槛低矮,刚刚壅土培苗,花枝尚未挺秀。春风吹尽了繁花艳红,占有春光若能长久,繁红不如垂柳。算起来春光常在永不衰老,然而人为春色消逝而愁春光衰老,这份愁只是,善感愁怀的人间才有。

世间失意的春恨十常八九,每见风雨摧花,我怎忍轻易辜负(舍弃),那入口芳醇的美酒。哪知原来是,桃花由于结子才零落,并非为了春去才消瘦。世上功名无成,老来风操未就,已到春归时候。纵然是痛饮美酒,依旧像昔日狂歌,那豪情却难依旧。

【赏析】

这首词,写景、抒情、明理,三者相融,浑然一体。写春景中小园幽葩细萼壅培未就,经不住风来雨打,繁红落尽,不如垂柳占春长久,流露出惜春之情,以抒发自己的愁思春恨。但同时阐明花落不是因春归去,而是因结子,这如同人老自知世态功名,不为它失败未就而颓恨不休;最可宽慰的是,尚有多情好友樽前相对,欢情依旧。全词语辞凝练流畅,言简意深;情感沉郁,但胸怀豁达。

忆少年

无穷官柳②，无情画舸③，无根④行客。南山尚相送，只高城人隔⑤。

霱画园林溪绀碧⑥，算重来，尽成陈迹。刘郎鬓如此，况桃花颜色⑦。

【注释】

①历下：今山东济南历城。 ②官柳：大道旁的柳树。 ③画舸：画船。 ④无根：形容四处飘游、行踪无定。 ⑤高城人隔：见前柳永《采莲令》注⑪。 ⑥霱（yǎn）画，色彩鲜明的绘画。绀碧：深蓝色。绀：本谓青红，青而含赤色，后谓青翠之色。 ⑦刘郎：刘禹锡。

【译文】

无穷无尽的官柳一望无边，无情的画船载着到处漂泊的游子，挂起远航的征帆。南山尚有情分，似乎也来相送，只是高城处的佳人，却被阻隔了视线。

仿佛图画般色彩斑斓，园林溪水一片深碧，色彩明净澄鲜。就算能重新再来，也物是人非，如同陈迹一般，到处漂泊，刘郎的鬓发已花白如斑，何况是那些最易飘零的桃花，又怎能不凋残？

【赏析】

这首词上阕描写行客离别时的愁绪和恋恋不舍的心情，下阕感叹好景不长、华年空过、有情人无缘聚首的遗憾。全词语辞清丽婉雅而不绮艳，情意缠绵真挚而不媚软，韵味久耐咀嚼。

洞仙歌

青烟幂②处，碧海飞金镜。永夜③闲阶卧桂影。露凉时，零乱多少寒螀④，神京⑤远，惟有蓝桥⑥路近。

水晶帘不下，云母屏⑦开，冷浸佳人淡脂粉。待都将许多明，付与金尊⑧，投晓共流霞倾尽⑨。更携取胡床上南楼⑩，看玉做人间，素秋千顷。

【注释】

①泗州：在今安徽泗县。　②幂(mì)：烟雾弥漫。　③永夜：长夜。闲：空。
④寒螀(jiāng)：秋蝉。　⑤神京：京都汴都。　⑥蓝桥：今陕西省蓝田县西南蓝溪之上，
故名。　⑦云母屏：以透明似玻璃的云母制成的屏风。　⑧金尊：金杯。　⑨投：到。
流霞：仙酒，兼指朝霞。　⑩胡床：一种可折叠的坐具，又称交椅、绳床。南楼：在
湖北鄂城县南。

【译文】

遮蔽了月光的青色云影处，从碧海般的晴空里飞出一轮金灿的明镜。长夜的空阶
上卧着桂树的斜影。夜露渐凉之时，多少秋蝉零乱地噪鸣，思念京都路远，论路近唯
有月宫仙境。

高卷水晶帘儿，展开云母屏风，美人的淡淡脂粉浸润了夜月的清冷。待我将许多
月色澄辉，倾入金樽，直到拂晓连同流霞全都倾尽。再携带一张胡床登上南楼，看白
玉铺成的人间，领略素白澄洁的千顷清秋。

【赏析】

这首词是作者任泗州知州时所作。全词通篇写中秋赏月。上阕写户外赏月，写夜
永月清露凉寒蟹，想帝京遥远，唯可天上明月在近可伴，流露出淡微的寂寞惆怅之感。
下阕写户内赏月，写水晶帘云母屏，对月下佳人，便有俗以金尊盛月华共流霞一饮而
尽的追仙之想，于是效庾亮南楼据胡床谈咏竟夕，尽享佳节明月之乐。此词最具特色
是结构隐秘，前后呼应。胡仔《苕溪渔隐丛话》云："凡作诗词，要当如常山之蛇，
救首救尾，不可偏也。如晁无咎作《洞仙歌》，其首云'青烟幂处'三句，固已佳矣；
其后阕'侍都将'至末，若此可谓善救首尾者矣。"其次是语句精炼工丽，清婉隽雅；
意远韵长，神姿高秀，才气飘逸。黄蓼园《蓼园词选》云："前段从无月看到有月，
后段从有月看到月满，层次井然，而词致奇杰。各段俱有新警语，自觉冰魂玉魄，气
象万千，兴乃不浅。"全词气魄宏大、胸怀坦荡，有东坡豪放风格，但也流现沉郁，
自是无咎本色。

晁冲之

晁冲之（1073—1126），生卒年不详，字叔用。晁补之从弟，南宋藏书家晁公武之父。
终生无功名，授承务郎。绍圣初，党争激烈，冲之亦坐党籍。隐居河南禹县具茨山下。
著有《具茨集》。有《晁叔用词》一卷，不传。

临江仙

忆昔西池①池上饮，年年多少欢娱。别来不寄一行书，寻常②相见了，犹道不如初。

安稳锦衾③，今夜梦，月明好渡江湖。相思休问定何如④。情知⑤春去后，管得落花无？

【注释】

①西池：指北宋汴京金明池，当时为贵族游玩之所。　②寻常：平时，平常。③安稳：布置稳当。锦衾：锦缎被子。　④何如：问安语。　⑤情知：深知，明知。

【译文】

回忆当年在西池池上宴饮，每天该有多少的快乐和幸福。可自从分手之后，相互间也不再寄信捎书。即使像往常那样相见，相互间也冷冷淡淡，不可能再像当初。

安好枕夹，铺好锦被，今夜要在梦中趁着月明而渡江过湖，去与那些隔绝的好友会晤。尽管相互思念也不要问近况何如。因为明明知道春天已经过去，哪里还顾得上花落叶枯。

【赏析】

这首词追忆往昔欢娱，寄怀旧友之情，以抒自己失落孤寂的愁怀。全词语辞清淡素雅，却显露无尽哀衷。尤其结尾二句，有摧人心肝之力。这与晁冲之政治上失意不无关系。

舒亶

舒亶（1041—1103），字信道，号懒堂，明州慈溪（今属浙江）人。治平二年（1065）进士。累官司知制诰，试御史中丞，权直学士院。工小词，思致缜密。今有赵万里辑《舒学士词》一卷。

虞美人

芙蓉落尽天涵水，日暮沧波起^①。背飞双燕贴云寒，独向小楼东畔倚阑看。

浮生只合尊前老^②，雪满长安道。故人早晚上高台，寄我江南春色一枝梅^③。

【注释】

①"芙蓉"二句：芙蓉，即荷花，又名菡萏、莲花等。李璟《摊破浣溪沙》："菡萏香消翠叶残，西风愁起碧波间。"此化用其意。　②"浮生"句：用韦庄《菩萨蛮》："游人只合江南老"句式。　③"故人"二句：《太平御览》卷九七〇引盛弘之《荆州记》："陆凯与范晔交善，自江南寄梅花一枝，诣长安与晔，并赠花诗曰：'折梅逢驿使，寄与陇头人。江南无所有，聊赠一枝春。'"此化用其意。

【译文】

荷花落尽，天连着水，日色黄昏，风吹皱绿波。相背而飞的双燕，紧贴着秋云，带着寒意，我独自在小楼的东侧，凭倚栏杆向远处望去。

浮生有无穷无尽的烦恼，只应在醉乡中苦苦煎熬。时光过得真快，白雪又落满长安道。早早晚晚之间，我的老朋友也会登高远眺，并会寄上一枝早梅，把江南的春意同时寄到。

【赏析】

这首词别本有小题作"别公度"，为怀友之作。全篇由夏秋写到冬春，气佳景新；写双燕背飞，抒写离别愁思；借江南一枝春梅，寄托对友人无限怀念之情。全词语言清婉雅丽，气韵咀之味长。堪称佳作。

朱服

朱服（1048—？），字行中，湖州乌程（今浙江吴兴）人。熙宁六年（1073）进士。累官国子司业、起居舍人、中书舍人、礼部侍郎。徽宗朝被贬兴国军，卒于贬所。

渔家傲

小雨纤纤①风细细，万家场柳青烟里。恋树湿花飞不起，愁无际，和春付与东流水。

九十光阴能有几？②金龟解尽留无计③。寄语东阳④沽酒市，拚⑤一醉，而今乐事他年泪。

【注释】

①纤纤：一本作"廉纤"。细小，细微，多用以形容微雨。　②九十光阴：谓一季。一季九十日。　③金龟解尽：用贺知章金龟换酒以待李白事。　④东阳：今浙江金华。⑤拚：豁出去，甘冒。

【译文】

纤纤小雨细细风，千家万户掩映在杨柳密阴青烟绿雾里。仿佛依恋着春树，淋湿的花瓣飞不起。愁绪绵深无比，连同春色都付与东流水一道逝去。

九十天的光阴能够留多久？解尽金龟换酒也无法将春光换留。托话东阳城酒家来为我沽酒，一醉方休，而今买醉寻乐为销愁，他年会愁后生愁热泪流。

【赏析】

此词写春季雨景，以抒愁怀，进而感春光易逝，华年难留，不如及时行乐，全词格调似豪迈而实凄苍。然而语句工丽俊美，尤其"恋树湿花飞又起"一句，极赋人格化，生动形象地将失意之人愁绪绵绵难遣的景况表现出来。结尾二句，仔细体味，足见作者所谓"而今乐事"即及时行乐背后的悲怆。

陈克

陈克（1081—1137），字子高，自号赤城居士，天台（今属浙江）人。少时随父宦学四方，后侨居金陵（今江苏南京）。词格艳丽。有《天台集》，不传。

菩萨蛮

赤阑桥尽香街直，笼街细柳娇无力①。金碧上青空，花晴帘影红。黄衫②飞白马，日日青楼下。醉眼不逢人，午香③吹暗尘。

【注释】

①娇无力：原指女子娇媚柔弱的姿态。语出白居易《长恨歌》诗："侍儿扶起娇无力。"这里是拟人化的修辞用法。　②黄衫：隋、唐时少年华贵的服饰。这里借代达官贵人家的公子哥儿。　③午香：中午时分散发的花香，与脂粉香混合在一起。

【译文】

赤阑桥的尽头是笔直繁华的大街，大街两旁细嫩的柳枝如同柔弱的女子一样随风招展，遮蔽了大街的街面。金碧辉煌的楼阁高耸碧空，天空晴朗，红花的色彩映红了垂着的幕帘。

那些娇贵的公子哥穿着黄衫，骑着白马在街上飞驰翩翩。天天都到这些青楼妓院中寻花问柳。他们趾高气昂，眯着醉眼，在大街上横冲直撞，仿佛无人一般。在伴着尘土吹来的春风中，尚有淡淡的香气在扩散。时当晌午，一阵马蹄荡起一阵尘烟。

【赏析】

这首词可以说是当时都市繁华景象的一个片断。上阕写春光中街市的繁华和秀丽景象，以及宁馨而豪奢的居家生活。街道的色、形和香气，足见其繁华；"娇无力"的柳枝儿飘拂，多少有点儿御街的气派。居家的豪奢从"金碧"的外在光彩看，一个"上"字似象征派作画，尽得气韵；宁馨则从"帘影"见，里面的生活便可窥其一斑了。这是一个"醉生梦死"的典型环境。作者在描绘中不无微讽之意。下阕写贵公子奢靡的生活和骄狂的形态。黄衫、赤栏，直街、白马，青楼、金碧，花晴、午香，两相映照，上下贯连，色彩与情致和谐相融。为这位气焰冲天的贵少爷的德行做了极精彩的速写。作者暗寓的讥讽也能让人细细体味了。

菩萨蛮

绿芜①墙绕青苔院，中庭日淡芭蕉卷。蝴蝶上阶飞，烘帘②自在垂。
玉钩双语燕，宝甃③杨花转。几处簸钱④声，绿窗春睡轻。

【注释】

①芜(wú)：草长得多而乱。这里指丛生的杂草。　②烘帘：也作"风帘"，俗称暖帘，用作遮掩和防风寒。　③甃(zhòu)：井壁。用砖砌成。　④簸钱：一种掷钱作赌的游戏。

【译文】

绿草丛生的围墙，环绕着长满青苔的庭院，庭院中日色融融芭蕉叶儿卷。蝴蝶在台阶上翩翩起飞，帷帘在微风里自在飘垂。

白玉的帘钩上一双燕儿低语呢喃，井垣的四周杨花柳絮飘旋飞转。几处传出簸钱为戏的嬉闹声，绿窗里正做着淡淡的春梦。

【赏析】

清人郑廷焯称陈克的词"婉雅闲丽，暗合温、韦之旨。"指出他继承五代"花间派"词人温庭筠、韦庄的婉约艳丽的风格。这首词突出了"闲"的个性，全篇写景，景疏淡而闲静。作者将闲适的情致融于景物描绘之中，不着一个"闲"字，却处处是闲景闲情。上阕描绘了春日庭院的静寂景象。墙上杂草丛生，绿茵茵的兀立楼外，可见长久无人过问；院里长满青苔，可见人迹罕至。即使有太阳照庭院，而日光却也懒

洋洋地"淡"照。芭蕉原舒展有力，现在却轻轻自卷。以庭院的静寂和幽深见"闲"。即使蝴蝶翩翩，也无轻罗小扇相扑；室中有人，却帘幕低垂。闲适之情油然而生。这样，由远及近，由外至内，由静到动，始终围绕一个不曾出现的"闲"字。

下阕首句"玉钩"紧承上面"风帘自在垂"而来。笔触几及帘中人，却又宕开，写钩上双燕亲昵，不仅是以动衬静，以不闲衬闲；还有以"双"衬"单"呢！闲中隐约见愁。的确，杨花飘落井中，是悠闲，但多少有点伤感，有太多无奈。接着又闲听人家有簸钱的嬉笑欢乐，而自己独眠窗下，闲则闲矣，但"适"很难说。那春睡朦胧中岂无孤寂与怅恨的"闲愁"？本词写感受细腻含蓄，似有若无的灵性抒写使词中的杨花柳絮轻盈盈地在我们心灵中飘飞，给人无限的美感。

时彦

时彦（？—1107），字邦美，开封（今属河南省）人。宋神宗元丰二年（1079）己未科状元。《全宋词》仅录其词一首。

青门饮

寄宠人

胡马嘶风，汉旗①翻雪，彤云②又吐，一竿残照。古木连空，乱山无数，行尽暮沙衰草。星斗横幽馆，夜无眠灯花空老。雾浓香鸭，冰凝泪烛，霜天难晓。

长记小妆③才了，一杯未尽，离怀多少。醉里秋波④，梦中朝雨，都是醒时烦恼。料有牵情处，忍思量耳边曾道：甚时跃马归来，认得迎门轻笑。

【注释】

①汉旗：代指宋朝的旗帜。 ②彤（tóng）云：阴云，多指大雪前的乌云。 ③小妆：素妆淡抹的意思。了：尽。 ④秋波：形容美人秀目顾盼如秋水澄波。

【译文】

北方的骏马迎着烈风嘶叫，大宋的旗帜在雪花里翻搅，黄昏时天边又吐出一片红艳的晚霞，夕阳从一竿高的地平线低低地投射着残照。苍老的枯林连接着天空，无数的山峦重叠耸峭，暮色中走遍漫漫平沙处处皆衰草。幽静的馆舍上星斗横斜，无眠的夜实在难熬，灯芯凝结出残花，相思徒劳。鸭形的熏炉里香雾浓郁缭绕，蜡烛淌泪像冰水凝晶，夜色沉沉总难见霜天破晓。

总记得淡淡梳妆才完了，别宴上杯酒尚未饮尽，已引得离情翻涌如潮。醉里的秋波顾盼，梦中的幽欢蜜爱，醒来时都是烦恼。算有牵惹情怀处，怎忍细思量、她附在耳边的情话悄悄："何时跃马归来，还能认得迎门的轻柔欢笑！"

【赏析】

《青门饮》，词牌名，始见于他和秦观词。《宋史·时彦传》载绍圣间曾出使辽国，此词当作于出使之时。别本题作"寄宠人"也与词中情意相符。全词虽也是远役怀人之作，但景物悲凉凄怆，抒情深厚，疾缓相间，形象鲜明生动。艺术性是很强的。上阕写旅途所见的北国景象和孤馆不眠的情状。开头"胡马"一句，概括古诗意境，"汉旗"暗喻旅人身份与处境，自然引起离怀。残照、古木、乱山、暮沙、衰草，一片寥郭荒寒的景象，历历如画。继而写寒夜通宵难眠的情状。孤馆无伴，是因离别；"星斗横"是深夜，失眠太久了；灯花不剪，是因出神相思。全是孤寂的惆怅。时间在推进，蜡烛点完了，烛泪在烛台上凝结，虽有香炉相伴，毕竟孤独难熬，可见思念之深已至长夜漫漫了。下阕由上引出回忆。与伊人依依惜别的情景魂牵梦萦，怎不令人动情。先写别前淡妆的风姿，举杯即醉的妩媚，醉眼朦胧的脉脉含情，酒醒后的烦恼，和对自己耳畔低语，殷情嘱托。特别是借助想象，期盼再见重聚的欢乐，写得情真意切。看似给人以希望的宽慰，实则聚散对比强烈，而希望又遥无尽期，便更增添了离愁别恨。读之令人黯然销魂。全词上阕笔法壮阔，笔力苍劲；下阕则委婉细腻、情意缠绵，刚柔相间，情景兼美。

李之仪

李之仪（约1035—1117），字端叔，晚号姑溪居士、姑溪老农，沧州无棣（今属山东）人。熙宁三年（1070）进士。苏轼知定州时，他做过幕僚。后官枢密院编修。官终朝议大夫。有《姑溪词》。

谢池春

残寒销尽，疏雨过、清明①后。花径②敛余红，风沼萦新皱③。乳燕穿庭户，飞絮沾襟袖。正佳时，仍④晚昼，著人⑤滋味，真个浓如酒。

频移带眼⑥，空只恁⑦、厌厌瘦⑧。不见又思量，见了还依旧，为问频相见，何似长相守。天不老⑨，人未偶。且将此恨，分付庭前柳。

【注释】

①清明：清明节，旧历二十四节气之一。　②花径：花丛间的小径。　③风沼：风中的池沼。新皱：指池沼水面皱起的新的波纹。　④仍：连续。　⑤著人：让人感觉。⑥频移带眼：皮带老是移孔。形容日渐消瘦。　⑦恁：这样，如此。　⑧厌厌：同"恹恹"，精神不振的样子。　⑨天不老：李贺《金铜仙人辞汉歌》"天若有情天亦老。"这里反用其意。

【译文】

冬日的残寒散尽，下过稀疏的春雨已过了清明时候。花间的小径聚敛着残余的落红，微风吹过池沼萦绕起新的波纹。燕儿在庭院门窗间穿飞，飘飞的柳絮沾上了衣襟两袖。正是美妙时辰，夜晚连着白昼。令人感到滋味深厚，真个是浓似醇酒。

频繁地移动腰带的空眼，只是那么白白眼看着病恹恹地消瘦。不见她却又相思，见了她却还是分离，相思依旧。为此要问与其频频相见，何如永远亲密厮守？天公无情天不老，人有情却落得孤独无偶。这份相思别恨谁理解，姑且将它交托给庭前的垂柳。

【赏析】

这首词上阕着重写景，作者描绘了种种美好动人的春光，同时也抒发了好景不属于自己的伤感。首句介绍时节，寒消雨过的清明时节，大地回春。接着作者抓住四个

宋词三百首全解全析

有代表性的物象特写：园里的鲜花，池塘的春水，这是地上；穿庭的乳燕，沾袖的飞絮，是在天空。且静景动写，一片勃勃生机。最后，一个"正"字陡转。出现"佳期"与"晚昼"的矛盾，有"热闹是他们的，我什么也没有"的淡淡哀愁，和"只是近黄昏"式似的伤感。为下阕抒怀作了必要的铺垫。

下阕触景生情，抒发了作者相思的一片痴情。首句写人因相思而消瘦，也是"衣带渐宽"的常用笔法。接着用"不见"与"见了"的愁苦，来表达"长相守"的渴望，写心理活动细腻而真切。愿望当然无法实现，于是转而对老天无情地怨艾，不让有情人终成眷属，用常人口吻诉情，更觉委婉动人。最后以拟人手法寄愁于柳，很别致，柳芽形如丝结，象征着诗人心灵物化的愁结，以景代情，手法匠心独运。

卜算子

我住长江头，君住长江尾①。日日思君不见君，共饮长江水。
此水几时休，此恨何时已。只愿君心似我心，定不负相思意②。

【注释】

①长江尾：指下游江苏省一带。　②定：此处为衬字。思：想念，思念。

【译文】

我住长江源头，君住长江末尾。天天思念你呵不见你，却共饮着一条长江水。
这条江水何时止，这份离恨何时息？只愿你心像我心，我定不会辜负你的相思意。

【赏析】

这首小令仅四十五字，却言短情长。全词围绕着长江水，表达男女相爱的思念和

分离的怨愁。

上阕写相离之远与相思之切。开头写两人各在一方相隔千里，喻相逢之难，见相思之深。"日日思君不见君"，犹如江水滔滔不绝，此句表现了思恋之久。末句写"共饮"，以水贯通两地，连接两心，融情于水，以水喻情，情意同样绵长不绝。

下阕写女主人公对爱情执着地追求与热切地期望。首句也是民歌常用手法。女主人公情同汉乐府《上邪》中那痴情女子的海誓山盟："上邪！我欲与君相知，长命无衰绝。山无棱，江水为竭，冬雷震震，夏雨雪，天地合，乃敢与君绝。"但不管爱情如何坚贞不移，都要接受两个人难以见面的事实，于是水流不绝与离恨无尽互为因果，撞击着女主人公的心。全词处处是情，层层递进而又回环往复，短短数句却感情起伏。语言明白如话，感情热烈而直露，明显地吸收了民歌的优良传统，但质朴清新中又曲折委婉，含蓄而深沉，显示出高超的艺术技巧，在北宋词作中也不可多得。

周邦彦

周邦彦（1056—1121），字美成，号清真居士，钱塘（今浙江杭州）人。神宗时为太学生，献《汴都赋》歌颂新法，被擢为太学正。居五年，出为庐州教授，知溧水县，还京为国子主簿。徽宗朝仕至徽猷阁待制，提举大晟府。出知顺昌府，徙处州，提举南京鸿庆宫，卒。邦彦精通音律，在大晟府审古乐，制新调，对词乐的提高和发展有一定贡献。词风典丽精工，形象丰满，格律严谨。有《片玉集》传世。

瑞龙吟

章台路①，还见褪粉梅梢，试花桃树。愔愔坊陌人家②，定巢燕子，归来旧处。

黯凝伫，因念个人痴小，乍窥门户③。侵晨浅约宫黄④，障风映袖，盈盈笑语。

前度刘郎重到⑤，访邻寻里，同时歌舞，惟有旧家秋娘⑥，声价如故。吟笺赋笔，犹记燕台句⑦。知谁伴，名园露饮⑧，东城闲步？事与孤鸿去，探春尽是，伤离意绪。官柳低金缕⑨，归骑晚，纤纤池塘飞雨。断肠院落，一帘风絮。

【注释】

①章台路：借指歌妓聚居的地方。 ②愔愔：安静的样子。坊陌人家：即坊曲人家，唐时常指歌妓所居的教坊。 ③乍窥门户：指姑娘刚开始倚门卖笑。 ④宫黄：宫女用来涂抹的黄色脂粉作额妆，叫"约宫黄"或"约黄"。 ⑤"前度"句：语出唐刘禹锡《再游玄都观》诗："种桃道士归何处？前度刘郎今又来。"这里借喻重寻归情。⑥秋娘：泛称歌妓。 ⑦"犹记"句：唐李商隐作《柳枝》五首，序中说：柳枝是一位姑娘，她听到李的堂兄让山吟唱李的《燕台》诗后，对李产生了爱慕之情。这里借喻伊人为自己的心上人。 ⑧露饮：指露天而饮，极言其欢纵。 ⑨金缕：喻指柳条。

【译文】

漫步章台路。又见梅树梢头褪了红粉，初绽的桃花缀上了桃树。繁华街巷歌舞人家一片寂静，往年筑巢定居的燕子，返回到旧日居处。

黯然凝神驻足。怀念起痴憨娇小的那人，初见时她正倚门观望。大清早她前额头上抹着淡淡的宫黄，扬起彩袖来遮挡晨风，嘴里发出银铃般的笑语。

如今我故地重游，访问她原来的邻里和同时歌舞的姐妹，唯有从前的秋娘，众人称颂声价犹如当初。我吟诗撰文，犹记她知音倾慕。而今不知她陪伴着谁，到名园露天饮酒，东城闲游漫步。往昔乐事已随着孤雁远去。探寻春色满目都是，伤心离别的意绪。官道绿柳低垂着金色丝缕。天色晚骑马归去，池塘里落下纤纤的飞雨。那座令人相思断肠的院落呵，满帘是随风扑飞的柳絮。

【赏析】

《瑞龙吟》一调，始见于周邦彦词。此调为双拽头三阕（中阕字句与上阕同）。这首词虽也是怀旧之作，"不过人面桃花，旧曲翻新耳"（周济《宋四家词选》）。也是唐人崔护式的故事。但描写细腻，结构缜密，且将写景、叙事、抒情融为一体，有很强的艺术魅力。

第一阕写故地重游，景物依旧，暗寓人事已非的感叹。"还见"是说依旧，"愔愔"是楼空人去。燕子归了旧处，她呢，归向何处？由此"寻旧"引出中阕的"怀旧"。第二阕回忆当年邂逅的情景。着重描绘了她服饰情态。"黯"作"念"的形态，可见伤神。初见的她，给人印象深刻。"痴小"，原是一位活泼多情的纯真少女，她是初次卖笑，因而一颦一笑，动人情怀，至今历历在目，怎不令人怀念，旧地勾起旧情。第三阕抒发对昔旧的怀念和今日孤寂怅恨的伤感。前度刘郎，当是作者自指，是暗喻刘晨、阮肇入天台山采药遇二仙女相爱的故事（刘义庆《幽明录》）。以此寄托钟情痴小女子的旧情，又以唐刘禹锡自况，来抒发仕途失意的悲愤。既然寻访无着，又便引发思念，想他如何为她谱写新曲；他又如何陪自己宴游纵情极尽欢乐。"事与孤鸿去"，又回到现实的凄清哀怨，显示无限惆怅。末句写景照应开篇，余音袅袅，令人伤感。

全词抚今追昔，往复回环，虚中有实，动静结合，足见结构的缜密，叙事的曲折精妙，与所抒缠绵而沉郁的复杂感情达到至臻完美的和谐境界。

风流子

　　新绿小池塘，风帘动、碎影舞斜阳。羡金屋①去来，旧时巢燕；土花②缭绕，前度莓墙③。绣阁里、凤帏深几许？听得理丝簧④。欲说又休，虑乖芳信；未歌先噎，愁近清觞⑤。

　　遥知新妆了，开朱户、应自待月西厢⑥。最苦梦魂，今宵不到伊行⑦。问甚时说与，佳音密耗，寄将秦镜⑧，偷换韩香⑨？天便教人，霎时斯见何妨！

【注释】

　　①金屋：金屋藏娇中的金屋，这里指女子闺阁。　②土花：苔藓。　③莓墙：长满青苔的墙。莓，莓苔，青苔。　④丝簧：借代管弦乐器。　⑤清觞：清酒。觞，盛有酒的杯子。　⑥待月西厢：是《西厢记》里"待月西厢下"，张生约会崔莺的故事。⑦伊行：她那里。　⑧秦镜：汉秦嘉赴京师，其妻未能面别，留赠诗三首和宝钗、明镜以表情意。　⑨韩香：《晋书·贾充传》载：贾充女午，与韩寿私通，窃武帝赐其父西域并香赠寿。充发觉后，便以女嫁寿。后以指男女私通。

【译文】

　　清新的绿波涨满小池塘。风儿吹得帷帘摇晃，细碎的帘影舞动映着斜阳。羡慕那在华丽闺房飞去飞来，筑巢在屋梁的归燕。绿色苔藓又伸延缭绕，在前番长过莓苔的高墙。远望她那闺房里，深深的地方必是绣凤的帏帐。听得到她吹奏丝簧。幽怨满怀，似乎欲言又止，怕误了佳音芳信。未唱歌先已抽咽，连清酒也厌入愁肠。

　　远远知道她梳理了新妆，推开了红窗，该是期待明月照西厢。最苦的是我咫尺天涯，梦中魂灵儿，今夜也不能到她身旁。问何时才能向她倾诉衷肠，互通情款，互订密约，寄与她明镜，偷换她的异香。天公呵，与人行个方便，叫人霎时间相见又有何妨！

【赏析】

　　这首词抒写的是对往日一位女子思念的深情。南宋王明清《挥麈余话》载："周美成为江宁府溧水令，主簿之室（也作姬），有色而慧，美成常款洽于尊席之间，世所传《风流子》词，盖所寓意焉。'新绿''待月'皆簿厅亭轩之名也。"

　　上阕写春日黄昏的景色和对深闺中那情人可望不可即的忧伤。首两句有冯延巳《谒金门》中"风乍起，吹皱一池春水"的影子和寓意。接着以"羡"字领起四句成八字对偶，写心头的凄苦，一字见深情。后两句情更切，能听到熟悉的琴声，却见不到她的倩影。只一帘相隔，如关山万叠，令人痛苦。最后四句又两相对偶，可有不同角度理解。较合情理的是：前两句写我从琴声中得知情人的彷徨苦闷；后两句是自己有情难表无法排遣的愁苦，都委婉深沉。

下阕是想象中的情人，她如何大胆出来与自己幽会偷情。前两句引崔莺例希望她有此大胆。接着两句又写自己知其不能的惆怅。然后一"问"字又领四句，再含两典，表达热切地期望。最后在无可奈何中呼告苍天。相思之情层层推进，抒发淋漓酣畅。虽大胆却又不直露，虽荒唐却又觉纯正情深。

周邦彦词善于引用前人诗句，融化典故，自然贴切，浑然无迹，本词可见一斑。

兰陵王

柳荫直，烟里丝弄碧。隋堤①上、曾见几番，拂水飘绵送行色。登临望故国，谁识、京华倦客？长亭②路，年去岁来，应折柔条过千尺③。

闲寻旧踪迹，又酒趁哀弦，灯照离席，梨花榆火催寒食④。愁一箭风快，半篙波暖，回头迢递便数驿。望人在天北。

凄恻，恨堆积。渐别浦⑤萦回，津堠⑥岑寂，斜阳冉冉春无极。念月榭携手，露桥闻笛。沉思前事，似梦里，泪暗滴。

【注释】

①隋堤：隋炀帝曾开导汴水，通济渠，沿渠筑堤，故称隋堤。　②长亭：古代驿路上设"十里一长亭，五里一短亭"供人休息或饯别。　③"应折"句：古人有折柳赠别的风俗。柳谐"留"音，表示留恋之情。　④"梨花"句：旧时定清明前一、二日为寒食节，相传为纪念介子推抱木焚死，因而禁火三天，节后另取新火。唐宗时朝廷于清明日取榆、柳之火以赐百官。　⑤别浦：分别的水路。　⑥津堠：指码头上可供守候、住宿的处所。津，渡口。堠（hòu），古代陈望敌情的土堡。

【译文】

杨柳的阴影绵延笔直，烟雾里丝丝垂条拨弄着碧绿。隋堤上，曾经几次看过，它垂拂着流水飘绵飞絮，送别那些行色匆匆的旅客。登高遥望杭州故乡，谁理解，我厌倦客居京城繁华的苦涩？十里长亭的道路，年去年来送行者，算起来攀折柳条寄别情总该千尺多。

闲来寻思旧日踪迹，曾趁着凄哀的弦音举杯敬酒，华灯照着离别的宴席。梨花雪白，预示着换用榆柳新火，催促着寒食节的到来。离愁萦怀呵，航船顺风而驰像一支飞箭，半竿竹篙劈开了温暖的波面，回头顾盼之间便远远地驶过了几座驿站。望一眼送行人就在正北的天边。

凄哀悲凉呵，愁恨在心中堆积。渐渐地人已离去，送别的河岸弯弯曲曲，津渡的土堡一片静寂。斜阳渐渐地沉落，晚霞映照得春色绚丽，一望无际。不禁想起明月下、水榭边，携手欢愉，还在夜露凝结的桥头倾听笛曲。深沉地思念那往事，恰似在梦里，暗暗洒下泪滴。

【赏析】

全词分三阕。上阕借咏柳写别离之恨。首句写柳重在"弄碧"，由此推出"隋堤"，继而有了"行色"，进而推出"故国"，全为"京华倦客"出场铺垫。后面又回到咏柳上，反复映衬欲归不待的送别他人的"京华倦客"。陈廷焯说："'登临望故国，谁识京华倦客？'二语是一篇之主，上有'隋堤上……'之句，暗伏倦客之根，是其法密处。故下文接云：'长亭路，年去岁来，应折柔条过千尺。'久客淹留之感，和盘托出。……'闲寻旧踪迹'中阕，无一语不吞吐，只就眼前景物，约略点缀，更不写淹留之故，却无处非淹留之苦；直至笔云：'沉思前事，似梦里，泪暗滴。'遥遥挽合，妙在才欲说破，便自咽在，其味正自无穷。"分析本词的缜密构思是中肯的。中阕写自己的离别。首句"闲寻"是沉思追忆，节前情人送别自己的情景。接着一"愁"字拽回思绪，是岸上送别的情人让他留意，结果只有"望人在天北"的怅恨。下阕写渐远之后凄恻情怀。开头五字两顿，可知心情凄切之极。"渐别浦"二句实写船行的孤寂，时间又渐近黄昏，于是又情不自禁地回忆起往昔与她相聚的欢乐。是乐景写哀情，最后以"泪暗滴"收束愁绪。

全词分今昔、她我、送留、想象与现实反复套叠，叙事抒情萦回曲折，似浅实深，耐人寻味。

琐窗寒

寒食

暗柳啼鸦，单衣伫立，小帘朱户。桐花半亩，静锁一庭愁雨。洒空阶，夜阑未休，故人剪烛西窗语①。似楚江暝宿，风灯零乱，少年羁旅。

迟暮，嬉游处。正店舍无烟，禁城百五②。旗亭唤酒，付与高阳俦侣③。想东园、桃李自春，小唇秀靥今在否？到归时、定有残英，待客携尊俎④。

【注释】

①"故人"句，指旧友重逢相聚。　②百五：即寒食节。　③高阳俦(chóu)侣：好饮酒而狂放不羁的人。语出《汉书·郦生陆贾列传》：汉郦食其求见刘邦。刘邦嫌其儒生谢绝。郦按剑大呼："吾高阳酒徒，非儒生也。"刘邦便接见了他。　④尊俎(zǔ)：古代盛酒肉的器皿。尊，也作"樽"，酒器。俎，祭祀时盛放牛羊等祭品的器具。

【译文】

浓暗的柳荫里乌鸦噪啼，身穿单衣的我孤独伫立，那小小窗帘朱红门户令我魂牵梦系。白桐花覆盖了半亩浓荫，静静地闭锁了满院的愁雨。夜色将尽愁雨还在渐渐沥沥地淋洒着空阶，何时故人重逢，聚首西窗剪着烛花倾诉知心话语。漂泊楚江夜宿，江舟灯火在风雨中凌乱地点点闪闪，自少年时代便羁旅艰难。

而今年迈已到暮年。眼下的嬉游胜览，还有商店旅舍正是禁火无烟，京城里迎来寒食三天。旗亭的呼酒放纵，都付与高阳酒徒们去豪饮狂欢。我只想念那座东园，春风桃李自然是一派繁花绚烂，不知那樱唇小巧、酒窝秀美的丽人而今是否康健？到我归去时，定还有残春未落的花瓣，她也会携来美酒佳肴款待远方的归客，重温青春的欢悦和温暖。

【赏析】

这是一首抒发羁旅愁苦情怀的词。周邦彦中年后虽长期在京任职，但仕途并不得意，因而常流露出倦客京华、思归家园的感情。前人译其"前写宦况凄清，后段起处点清寒食、以下引到思家"。确也如此。

上阕写客居的凄清。"由户而庭，由昏而夜，一步一境，总趋归故人剪烛一句。'楚江暝宿，少年羁旅'又似一境。"（陈洵《海绡说词》）感情随景物层层推进，极至凄清。下阕以"迟暮"钩转、转入抒发思念故园春色的深挚感情。先从自己迟暮角度写，嬉游处已"老人不宜"，更何况客舍无烟；旗亭呼酒，又是高阳酒徒的事，还留着干什么？接着又从家园角度看，那边桃李竞艳，更有昔日使自己倾心的姑娘，少小朋友，花季未尽，为什么还不回去？

全词情景反复铺写，感情有点微妙。真可说"一步一境"，一境一情。

六丑

蔷薇谢后作

正单衣试酒①，怅客里、光阴虚掷。愿春暂留，春归如过翼②，一去无迹。为问家何在？夜来风雨，葬楚宫倾国③。钗钿堕处遗香泽，乱点桃蹊，轻翻柳陌。多情为谁追惜？但蜂媒蝶使，时扣窗槅④。

东园岑寂，渐蒙笼暗碧，静绕珍丛底，成叹息。长条故惹行客，似牵衣待话，别情无极。残英小、强簪巾帻⑤，终不似一朵，钗头颤袅，向人欹侧⑥。漂流处、莫趁潮汐。恐断红⑦、尚有相思字，何由见得？

【注释】

①试酒：宋朝在农历三月末或四月初有尝新酒的习惯。　②过翼：飞鸟。　③楚宫倾国：楚王宫中美人，这里比拟蔷薇花。倾国，容貌绝代的佳人。　④窗槅 (gé)：窗户。槅，窗上用木条做成的格子。　⑤巾帻 (zé)：布帽。汉以来，盛行以整块布幅包头，称巾帻。　⑥欹侧：倾斜。　⑦断红：落花。

【译文】

正是换单衣尝新酒的时节，只恨客居异地，白白地虚度光阴。祈求春天暂留片刻，春天匆匆归去就像鸟儿飞离，一去无痕迹。试问蔷薇花儿今何在？夜里一场急风骤雨，埋葬了南楚倾国的佳丽。花瓣儿像美人的钗钿堕地，散发着残留的香气，凌乱地点缀着桃花小路，轻轻地在杨柳街巷翻飞。多情人有谁来替落花惋惜？只有蜂儿蝶儿像媒人使者，时时叩击着窗户来传递情意。

东园一片静寂，渐渐地草木繁盛茂密，绿荫幽暗青碧。环绕着珍贵的蔷薇花丛静静徘徊，不断地哀声叹气。蔷薇伸着长枝条，故意钩着行人的衣裳，仿佛牵着衣襟期待着倾吐话语，表现出无限的离情别意。拾一朵小小的残花，在头巾上勉强簪起。终究不像一朵鲜花戴在美人钗头上颤动、摇曳，向人俏媚地斜倚。漂流的花儿呵，切莫随着潮水远远逝去。唯恐那破的花儿，还写着寄托相思的字句，还如何能够得知相思情意？

【赏析】

《六丑》是周邦彦自制的新调，据周密《浩然斋雅谈》载：宋徽宗"问《六丑》之义，莫能对。急召邦彦问之，对曰：'此犯六调，皆声之美者，然绝难歌。昔高阳氏有子六人，才而丑，故以此之。'"可见此词音律的精妙。

本词虽是伤春之作，寄托了一些身世感受，但主要的还是运用了多种艺术手法，抒写了悼惜春残花落的伤感。上阕主要写惜花伤春。首三句写久客的怅惘，再三句是惜春的怅惘，接着以自问"家（别本作"花"）何在"转入正题，写伤花的怅惘，最后以"多情"三句叹惜无人"追惜"。唯有蜂蝶多情，乱撞窗槅，表现出无限悲痛。下阕由此转入对花的悼念，抒发自己惜花的情怀。先写绕丛哀悼。"长条"三句用拟人手法写花也恋人。再以人在恋花映衬；人哀残英屠弱，不如钗头插花可爱，再写必将随流漂泊的凄凉。花人合一，缠绵婉转，令人动容。是不必再去深求寄寓了。

夜飞鹊

河桥送人处，凉夜何其①。斜月远、坠余辉，铜盘烛泪已流尽，霏霏②凉露沾衣。相将散离会，探风前津鼓③，树杪参旗④。花骢⑤会意，纵扬鞭，亦自行迟。

迢递路回清野，人语渐无闻，空带愁归。何意重经前地，遗钿不见，斜径都迷。兔葵燕麦⑥。向斜阳，影与人齐。但徘徊班草⑦，歔欷酹酒⑧，极望天西。

【注释】

①凉夜何其：指深夜。凉，也作"良"。　②霏霏：原指雨雪之密，这里形容露水浓重。　③津鼓：古时渡口开船，击鼓为号。　④树杪（miǎo）：树梢。参旗：星辰名，初秋时于黎明前出现。　⑤花骢：毛色斑驳的马。　⑥兔葵：草名。兔，也作"菟"。燕麦：野麦。　⑦班草：把草铺开，坐在地上。　⑧歔欷：叹气声，抽泣声。酹酒：洒酒于地，表示祭奠或立誓。这里有祝祷意。

【译文】

河桥送别情人的地方，夜天弥漫着凉意。残月曳着余晖远远地向西斜坠。青铜的烛盘里已流尽了蜡泪，征人的衣裳湿淋淋沾了冰凉的露水。离宴将散互相携手难舍难离，顺风探听，前方津渡传来鼓声，遥望见树梢上挂着参旗九星。花骢马仿佛领会我的伤别意，即使扬鞭催促，它还是慢慢前行。

前路迢迢，在清旷的原野上弯弯曲曲，行人的话语渐渐归于静寂，空虚地带着忧愁归去。谁料想重经前日送别之地，她遗落的钿钗首饰不见踪迹，偏斜的小径也是昏暗迷离。兔葵、燕麦，向着低照的斜阳，长长的影子仿佛与人相齐。在往日铺坐的草堆前徘徊，斟酒洒地，伤心抽泣，极目远望着西边。

【赏析】

本词调是作者自创。虽是抒写别情，但曲随人意。上阕用倒叙法写昨夜与情人聚首至凌晨送远的情景。先交代送别的地点与时间，已见凄清。"斜月"三句，虽景物清美，但情境凄切。"沾衣"一词暗写依恋难舍。"探"字进一层渲染不得不行的无奈。"花骢"二句是神来之笔，马犹如此，何况人呢！省却万言千语。下阕写送客归来的思念。起首三句，将上面所叙情事"尽化烟云"（周济《宋四家词选》），由"愁归"引入怀念离人。"何意"三句也有物在人去的怅恨。此景与前比增加了萦迷与凄凉，别情随景深化。由"迷"的惆怅自然有了"兔葵"的寂寞凄凉。梁启超说："'兔葵燕麦'二语，与柳屯田之'晓月残月'，可称送别中双绝，皆融情入景也。"最后"但"字一领，急转急收，在怅恨中遥祝她平安，情由深而真，委婉动人。

满庭芳

夏日溧水无想山作

风老莺雏①，雨肥梅子，午阴嘉树清圆。地卑山近，衣润费炉烟。人静乌鸢②自乐，小桥外，新绿溅溅。凭栏久，黄芦苦竹，疑泛九江船③。

年年。如社燕④，飘流瀚海⑤，来寄修椽⑥。且莫思身外，长近尊前。憔悴江南倦客，不堪听，急管繁弦。歌筵畔，先安簟枕，容我醉时眠。

【注释】

①风老莺雏：幼莺在暖风里长大了。　②乌鸢：乌鸦。　③"黄芦"两句，化用白居易《琵琶行》："住近溢江地低湿，黄芦苦竹绕宅生。"　④社燕：燕子春社时飞来，秋社时归去。　⑤瀚海：沙漠。这里泛指遥远、荒僻的地方。　⑥修椽：长椽子。句谓燕子营巢寄寓在房梁上。

【译文】

暖风中莺雏羽翼渐渐强健，夏雨润得梅子果肉鲜圆，正午茂密的绿树洒下圆形的阴凉笼罩地面。地势低洼靠近山，衣服潮湿总费炉火烘干。人家寂静，乌鸦无惊无忧自乐翩翩，小桥外边，新涨的溪水湍流激溅。久久凭靠栏杆，遍地黄芦苦竹，竟怀疑我自己像遭贬的白居易泛舟九江边。

年复一年。犹如春来秋去的燕子，流浪在大漠荒原，来寄居在长长的屋檐。且不去想那身外的功名业绩，还是怡心畅神，常坐酒樽前。我这疲倦、憔悴的江南游子，再不忍听激越、繁复的管弦。就在歌宴边，先安放一套席枕，让我酒醉时随意安眠。

【赏析】

宋哲宗元祐八年（1093），周邦彦任溧水（今属江苏省）令，多年来辗转于州县小官，很不得志。这首词就反映了他对这种官宦生活的厌倦和流放式生活的不满。上阕写江南初春色。首三句美如花鸟屏幅，但在"老""肥"中见春光已去的怅惘。次二句有不满情意，"费"字包含了对环境许多厌恶。"人静"三句又见诗情画意，令人赏心悦目。可最后的场景是白居易式的遭遇，深含许多哀怨。

下阕感叹身世，抒发长年漂泊的苦闷心境。先以社燕自况：一是年年漂泊无定，二是还得寄居檐下"为五斗米折腰，拳拳事乡里小人"。作为文人，也只有借酒消愁以求解脱。可一近歌酒，心便又烦躁，不能忍受，于是又想"长醉不愿醒"。这样起起伏伏的情景变化，贯串全词，反映了作者无法排遣的愁苦。回肠九折转，诉说心中的不平。正如郑廷焯所评："说得虽哀怨，却不激烈。沉郁顿挫中，别绕蕴藉。"这就是本词艺术价值所在。

过秦楼

水浴清蟾①，叶喧凉吹，巷陌马声初断。闲依露井，笑扑流萤，惹破画罗轻扇。人静夜久凭栏，愁不归眠，立残更箭②。叹年华一瞬，人今千里，梦沉书远。

空见说、鬓怯琼梳，容消金镜，渐懒趁时匀染。梅风地溽③，虹雨苔滋，一架舞红都变。谁信无聊为伊，才减江淹④，情伤荀倩⑤。但明河影下，还看稀星数点。

宋词三百首全解全析

【注释】

①清蟾：明月。传说月中有蟾蜍，故以蟾为月亮的代称。 ②更箭：古代以铜壶盛水，壶中立箭以计时刻、定更次。 ③溽（rù）：湿润。 ④才减江淹：即"江郎才尽"故事中的江郎，是齐梁时代文学家。 ⑤荀倩：荀粲，字奉倩。

【译文】

明月倒映在水面，像是在沐浴。凉风习习树叶飒飒，街巷里车马嘈杂声已断。闲来我倚着露井的围栏，看着她嬉笑扑打流萤点点，碰破了轻罗彩画的小扇。夜深人静我久久地凭靠栏杆，愁思满怀，不想回屋寝眠，一直立到漏尽更残。可叹人生年华苦短犹如一瞬间，而今人隔千里，魂梦深沉音书遥远。

徒然地听人传言她相思恹恹，害怕玉梳将鬓发拢得稀散，对铜镜怕看见消瘦了玉颜，渐渐地懒得赶着时新打扮。黄梅季节的风吹得遍地潮湿，夏日的阵雨滋润苔藓，满架翩翩起舞的红花都已凋残。谁能信我情思无聊，全是为她才思消减，像荀奉倩为佳人伤情痛憾。只有银河云影之下，还能变人几颗稀疏的星光点点闪闪。

【赏析】

本词也是写离别之情的，但艺术手法独特，它用一幅幅画面更迭的方法，来表达离别的思念情深。上阕开头三句，写秋夜的宁静，是故事背景。次三句，写我欣赏她扑流萤的活泼可爱。接下来的画面，我凭栏不眠，原来伊人已远。第四幅画是"吹"，似面部特写，我无法见她的愁苦在眉间聚集。下阕首三句是想象中的虚景，她容貌憔悴、神情黯然，独在闺房烦恼。接下来的画面是开头的院落，只是景色俱非，曾惹破她手中团扇的花架，已是落红遍地，一片凄凉。随后的画面又回到我的身上，但情已从不眠到无聊，到才减，以至情伤。最后一个画面是月下凝望银河（该设身牛郎星吧）。

这样，如现代电影中的蒙太奇手法，跳跃往复地展开场景，以思念为线索，用镜头联成严密的整体，难怪有人赞本词说："篇法之妙，不可思议。"

花犯

粉墙低，梅花照眼，依然旧风味。露痕轻缀，疑净洗铅华，无限佳丽。去年胜赏曾孤倚，冰盘同燕喜①。更可惜，雪中高树，香篝②熏素被。

今年对花最匆匆，相逢似有恨，依依愁悴。吟望久，青苔上，旋看飞坠。相将见，翠丸荐酒③，人正在，空江烟浪里。但梦想，一枝潇洒，黄昏斜照水④。

【注释】

①冰盘：指玉盘。燕喜：宴饮喜悦。燕，同"宴"。 ②香篝：焚香的熏笼。③翠丸：即梅子，也作脆丸、翠园。荐酒：佐酒。 ④"黄昏"句：宋林逋《山园小梅》："疏影横斜水清浅，暗香浮动月黄昏。"此用其意，写梅枝的潇洒姿态。

【译文】

粉白的矮墙边，清艳的梅花映照人眼，旧时的风味依然。露水的痕迹轻轻缀上花瓣，好像美人洗净脂粉风华淡雅，显现出无限美丽的容颜。去年游赏梅花的胜景，我曾独自斜倚冰盘似的月亮映着梅花同宴欢欣。更可爱怜那蒙盖着白雪的高高的梅树，像一床白被将熏香笼覆幔。

今年品赏梅花最是行色匆匆，相逢时只觉梅花似含恨怨，依依眷恋憔悴愁颜。久久地沉吟伫望，青苔上，花瓣儿旋舞着飞落地面。不久将会看见，青翠的梅子献上酒宴；我却正在乘船，驶过烟波浩阔的江天。只能靠梦中幻想，一枝潇洒脱俗的梅花，在黄昏里斜映着水面。

【赏析】

《花犯》也是周邦彦自度曲。"犯"是词的"犯调"，把不同的空调声律合成一曲，使音乐更为丰富。写这首词时，他正离任，客居孤寂，唯有梅花作伴。如今离心上人远去，心中依依不舍。想到自己宦海沉落，漂泊无定。于是移情入梅，抒发落寞情怀，也有孤芳自赏的慰藉。

本词结构上也颇有特色，时空跨度大，情景跳跃，云断山连，浑然无迹。开端先写眼前的梅，眼前的梅是无限佳丽的，从"依旧"中可知曾有过赏梅。接着以"去年"引出回忆，可惜身边没有相伴的人。所以，上阕写了两年赏梅的情景。"匆匆"是暗示自己行将离去。然后以拟人手法，写梅与人两情依依。接下去干脆转笔直写对梅的惜别，梅人两憔悴，最后写将来，想象中，梅能与自己形影相随，情和景同样苍凉。与以上实写相映，摇曳生姿，回味无穷。

大酺

对宿烟收，春禽静，飞雨时鸣高屋。墙头青玉旆^①，洗铅霜都尽，嫩梢相触。润逼琴丝^②，寒侵枕障，虫网吹粘帘竹。邮亭无人处^③，听檐声不断，困眠初熟。奈愁极频惊，梦轻难记，自怜幽独。

行人归意速，最先念、流潦妨车毂^④。怎奈向、兰成憔悴^⑤，卫玠清羸^⑥，等闲时、易伤心目。未怪平阳客，双泪落，笛中哀曲^⑦。况萧索、青芜国，红糁^⑧铺地，门外荆桃^⑨如菽。夜游共谁秉烛？

宋词三百首全解全析

【注释】

①旆(pèi)：古代旗末燕尾状饰品。这里指代旗。　②润逼琴丝：王充《论衡》"天且雨，琴丝缓。"是一种物理现象。　③邮亭：古代供送公文的人和旅客歇宿的馆舍。④流潦：雨后地面的积水。车毂(gǔ)：借代车轮。毂，车轮中心的圆木，周围与车辐的一端相接，中有圆孔，用以插轴。　⑤兰成：庾信，字兰成，初仕梁使西魏，值梁灭，羁留长安，后仕周，不得南归，常思故国，作《哀江南赋》《愁赋》。　⑥卫玠清羸(léi)：卫玠有"玉人"美称。《世说新语·容止》载："卫玠从豫章至下都，人久闻其名，观者如堵墙。玠先有羸疾，体不堪劳，遂成病而死，时人谓看杀卫玠。"羸：瘦弱。⑦"未怪"三句：汉代马融，性好音乐。卧平阳时，听客店有人吹笛甚悲，用作《长笛赋》。　⑧红糁(sǎn)：指落花，糁，本指米粒。　⑨荆桃：樱桃的别名。

【译文】

夜色将近拂晓天，沉沉夜幕渐渐散去，如同云烟。天地间寂静，听不到鸟声喧喧，只有阵阵急雨，在屋顶上响成一片。新生的嫩竹探出墙头，青碧的颜色如玉制的流苏一般。皮上的粉霜已被冲洗净尽，柔嫩的竹梢在风雨中摇曳，相互碰撞摩缠。雨气潮湿，松了琴弦。寒气阵阵，侵入枕头帷幛之间。风吹着落满尘灰的蛛网，一丝丝粘上竹帘。在寂寥的旅馆，听着房檐的水滴声连绵不断，昏昏沉沉，我独自困倦小眠。怎奈心中太苦闷焦烦，梦境连连被雨声惊断，梦境又是那么恍惚轻浅，醒后难以记住星星点点，幽独的我只有自伤自怜。

我这远方的游子，归心似箭，最担心的是满路泥潦把车轮粘连，使我无法把故乡返还。怎奈我现在的情景，就像当年滞留北朝的庾信，苦苦地思念故园；就像瘦弱的卫玠，多愁多病而易伤心肝。困顿清闲，更容易忧愁伤感。难怪客居平阳的马融，听见笛声中的忧怨，就悲伤得泣涕涟涟。更何况在这长满青苔的客馆，萧条冷落，已被凋残的点点红花铺满。门外的樱桃已经结成豆粒大的果实，却没有人与我共同秉烛赏玩。

【赏析】

本词也有题作"春雨"的。作者紧紧围绕春雨这一中心物，从雨声、雨色、雨思、雨愁各方面曲折铺叙，且让雨不断地变换场景和形态；先在屋顶发响，再在墙头着色，再去逼、侵、吹，进入屋内；又忽而进邮亭檐下；忽而又在地上成流潦；随之又勾起游子心事，最后又去打落红花，催熟樱桃。令人目不暇接。

上阕描写暮春晨雨的景象和孤寂无聊心神不宁的情绪。开头六句有麦雨的刚烈，又有春雨的柔和。"润逼"三句写春雨的恼人细腻动人。雨越近人，越是多愁，雨意入屋，至邮亭，导致了"自怜幽独"的结果。下阕写欲归不能愁闷。当雨中感受幽独急欲回家时，偏又道路积水。在无可奈何之中，作者着重写雨中的愁思，一连用了三个历史人物的典故，类比自己的思归伤情。进而又想象庭院萧瑟，春意将近的景象，烘托羁旅的愁苦。最后一句陡然发问，是绝望中自求解脱。有家难归，人生短暂，何不及时行乐。但是漂泊幽独，无人与共，欲游也不得，岂非逼人潦倒。全词寓情于景，以古比今，反复渲染，结成愁肠九转。咏春雨意境新颖，不愧为大家手笔。

解语花

上元

风消绛蜡①，露浥红莲②，花市光相射。桂华③流瓦。纤云散、耿耿素娥欲下④。衣裳淡雅，看楚女纤腰一把。箫鼓喧，人影参差，满路飘香麝⑤。

因念都城放夜⑥，望千门⑦如昼，嬉笑游冶。钿车罗帕，相逢处，自有暗尘随马。年光是也，惟只见、旧情衰谢。清漏移，飞盖归来，从舞休歌罢。

【注释】

①绛(jiàng)蜡：红烛。　②浥：沾湿。红莲：指荷花灯。　③桂华：月亮。传说月中有桂树，故有以桂代月。　④耿耿：光明貌。素娥：月中嫦娥。　⑤香麝(shè)：即麝香。麝似鹿而小，雄性脐部有香腺，可作香料。　⑥放夜：开放夜禁。　⑦千门：指皇宫深沉，千门万户。

春风吹得蜡烛光焰飘摇，烛泪融消，露水浸湿了花灯的笼罩，花市彩灯纷繁光焰映照。月亮的光华流溢于屋瓦。淡淡的云缕消散，天宇空明，嫦娥翩然欲下。衣裳多么淡雅。看南国的姑娘，腰肢苗条恰一把。锣鼓喧杂，往来的人景杂沓，麝香的气息从满街上女人的红袖散发。

因而想起每年元宵节京城开放夜禁，远望皇宫千门彩灯辉煌如同白昼，姑娘们嬉笑邀游。装饰金花的彩车里香帕传情。多情人相逢，自然会扬起尘埃跟在她的马后。今年光景想必依旧，但只是我旧日的豪情已然衰朽。清晰的滴漏标志着夜色渐深，飞驰着车盖返回我的小楼，任凭人们纵情地歌舞直到罢休！

【赏析】

本词牌是周邦彦独创，以元宵节为题材的词，具有特色。它既描写了当时当地（时作者正在荆南——湖北江陵）元宵盛况，又有对汴京元宵节的回忆，也有自己意兴消沉的抒情，三者有机融合，隐约地流露出去国离乡，今不如昔的感叹。上阕写元宵夜街头美景：首三句写灯节之美；次三句写月色之美，以"素娥欲下"映衬人间节日的欢乐；再二句写灯会里人物的雅丽，"楚腰纤细掌中轻"的楚女正在身边，为节日增添了光彩；最后三句以乐声、香气、人影综合成节日的喜庆氛围。下阕联想到京城元宵的情景以及追昔抚今的伤感。开头"因念"带出回忆。首三句总写盛况，似作背景。次二句推出主画面，情人幽会，把俏女俊男偷情密约的情状写得活灵活现。元宵夜本是男女调情的佳期。但作者写此，意在引起今日无可奈何地感叹。最后写观灯归来，妙在末句一语双关：既可说听凭他们去纵情歌舞吧，自己已没有这份热情了；也可说如此欢歌狂舞，迟早要散，还是先回家吧。总之，作者那"时节风物依旧"而"旧情衰谢"之叹是有所寄寓的。

蝶恋花

早行

月皎惊乌栖不定，更漏将阑①，辘轳牵金井②。唤起两眸清炯炯，泪花落枕红绵冷。

执手霜风吹鬓影。去意徊徨，别语愁难听。楼上阑干横斗柄③，露寒人远鸡相应。

【注释】

①更漏：古代夜间以铜壶滴水计时，一夜分五更，故称。阑：尽。 ②辘轳：象声词，井上汲水器绞动的声音。 ③阑干：横斜的样子。斗柄：北斗星的第五至第七的三颗星形似斗柄，故称。

【译文】

月光皎洁受惊的乌鸦栖息不定。更声将止，滴漏将静，井台传来辘轳汲水声。唤起她，双眸清亮晶莹，泪花流湿了红绵枕斑斑冰冷。

执手相看，霜冷的秋风吹动她的鬓影。临去时意绪彷徨，告别的话语愁深重令人不忍听。回头望她的楼上是横斜的北斗星的斗柄，料想她伫望着披露的离人消逝于远方，传来阵阵呼应的鸡鸣。

【赏析】

这首词也是题作"早行"的，写秋天清晨送别情人的情绪。首三句写送行时间。"月皎惊乌"，何尝不惊离人！数更漏直到天明。别前之景凄婉动人。"唤起"二句写浅睡假寐被唤起，不是睡眼惺忪，却是满眼晶莹，由于一夜辗转反侧，以致泪湿红绵中，别前之情凄切。下阕写送别，"执手相看泪眼"已够伤心了，再加上凄凄的秋风催行。传神妙语还在"别语愁难听"，情景刻画十分细腻，原想互相安慰，却愁上加愁不忍再听，抒写真切，缠绵动人。最后两句写送别之后，独上西楼，四周满目凄清，北斗横斜，伊人已上旅途。尾句也是以景结情，使人倍觉凄凉。黄蓼园曾有评说："……次阕言别时情况凄楚，玉人远而惟鸡相应，更觉凄婉矣。"

全词写别，层次井然，抒写曲折缠绵，委婉动人，读后令人意想绵绵。

解连环

怨怀无托，嗟情人断绝，信音辽邈①。纵妙手，能解连环②，似风散雨收，雾轻云薄。燕子楼空③，暗尘锁④、一床⑤弦索。想移根换叶⑥，尽是旧时，手种红药⑦。

汀洲渐生杜若⑧，料舟依岸曲，人在天角。漫记得、当时音书，把闲语闲言，待总烧却。水驿春回，望寄我、江南梅萼⑨。拚⑩今生、对花对酒，为伊泪落。

【注释】

①信音：音信，消息。辽邈：辽远。 ②解连环：此处借喻情怀难解。 ③燕子楼空：燕子楼在今江苏徐州。关盼盼是唐张愔的爱妓，张死后，盼盼念旧情而不嫁，一直空守燕子楼。这里指人去楼空。 ④暗尘：积累的尘埃。 ⑤床：放琴的架子。 ⑥移根换叶：比喻彻底变换处境。 ⑦红药：芍药花。 ⑧杜若，香草名。折此赠情人，是旧时习俗。 ⑨梅萼：梅花的蓓蕾。 ⑩拚(pàn)：舍弃，不顾惜。

【译文】

幽怨的情怀无所寄托。哀叹情人天涯远隔，音书渺茫无着落。纵然有妙手，能解开连环套索，摆脱感情纠葛，双方的情意也会冷漠，像风雨一样消散，云雾一样轻薄。佳人居住的燕子楼已成空舍，灰暗的尘埃封锁了，满床的琵琶琴瑟。楼前花圃根叶全已移栽换过，往日全是，她亲手所种的红芍药香艳灼灼。

江中的沙洲渐渐长了杜若。料想她沿着弯曲的河岸划动小舟，人儿在天涯海角漂泊。空记得，当时情话绵绵，还有音书寄我，而今那些闲言闲语令我睹物愁苦，倒不如待我全都烧成灰末。春天又回到水边驿舍，希望她还能寄我，一枝江南的梅萼。我将拚掉此生，对花把酒，为她热泪洒落。

【赏析】

本词牌原名《望梅》，后因周邦彦词中有"纵妙手、能解连环"句而更名。可见本词影响之大。上阕叹人去楼空情义断绝的怨恨。首句挈领全文，是主题所在。"嗟"字领下二句，是"怨怀"之因。"纵"字三句是由"断绝"滋生的怨，巧用了"解连环"典故，但情味不一。齐王后是难倒了秦使，而自己失去了情人。接着又活用燕子楼空的典故，是诗人惯用的。最后三句的感叹，不仅仅是物在人亡的怅惘，还在"移根换叶"的悲哀上，暗喻难言之隐痛。下阕写对情人的怀念与希望。开句由上阕红药引起杜若，它本也是折赠情人的信物，但伊人已在远方，于是产生联想，她已"移根换叶"，旧花新发。怨恨之情勾起"漫记得"的醒悟，决心回去烧掉她骗人的情书。但当眼前"水驿春回"时，却又想旧情重续，"望"，多么痴心！最后还决心"拚今生"为她泪落。痴情凝重，几近"壮怀激烈"。全词多用"纵""想""料""望"等领字，表达无法解脱的复杂情怀，抒情逐层推进，由怨恨之深始至爱恋之极，曲折回荡，写痴情淋漓酣畅，与一般相思怨别大异其趣。

拜星月慢

　　夜色催更，清尘收露，小曲幽坊月暗。竹槛灯窗，识秋娘①庭院。笑相遇，似觉琼枝玉树②相倚，暖日明霞光烂。水盼③兰情，总平生稀见。

　　画图④中、旧识春风面⑤；谁知道，自到瑶台⑥畔。眷恋雨润云温，苦惊风吹散。念荒寒、寄宿无人馆；重门闭，败壁秋虫叹。怎奈何⑦、一缕相思，隔溪山不断。

【注释】

　　①秋娘：唐宋时对歌妓的一般称呼。　②琼枝玉树：比喻人姿容秀美。　③水盼：指眼波。盼，眼睛黑白分明的样子。　④画图：借用王昭君的故事。　⑤春风面：指容貌美丽。　⑥瑶台：原指仙人居住的地方，这里借指伊人住处。　⑦怎奈何：怎么办？何，语助词。

【译文】

　　夜色深沉催动着更鼓频传，轻尘吸收了露水，露水清洁了路面，狭小幽静的曲坊月色朦胧昏暗。青竹围扎的栏槛灯光透过了窗帘，我认出那是秋娘居住的庭院。她笑盈盈与我相见，只觉得如玉树与琼枝斜倚委婉，像暖日与明霞光辉灿烂。水灵灵的眼睛幽兰一样芬芳的情感，总是我一生所罕见。

　　从图画上，往日曾认识她那青春艳丽的容颜。谁料想得到，自从到瑶台边与她幽会，那温润缠绵的欢爱令人眷恋，痛苦的是一阵惊风将鸳鸯吹散。想我落得个荒凉凄寒，寄居在无人的驿馆，重门紧闭，破墙壁里秋虫儿声声哀叹。无可奈何，一缕相思情绵绵，远隔着山川也不断。

【赏析】

　　本词写男主人公在一个秋日的孤馆里，对昔日情事的追忆。上阕回忆初识伊人令自己销魂的情景。首三句先创造了初会的幽静环境，次二句由坊入庭，更以竹槛灯窗，创造了静谧的气氛。"笑相遇"之后，那神采照人的感觉不可言喻，就连用两个比喻，简直扫除了月色灯光的昏暗。"惊艳"的感受写得含蓄而深刻。在无法言喻中，主人公对她的美貌和柔顺的性情，只好说"平生稀见"一言蔽之了。下阕写今日相思之情的深重。换头一句，是上阕的延伸，反复渲染她的美貌和自己的运幸，以及相会的甜蜜。

"苦惊风"一转，结束了对昔日情爱的追忆。"念"领起现今的感叹，处处与昔日情景对比。"怎奈何"又推进一层，虽怨怀难释，但此情坚贞不移，此一往情深伊人未必知，令人感动。

关河令

秋阴时晴渐向暝，变一庭凄冷。伫听寒声①，云深无雁影。

更深人去寂静，但照壁、孤灯相映。酒已都醒，如何消夜永？

【注释】

①寒声：即秋声，指秋天凄凉的风雨声，落叶和虫鸣声。

【译文】

秋日阴霾散空，时而见晴，又渐渐转向日暮昏朦。整个庭院变得一片凄冷。伫立着听到寒空中传来雁鸣，只见厚厚的云层却不见飞雁的踪影。

更深人散夜寂静，只有照着墙壁的一盏孤灯和我形影相映。饮酒的醉意已全醒，如何消磨漫漫长夜到天明？

【赏析】

这也是一首写羁旅孤寂的小令。作者时运乖蹇，常迁徙于寒秋孤馆，时令与遭际俱冷。触景生情，寄情于景，于是就有了这类作品。但本词意境格外凄凉。上阕写眼前萧瑟的秋天景象。原应天高气爽，现在一片阴霾；天阴又近黄昏，景便显得阴沉凄清。人听寒声，既寂寞又无聊，于是使人联想到孤雁飘零。可天空不见孤雁，使人间的旅人更加孤寂冷清了。下阕写孤馆寒灯长夜难消的愁闷。从上阕的黄昏伫立庭外，到屋内孤身单影，愁苦在递进。白天清冷到连大雁都不见，深夜里也仍只独对孤灯。原来曾借酒浇愁，到深夜酒意已尽，怎么挨到天亮呢？时间越来越长，然苦越来越深，情和景同时推进，篇幅虽短，仍见构思的严谨。

绮寮怨

上马人扶残醉，晓风吹未醒。映水曲①、翠瓦②朱檐，垂杨里、乍见津亭③。当时曾题败壁④，蛛丝罩、淡墨苔晕青⑤。念去来⑥、岁月如流，徘徊久、叹息愁思盈。

去去倦寻路程，江陵旧事，何曾再向杨琼⑦。旧曲凄清，敛愁黛、与谁听？尊前故人如在，想念我、量关情。何须渭城，歌声未尽处，先泪零⑧。

宋词三百首全解全析

【注释】

①水曲：水流曲折处。　②翠瓦：绿色的琉璃瓦。　③津亭：渡口边的亭子。④败壁：破败剥落的墙壁。　⑤苔晕青：指绿色的苔藓。　⑥去来：过了以后。来，语助词。　⑦杨琼：唐时妓女名，这里是泛指。　⑧泪零：流泪。

【译文】

被人扶上马时，我还残醉朦胧，凉爽的晨风吹着我，依旧酣然未醒。弯曲的河畔，倒映着绿瓦红檐，垂杨掩映里，突然看见津渡的长亭。当时我曾在残破的墙壁题诗寄兴，而今蜘蛛丝网笼罩着，淡淡墨迹上的青苔晕影。想去去来来的进退升沉，岁月如湍水奔流不停，久久徘徊，叹息声声，愁思盈盈。

走呵走已厌倦寻觅前进的路程。荆州往年听歌的旧事最难忘，自此后再没有能够重访歌妓杨琼。她唱着旧日的歌曲声韵凄清，她聚敛着愁眉，谁是知音与听？酒樽前的故友倘若健在，定会想念我，最是关怀动情。何必唱朋友送别的《渭城曲》，她那歌声尚未唱完，我的热泪先自飘零！

【赏析】

《绮寮怨》词调，也始见于周邦彦。周邦彦长年漂泊羁旅，深受别离行役之苦，更由于仕途坎坷，因而词颇多凄凉。

本词虽也是一曲离歌，但落笔与众不同，它是自己为自己送行；想能有故人为自己送行，却不能。凄惨之情更深。现代的老舍《茶馆》剧本中，临末时，王利发、常四爷等几个老人，围绕茶馆撒纸钱为自己来日出殡作祭奠。也同样令人欷歔。上阕描写自己残醉中走向渡口的情景。首句说是残醉，晨风却"吹未醒"，以醉深喻愁深。"映水"二句，写渡口依然秀丽。而紧接着"当时"二句是人事俱非，这里暗用魏野故事，表现了不得志的苦闷情怀。之后一"念"二句，对时移事去、岁月匆匆发出深深感叹。下阕抒写了对旧欢、前程均感失望的颓唐心情。首三句的"倦问"与"何曾"写对官场、情场的厌倦。即便如此，主人公仍难忘旧情。因此，对着酒杯又想起故人旧事。但又想，即使故人为自己送行，怕也禁受不了离别的凄清，因为今非昔比，愁已到了极限，无以复加了。通篇迤逦写来，情如流水汩汩，纯真自然入人心田。

尉迟杯

隋堤①路，渐日晚、密霭生烟树。阴阴淡月笼纱，还宿河桥深处。无情画舸②，都不管、烟波隔前浦③。等行人、醉拥重衾④，载将离恨归去。

因思归客京华，长偎疏林，小槛欢聚。冶叶倡条⑤俱相识，仍惯见

珠歌翠舞。如今向、渔村水驿，夜如岁、焚香独自语。有何人、念我无聊，焚魂凝想鸳侣。

宋词三百首全解全析

【注释】

①隋堤：见前《兰陵王》注。　②画舸：采绘的大船。　③浦，水滨。　④衾（qīn）：被子。　⑤冶叶倡条：指歌妓舞女。

【译文】

一条隋堤的水路。渐渐昏黄日暮，浓密的雾霭从茂盛的树林里涌出。阴沉沉的夜幕，蒙眬的月色，笼罩着沙滩，我还是泊舟在河桥深处夜宿。无情的画船呵，全不管浩渺的烟波阻隔了南浦。只等行人，沉醉地拥被酣眠，便载着行人与离恨上了归途。

因而回想往年我客居京都，经常依靠着稀疏的林木，围着矮小的栏槛欢畅会晤。花枝艳冶的妓女全都相识相熟，依然是看惯了，珠光宝气的华丽歌舞。如今我却乘船转向渔家的水路驿站，度夜如年，反侧辗转，焚起一炷香，孤独地自言自语。有哪个人，挂念我的无聊凄寂，而我的梦魂专一地凝思着鸳鸯情侣。

【赏析】

此词别未题作"离恨"，亦见题旨。全词抒写的是夜宿舟中的感怀。上阕写系缆处的凄迷景色和离愁。首二句交代时间，十一个字勾勒了一幅"长堤烟树"的美妙画卷。但也是远行暮宿的典型环境。次二句交代系舟独宿，"还"字说明已非首次了。"无情"二句，借以表达前程的迷茫，写得深沉。末二句直说满船全是载"离恨"而见主题。下阕抚今追昔，写旅途的寂寞凄清。"因思"总领以下五句，追忆客居京华的繁华与欢乐，目的是与下面"如今"二句的独宿渔村作对比，映衬现今的落寞。最后作无可奈何地幻想，以自我慰藉了。

全词一境一景，不脱离恨。抒情直露，虽显得"朴拙浑厚"，格调却不高。

西河

金陵怀古

佳丽地^①，南朝^②盛事谁记？山围故国绕清江^③，髻鬟对起^④。怒涛寂寞打孤城^⑤，风樯^⑥遥度天际。

断崖^⑦树，犹倒倚，莫愁艇子谁系？空余旧迹苍苍，雾沉半垒。夜深月过女墙^⑧来，伤心东望淮水^⑨。

酒旗戏鼓甚处市？^⑩想依稀王谢邻里^⑪。燕子不知何世，向寻常、巷陌人家，相对如说兴亡，斜阳里。

【注释】

①佳丽地：指金陵。　②南朝：指建都金陵的东吴、东晋、宋、齐梁、陈等朝代。③山围：指被群山环抱。故国：指南京城。清江：指长江及秦淮河。　④髻鬟对起：如妇女髻鬟一样美好的山峦对峙地耸立在清江两岸。　⑤孤城：指金陵。　⑥风樯：指船头桅杆上顺风张开的帆，此代指船。樯，桅杆。　⑦断崖：临水的山崖。　⑧女墙：城上的小墙。　⑨淮水：秦淮河水。　⑩酒旗戏鼓：酒楼、戏馆等繁华的场所。甚处市：哪里的街市。　⑪依稀：仿佛，大概。王谢：东晋时，金陵乌衣巷一带（今南京市东南）住有王、谢两大豪门望族。邻里：宅第相连，比邻而居，故称。

【译文】

好一处佳丽胜地，可南朝时的繁荣景象，如今还有谁曾记忆？青山依旧环绕着故都，江畔有美人发鬟般的双峰对峙而立。怒涛拍打着寂寞的孤城，高高的船帆正在驶向遥远的天际。

枯木老枝，还倒挂在悬崖峭壁。昔年莫愁女的游艇，如今还有谁往这里拴系？空留下许多遗迹，苍苍郁郁，半壁古营垒沉睡在浓雾里。夜深时月光越过女墙，望着东流的淮水，令人感伤不已。

当年热闹繁盛的酒楼戏馆，如今又在哪里开市？想象那些寥落的里巷，曾经是东晋王、谢贵族的故居。燕子也不知什么时代，飞进寻常百姓的家里。它们在斜阳里呢喃细语，仿佛在叙说历史的兴衰更替。

【赏析】

这是一首怀古词。作者即景抒情，追怀古昔，抒发了人间沧桑和物是人非的感叹。它分三段：第一段写金陵的山川形胜。首两句是全词怀古的主题所在，有无限苍凉之感。以下四句化用刘禹锡《石头城》诗意，写金陵的壮丽景色，为下面感叹张本。第二段写历史古迹。先叙莫愁的美丽传说，次写半截营垒的悲凉，今昔对比强烈。最后写明月伤心秦淮的今不如昔。第三段写眼前景物。从上段寂寞悲凉的气氛，突然转入歌舞繁华，"甚处市？"无疑而问，引入沉思"想依稀"以下，又化用刘禹锡《乌衣巷》诗意，对历史兴衰深为感慨。最后也用拟人手法，写燕子也在说兴亡，真是鸟兽如此，人何以堪！全词主要隐括刘禹锡二诗的诗意，却不弄典故，依然写自己目见、耳闻、心感。情和景、历史和现实、他诗和己词，全部有机融合，浑然天成。在周邦彦的抒情词作里，能对大宋王朝的衰微作感叹，也算关心国家大事了。

瑞鹤仙

悄郊原带郭，行路永、客去车尘漠漠。斜阳映山落，敛余红、犹恋孤城阑角。凌波^①步弱，过短亭^②、何用素约。有流莺劝我，重解绣鞍，缓引春酌。

不记归时早暮，上马谁扶，醒眠朱阁。惊飙^③动幕，扶残醉，绕红药。叹西园已是，花深无地，东风何事又恶？任流光过却，犹喜洞天^④自乐。

【注释】

①凌波：形容女子步态轻盈。 ②短亭：古时于城外五里处设短亭，十里处设长亭，供行人休息。 ③惊飙(biāo)：狂风。 ④洞天：道家称仙人所居之地。这里单指自家小天地。

【译文】

静悄悄的郊野环绕着城郭。大道迢迢，客人去了，奔驰的车马带起尘埃弥漫昏浊。夕阳斜晖映山而落。残余的晚霞在渐渐收敛，还依恋地挂在高耸的城角栏杆。凌波般步态轻盈、娇软。过短亭，邂逅一面，何必有旧约在先。她用流莺般圆美的话语将我劝，重新解掉绣鞍，慢慢地酌酒留连。

不记得回到家时间早晚，也不记得是谁扶我跨上马鞍，醒来只见我躺在朱阁里面。骤起的狂风将帘幕猛烈摇撼。我扶着残醉的身躯，巡视着红芍药花栏。可叹西园呵，厚厚的花片已堆积得看不见地面，东风为什么又如此凶残？哎，流逝的春光挽不住就任随它过去，可喜的是在这神话般的洞天自乐安闲。

【赏析】

这首词表达了词人晚年的忧患之感。

上阕写客去以后的邂逅。首二句写送客，环境和情绪都是宁静的。"斜阳"三句也不见孤寂，反觉静谧和幽美。在这样的背景下，艳遇了"凌波步弱"的娇妮子，怎不令其喜出望外。而她竟又盛情相邀，殷勤劝杯，更令人销魂。送客变成了遇艳，似小说情节。下阕换头又似电影中蒙太奇手法，"不记"三句省却许多赘述，留下许多空白任人想象，但肯定是一醉方休的欢谑。"惊动"三句突起波澜，地换时移，醉眼蒙眬中去赏花。与昨晚春酌之事隐隐相连，令人扑朔迷离。接下去感叹起西园的花事来，并责问东风作恶。令人费解的是"东风"与他如何作对？不至于就是风吧。最后是自我调侃。有人评它"自斟自酌，独往独来"似庄周般洒脱，怕周邦彦未能忘俗吧。

下阕写的是东风无情、芳菲难驻的感叹和自慰。女人诗词中风花雪月、美人香草常作比喻，既实不虚，多有寄托。联系他仕途上的忽明忽暗、曲曲折折，怕也不无关系吧。

浪淘沙

昼阴重，霜凋岸草，雾隐城堞①。南陌脂车②待发门帐饮乍阕③。正拂面、垂杨堪揽结，掩红泪④、玉手亲折。念汉浦、离鸿去何许？经时信音绝。

情切，望中地远天阔，向露冷、风情无人处，耿耿⑤寒漏咽。嗟万事难忘，惟是轻别。翠尊未竭，凭断云、留取西楼残月。

罗带先消纹衾叠，连环解⑥、旧香顿歇；怨歌永、琼壶敲尽缺⑦。恨春去、不与人期，弄夜色、空余满地梨花雪。

【注释】

①堞(dié)：城上如齿形的矮墙。　②脂车：以油脂过的车。　③门：指京都汴京东门。帐饮：在郊外设宴饯别。阕(què)：了。　④红泪：典故说法不一。这里指妇女的眼泪。　⑤耿耿：烦躁样子。　⑥连环解：见前周帮彦《风流子》注。⑦"琼壶"句：据《世说新语》载："晋王敦酒后，咏魏武乐府：'老骥伏枥，志在千里。烈士暮年，壮心不已。'以铁如意击唾壶为节，壶尽缺。"后以"敲壶尽缺"表示感怀激烈。

【译文】

拂晓时天色阴沉，寒霜使河岸的秋草凋谢，城头的矮墙在浓雾中隐灭。南去的道路上膏油的车马等待启程，东门帐幕的钱饮刚刚终结。正当拂面的依依垂柳能够收揽，折枝送别。遮挎着泣血的泪眼，伸出白玉般的嫩手亲自折下柳枝一截。想他像汉江水滨的离群孤雁去到了哪里？经过长久时间还是音书断绝。

情思切切。企望中只感觉离得地远天阔，向着露冷风清的无人地界，耿耿不寐地倾听着铜壶滴漏的泣咽。哀嗟呵世间万事皆难忘，最难忘唯有那轻易的离别。翠玉杯中美酒尚未枯竭。请那几缕扯断的彩云挽留住，西楼将坠的残月。

腰上的罗带已掉光彩，锦纹被抛在床上空叠。玉连环已然解开，旧日的香气顿时消歇；哀怨的歌儿缠绵不尽，击节歌吟将玉壶全敲得残缺。恨春光悄然离去，不与人预约归期，而今赏玩这春归的夜色，空剩下了遍地梨花似茫茫白雪。

【赏析】

这首词是写离别相思的怀人之作。在结构的缜密、内容的丰富、音律的和谐上，历来评价较高。清万树评此词"精绽悠扬，为千古绝调"。全词由三阕组成。上阕倒叙，写送别情人的情景。首三句创造了典型的送别环境和氛围。次二句写饯别。"正拂面"看似一般，由于加上了情人采折柳枝的一"掩"，情景顿异。"念"字领起二句，写水边临别时的怅惘和凄苦的心情。中阕写离别后寂寞凄清的伤感与割不断的相思之情。"望"写难以相见，"向"写难以安眠，"嗟"写难以忘怀。最后表达一种朦胧的愿望，让缺月挂西楼，陪伴她同样的思念，是想象中事。下阕写别后的怨愁和思念。首二句写时光飞逝。但怨愁渐近忧愤，既"歌"又"敲"，心中离愁不消反长，最后又泄恨春天。春天又去了，却不让人有一次相见。感情绵绵不绝，怨情层层递增。清人陈廷焯有云："上二叠写别离之苦，如掩红泪、玉手亲折'等句，故作琐碎之笔；至段蓄势在后，骤雨飘风，不可遏抑。歌至曲终，觉万汇哀鸣，天地变色……"可作定评。

应天长

条风①布暖，霏雾弄晴，池台遍满春色。正是夜台②无月，沉沉暗寒食。梁间燕，前社客③，似笑我、闭门愁寂。乱花过、隔院芸香④，满地狼藉。

长记那回时，邂逅相逢，郊外驻油壁⑤。又见汉宫传烛，飞烟五侯宅⑥。青青草，迷路陌。强载酒、细寻前迹。市桥远、柳下人家，犹自相识。

【注释】

①条风：春天的东北风。　②夜台：坟墓。原作"夜堂"，今从刘逸生先生说改。③前社客：指燕子。社，祭社神之日，有春二社，立春后五戊为春社，即前社，立秋后五戊为秋社。　④芸香：香草。　⑤油壁：车壁经油漆涂饰的车。　⑥"又见"二句：化用唐韩翃《寒食》诗。本词的化用已无讽刺之意。

【译文】

春风散发着暖和，飘浮的云雾戏弄着晴空，碧绿的池塘充满盎然春色。然而幽深的墓穴不见月光，在暗沉的冷寂中将寒食度过。屋梁之间的燕子，春社之前的来客，似乎都在讥笑我，闭紧门愁苦寂寞。一阵缭乱的花片飞过，从隔院传来花草芳香，洒得满地纷乱零落。

我永远记得那回寒食节，邂逅相遇，情意谐和，在郊外，她停住油彩涂绘的轻车。此刻黄昏时际，又看见皇宫燃起灯烛，传送薪火，飞散的轻烟在五侯权贵的宅院出没。青青的春草遮盖了当时的路径，重寻已迷惑。强打精神载酒祭奠，将先前的踪迹细细寻索。市桥的远处，柳荫下一户人却还认得。

【赏析】

此词别本题作"寒食"。寒食节是游春的日子，是上坟祭扫的时节。周邦彦原自风流，平生多种情女友。因此写了不少与之别离的怀人词作。本词可看作是对曾邂逅而竟成永诀那位女子的悼念。

上阕写寒食节的天的融融春光和自己孤寂怅惘。首三句从暖、晴、色三方面极写春光的明媚，原应是踏青游冶的时光。次二句时空与氛围突变。因为原应同去游春的伊人已长眠地下，又是无月相伴，怎不令人伤心。"梁间"三句以拟人手法写孤寂。连燕子都笑自己锁住春光的违情悖理。最后，时间又回到白天，写院里鲜花被风儿吹落，乱红纷飞。这句从时序上说不应有如此大的跳跃，只能从它隐含的联想中去理解。她就像那春天的鲜花，被无情地摧折了。下阕写当年邂逅情景和如今物是人非的忧伤。开头从上面落花片片中引出回忆，似电影镜头中的该出、该入，相逢种种尽在不言之中，但绵绵的情思是可从今日的怅恨中窥见。"又见"二句重提寒食，又是此时了，但此人已故。最后写自己寻访旧踪的痴情。末了见柳下人家，留下无限空白，让读者自去想象。

全词结构曲折多变，转换似云断山连。一般情理却写得扑朔迷离，而又深挚动人。

夜游宫

叶下斜阳照水，卷轻浪、沉沉千里。桥上酸风射眸子[①]。立多时，看黄昏，灯火市。

古屋寒窗底，听几片、井桐飞坠。不恋单衾再三起，有谁知，为萧娘，书一纸[②]?

【注释】

①"桥上"句：唐李贺《金铜仙人辞汉歌》："魏官牵车指千里，东关酸风射眸子。"酸风：凄凉的风。吹人跟酸流泪，故称。　②"为萧娘"二句：唐杨巨源《崔娘》诗："风流才子多春思，肠断萧娘一纸书。"萧娘，女子的泛称。

【译文】

树叶下透过斜阳余晖映照着水面。细浪轻轻卷起，一直流向沉沉千里。桥头上刺眼的寒风吹得我双眸酸极。久久伫立，看着黄昏里，街市的灯火点点燃起。

走进破旧的房屋，坐在寒窗下心劳意悲。听到几片，天井的梧桐叶飘飞、凋坠。不留恋单被孤眠的滋味，再三地掀被坐起，有谁理会，只为萧娘，寄我一封书信，搅得我辗转不寐。

这首词是为思念情人而作。上阕写秋日黄昏景色落叶、夕阳、流水，是盛后衰败，一去不回的典型事物，在暗淡的景物中看流水沉沉，心情定当忧伤。为什么去"桥上"，受酸风射眸子？为眺望远方的情人，当夜幕降临时，不能望远了，只能看街市灯火。为什么移目灯火？那闪烁的灯光中，该有一段美好的回忆吧！下阕写长夜不眠的孤寂凄清。"古屋寒窗"写凄凉。"井桐飞坠"写萧索。一个"听"字把不眠的愁思写得活灵活现。"再三起"原来为一封情书。全词没有正面直接的写相思愁苦，作者是通过典型环境的创造、主人公传神的细节来表现的。特别是傍晚桥上的翘首企盼和若有所失的复杂感情，都能得到形象而含蓄地表露。而且这种相思情，是由傍晚到黄昏到深夜，由水滨到桥头（室外）到窗底到单衾（室内），层层渲染、步步推进的。末句一语双关，既是因为萧娘寄来的书信，又是因为自己有无限情思要向萧娘倾诉。为此而"再三起"，尽供读者想象。这是本词艺术独到之处。

贺铸

贺铸（1052—1125），字方回，号庆湖遗老。卫州共城（今河南卫辉市）人。宋太祖孝惠皇后族孙。授右班殿直。元祐中，通判泗州，又停太平州。晚居吴下，博学强记，长于度曲。词多刻画闺情离思，也有抒发怀才不遇之慨叹及纵酒狂放之作品。风格多样，情深语工。有《庆湖遗老集》《东山词》。

青玉案

凌波不过横塘路，但目送、芳尘去①。锦瑟年华②谁与度？月桥花院，琐窗③朱户，只有春知处。

飞云冉冉蘅皋暮④，彩笔新题断肠句。试问闲愁都几许？一川烟草，满城风絮，梅子黄时雨。

【注释】

①"凌波"三句：是说美丽的情人一去不复返。曹植《洛神赋》："凌波微步，罗袜生尘。"横塘，大塘名，在今江苏省苏州市西南。是作者经常走过的地方。芳尘：美人过后扬起的尘土。　②锦瑟年华：李商隐《锦瑟》："锦瑟无端五十弦，一弦一柱思华年。"这里指美好的年华。　③琐窗：成连锁形花纹的窗。　④冉冉：流动的样子。蘅皋：长着杜蘅的水边高地。杜蘅，香草名。

【译文】

你那轻盈的步履不再来到横塘，我依旧伫立凝望，目送你离开。不知你与谁相伴，共度这锦瑟般美好的时光。在那修着偃月桥的繁花锦簇的院子里，朱红色的小门映着花格的琐窗。可这只能是我的想象，只有春风才能知道你生活的地方。

满天碧云轻轻飘扬，长满杜蘅的小洲已暮色苍茫。佳人一去而不复返，我用彩笔写下这伤心的诗行。如果要问我的伤心多深多长，就像这烟雨笼罩的一川青草，就像这满城随风飘转的柳絮沸沸扬扬，就像梅子黄时的雨水，无边无际，迷迷茫茫。

【赏析】

本词写对心目中情人的眷恋、怀想和离愁。上阕写对心目中的人眷恋和怀想。开头自己也"目送"心上人离开，自己的情意难表达离悲。接下去又别出心裁，去猜想她与谁在一起共度华光。继而四处神寻，落得无限怅惘。下阕写相思的愁苦。连用三个比喻，只能说"愁无穷尽"了。那么，全词借思念美人表达愁思无穷，但是另有意味呢？不过贺铸他为词不屑于红绡翠袖的，他落笔高远，不同俗常。

感皇恩

兰芷满汀洲①，游丝横路。罗袜尘生步迎顾②。整鬟颦黛，脉脉两情难语。细风吹柳絮、人南渡。

回首旧游，山无重数。花底深、朱户何处？半黄梅子，向晚一帘疏雨。断魂分付与、春将去。

【注释】

①兰芷(zhǐ)：香兰、白芷，都是香草。汀(tīng)洲：汀，水边平地。洲，水中陆地。②"罗袜"句：见前篇《青玉案》。

【译文】

香兰白芷长满汀洲，飘转的游丝在路上荡荡悠悠。她迈着轻盈的脚步，前来把我迎候。顾盼之间，她用纤手撩着秀发，并把那双美丽的蛾眉轻皱。我们相互对视，似有深情却无法倾诉。细风吹得柳絮漫天飞舞，她默默无语地乘船南去。

回头再也望不到昔时的同游之处，只有山峦无重数。在那百花锦簇的地方，哪里才是她居住的金屋？梅子已经一半黄熟，傍晚时又下了疏雨。春天啊，你要走就走吧。并请把我的烦恼伤心一并捎去。

【赏析】

这也是一首爱情词。全词写相见不能相爱的怅恨。上阕写两人乍见又别的情景。首两句写景，汀洲虽美，但突然飘来的游丝横路阻挡，已暗示着爱情被意外飞来的变故所阻。虽然，伊人仍是热情迎候。但之后便"整鬟颦黛"表现出一副尴尬的姿态和满腹的心事，但是感情仍默默相许。为什么？不知道。结果是"人南渡"，她又飘然回去。下阕写相思的愁苦。"回首"二句，写旧地重游。汀洲不见了兰芷，却"山无重数"；写隔绝之深。"朱户何处？"花事将尽，春光不多，可她杳无踪影。在迷惘中，又一场疏雨，更增添了失恋的凄楚，结句也是一种无可奈何自我了结。全词借景抒情，情景交融。"满"充满爱的希望，"横"出现了枝节，"吹"造成了离别。步步推进。抒情委婉而曲折，情景疏淡而又浓烈。似情非情，或许又匿有寄托。

薄倖

淡妆多态，更的的^①、频回睐睐^②。便认得琴心^③先许，欲绾合欢双带^④。记画堂、风月逢迎，轻颦浅笑娇无奈。向睡鸭炉边，翔鸳屏里，羞把香罗暗解。

自过了烧灯后^⑤，都不见踏青挑菜^⑥。几回凭双燕，丁宁深意，往来却恨重帘碍。约何时再，正春浓酒困，人闲昼永无聊赖。厌厌睡起，犹有花梢日在。

【注释】

①的的：明媚的样子。　②睐睐（miǎn lài）：顾盼。　③琴心：司马迁《史记·司马相如列如》："是时卓王孙有女文君，新寡，好音。故相如缪与令相重，而以琴心挑之。"即以琴传情。　④绾（wǎn）：旋绕打结。合欢带：以绣带结成双对号，以示欢爱。　⑤烧灯：燃灯，即元宵放灯。　⑥踏青挑菜：二月初二日曲江挑菜，士民游观。

【译文】

淡雅的服饰妆扮更增添她妩媚清妍。明亮、深情的双眼更频频斜送秋波，回首顾盼。她的秋波顾盼使我明白她已将春心许诺，期盼着两情遂愿，绾起双带结合欢。记得风清月朗竟是无限的娇羞可怜。面向着睡鸭造型的熏炉边，鸳鸯双飞的屏风里，羞怯地将香罗带儿悄悄解了挽合欢。

自过了元宵灯节之后，直到清明节都未见她到郊外踏青、挑菜。几次我托那双飞的燕儿，叮咛它替我传递采情挚爱，却恨那重重帷帘阻碍着燕儿往来。约个佳期何时再来？正是春色浓郁美酒暖怀，却落得春日漫长、愁情闲散、百无聊赖。懒洋洋身心倦怠，想安睡忽又起来，春日在花梢上还闪耀着光彩。

【赏析】

这也是首爱情词。写爱情的暗合暗散，甜苦交替。上阕写回忆。追叙伊人如何美貌动人，以身相许。首二句写她的动人神采，"频回"令人销魂。次二句写伊人爱得主动和炽热。"记"字领起五句，写两段故事：一段是"风月逢迎"的幽会，有崔莺莺"待月西厢"的风情。着重写她的娇媚可爱，情柔色媚，于是便情不自禁。第二段写"香罗暗解"的偷情，感情由爱的炽热上升到狂热。写得大胆直露。一个"羞"字情态逼真。有人译贺铸爱情词"写得如一枝临风牡丹，艳丽照人"，可作本词写女主人公的确评。下阕写乍聚乍散后的思念。开头连数三个节日，都是情人幽会"合理"

的机会；她却不再露面。以下写寄语燕子的期待与翘盼，昼永无聊的怅惘，写得也一般。本词最成功的还是塑造了女主人公妖媚迷人、大胆挚爱的形象。整个故事前后对照强烈，融叙事、抒情、写景于一炉，辞采情意两美，有较高的艺术价值。

浣溪纱

不信芳春厌老人，老人几度送余春。惜春行乐莫辞频。
巧笑艳歌①皆我意，恼花颠酒拚君嗔②，物情③唯有醉中真。

【注释】

①巧笑：美好的笑貌。艳歌：描写爱情的歌辞。　②恼花：为花所引逗、撩拨。颠，狂。嗔(chēn)：怒，生气。　③物情：物理人情。

【译文】

我不信那芳美的春色偏偏厌弃老人，老人曾经几次依依难舍地送别残春。珍惜春光，及时行乐，切不要推辞太过殷勤。

巧媚的笑靥，柔艳的歌吟，全合我心愿，只恼花去匆匆，欲酒发狂颠，拚着让你嗔怨。须知人情冷暖，惟有在醉中真情方显。

【赏析】

这首词似乎是写老人惜春玩春及时行乐的，结合贺铸的为人似乎不然。他不甚贪图酒色。据史书记载，他喜欢评论时政，敢于诋诃权贵显要。终因此官运不济而悒悒不得志，最后退隐苏州。本词当为晚年所作。如果说，辛弃疾曾以"聊发少年狂"见情态，那么可以说，贺铸是"大发青春狂"了。上阕写惜春。首二句似在论理，老人也有惜春的权利，春天也一视同仁地青睐老人。第三句是结论：既然如此，那就要像少年一样及时行乐，不辜负大好春光。下阕写玩春。一玩赏美女的巧笑，二喜欢流行的情歌，三爱花怜草，四举杯狂饮，结论是：人只有在醉时保持纯真。明智的读者一定能从中感受到作者的"佯狂"，也不难听出放歌中愤懑不平的声音。

浣溪纱

楼角初消一缕霞，淡黄杨柳暗栖鸦，美人和月摘梅花。
笑捻粉香归洞户①，更垂帘幕护窗纱，东方塞似夜来些②。

【注释】

①捻(niē)：以指搓转。通"撚"。洞户：互相通达的户。户，单扇的门。 ②夜来些：同夜里一样。来，……似的、……一样，同"然"。些，语气助词。据沈括《梦溪笔谈》说，是经"娑婆诃"的合声，楚人禁咒尾皆称"些"，是习俗。楚辞中用作句末语气词。

【译文】

楼角上刚刚消逝了一缕晚霞，昏暗的淡黄色杨柳栖息着乌鸦。美人带上了明月去采摘梅花。

笑吟吟手捻花枝返回了门户，还垂下帘幕窗纱加意儿庇护。那东风乍暖还寒比昨日还冷气刺骨。

【赏析】

本词通篇写景，不作一情语，却寄情于言外。首句写晚霞映楼角，也是"夕阳无限好"的意境，"初消"一词使人顿生"烈士暮年"的感觉。"淡黄"又见一景物，与之相映成趣，使晚景增色生辉。宋人胡仔对此评价为"造微入妙"，早春傍晚的景色概括得美。更美的还是第三句，抵得上一幅"月下采梅"的画卷。足见作者晚年情趣。下阕写美人夜归后的情景。首句写实，又一幅"美人撚梅"图，用洞门、长廊作背景，清丽可人。下面"更垂"是虚写，"东风"是衬写，许多不可言喻或难言之隐便尽在其中了。否则，何以在热烈的"笑"中会有"夜来些"的感觉呢？

石州慢

薄雨收寒，斜照弄情，春意空阔。长亭柳色才黄，倚马何人先折？烟横水漫，映带几点归鸿，平沙消尽龙荒①雪。犹记出关来，恰如今时节。

将发，画楼芳酒，红泪②清歌，便成轻别。回首经年，杳杳音尘都绝。欲知方寸③，共有几许新愁？芭蕉不展丁香结④。憔悴一天涯，两厌厌⑤风月。

【注释】

①平沙：广漠的沙漠。龙荒：别本作"龙沙"，指塞外荒漠。　②红泪：指妇女的眼泪。　③方寸：指心。　④丁香结：丁香的花蕾。唐、宋诗词中多用以喻愁思纠结。　⑤厌厌：同"恹恹"，烦恼愁苦的样子。

【译文】

一场小雨初停，寒气渐轻，斜阳普照，一番新晴。天地间到处是春意盈盈。长亭畔，柳树嫩黄，刚刚泛青，不知何人倚马，先折柳枝以送远行？春水漫漫，暮霭蒙蒙，映带着远天的几点归鸿。广阔平坦的荒塞上，春雪已完全消融。我还清楚地记得，我出关时也是这样的情景。

想当初我要出发时，你在画楼上备好酒宴为我饯行，你流着伤心的泪，为我唱上一曲哀怨的歌。从此我们便轻易分别，千里阻隔书信难通。回首往事已经一年，音信杳杳见不到你的芳容。你要知道我的心里，该有多少新的愁情？就像那芭蕉叶卷曲难展，就像那丁香花打结重重。远隔天涯一样憔悴，两地苦苦相思，空自对着风清月明。

【赏析】

本词一作《石州引》，词中因有"长亭柳色才黄"句，故又名《柳色黄》。本词虽也是写别情，但角度不同，且以追叙结构表现。上阕写早春初晴的黄昏景色。开头三句，先是雨收初寒，再是天气放晴，最后春意空阔。然后移景至长亭，早春不见折柳人。继而延至塞外，景由关内至关外，由大地春回而至龙荒羁旅，情景逐层推进。"犹记"二句，触景生情，引入下阕出关前的回忆和如今音尘都绝的悲叹。开头直叙"将发"的情景。她对自己应是纯情真切，但终究一别几年，音信全无。最后写愁比较别致：一用"欲知"设问，等于说，"只有自己知道"；二化用李商隐"芭蕉不展丁香结，同向春风各自愁"（《代赠》）句，当不言自明；三用想象中事作证，手法不同一般。人们称道贺铸"工于言情"，本词可作例证。

蝶恋花

几许伤春春复暮，杨柳清阴，偏碍游丝度。天际小山桃叶①步，白苹花满溅②裙处。

竟日微吟长短句，帘影灯昏，心寄胡琴③泣。数点雨声风约住，朦胧淡月云来去。

【注释】

①桃叶：晋王献之妾。这里借指恋人。　②溅 (jiān)：洗。　③胡琴：唐宋时，凡来自西北各民族的弦乐器统称胡琴。今专指二胡。

【译文】

春天又到了迟暮，多少伤春的愁情涌出。杨柳清凉的浓阴，偏偏妨碍蜘蛛、树虫的游丝横度。遥远天边的小山，桃叶曾经走过，白苹花丛生的水边是妇女洗裙之处。

终日里低吟着长短句。灯光昏暗，映着帘影，借着胡琴一曲寄托心意。淅淅沥沥几点雨声被风止住，朦朦胧胧月色暗淡，浮云飘来飘去。

【赏析】

这是首伤春怀人的小令。全词不见伤叹，却处处伤叹，情语皆化作了景语。上阕写伤春。首句是明告伤春主旨，但不写莺老花落，只是"春复暮"，多了几分无奈。次二句写柳荫游丝，是惜春的俗套。最妙在末二句，遥望天际小山，那是她的住处，便想象她在那里散步，再把思绪拉回，低头近处，水边白苹花开，又自然联想起她在此地洗涤衣裙的情景。但毕竟是虚幻的笔法，思念之情却深蕴其间。下阕写自己日后的思念和孤寂的凄苦。"竟日微吟"全因寄情；灯下操琴，也为吐心曲。两个细节代替了无数思念的辞别语和忧伤语。最后借雨滴风声、淡月浮云来暗示心中的迷惘和空虚。全词曲笔写伤春和相思，语淡情深。

天门谣

登采石蛾眉亭①

牛渚②天门险，限南北、七雄豪占③。清雾敛，与闲人登览。

待月上潮平波滟滟④，塞管轻吹新阿滥⑤。风满槛，历历⑥数、西州

宋词三百首全解全析

121

更点⑦。

【注释】

①蛾眉亭：宋神宗熙宁间，太平州（今属安徽）知州张瑰在牛渚山上筑亭，名"蛾眉亭"。　②牛渚：山名。在安徽当涂西北长江边。　③七雄豪占：牛渚矶历来为战略要地。吴、东晋、宋、齐、梁、陈及南唐七代均建都于金陵。　④滟滟：水闪闪发光的样子　⑤塞管：即羌笛。阿滥：笛曲，即《阿滥堆》。　⑥历历：清晰。　⑦西州：西州城，在金陵西。更点：晚上报时的更鼓声。

【译文】

牛渚西南方的两山夹江对峙，仿若天门，历来偏安江南的七雄就是凭借长江南北的天险地势而雄踞一方。清冷的晨雾消散，让闲雅的人登矶游览。

等待明月升天，平阔的江潮波光潋滟，听羌笛轻轻吹奏着新曲《阿滥堆》。江风灌满蛾眉亭的栏槛，清晰地数着，从西州城传来的打更的鼓点。

【赏析】

本词调原名《朝天子》，因贺铸词曲咏天门而命名。采石矶原名牛渚矶，是采石山突出江面的部分，南北有二梁山对峙，夹江形势如蛾眉，矶上有亭，故名。那里江面狭窄，形势险要，因而命之"天门"。李白曾作《望天门山》绝句。宋哲宗绍圣二年（1095）重修此亭。次年四月，贺铸赴任江夏，途经当涂，参加了亭的落成典礼，并写有《蛾眉亭记》，本词即作于同时。

这首小词也是登临类抒情之作。开头二句写登亭览胜，只一"限"字，高度概括了地形之险要。再一"豪占"，又隐括了多少兵戎烽火。一实一虚，有东坡"浪淘尽千古风流人物"的情怀。次二句是写登临所感，"清雾"一语双关：是江雾消尽，也是历史的烟雾消失。"与闲人"说得很轻松，联系上句"七雄"之说，"雄"仅能偏安江左而已，不无讽刺意味。联系宋朝时政，内忧外患，诗人多少有点预感吧。下阕是登临中的所思，是想象夜晚的景致：看江上波光，听管笛清冷；甚至极度夸张，还能数计南京方面传来的更鼓声。创造这一如诗如画的宁静而幽美的意境，当然是一种寄托，即寓情于景吧。诚然，作者此时此地，并不"满目萧然，感极而悲"，倒反有"心旷神怡，宠辱偕忘"的超凡与洒脱。但历史的沉重感，作者明白地感受到，从上阕"清雾敛"中可窥见一斑的。至于在清闲的登临中究竟有多少寄托，只能让读者自己去回味了。

天香

烟络横林，山沉远照，迤逦①黄昏钟鼓。烛映帘栊，蛩催机杼②，共苦深秋风露。不眠思妇，齐应和、几声砧杵③。惊动天涯倦宦，骎骎④岁华行暮。

当年酒狂自负，谓东君、以春相付。流浪征骖北道⑤，客樯南浦⑥，幽恨无人晤语⑦。赖明月、曾知旧游处，好伴云来，还将梦去。

【注释】

①迤逦 (yǐ lǐ)：本指山脉曲折连绵，此借指钟鼓声由远而近相继传来。　②蛩 (qióng)：蟋蟀。机杼 (zhù)：指织布机。　③砧 (zhēn) 杵 (chǔ)：古代洗衣用具。砧，捣衣镯槌棒。一般在河边洗涤。　④骎 (qīn) 骎：马速行的样子。也可用来比喻时光飞逝。⑤骖 (cān)：一车驾三马。这里泛指马。　⑥浦，水溪，泛指送别处。　⑦晤语：面谈。

【译文】

横展的树林笼罩着烟雾，远山的夕阳正在冉冉沉没，由远而近相继传来黄昏的钟鼓声。烛光映照着窗户，蟋蟀哀鸣，宛如在催促人们赶快制作衣服。我们都怨恨这清秋的风露。不眠思妇，正在忙忙碌碌，在风声虫声中，又送来声声砧杵。这声音惊动了我这漂泊天涯的倦客，这才发现又已经到了岁暮。

当年我曾以酒狂自负，以为春神对我特别光顾，只是把三春的美景向我交付。想不到终年流浪四方，或乘马车奔波在北路，或乘征船离开南浦，满腔忧思也无人可以倾诉。只好仰赖明月，曾经知道我们交游相好的去处，可以陪伴着彩云来到这里，把我的梦魂带进美人的绣户。

【赏析】

这首词借悲秋怀人的笔墨，抒人世沧桑的落寞。贺铸年轻时自负才气，任侠尚气，有为国立功的崇高理想，但冷酷的现实让他成了天涯倦客，怎不令人悲愤。上阕写客居的所见所感。首三句写郊外黄昏，有声有色，但凄清而迷茫。"烛映"三句，由外入内，写秋夜不眠的愁苦。继而又借思妇的不眠和砧杵声烘托。一烘托夜的孤寂的凄清；二映衬自身沦落的悲凉，潜台词是自己的"思妇"呢？这一联想，便"惊动"自己，感慨岁月的无情。情随景随时序的变换而层层加深。下阕追忆往事，抒发浪遍天涯、壮志成空的情怀，开头追忆当年，是顺录上阕惊叹而来。结构跳脱而情意绵密。先写自己当年的盛气和壮志，次写多年的漂泊，无非从对比中抒不平的抑郁。"幽恨"一句中转。"赖明月"一句总结，是理想的失落与现实的期盼矛盾心绪的产物。但毕竟是浪漫主义的奇想，掩饰不了他内心的苦闷和悲凉。

全词写景笔墨不多，却能抓住特征，显其凄清悲凉。

望湘人

厌莺声到枕，花气动帘，醉魂愁梦相半。被惜余熏，带惊剩眼^①，
几许伤春春晚。泪竹^②痕鲜，佩兰香老，湘天浓暖。记小江风月佳时，
屡约非烟^③游伴。

须信鸾弦^④易断，奈云和^⑤再鼓，曲中^⑥人远。认罗袜无踪，旧处弄
波清浅。青翰棹舣^⑦，白苹洲畔，尽目临皋飞观。不解寄、一字相思，
幸有归来双燕。

【注释】

①带惊剩眼：比喻人消瘦得很快。眼，腰带上的扣眼。　②泪竹：传说舜死于苍梧，
其妃娥皇和女英思念不已，泪下沾竹，悉成斑痕。故斑竹也称泪竹。　③非烟：唐武
公业之妾，姓步，事见皇甫枚《非烟传》。这里借指似非烟般的情人。　④鸾弦：据
《汉武外传》载："西海献鸾胶，武帝弦断，以胶续之，弦二头遂相着，终日射，不断，
帝大悦。"后世称续娶为"续胶"或"续弦"。这里借指爱情。　⑤云和：山名，以
产琴瑟著称，因此也用来指代琴瑟琵琶等乐器。　⑥曲中：也作"曲终"。　⑦青翰：
船名。因船身有青色的鸟形刻饰，故称。舣（yǐ）：船靠岸。

【译文】

讨厌那黄莺声传到枕边，心烦那鲜花芳香进到房间，它让我半醉半愁好梦难圆。
鸳被上还有她熏的余香，令我非常爱怜。又惊骇为消瘦得太快，不断移动皮带的孔眼。
连续多少次伤春，今年的春天又已迟晚。斑竹上湘妃的泪痕似乎未干，屈子曾佩过的
幽兰香消翠减，湘地的天气湿润而又温暖。记得在清风明月的良辰，多次相约非烟似
的美人，作为游赏玩乐的侣伴。

应该相信鸾弦易断，任凭我再三演奏琴弦，乐曲终了，美人依然不见。她的踪迹
无处可寻，昔日同游的地方，只有微风吹拂江面，渡江清又浅。我登上岸边高高的楼观，
终日里凝神眺望，有条画着青鸟的航船，停靠在白苹洲的岸边。她竟不知寄给我一句
相思的语言，幸亏有双双飞来的归燕，多少能熨帖一下我的心田。

【赏析】

本词牌始见于贺铸词。从词牌曲名可见，作者写的是失恋后的相思。上阕写触景
生情，引起对昔日心中人的怀念。首句劈头一"厌"，莺声、花气原是大好春光，如

今却触目惊心，连醉魂都不安静。"被惜"三句交代了原因，"厌"从"惜"来。再用"泪竹"典故相对，由湘天带出"小江"的回忆。虽然，两种经历不可类比，但在作者的感情里，痛失伴侣，无论是死别还是生离，都一样使人泪洒斑竹。下阕由情入景，抒发相思的苦情。首句反用"鸾弦"的典故，写尽相思之深，更见痴情之绝。她走了，无人能取代感情上的位置。这里的"云和再鼓"也应是鸾弦再续的暗喻，但无奈的是最终"人远"。感情如此深笃，怪不得要把她视作步非烟了。"青翰"三句，承上阕的"湘天"而来，说明人仍伫立江头，"临皋飞观"是在凭栏眺望。也是借助想象和幻觉，来寄托相思情的。这也是现实与理想的矛盾，强烈的反差更能抒情，所以通篇不着一"愁"字，而处处见愁。末句更令人怦然心动：正在怨恨她太绝情时，却见双燕飞来；照例触景生情，更添愁思岂分，而作者却说"幸而"，似乎得到了一种暗示的、象征的情感上的满足，是强颜欢笑，是心中泣血的笑。抒情委婉细腻，含而不露，悲而不哀，读之别有风味。

绿头鸭

玉人家，画楼珠箔临津。托微风、彩箫流怨，断肠马上曾闻。宴堂开、艳妆丛里，调琴思、认歌颦。麝蜡烟浓，玉莲漏短，更衣不待酒初醺。绣屏掩、枕鸳相就，香气渐暾暾①。回廊影、疏钟淡月，几许消魂？

翠钗分②，银笺封泪，舞鞋从此生尘。任兰舟载将离恨，转南浦，背西曛③。记取明年，蔷薇谢后，佳期应未误行云。凤城④远、楚梅香嫩，先寄一枝春。青门外⑤，只凭芳草，寻访郎君。

【注释】

①暾暾(tūn)：原指日光明亮，这里指香气浓郁。 ②翠钗分：古时以分钗各执一股作为离别纪念。翠钗，以翡翠装饰的宝钗。 ③曛(xūn)：落日的余光。 ④凤城：相传秦穆公之女弄玉，吹箫引凤，凤凰降于京城，故称丹凤城。后因称京都为凤城。⑤青门：汉长安城东南门。本名霸城门，因门色青，便称青门。这里借指北宋都城汴京。

【译文】

美人之家，就在门垂珠帘的彩楼临着渡口。借着微风，箫声发出幽怨哀音，断肠人在马上奔波时也曾听闻。宴席在厅堂摆开，丽人们艳妆成群，她调弄着琴韵，我认出她微蹙黛眉的歌吟。麝香配制的蜡烛烟雾氤氲，手把荷叶杯饮酒时间苦短，当有些微微醉意的时候，便去更衣就寝。掩闭了彩绣屏风，枕上鸳鸯互相偎依亲近，芳香的气息越来越暖暖融融。环绕着回廊阴影，淡淡月色里传来稀疏的钟声，这一夜是多么快乐消魂。

自从与她离分，她寄来银色的信笺封住了泪痕，跳舞的绣鞋从此蒙起灰尘。任随那木兰舟，载着离愁别恨，辗转过了南浦，背着夕阳西下的余晖远远消失。请记住明年，当蔷薇花凋谢之后，别误了有情人欢会的佳期良辰。长安已经遥远，南楚梅花刚绽出香嫩，请你便先折一枝梅花寄芳春。到长安城东门之外，只凭着芳草引路，去寻访郎君。

【赏析】

　　这首词当作于绍圣年间，贺铸离汴京去江夏（今湖北武汉）任上。作者用绮丽的语言，描述了与一位美貌的歌女一见倾心的故事始末。上阕写一见钟情，歌女以身相许。开头先写她住处的华贵，可见身份不凡。次句写她的才艺。"宴堂"二句写两人邂逅，彼此一见钟情，歌女借琴寄心，眉目传情。可见那女子的多情和热烈。"麝蜡"五句不惜繁笔铺陈，细细刻画两人的对饮，写他们欢爱情事。末三句又作概括：欢度良宵。

　　下阕起句即言别离后的痛苦和无聊，舞鞋从此闲置，日日泪湿香笺。"任兰舟"两句是回忆离别时万般无奈和无限依恋的情景。眼看着"兰舟"越行越远，渐渐地帆影模糊了，最终消失在落日的余晖里。"背西曛"既写出了当时极目远送的情景，也暗示了送别者驻足岸边的时间之长。"记取"写人已远走，她只有寄希望于来年，暗自嘱咐他别忘了赴约的佳期。但在此之前，她借口"凤城远"，要求对方先寄赠一枝梅花以慰相思。其实梅开的初春距蔷薇花谢也为时不远，但她不愿空自等待，才刚刚分手，又焦急地盼望相聚，其愁情深重可想而知。结语是想象相会时她出城相迎的情景。

　　全词叙事有始有末，篇幅虽短却曲折波澜；写柔情蜜意不怕露骨，但形象的刻划是十分成功的。

叶梦得

叶梦得（1077—1148），字少蕴，号石林居士，宋苏州吴县（今江苏苏州）人，迁居湖州乌程（今浙江湖州）。绍圣四年（1097）进士，累官中书舍人。翰林学士、户部尚书、政和五年（1115），起知蔡州，复龙图阁直学士，移帅颍昌府。高宗即位，迁翰林学士兼侍读，又迁尚书左丞。晚年退居湖州乌程弁山。能诗工词，长于议论，词风早年婉丽，中年学东坡，晚岁简洁而时出雄杰。著有《建康集》《石林词》《避暑录话》《石林燕语》等。

贺新郎

睡起流莺语，掩苍苔房栊向晚，乱红无数。吹尽残花无人见，惟有垂杨自舞。渐暖霭、初回轻暑。宝扇重寻明月影，暗尘侵、上有乘鸾女①。惊旧恨，遽如许。

江南梦断横江渚，浪粘天、葡萄涨绿，半空烟雨。无限楼前沧波意，谁采苹花寄取？但怅望、兰舟容与②。万里云帆何时到？送孤鸿、目断千山阻。谁为我，唱金缕③？

【注释】

①乘鸾女：指团扇上画的秦穆公女乘鸾仙去的故事。 ②兰舟：用木兰树做的船。容与：这里是犹豫不进的样子。 ③金缕：即杜秋娘的《金缕曲》。

【译文】

睡醒起来听到黄莺儿细语流转珠圆。落花掩盖了青苔，窗棂昏暗已是傍晚，地上无数凋零的花瓣一片凌乱。风儿吹尽了枝梢的残花，不见那赏花人回返，只有垂杨孤自仍飘舞翩然。雾霭渐渐转暖，原来是初夏的轻暑回归天地间。我重寻明月般的团扇，扇影儿圆圆，覆盖了暗淡的尘埃，那乘着鸾凤的秦宫弄玉还依稀可见。它惊醒我往日的恨怨，竟如此急切、突然。

梦到江南却隔断在横江的沙洲。只见长江大浪粘连着天宇，涨涌的江涛像葡萄般碧绿，从半空洒下烟雾般的细雨。在楼前倚望烟波浩渺引起无限相思意，采一朵白苹花有谁能托他寄去？两地相思，只能怅然空望，那木兰舟徘徊迁徙。漂泊万里的云帆何时归来？目送离群的归雁飞入群山里，视线被群山遮蔽。此刻谁能为我歌唱一曲《金缕曲》。

【赏析】

这首词据说是作者十八岁时所作。从其婉丽的词风看，那应是南渡后怀念北国的恋人之作了。上阕写暮春景色，抒发了寂寞凄清的离愁。"渐"，时间又有递进。初夏不见景，只写寻扇一细节，定在勾起对伊人的思念，更触发惊心动魄的回忆。下阕理应写"惊"的往事了，却戛然而止，费人思量。而又写江边凝伫，等待归舟，盼望团聚，结果萃花难寄，兰舟容与，云帆不到，千山阻隔，全是怅恨。最后寄情《金缕曲》，不要说歌声难到，而唱的人都在远方。以愁起以恨终。有人评论说："一意一机，自语自话。草木花鸟字面选来，不见质实……"的确，是一种朦胧的寄愁。

虞美人

雨后同干誉、才卿置酒来禽花下作①

落花已作风前舞，又送黄昏雨。晓来庭院半残红，惟有游丝千丈、袅晴空。

殷勤花下同携手，更尽杯中酒。美人不用敛蛾眉，我亦多情无奈、酒阑时。

【注释】

①干誉、才卿：料是作者友人，生平不详。来禽：即林檎别名，南方称花红，北方人叫沙果。

【译文】

落花在风中飞舞，再一次送走黄昏时的风雨。清晨以来，庭院里半是残落的红花，只有悠悠荡荡的游丝，在晴空中荡来荡去。

我们曾在花前携手同游，尽情地饮干杯中的酒。你不要因伤春惜别而敛眉愁苦。在这酒尽之时，我也无可奈何，满怀愁绪。

【赏析】

这是首惜花伤春、惜别伤怀的抒情小令。上阕写惜春，"落花"二句抓住暮春的景物特点，"已作"是怜，"送"是惜。"晓来"句虽多伤春的忧伤，但"惟有游丝"却骤然一扬，起感情于低谷。"千丈袅晴空"，意境高远，心胸豁然开朗，抒情哀而不伤。下阕写抒情，"殷勤花下同携手，更尽杯中酒"写既然人生像花一样不能久存，为何不携手花下同醉？"美人不用敛蛾眉，我亦多情无奈、酒阑时"但天下没有不散的宴席，饮酒也有完结之时。"我"劝美人们别因此皱眉，"我"是多情种，可酒已尽。由自然而人生，品嚼出对生命的思索。

汪藻

汪藻（1079—1154），字彦章，饶州德兴（今属江西）人。崇宁二年（1103）进士。高宗朝，累官中书舍人，兼直学士院，擢给事中，迁兵部侍郎，拜翰林学士。博极群书，工骈文。

点绛唇

新月娟娟^①，夜寒江静山衔斗。起来搔首^②，梅影横窗瘦。
好个霜天，闲却传杯手。君知否？乱鸦啼后，归兴浓如酒。

【注释】

①娟娟：明媚美好的样子。 ②搔首：抓头。一般指心绪烦乱、焦急或思考时的动作。

【译文】

一轮圆月明媚新秀，秋夜寒、江流静、远山衔着北斗。夜不成寐，起来徘徊搔首。窗间横斜着梅花疏影，那么清瘦。

好一个凉秋月夜的霜天，却无心饮酒，闲置了传杯把盏的手。君知否？听到归巢的乌鸦纷乱的啼叫后，使我归家的意兴浓郁似酒。

【赏析】

本词是一首写景抒情的小令，但作在"出守泉南移知宣城，内不自得"之际，其中怕多有寄托。虽然，词上阕一开始写的新月、静江都是宁静美好的，但如此良辰美景夜不成眠，以至于"起来搔首"，心中何其烦躁。四周又只是梅影横瘦，颇多凄清，情景反差极大。下阕亦然，天气很好，但心绪不好，酒已不能消愁，唯想回家。究竟有什么烦人心意的事，使得主人公要拂袖而去，挂冠归故园？至少是对官场的厌倦吧！

刘一止

刘一止（1078—1161），字行简，湖州归安（今浙江湖州）人。宣和三年（1121）进士。绍兴初，累官中书舍人、给事中，直言敢谏。有《苕溪集》。

喜迁莺

晓行

晓光催角，听宿鸟未惊，邻鸡先觉。迤逦烟村，马嘶人起，残月尚穿林薄①。泪痕带霜微凝，酒力冲寒犹弱。叹倦客，悄②不禁重染，风尘京洛。

追念人别后，心事万重，难觅孤鸿托。翠幌③娇深，曲屏香暖，争念岁华漂泊。怨月恨花烦恼，不是不曾经著。者情味、望一成④消减，新来还恶。

【注释】

①林薄：草木丛生的地方。　②悄：宋时口语，犹"直""浑"。　③幌：布幔。④一成：宋时口语，同"一任"，任随的意思。

【译文】

黎明的曙光催响了号角声。夜宿的鸟儿尚未惊醒，四邻的雄鸡却早早地引颈高鸣。连绵不断的村落烟雾朦胧，马在嘶叫，人已踏上了征途，残月还在树林的枝梢随人穿行。我睹物伤情，泪痕上冻凝白色霜花，残存的酒力变弱，难以抵抗清晨的寒冷。哀叹我厌倦了客旅飘零，简直不情愿重新沾染京洛的风尘。

我总在追思怀念妻子和我离别，使我心事万千重重，难寻觅一只离群孤鸿将信息为我传送。想起家中娇倚着翠绿的窗帘深居闺中的妻子，曲绕的画屏飘着暖融融的熏香，怎料想我只身漂泊岁寒霜冷。怨月之圆缺，恨花之枯荣，这种烦恼，也曾在我心中涌动。这种烦恼情味，本想望消减一成，却不料新来的烦恼更苦更浓。

【赏析】

据陈振孙《直斋书录解题》载，刘"尝为'晓行'词盛传于京师，号'刘晓行'"。

可见本词的影响。全词写晓行的寂寞和漂泊的哀怨。上阕似工笔细描，细腻地描绘了晓行的景物：晨光、清角、宿鸟、晓鸡、烟村、残月、行人、马嘶，比之温庭筠"鸡声茅店月，人迹板桥霜"有更多的清冷和孤寂的氛围。"泪痕"二句情绪陡转，从清新爽朗变为清冷抑郁。再下"叹"字三句点明"泪"之由。作者倦于行旅、厌于仕官的心情可见一斑了。下阕抒思乡怀人的怨情。"追念"在路上孤寂中产生。想到深闺中的妻子也是必然的，"争念"却见嗔怪，可见思之深、爱之切，和自己漂泊的极度愁苦。最后不仅迁怒花月，还直接呼告，这烦恼，越来越难熬。写无法排遣的郁闷曲折有致委婉微妙。

韩疁

韩疁（生卒不详），字子耕，号萧闲，《全宋词》录其词六首。

高阳台

除夕

频听银签①，重然绛烛，年华衮衮②惊心。饯旧迎新，能消几刻光阴？老来可惯通宵饮？待不眠、还怕寒侵。掩清尊、多谢梅花，伴我微吟。

邻娃已试春妆了，更蜂腰簇翠，燕股横金③。勾引东风，也知芳思难禁。朱颜那有年年好，逞艳游，赢取如今。恣登临、残雪楼台，迟日园林。

【注释】

①银签：即银箭，刻漏之箭，古时记时器的刻度表。　②衮衮：即滚滚，相继不绝。③"更"二句：蜂腰、燕股：剪采成蜂、燕等状以装饰鬓发。翠：翠钿，即翡翠做的花，是妇女的装饰物。股，是发钗的脚。

【译文】

频频地听着更漏的声音，重新点燃起大红蜡烛，青春年华匆匆而过令人惊心。饯别旧岁，迎来新春，能够消磨几刻光阴？人到年老哪还习惯通宵畅饮？打算除夕不眠，又怕夜寒侵身。放下酒杯，多谢那梅花冰蕊，陪伴着我的微吟。

邻家姑娘已试过新春的红妆，头鬓插上了如蜂形的翡翠钿晶莹玉透，如燕形的发钗。她着意儿打扮勾引着东风，也可知她芳心相思实难拘禁。青春美貌不会永存，那有年年美好，姑娘们正趁着年轻尽兴逞艳遨游，赢取眼前的良辰。纵情地登高俯临，

那残雪消融的楼台，春日迟迟的园林。

这首词抒发作者除夕守岁时对时光飞逝的感慨，鼓励青年珍惜时光及时行乐。上阕写守岁时的感受。"频听""重然"写夜已深沉。"惊心"是全词抒情的渊源。在"饯旧迎新"中的两个设问，既表现对寸阴的珍惜，更叹惜老来不能再"通宵饮"的遗憾，想"不眠"，又怕"寒侵"，老人心态逼真。"掩"字凄凉，老年不堪酒杯了。"多谢"，颇多伤感。下阕写姑娘试妆和鼓励他们及时行乐的心情。姑娘们花枝招展，和年轻人的游冶情趣，是老人所羡慕的。作者鼓励他们"逞""恣"态度是积极的，不因自己不能而哀怨。这是与众不同处。全词娓娓道来，如叙家常。有人评其"语浅情深"，可称确译。不过还可加上一句："题陈意新。"

李邴

李邴（1085—1146），字汉老，号龙龛居士。济州任城（今山东济宁）人。崇宁五年（1106）进士。官至参知政事。《全宋词》存词八首。

汉宫春

潇洒江梅，向竹梢疏处，横两三枝。东君也不爱惜，雪压霜欺。无情燕子，怕春寒、轻失花期。却是有、年年塞雁①，归来曾见开时。

清浅小溪如练，问玉堂②何似，茅舍疏篱？伤心故人去后，冷落新诗。微云淡月，对江天、分付他谁。空自忆、清香未减，风流不在人知。

【注释】

①塞雁：塞外的雁。雁是候鸟，秋季到南方过冬，春季又飞回北方，决不失期。
②玉堂：豪贵的宅第。古乐府《相逢行古锌》："黄金为君门，白玉为君堂。"

【译文】

江边的梅树俊逸、清雅，向着稀疏的竹梢，横斜出两三枝梅花。春风也不懂将它爱惜，任凭冰雪寒霜将它欺压。那无情的燕子，也害怕早春寒气，总轻易地误了江梅绽放的花期。却只有年年往返关塞的大雁，归来时曾见到梅花开得艳逸。

清浅的小溪像一条白练，那金玉辉煌的豪门厅堂哪里比得上这稀疏篱笆围绕的茅舍草堂？故人离去后令我心伤，歌咏梅花的新诗被冷落一旁。稀薄的云影，淡淡的月光，面对江天浩渺的美景，委托谁来赋诗章？我独自记忆，江梅依旧清香，自持风流雅洁不向世人张扬。

【赏析】

据王明清《挥麈录》载："汉老少日作《汉宫春》词，脍炙人口。"可见影响不小。这首词托物言志，借梅花的自甘淡泊、秉性自恃的品格自况。上阕写红梅的潇洒风姿。它只在竹梢疏处，不慕繁华；它只两三枝横斜，求得自在；它孤傲清高；它不需怜悯，不畏强暴，无比坚贞。无情燕子难睹它的芳容，守信的大雁年年和它相见。拟人的笔法写活了梅花的人格。下阕渲染梅花的孤傲，它不稀罕玉堂，只求宁静和朴实。"伤心"以后由梅入人。可以觉察到作者在把梅人格化的同时，也把自己梅"化"了。"微云"二句可以看作写梅，也可视作写己。"空自忆"二句亦然。如写人，则有"一片冰心在玉壶"的表白了。无论写梅写人，都有作者深情寄寓。全词写景清丽，抒情婉曲。

陈与义

陈与义（1090—1139），字去非，号简斋，洛阳人。政和三年（1113）登上舍甲科。官至参知政事。以诗著名，原属江西诗派，南渡后，诗风有明显变化，由清新明净变为沉郁悲壮。词亦工、以清婉秀丽为特色，豪放处又近东坡。有《无住词》一卷传世。

临江仙

高咏楚辞酬午日①，天涯节序匆匆。榴花不似舞裙红，无人知此意，歌罢满帘风。

万事一身伤老矣，戎葵②凝笑墙东。酒杯深浅去年同，试浇桥下水，今夕到湘中。

【注释】

①楚辞：骚体类文章的总集。西汉刘向辑。收有屈原、宋玉、景差等赋。因为楚地的文学样式、方言声韵、风土色彩，故名。午日，端午节，即阴历五月初五，屈原投江的日子。　②戎葵：即蜀葵，俗称"一丈红"。

【译文】

高声歌咏起《楚辞》，敬祝端午佳节，流徙天涯只觉时节过得匆匆。石榴花比不

宋词三百首全解全析

上舞女的裙裳鲜红。没有人理解我此刻心情。歌罢只觉满帘扑风。

万物纷扰集于我一身，伤心的是我已年迈龙钟，蜀葵花凝神含笑站在墙东。斟杯清酒深浅与去年相同。将酒浇洒桥下流水，今晚就流到湘江之中。

【赏析】

这首词写端午节感怀。时作者流寓于两湖，时节、处所、国事、境况，使作者情不自禁地联想到屈原当时的遭遇，内心里发出强烈的共鸣。上阕写在端午节读《楚辞》的活动与感受。作者不去问吃粽子、赛龙舟的传统纪念活动，而一卷《楚辞》相伴，身在天涯。"榴花不似"很耐人寻味，榴花火像红星五月的花，却突然联想到舞裙上莫不是京都昔日的歌舞已成陈迹，还是今日新都歌舞如昔？也有"感时花溅泪"的触目惊心吧。深沉地对时局的不满和悲愤蕴蓄其间。下面便说"无人知此意"，但又暗示"满帘风"，似让人觉得汨罗江上的一阵悲风。下阕感叹自己身处江湖、老大无用。首句仍显示五月蜀葵的红似火，但这次进而"凝笑"人了，作者心潮逐浪高，从愤而恨了。蜀葵似乎探头笑话：朝廷不思抵抗，你为什么不力主抗金，不横戈跃马驰疆沙场呢？在无可奈何中，作者要借酒浇愁，但一举杯便又联想到祭奠屈原，心随屈原去汨罗了。全词抒写心中悲愤曲折回荡，借凭吊屈原寄爱国忧愤，词风峭拔沉郁。

临江仙

夜登小阁忆洛中旧游

忆昔午桥①桥上饮，坐中多是英豪。长沟流月去无声，杏花疏影里，吹笛到天明。

二十余年如一梦，此身虽在堪惊。闲登小阁看新晴，古今多少事，渔唱起三更②。

【注释】

①午桥：桥名，在洛阳县南十里处。 ②渔唱：打渔人的歌儿。这里作叹惜前朝兴废的历史。三更：古代刻漏记时，自黄昏至拂晓分为五刻，即五更，三更正是午夜。

【译文】

回忆昔日在洛阳午桥聚会宴饮，在座的大多是英雄豪杰。长长的河沟倒映着明月，随水流逝悄然无声。在杏林稀疏的花影里，吹奏的笛声直到天明。

二十多年岁月犹如一梦，这个身躯虽然健在，人生坎坷，转瞬成空，也够令人心惊。闲来登上小小楼阁，观看雨后新晴。古往今来多少兴亡悲欢事，听，半夜三更传出了渔父的歌声！

绍兴八年（1135）五月，作者因病辞官，寓居湖州青墩镇寿圣院僧舍。二十多年的经历不堪回首，特别是靖康之难，仍历历在目。而二十余年前的京城生活，更令他感叹今昔，于是写了这首词。上阕写"忆洛中旧游"的欢乐生活。洛阳是他的故乡，南面的午桥是他呼朋唤友宴饮游乐的地方，如今沦落于异族之手，座中那些"英豪"呢？抚今追昔怎不令诗人伤感。当然追忆中的往事是美好的。于是还有长沟流月仙境般的明净和幽寂环境，有"杏花疏影"似诗如画的携友良辰美景，有"吹笛到天明"的闲情雅兴。谈之令人愉悦而爽朗。末二句是传诵的名句，承"忆昔"而启下阕"一梦"。下阕写如今的感叹往昔。首句概括作者从踏上仕途所经历的颠沛流离和国破家亡的痛苦生活。回顾起来当然"堪惊"。末三句是以淡语写哀，"闲"是自我调侃语，从与上阕对比看，以乐事写哀的用意明显，今非昔比，今不如昔之叹沉郁哀婉；故作旷达的无可奈何更令人扼腕。

蔡伸

蔡伸（1088—1156），字伸道，号友古居士，莆田（今属福建）人。徽宗政和五年（1115）进士。历太学博士，通判真、饶、桧、楚四州，官至左中大夫。其词长于铺叙，笔致雄爽。

苏武慢

雁落平沙，烟笼寒水，古垒鸣茄声断。青山隐隐，败叶萧萧，天际暝鸦零乱。楼上黄昏，片帆千里归程，年华将晚，望碧云空暮，佳人何处？梦魂俱远。

忆旧游、邃馆朱扉，小园香径，尚想桃花人面①。书盈锦轴②，恨满金徽③，难写寸心幽怨。两地离愁，一尊芳酒凄凉，危阑倚遍。尽迟留、凭仗西风，吹干泪眼。

【注释】

①桃花人面：即唐崔护《游城南》诗中"人面桃花相映红"句本事。后多指男女相识随即分离，以后男子追思旧事，即称"人面桃花之感"。 ②书盈锦轴：这里

暗用前秦秦州刺史窦滔妻苏氏织锦为回文旋图诗以寄的故事。后称妻寄夫书为"锦字"。
③金徽：金饰的琴徽。徽，系弦之绳，后以琴面分辨音节的标志之称。

【译文】

大雁降落在平广的沙滩，烟雾笼罩着凄寒的水面，古老的军垒吹响胡笳声悠然而断。远望隐隐约约的青山，满空是萧萧的败叶，天边昏暮之中群鸦一片凌乱。楼头上降临了黄昏，迢迢千里返回了一片孤帆，岁月将羁旅的我推向老年。仰望碧云飘浮的天空暮色渐浓，我心中的美人倩影杳然，想梦中寻她竟连梦魂也离得那么遥远。

回忆往日的游乐，在深院红门的馆舍里共枕同宿，在花香铺路的小园里携手漫步，还能想象她的容貌像桃花般艳丽、媚妩。情书卷成锦轴，别恨溢满琴弦，难写尽心中幽深的怨楚。两地的离愁难诉，斟一杯芳香的美酒，浇不尽凄凉愁苦，顺着高高的栏杆遍倚、踟蹰。总是迟迟地流连不返，凭储着西风，吹干流淌热泪的双眼。

【赏析】

蔡伸的作品大多是抒写离愁别恨的。本首词该作于南渡以后。上阕以写景为主，描绘了秋江黄昏的凄凉景色，及对佳人的思念。开头三句背景寥廓，色彩灰暗、声音悲凉，是抒离愁的典型环境。是近观水边。"青山"三句仰视山林，"败叶""瞑鸦"更多凄凉。暗喻了离乱后的凄凉身世。"楼上"三句，写有家难归之叹，而又"年华将晚"，时不我待。作者的忧国怀乡之情全在"片帆千里"之中了。最后三句直抒胸臆，引入对佳人的怀念。下阕写回忆过去相聚的欢乐，与眼前的漂泊凄苦形成鲜明对照。"忆"字三句，写昔日的欢乐。"书盈"三句，是想象离别后佳人因思念自己的愁苦，写得更加凄婉。"两地"三句又写自己。最后照应开头处，"楼上"的眺望，又拽回了思绪，感情变得悲凉凄切。

柳梢青

数声鹈鴂①，可怜又是、春归时节。满院东风，海棠铺绣，梨花飘雪。丁香露泣残枝，算未比、愁肠寸结。自是休文②，多情多感，不干风月。

【注释】

①数声鹈鴂(tí jué)：古书上指杜鹃鸟。　②休文：南朝梁代诗人沈约，字休文，仕宋及齐，以不得重用，郁郁成病，消瘦异常。

【译文】

几声杜鹃的悲啼，令人怜惜呵，又到了春光归去的季节。满院的东风嬉谑，海棠花铺了一地锦绣，梨花漫空里飘起白雪。

残枝上丁香花缀着露水好像哭过一样，算来也比不上我这样寸寸肝肠里的悲愁郁

结。本来就像沈休文多情善感，我的多愁感伤却不关清风与明月。

【赏析】

　　这首小令抒发了惜花伤春的情意，暗寓着对身世之叹。上阕描绘暮春既美丽又凄凉的景色。开头几句使人联想到蜀帝杜宇，死后化作杜鹃的故事，令人伤感，奠定了全词基调。"可怜"直叙原因，是伤感春又归去。然后抓住海棠铺绣、梨花飘雪的特点，寄托既陶醉美景又伤心年华消逝的复杂情感。下阕抒发主人公愁肠百结、胸怀难露的苦闷心绪。开头"丁香"承上，"泣"领下，用得巧妙，自然地把上阕侧景的描绘过渡到以下侧情的抒发。即使丁香因"残"而能泣，也"未比"得上自己柔肠寸断的怨愁。以物比人，一层。进而以沈休自况，二层。这一层含义既深又露，显而易见，沈约是因不得志而抑郁成病，哪个不知？最后二句又起波澜，说"不干风月"，故意撇开，把无法排遣的郁闷归结于自身多情多感，又把真情藏起。是故作愚蠢之笔，在轻描淡写的自然调侃中见曲折而沉郁的感情。

周紫芝

　　周紫芝（1182—1155），字少隐，号竹坡居士，宣城（今安徽宣城）人。高宗绍兴间历任监户部曲院、枢密院编修官、出知兴国军。其自称"少时酷喜小晏词"，故词风清丽婉曲、自然酣畅。著作今存《太仓稊米集》《竹坡诗话》《竹坡词》。

鹧鸪天

一点残红①欲尽时，乍凉秋气满屏帏。梧桐叶上三更雨，叶叶声声是别离。

调宝瑟，拨金猊②，那时同唱鹧鸪词。如今风雨西楼夜，不听清歌也泪垂。

【注释】

①残红：此指将熄灭的灯焰。　②金猊(ní)：镀金的狻(suān)猊，（狮子）形香炉，香燃于腹中，烟自口出。相传狻猊好烟火，故用之。

【译文】

油灯将要燃尽残余的一点光焰，骤然间秋气寒凉充满画屏和帷帘。夜半三更的秋雨打着梧桐叶滴滴点点，一叶叶一声声全是别离的嗟叹。

她弹奏锦瑟调弄琴弦，我为她拨动着香炉中的炉炭。那时节她与我将那《鹧鸪词》唱得情意绵绵。如今在风雨交加的西楼夜晚，纵然听不见她凄清的歌声，也会垂泪涟涟。

【赏析】

这首词以委婉曲折的手法，写秋夜听雨怀人的别情。上阕写秋夜听雨。首两句从视觉、感觉写秋夜的寂寞凄清。"梧桐"二句从听觉上写凄清，末了点明"别离"，离愁别恨全融于景物之中，不见一点痕迹。下阕写追忆当年与情人欢聚的幸福与欢乐，抒发离别的悲情。开头三句是从上阕秋夜不眠引出。调、拨、唱三个细节动作，写尽了无限甜蜜与温馨，与秋夜听雨的寂寞凄凉适成鲜明对比。末两句再拽回思绪，又回到风雨凄凄的现实。昔与今，乐与哀反差强烈，便见情意深切。"不听"句呼应上阕末句，更见抒情的婉曲与缠绵。

踏莎行

情似游丝①，人如飞絮，泪珠阁定空相觑②。一溪烟柳万丝垂，无因系得兰舟住③。

雁过斜阳，草迷烟渚④，如今已是愁无数。明朝且做莫思量，如何过得今宵去！

【注释】

①游丝：蜘蛛等昆虫所吐的飘荡在空中的丝。　②阁：同"搁"。空：空自，枉自。觑：细看，指离别前两人眼中含泪空自对面相看。　③无因：没有法子。兰舟：木兰舟，船的美称。　④渚：水中小洲。

【译文】

离情撩乱似漫空飘浮的游丝，离人漂泊如随风飞舞的柳絮。离别时凝定了泪眼空自相觑。整条河溪烟雾弥漫杨柳树万丝千缕，却无法将那木兰舟维系。

夕阳斜照下大雁向远方迁徙，烟雾覆盖了沙洲草树迷离。到如今离愁郁积，多得不可胜计。明天姑且不去思量它，可是今夜如何熬得过去？

【赏析】

这是一首送别小令。上阕写送别时的情景。开头两个比喻，把人与物、情与景合写。"游丝"写神思恍惚，心绪不定，离情缠绵；"飞絮"写旅人身不由己，漂泊无定，别恨悠长。"泪珠"一句描绘离别情状，"空"字见情，包含了许多无奈和怅惘。"溪"又回到景物，出奇的是不落俗折柳赠别，而想借柳丝系住情人离去的兰舟，一丝幻想终被"无因"的现实击得粉碎，于是留下的仍是愁苦。下阕写别后相思，仍承上阕"一溪"景色，但时序更替，已到秋天了。景色的迷茫正是心绪的迷茫，"烟"笼罩着是情人归去处的沙渚，也笼罩在自己的心头，情与景自然融合，情渲染了景，景烘托了情，用笔精妙。最后明朝今宵的设想，是虚笔写实，反复催动离情。在"愁无数"的境况中，还能想些什么？但明朝的事可以不想，今宵呢？感情层层推进如波澜起伏，真挚而婉曲。

李甲

李甲，字景元，华亭（今上海松江）人。元符中为武康令。工画，尝得米芾称许。词存《乐府雅词》中。

帝台春

芳草碧色，萋萋遍南陌①。暖絮乱红，也知人，春愁无力。忆得盈盈拾翠②侣，共携赏、凤城③寒食。到今来，海角逢春，天涯为客。

愁旋释，还似织；泪暗拭，又偷滴。漫倚遍危阑，尽黄昏，也只是暮云凝碧。拚则而今已拚了，忘则怎生便忘得。又还问鳞鸿④，试重寻消息。

【注释】

①萋萋：春草茂盛的样子。南陌，南面的田间小路。 ②拾翠：指拾翠鸟羽毛装饰，后用来指妇女春日嬉游的景象。 ③凤城：指京都。 ④鳞鸿：即鱼雁，相传鱼雁可以传书。

【译文】

春草长满了南面的田间小路，郁郁葱葱，欣欣向荣。暖风中花瓣乱舞，飞絮漾漾。仿佛理解人满怀愁苦的心情，倦怠慵容。回忆起那可人的伴侣，娇娆美丽，笑靥盈盈。寒食节里我们曾携手共沐春风，来到京师的郊野，尽兴地游乐娱情，终日里笑语欢声。可到了如今，来到这天涯海角，再次感受到和煦的春风，可偏偏又孤苦伶仃。

愁情刚刚散去，一会儿又如密网般罩住心胸。溢出的眼泪刚刚偷着擦去，却不知不觉再次溢涌。我焦躁不安，在高楼的栏杆上到处倚凭。过尽了整个黄昏，所见到的也只是暮云合在一起，天边一片昏暝。哪里有一点儿她的影踪。为了她我宁可舍弃一生，如今已经下了决心；但要忘记她，这辈子却万万不能。我还要痴情地询问鱼雁，试探着询问她的信息和行踪。

【赏析】

这首词写暮春时节对远在天涯情人的思念。"记得绿罗裙，处处怜芳草"。由此引起相思也是自然。"春愁无力"连"暖絮乱红"也知道可见愁之深。"忆"字带入回忆，与"到今天"形成反差。写出离愁。下阕具体写相思痴情。"旋""还"变化中可见

主人公在竭力克制自己，但终究摆脱不了相思的缠绵。"泪暗拭"了，"又偷滴"，痴情太绝，情网太厚，无法挣脱，写得十分形象。虽文字浅显，但表现强烈。继而再从时间的推移、伫立的频换角度和久久眺望的情态上渲染相思的愁苦。"遍""尽"写盼望之热切，"只"一转，又顿时隐入深重的失望。是大起大落之笔法，写曲曲折折的回肠。"拚则""忘则"二句，是全词点睛之笔，是一切怨恨愁苦、矛盾波折的抒情基础。有人说这两句"词意极浅，正未许浅人解得"。（潘游龙《古今诗余醉》）最后"又"字二句又烘托渲"怎生便忘得"的相思。情意绵绵无穷，一位痴情的男子栩栩如在眼前。

李重元

李重元，约 1122 年前后（宋徽宗宣和年间）在世。《全宋词》收其《忆王孙》词四首。

忆王孙

春词

萋萋芳草忆王孙①，柳外楼高空断魂，杜宇②声声不忍闻。欲黄昏，雨打梨花深闭门。

【注释】

①王孙：这里指游子，行人。 ②杜宇：即杜鹃。相传古蜀帝杜宇号望帝，让位后归隐化为杜鹃，啼声哀切。

【译文】

茂密的青草呵使我想起久客不归的王孙。杨柳树外楼阁高耸，终日徒劳地伫望伤神。杜鹃鸟儿一声声啼叫，那悲凄的声音令人不忍听闻。眼看又到了黄昏，暮雨打得梨花凌落，深深闭紧闺门。

【赏析】

李重元《忆王孙》原有"春词""夏词""秋词""冬词"四首，都是以女子的口吻写不同季节的色彩和相应的情感。这是一首《春》，是伤春离别的"闺情"小令。

它借景抒景，抒写了闺中少妇触景生情思念远去情人的伤感情怀。首句由"萋萋芳草"交代惜春怀人的特定季节，暗用了西汉刘安"王孙游兮不归，春草生兮萋萋"诗意。次句交代少妇怀人的地方，"楼高"独居，楼外是成荫的绿柳，是特别惹人思念远方亲友的"情物"。"空"既是孤寂的伤感，更是失望的哀叹，可见她已望了又望，从初春及暮春，该也有"悔教夫婿觅封侯"般怨恨吧。"杜宇"句既加深了气氛的悲凉，更表现了盼归未归、欲归难归的"杜鹃啼血"的悲哀。这三句是写楼外暮春景色。最后两句移入楼内，思妇听窗外雨打梨花，黄昏独守空房更为凄苦。全词用一连串带有伤感的暮春景物来衬托相思的伤感，十分深切动人。有"以少少许胜多多许"之妙。

万俟咏

万俟咏（生卒年不详），字雅言，自号大梁词隐。北宋徽宗崇宁间以填词自娱。政和（1111—1117）初充大晟乐府制撰，自编词集，分"应制""杂类"等五类，周邦彦名曰《大声集》。

三台

清明应制

见梨花初带夜月，海棠半含朝雨。内苑①春、不禁过青门②，御沟涨、潜通南浦。东风静，细柳垂金缕，望凤阙③、非烟非雾。好时代、朝野多欢，遍九陌④、太平箫鼓。

乍莺儿百啭断续，燕子飞来飞去。近绿水、台榭映秋千，斗草⑤聚、双双游女。饧⑥香更、酒冷踏青路⑦，会暗识、夭桃朱户。向晚骤、宝马雕鞍，醉襟惹、乱花飞絮。

正轻寒轻暖漏永，半阴半晴云暮。禁火天、已是试新妆，岁华到、三分佳处。清明看、汉蜡传蜡炬，散翠烟、飞入槐府⑧。敛兵卫、阊阖⑨门开，住传宣、又还休务⑩。

【注释】

①内苑：宫内庭院。　②青门：原为汉长安东南门，后泛指城门。　③凤阙：

汉代官阙名，后泛指宫殿、朝廷。　④九陌：原汉代长安城有八街、九陌。后泛指都城大路。　⑤斗草：古代五月五日，民间有斗草的游戏，即以草断草，断者即输。⑥饧(xíng)：饴糖类食物名，用麦芽或谷芽熬成。　⑦"酒冷"句：古时有清明踏青郊游的风俗，人们携带酒食在树下草地上欢饮玩乐。　⑧槐府：古时贵人宅前多植槐树，故称。　⑨阊阖(chāng yān)：宫的正门，泛指宫门。　⑩休务：停止办公。

【译文】

看如雪的梨花刚刚缀上西斜的夜月，海棠花瓣已半含了清晨的雨露。内苑里春意盎然，青门撤了禁制让游人随意出入，御沟里绿水漫涨，暗暗通向南浦。东风静静地吹，细细的柳丝金缕垂拂，遥望皇宫楼阙，朦胧缥缈，非烟非雾。这正是大好时代，朝野上下一片欢腾鼓舞，所有京都大道。奏响了太平箫鼓。

骤然间黄莺儿百啭娇啼断断续续，燕子追逐着飞来飞去。靠近一池绿水，亭台水榭与秋千相映成趣。斗草的人儿聚在一起，是那成双结伴的游女。踏青路上，更有冷酒和糖饧。我会寻找辨识，那桃花美人居住的朱红门户。天色匆匆很快昏暗，乘着雕鞍宝马归去。醉酒溅湿的衣襟，沾惹了凌乱的花片、飘飞的柳絮。

正当轻寒微暖的长夜，雨后半阴半晴的昏暮。在禁火的寒食天，人们已开始试着穿起新妆春服，春季岁月降临，自有胜过严冬的，三分佳处。清明节时你看，从皇宫传送出火炬蜡烛，弥漫着青烟，飞入槐树高耸的宅府。撤去兵卫，敞开京都宫殿大门，宫廷暂住传宣大臣，还停止了官府机关的公务。

【赏析】

这首词题为"清明应制"，当然是受皇帝旨意而作，为谀圣而极尽铺张之能事，描写了帝京清明大好的景象和百姓欢乐的游赏。当然全是粉饰太平的话。但也反映了当时的节物风光。上阕写春天的美景，梨花、海棠、夜月、朝雨，色彩清丽倒不染宫廷富贵气息。春意由宫廷延向民间，既有野外春意的宁静，又见宫殿建筑的巍峨，不失为一幅"春望"图卷。最后四句纯是颂扬之词。中阕具体写几个游春画面：一、莺歌燕舞，既写景，又象征太平盛世；二、秋千、斗草，写姑娘们的嬉耍，给春增添不少美色；三、踏青路上的热闹景象，可见也是恋爱的季节；四、五陵少年的狂饮醉归。一派欢乐景象。下阕又回写禁宫，先描写清明天气，暗示风调雨顺，令人舒畅。然后从庶民角度看宫廷的太平景象。纵观全词，描写景物能抓住特点，注意面的渲染和点的描摹。虽为歌颂太平，但却不庸俗肉麻，笔法也明快，能一定程度上反映当时的社会风貌，可当作一幅"清明游乐图"观赏。

徐伸

徐伸，字干臣，三衢（今浙江衢州）人。政和初，以知青律为太常典乐，出知常州。有《青山乐府》，不传。

二郎神

闷来弹鹊，又搅碎、一帘花影。漫试著春衫，还思纤手，熏彻金猊烬冷。动是愁端如何向①？但怪得、新来多病。嗟旧日沈腰，如今潘鬓②，怎堪临镜？

重省，别时泪湿，罗衣犹凝。料为我厌厌，日高慵起，长托春酲③未醒。雁足④不来，马蹄难驻，门掩一庭芳景。空伫立，尽日栏杆倚遍，昼长人静。

【注释】

①动：指数量之多。端：表示程度的形容词，同"多""深"。"愁端"犹如"端愁"，诗词中"多""端"互见。如何向：同"如之何"、怎么办。"向"专用于"如何""怎奈"一类疑问词后的词尾，以加强表达语气。　②"嗟"二句：沈腰：指沈约消瘦的事。潘鬓：以中年白发称潘鬓。　③酲（chéng）：醉酒。　④雁足：送书信的人。

【译文】

烦闷袭来便用弹丸打那喜鹊，又搅破了满帘幽静的花影。随意地试穿着春日的衣衫，又想起她纤嫩的玉手将春衣裁缝，熏暖的铜炉直到红炭化成灰烬冰冷。怎奈我动一动就牵惹纷乱的愁思，只怪我近来惆怅多病。哀叹我旧日便似沈约多病消瘦，而今更像潘岳斑白两鬓，不敢去临镜照影。

一再追忆反省。离别时她滴滴泪迹，还在她罗衣上结凝。料想她为思念我萎靡似病，日头老高还懒得起床，总靠着春酒消愁竟酣醉不醒。鸿雁没有送来书信，马蹄便轻易地停驻不行，闭了门满院是春花美景。白白地伫立高楼，整天倚遍栏杆空等，只落得一个日长寂寞，夜深人静。

【赏析】

本词牌为柳永始创。别本作《转调二郎神》，据说是徐伸自制。又据说是作者为一"色艺冠绝"的侍婢而作。该婢"前岁以亡室不容逐去"。并说词中"所叙多其（侍婢）书中语"，故事是几经曲折而团聚。上阕写触景生情引出愁思和自己相思成病的苦况。开头从"举头闻鹊喜"句翻出。弹鹊驱闷原无风景，却见"一帘花影"被"搅碎"，近似歪打正着的用笔。"漫试"勾起对情人的怀念。"动是"试问，无法回答，又"但""嗟"一转一叹，感情层进，写因相思而伤神劳形。下阕写想象中情人因思念自己的愁苦情状。"重省"，想起别时的难言。"料"设想今日的心灰意懒。"不来""难驻"写翘盼之切，"门掩"表失望之深。最后三句揣摩情人百无聊赖整日孤寂的情态。全词抒情婉曲。有人评本词"妙手偶得"，有人记叙"天下称之"，亦非溢美之词。

田为

田为（生卒年不详），字不伐，善琵琶，通音乐。政和末，充大晟府典乐。宣和元年（1119）罢典乐，为乐令。有赵万里辑本《芊呕集》。

江神子慢

玉台挂秋月，铅素浅、梅花传香雪。冰姿洁，金莲衬①、小小凌波罗袜②。雨初歇，楼外孤鸿声渐远，远山外、行人音信绝。此恨对语犹难，那堪更寄书说。

教人红消翠减，觉衣宽金缕③，都为轻别。太情切，消魂处、画角黄昏时节，声呜咽。落尽庭花春去也，银蟾④迥、无情圆又缺。恨伊不似余香，惹鸳鸯结。

【注释】

①金莲：指妇女纤小的足。　②凌波：形容女子步态轻盈。曹植《洛神赋》："凌波微步，罗袜生尘。"　③金缕：金缕衣。饰以金丝缕的罗衣。　④银蟾：月亮。传说月宫中有蟾蜍，故称。

【译文】

圆圆的玉镜台像挂着一轮秋月。淡淡的脂粉，修饰得容貌雅洁，额上点了梅花妆香粉白净似雪。风姿绰约冰清玉洁。一对金莲秀足，小小罗袜十分衬贴。一阵骤雨刚刚停歇。楼外渐飞渐远的离群孤雁，那遥远的山外，远行的游子也音信绝断。这愁恨对面诉说也难，更何况还要寄书信向他倾谈、实在难堪。

刻骨相思教我形容憔悴像红花枯萎绿叶凋残，只觉得金缕衣变得松宽，全都是为轻易离别所熬煎。太过凄切，令人伤神呵，是那黄昏的画角吹响的时节。角声呜咽如泣如嗟。庭院红花落尽春光消逝，遥远的明月冷漠无情，刚圆满又变成残缺。恨他不如残荷尚留余香，还能惹那鸳鸯结伴成双。

【赏析】

这是首写闺怨的长调。上阕写闺中女子孤楼独守的怨恨。首句创造了一个洁静素淡的背景，让这位女子处于其中。"铅素浅"和"传香雪"见其美在素雅的本色。再写姿态、步履。如一幅"月下仕女"图。她凭栏伫立，不为赏月，而是眺望远山，神驰山外。"行人音信绝"，可见白天也在眺望。她打扮好，以一个最美的姿容时时迎候突然归来的情人。"犹难""那堪"告诉读者，她期望是如此久长如此深切，心中的离愁别恨又有多少沉重的郁积。下阕随时间的推移，继续抒发相思的苦闷。"教人"三句，是总写自己为此而花损玉消。"太情切"又自怨自艾。写黄昏画角为映衬离别之悲哀，落花春去，银蟾圆缺写盼归怅恨。从时间的推移季节的变换中怨恨无时无刻不在折磨这位女子。最后以"恨"结束，"不似余香"故作痴语，以奇想排遣心中的愁闷。全词风格婉丽，情真意切。

曹组

曹组（生卒年不详），字元宠。颍昌（今河南许昌）人。宣和三年（1121）进士及第。官至阁门宣赞舍人，睿思殿应制。有《箕颍集》，今不传。

蓦山溪

洗妆真态，不作铅华御。竹外一枝斜，想佳人，天寒日暮。黄昏庭院，无处著清香，风细细，雪垂垂，何况江头路。

月边疏影，梦到消魂处。梅子欲黄时，又须作，廉纤①细雨。孤芳一世，供断有情愁，消瘦损，东阳②也，试问花知否？

【注释】

①廉纤：细雨蒙蒙的样子。　②东阳：梁代沈约曾为东阳（今浙江东阳县）令，他因病消瘦。

【译文】

洗掉红妆露出真实的姿容，不用脂粉涂饰增添容光。竹林外横斜着一枝梅花，让我想起天寒日暮倚着修竹的姑娘。小小的黄昏庭院，无处寄托她的清香，风儿细细地吹，雪花缓缓地落，更何况是在江头路旁。

在明月边梅树洒下萧疏的花影，那正是我悲伤消魂的梦境。梅子将要黄熟时节。又该遇着纤纤细雨一片蒙蒙。她一生孤高芳洁，让知心有情人忧愁无穷，消瘦憔悴的沈东阳呵，请问梅花是否知情？

【赏析】

这是一首咏梅词。作者运用拟人化的笔法，描摹了梅花的孤芳自傲，寄托了自己沈约式的抑郁心志。上阕写梅花品格的高洁。梅"真态"出世，"不作铅华御"，是写其清雅神态。"竹外一枝"不怕天寒日暮，写出超俗清高。"黄昏"四句，写其不怕孤寂，坚贞自守。从形态到秉性，显示了美的精神品格。下阕写作者赏梅时的情怀。写月下梦中，写梅黄阴雨。让梅再处于阴晦之中，创造一种抑郁的气氛，使情景交融，"孤芳一世"是物我合一，"消瘦损，东阳也"，则是作者突然从梅中跳出，表白以梅自况的情怀。"试问花知否？"又两相依傍，表白了梅花般的人格。全词用清丽淡雅的笔墨，抒独赏清芳之情，表孤高自傲之志。

贺新郎

春情

篆缕消金鼎①，醉沉沉、庭阴转午，画堂人静。芳草王孙②知何处？惟有杨花糁③径。渐玉枕、腾腾④春醒，帘外残红春已透，镇无聊、殢酒⑤厌厌病。云鬟乱，未忺⑥整。

江南旧事休重省，遍天涯寻消问息，断鸿难倩⑦。月满西楼凭栏久，依旧归期未定。又只恐瓶沉金井⑧。嘶骑不来银烛暗，枉教人立尽梧桐影。谁伴我，对鸾镜。

【注释】

①篆缕：指香烟袅袅上升，又如篆字。金鼎：香炉。 ②芳草王孙：淮南小山《招隐士》赋："王孙游兮不归，芳草生兮萋萋。"此处化用其意。王孙，泛指男子。③糁(sǎn)：泛指散粒状的东西。 ④腾腾：昏沉迷醉的样子。 ⑤殢(tì)酒：困于酒。⑥忺(xiān)：高兴。 ⑦倩(qiàn)：请，央求。 ⑧瓶沉金井：白居易《井底引银瓶》诗："井底引银瓶，银瓶欲上丝绳绝。"指彻底断绝，希望破灭。金井，饰有雕栏的井。

【译文】

铜鼎香炉的烟缕像篆书般缭绕升腾。醉意沉沉之中，见庭院树荫转了正午，那人在画堂里好寂静。芳草天涯不知王孙何处留踪影？只有暮春的杨花柳絮撒满小径。春光渐去将我从枕上惊醒。帘外是凋残的落红，春色已熟透，终日百无聊赖，总借酒消愁弄得倦怠如病。满头如云的鬟发乱纷纷，想梳理却无心修整。

江南旧事休再重新反省。踏遍天涯寻访他的消息，离群的孤雁难托请。靠着栏杆久久眺望，明月映满西楼，他的归期是否依旧不定？又恐怕像银瓶沉落金井。昏暗了银座的烛灯，也不见骏马嘶叫着归来，教人枉然在月下伫立得消失了梧桐树影。还有谁陪伴我，对着鸾镜画眉描容？

【赏析】

这首别本题作"春情"，是首写思妇伤情的词。词中描写一位女子在暮春中午，寂静的画堂中懒散困倦、无聊消沉的情景，以及思念远方情人、盼归不得的复杂心情。上阕开头三句暗写她孤身独居的寂寞。接一句设问，点明原因。"惟有"回写寂寞，交代了暮春不归的惆怅。"渐"字以下，景物与情绪交替合写，情寄于景，景蕴含情，"妙合无垠"。试想，不是因"无聊"，哪会"殢酒"？那会"鬟乱"？下阕全是女主人自我抒发情怀。她一往情深非常专一，她竭力探问消息，她日夜凭栏凝望，那种"瓶沉金井"不安的预感袭上心头，但她仍不愿去想，依然期待着。结尾六字两顿，感情沉郁顿挫。她强忍无限愁恨，只幽幽诉说，不愠不怒，尽量保持心境的平静。在我们面前如立着一位温柔敦厚、美丽善良的贤慧女子；但也能见她那掩饰不住的凄惶与无奈。在闺中相思的女子形象中，本词主人公是独特的。难怪陈廷焯评曰："情韵并盛，允推名作。"

廖世美

廖世美（生平无考），据传是安徽省东至县廖村人。今存词二首。

烛影摇红

题安陆浮云楼

霭霭春空，画楼森耸凌云渚。紫薇①登览最关情，绝妙夸能赋。惆怅相思迟暮，记当日、朱栏共语。塞鸿难问，岸柳何穷，别愁纷絮。

催促年华，旧来流水知何处？断肠何必更残阳，极目伤平楚②。晚霁波声带雨，悄无人、舟横野渡②。数峰江上，芳草天涯，参差烟树。

【注释】

①紫薇：唐代中书省曾称紫薇省，故在中书省任官者可称薇郎。此处指杜牧，杜牧曾任中书舍人，故称。 ②平楚：登高望远，大树林处树梢齐平，称平楚。也可代指平坦的原野。

【译文】

春天的云霭飘浮晴空，一座画楼俯临江州，森然地凌云高耸。杜牧曾登览此楼最动真情，赋写了绝妙诗章夸示才能。直到暮年惆怅，依然相思深情。记得当时倚着朱红栏杆蜜语的情景。而今大雁飞回关外再难问讯，两岸杨柳无尽无穷，离别的愁情似纷乱的漫空柳絮。

岁月催促着光年流逝，旧日的流水不知流到何方？断肠人心儿凄凉，何必更有残阳添凄凉，极目远望，平野空旷令人感伤。晚来阵雨初晴，远去的波声带着雨声。悄然无人，几只小舟在荒野的渡口纵横。江面上浮着数点青翠的山峰，无边的天涯芳草青青，烟雾朦胧的树丛参差相映。

【赏析】

这是一首登临怀古借景抒情的词。安陆，在今湖北安陆。浮云楼，即浮云寺楼。杜牧曾登楼赋诗。作者仰慕杜牧，于是登楼赋诗也在情理之中。上阕开头描写了寺楼的雄伟森严。然后直接引入并赞美杜牧的诗作，在发思古之幽情中，不无恃才自况的寄寓。然后在"惆怅"的失落感中，感情从仰慕古人移注到怀念今友。别愁"纷絮"不仅喻多，怕也有种种莫名的愁苦在。下阕写登楼所思。开句的光年飞逝，暗承上阕"纷絮"。"断肠"以下数句写残阳、平楚、晚霁、野渡等自然景色，旷远凄迷，寂寞荒凉，衬托了作者心中无限的怅惘之情。才高命舛，国事家事，以及失意潦倒。全词情景妙合，语淡而情切，化用不少前人诗句而熨帖自然。有人说："此等词一再吟诵，辄沁人心脾，毕生不能忘。"诚然。

吕滨老

吕滨老，一作渭老。字圣求，嘉兴（今属浙江）人。宣和间以诗名。词风婉媚深窈。有《圣求词》。

薄幸

青楼①春晚，昼寂寂、梳匀又懒。乍听得、鸦啼莺哢②惹起新愁无限。记年时、偷掷春心，花前隔雾遥相见。便角枕题诗③、宝钗赊酒④，共醉青苔深院。

怎忘得、回廊下，携手处、月明花满。如今但暮雨，蜂愁蝶恨，小窗闲对芭蕉展。却谁拘管？尽无言、闲品秦筝，泪满参差雁⑤。腰支渐小，心与杨花共远。

【注释】

①青楼：泛指女子所居之楼。　②哢(lòng)：鸟鸣。　③角枕：用兽角做装饰的枕头。　④赊(shì)酒：赊酒。　⑤参差雁：筝的弦柱排列如雁阵，故称。

【译文】

暮春的翠楼上，白昼寂寞无聊，梳匀髻发却懒得修饰红妆。突然听到乌鸦聒噪、黄莺低唱，引起无限的新愁在胸中潮荡。记得当年，偷偷地抛送一片春心，在花丛间，隔着薄雾与他遥相望。相爱日深便取了角枕题写诗章，摘下金钗赊酒酣饮，在青苔遍长的深院里共醉梦乡。

怎能忘，并肩携手漫步在曲折的回廊，明月圆满的夜色花儿芳香。如今却只有迷濛的暮雨，蜜蜂蝴蝶仿佛也生了愁心恨肠，舒展的芭蕉叶寂寞地对着小窗。却是谁将我拘管关怀？尽日无言惆怅，闲来品味着古筝的怨伤，泪水洒湿了参差的如雁行的弦柱。相思煎熬得我腰肢渐渐瘦小，心儿跟着杨花柳絮飞向远方。

【赏析】

这是首怀念情人的"闺怨"词，作者塑造了一位热烈大胆情爱忠贞的姑娘形象。上阕写她在春日孤寂的楼上，回忆当年她与情人一见钟情的情景。开头两句写她的孤寂与无聊。"乍听得"是勾起离愁的感情触发剂。"记"引起回忆，前两句写相爱的热烈大胆。后两句写相聚的欢乐幸福。但脱却庸俗，只是题诗、赊酒、共醉，有更的纯真。下阕着重表现女主人公对他的思念。"怎想得"二句,上承上阕相聚。"如今"三句对比,用蜂、蝶知愁恨、芭蕉能舒展作拟人映衬,抒发自己心中愁苦。"却谁拘管"一问,是心中怅恨自我宣泄。"尽无言"二句侧写孤寂。最后两句一实写一虚写,表现了女主人公无尽地思念。"心与杨花共远"还有飘荡无定的凄凉。全词构思巧妙,结构完整,语言清丽。在平叙中运用倒叙、插叙,正面抒发与侧面烘托自然结合,抒情曲折缠绵。

鲁逸仲

鲁逸仲(生卒年不详),字方平,号嗤皋先生。北宋哲宗元祐(1086—1093)中隐士。

南浦

风悲画角,听单于三弄落谯门^①。投宿骎骎^②征骑,飞雪满孤村。酒市渐阑灯火,正敲窗、乱叶舞纷纷。送数声惊雁,乍离烟水,嘹唳^③度寒云。

好在半胧淡月,到如今、无处不消魂。故国梅花归梦,愁损绿罗裙^④。为问暗香闲艳,也相思、万点付啼痕。算翠屏^⑤应是,两眉余恨倚黄昏。

【注释】

①单于:曲调名。三弄:多次演奏。谯门:建有望远楼的城门。 ②骎骎(qīn):马行快速的样子。 ③嘹唳(lì):响亮而凄楚的声音。 ④绿罗裙:借代女子。 ⑤翠屏:借指倚翠屏的人。

【译文】

寒风传送着画角的悲音,听那《单于》曲反复弹奏了三遍,从城楼的谯门飞落回旋。骑着马儿快奔,投宿驿站,漫天飞雪落满孤村。闹市上酒楼灯火渐渐稀疏昏暗,乱纷纷的落叶飞舞飘零,正在敲打着窗棂。目送着几声惊叫的大雁,突然离开烟气迷濛的水面,发出嘹亮的尖叫声穿越寒冷的云层。

幸好朦胧的半痕淡月依然未变,到如今,没有一处景物不触目伤心。在归乡的梦境见到故园的梅花,穿着绿罗裙的佳人被忧愁伤损。请问暗香浮动的清艳梅枝,是否也相思情深,绽放出万点梅花,好似付出万点啼泣的泪痕。我猜测翠屏佳人也应是,两眉凝聚着无限愁恨，倚着梅花伫望黄昏。

【赏析】

《南浦》词调，始见于周邦彦和鲁逸仲。此词别本题作"旅怀"，是抒写旅夜相思的词。上阕通过听觉、视觉，从近景、远景不同角度细致地描绘了旅途情况。作者用勾勒的笔法，速写了四幅各具特色的景物画：首二句的"画角谯门"，其声凄厉；次二句的"飞雪孤村"，写寂寞；再三句的"乱叶敲窗"，写凄凉；最后三句的"惊雁嘹唳"，色彩暗淡，声色凄厉。不见一"愁"字，却无一处不是旅愁。下阕另开境界，抒写复杂的相思情怀，蕴含甚深。前三句写月色依旧，如今却物是人非，让人看了不禁黯然神伤。愁损绿罗裙，可以理解，"故园梅花归梦"却值得回味。而以下"为问"更见匠心。梅花啼痕，可以说是花蕾的想象，与"斑竹泪痕"，有异曲同工之妙，但它相思什么？为何伤感？满目山河有异的深沉亡国的哀痛，恢复的归梦，以及诗人故国的眷恋，便自然地融合其中了。最后借伊人恨倚黄昏，抒发亡国的哀思，余恨绵绵无穷；而全词亦言有尽而意无穷。陈廷焯评曰"遣词琢句，工绝警绝，最令人爱"，可见成功处。

岳飞

岳飞（1103—1142），字鹏举，相州汤阴（今属河南）人。南宋名将。少年从军，屡建奇功，力主抗金恢复中原，反对秦桧和议投降，被以"莫须有"罪名杀害。孝宗时追谥武穆，宁宗时追封鄂王。其著作后人编辑《岳忠武王文集》，词仅存三首，抒发抗金恢复之志，豪迈悲壮。

满江红

怒发冲冠，凭阑处、潇潇雨歇。抬望眼、仰天长啸，壮怀激烈。三十①功名尘与土，八千里②路云和月。莫等闲，白了少年头，空悲切。
靖康耻③，犹未雪，臣子恨，何时灭。驾长车，踏破贺兰山④缺。壮志饥餐胡虏肉，笑谈渴饮匈奴血。待从头，收拾旧山河，朝天阙⑤。

【注释】

①三十：此时岳飞已三十多岁。这里取其整数。　②八千里：泛指转战数千里的战斗生活。八千里是以金国的大本营作目标计算的。　③靖康耻：指钦宗靖康二年

(1127) 京师和中原沦落，徽、钦二宗被掳往金国的奇耻大辱。　④贺兰山：在宁夏与内蒙古交界处。这里借指金国的核心地。　⑤天阙：皇宫，朝廷。

【译文】

愤怒的头发根根竖立直冲冠帽，凭靠在栏杆旁，那满满的骤雨刚刚停歇。抬头放眼四望，仰首苍天长声怒啸，充满壮志的情怀慷慨激烈。人生三十而立，建立的功名宛似尘灰与土泥，转战八千余里，未来的征程还有浮云与明月。切莫轻易地虚度年华，苍白了少年青发，空自悔恨悲切。

靖康年汴京沦亡的奇耻，尚未洗雪，臣子的报国杀敌的仇恨，何时熄灭！我愿驾御着战车，踏破贺兰山的敌人营垒，一片残缺。壮志同仇，饿了恨不得要吃那故军的肉，笑谈蔑敌，渴了恨不得喝那敌军的血。我将要重新收复、重整旧日的河山，朝拜故都京阙。

【赏析】

这是首千古传诵的爱国名篇带来了深远的社会影响，具有激奋人心，鼓舞人们杀敌上战场的力量。上阕抒发作者为国立功满腔忠义奋发的豪气。起句突兀，一"怒"字气壮山河，奠定全词昂扬的基调。"抬望眼"承"雨歇"而来，作者俯仰天地，一腔热血激荡浩气迸发，全从"长啸"中见。"三十"二句写自己的宏誓和决心。"莫等闲"二语已"为千古箴铭"，结句自勉勉人，爱国之情溢于言表。下阕抒写了作者重整山河的决心和报效君王的耿耿忠心。开头四个短句，三字一顿，一锤一声，裂石崩云，这种以天下为己任的崇高胸怀，令人扼腕。"驾长车"一句豪气直冲霄汉。在那山河破碎、士气低沉的时代，将是一种惊天地、泣鬼神的激励力量。"饥餐""渴饮"虽夸张，却表现了诗人足以震慑敌人的民族的英雄主义气概。最后二句语调陡转平和，表达了作者报效朝廷的一片赤诚之心。肝胆沥沥，感人之深。全词如江河直泻，曲折回荡，激发出铿然作金石声。

张抡

张抡（生卒年不详），开封（今属河南）人。绍兴间，知总合门事。自号莲社居士。今传《莲社词》一卷。

烛影摇红

上元有怀

双阙①中天，凤楼②十二春寒浅。去年元夜奉宸游③，曾侍瑶池④宴。玉殿珠帘尽卷，拥群仙、蓬壶阆苑⑤。五云深处，万烛光中，揭天丝管。

驰隙流年，恍如一瞬星霜换⑥。今宵谁念泣孤臣，回首长安远。可是尘缘未断，谩惆怅、华胥⑦梦短。满怀幽恨，数点寒灯，几声归雁。

【注释】

①双阙：天子宫门两边高大城楼。阙，古代宫庙及墓前立双柱。　②凤楼：指宫内楼阁。　③宸（chén）游：帝王的巡游。　④瑶池：古代神话中神仙居住的地方。这里指代皇宫。　⑤蓬壶：古代传说海上有三座仙山，其一为蓬莱，也叫蓬壶。阆（láng）苑：也是仙人所居之地。这里也借指皇宫。　⑥星霜：星辰运行一年一循环，霜则每年至秋始降，因用以指年岁，一星霜即一年。　⑦华胥：《列子·黄帝》："（帝）昼寝，而梦游于华胥氏之国。"后借指梦境。

【译文】

宫门外两座城楼高耸入天，宫苑内凤楼重重叠叠，还有淡淡的春寒。去年元宵夜陪奉皇帝游览，曾在瑶池侍宴。宫殿敞开殿门，将珠玉串就的帷帘全部高卷。像群仙簇拥，驾赴蓬莱仙岛、阆凤仙苑。五彩祥云深处，万盏烛光之中，管弦响彻了云天。

时光似白驹过隙，流水急湍，恍然如一眨眼星霜岁月已转换。而今又是元宵良夜，谁料想汴京沦陷，禁不住伤感，回首望京都遥远。只是眷恋京都繁华盛事的尘缘犹未断。空自惆怅，幻游华胥的美梦太短。满怀着幽深的怨恨，只见摇曳的寒灯数点，天空几声凄鸣那是归来的大雁。

【赏析】

经历了靖康之耻后，作者于次年（1128）上元之夜写了这曲感怀词。词中回忆了去年元夜的繁荣与欢乐，对照眼前的漂泊和孤寂，表现了深沉的故国之思。上阕叙去年元夜的盛景。先写城阙、凤楼的雄伟壮丽，再叙元夜奉宸游、侍瑶池宴的荣耀。所见所闻的便是天上神仙府、人间帝王家的豪华与富贵了。这一切不但现在已成陈迹，而且全落在异族之手，岂不令人哀绝。下阕抒眼前凄凉悲哀的亡国之痛。首句写流光飞逝，转瞬间又是一年，"今宵"二句痛在"泣孤臣"三字，"可是"一转，表现了作者眷恋故国的深情，最后写眼前的凄清。结句不同一般的写景，而有所寄托；大雁北回而自己却"华胥梦短"，有家难归。抚景写情，令人有隔世之感。

程垓

程垓，字正伯，眉山（今属四川）人。苏轼中表程正辅之孙。淳熙间游临安，光宗时尚未宦达。工诗文，词风凄婉锦丽。有《书舟词》。

水龙吟

夜来风雨匆匆，故园定是花无几。愁多怨极，等闲孤负，一年芳意。柳困桃慵，杏青梅小，对人容易。算好春长在，好花长见，原只是、人憔悴。

回首池南^①旧事，恨星星^②、不堪重记。如今但有，看花老眼，伤时清泪。不怕逢花瘦，只愁怕、老来风味。待繁红乱处，留云借月，也须拚醉。

宋词三百首全解全析

【注释】

①池南：指作者故园。　②星星：指两鬓花白。

【译文】

一夜风骤雨急，故园里的鲜花一定所剩无几。我愁苦怨恨已极，就这样轻易地辜负了大好的春日。倦怠的桃花，懒洋洋的柳絮，杏子青又青，梅子小而绿，春光就这样随便地飞逝。就算美好的春天年年重来，盛开的鲜花年年芬芳艳丽，只是人的心情已经憔悴。

可恨两鬓已经斑白，池南欢乐的旧事，更是不堪回首重忆。如今只有一双观花的老眼，感时伤世而常常流下清泪。我如今并不怕花儿瘦损，只发愁自己的身心衰老困惫。趁着这繁花烂漫时，我算豁了出去，留下彩云和月光相伴陪，尽情地喝个酩酊大醉。

本词写作者思念故园、嗟叹迟暮的深情。这不仅仅是因为作者长年客居他乡年近迟暮之故，其中还暗寓着忧时叹世成分。如首句写一场急风暴雨，把故园的花儿摧折得七零八落，与常人都写"见"不同，他只是"定"的料想，就有文章了。"慰多""怨极"，片言只语。以下几乎全是抒情性的叹论：一叹自己辜负了大好春光；二叹春光轻易地抛弃了自己；三叹真正不能永葆美好的不是春和花，而是人的身心。种种愁怨全从首句而来。上阕是借春光写人事。下阕是自叹老大。"回首"句言简义丰，是眼下伤时之由，"如今"之叹，和"不怕""只愁"之忧。写得委婉深沉。家国已破，老来当然不是好"风味"。最后三句写得凄楚。"留云借月"当然不可能，但作者不甘迟暮的最后振作令人感动。可惜的是，作者也已知绝望，只有"拚醉"而享受人生、麻醉人生。全词凄婉绵丽，耐人寻味。

张孝祥

张孝祥（1132—1169），字安国，号于湖居士，历阳乌江（今安徽和县乌江镇）人。绍兴二十四年（1154）进士第一。孝宗朝，累迁中书舍人，直学院士，领建康留守，因赞助张浚北伐罢职。后知荆南府，兼荆湖北路安抚使，有政绩。因病退居，卒于芜湖。善诗文，工词。词风豪放。著有《于湖居士文集》《于湖词》。

六州歌头

长淮^①望断，关塞^②莽然平。征尘暗，霜风劲，悄边声，黯消凝。追想当年事^③，殆天数，非人力；洙泗上，弦歌地，亦膻腥^④。隔水毡乡^⑤，落日牛羊下，区脱^⑥纵横。看名王宵猎，骑火一川明，笳鼓悲鸣，遣人惊。

念腰间箭、匣中剑，空埃蠹，竟何成！时易失，心徒壮，岁将零，渺神京。干羽方怀远^⑦，静烽燧^⑧，且休兵。冠盖使，纷驰骛^⑨，若为情。闻道中原遗老，常南望，翠葆霓旌^⑩。使行人到此，忠愤气填膺，有泪如倾。

【注释】

①长淮：指淮河，当时为宋金的分界线。　②关塞：指南宋朝廷撤废两淮守备。③当年事：指靖康二年，中原陷落，二帝被虏北去的事。　④"洙泗上"三句：指礼乐之邦陷于异族。洙、泗二水流经山东曲阜，孔子曾在此讲学。弦歌地，指有礼乐文化的地方。膻（shān）腥，腥臊气。　⑤毡乡：淮河北岸是金国，游牧部族住毡帐，故称其地为毡乡。　⑥区（ōu）脱：匈奴语，称边境屯戍或守望的土堡为区脱。　⑦"干羽"句：意谓朝廷对敌妥协、求和。《尚书·虞书·大禹谟》："帝乃诞敷文德，舞干羽于两阶。七旬，有苗格。"（干，盾。羽，雉羽。有苗，部族名。格，来）是说用文德怀柔远人。　⑧烽燧（suì）：报警传讯的烽烟。白天举烟为燧，夜里燃火日烽。⑨"冠盖"句：指议和使者往来不绝。冠盖：冠服和车盖。　⑩翠葆霓旌：指皇帝的仪仗。翠葆，即翠羽，以鸟羽为饰的车盖。霓旌，像虹霓似的彩色旌旗。

【译文】

　　伫立漫长的淮河岸边极目望远，关塞上野草丛茂是平阔的荒原。北伐的征尘已暗淡，寒冷的秋风在劲吹，边塞上静寂悄然。我凝神伫望，心情黯淡。追想当年的中原沦陷，恐怕是天意运数，并非人力可扭转；在孔门弟子求学的洙泗水边，在弦歌交奏的礼乐之邦，也已变作膻腥一片。隔河相望是敌军的毡帐，黄昏落日时牛羊返回圈栏，纵横布置了敌军的前哨据点。看金兵将领夜间出猎，骑兵手持火把照亮整片平川，胡笳鼓角发出悲壮的声音，令人胆战心寒。

　　想我腰间弓箭，匣中宝剑，空自遭了蠹虫尘埃的侵蚀和污染，满怀壮志竟不得施展。时机轻易流失，壮心徒自雄健，岁暮将残。光复汴京的希望更加渺远。朝廷正推行礼乐以怀柔靖远，边境烽烟宁静，敌我暂且休兵。冠服乘车的使者，纷纷地奔驰，实在让人羞愧难为情。传说留下中原的父老，常常盼望朝廷，盼望皇帝仪仗，翠盖车队彩旗蔽空。使得行人来到此地，一腔忠愤，怒气填膺，热泪倾洒前胸。

【赏析】

　　这首词是作者任建康留守时作。据说"赋此歌阕，魏公（张浚）为之罢席而入"。全词用"直陈其事"的笔法，再现这段历史，表达人民强烈的抗战愿望，斥责统治者投降屈服的罪行。上阕写作者淮河边之所见所感。采用景物对比，来揭露和斥责朝廷的不思抵抗。首二句的景怵目惊心，朝廷撤了边防，野草与关塞一样平了，而敌方却"区脱纵横"；我方"悄边声"，敌方却"征尘暗""笳鼓悲鸣"；敌方"名王宵猎"，我方呢？妙在不说之中。中间"追想"的插入也属对比，具有强烈的讽刺意味。"殆天数"看似作解释，实则在斥责：敌人不该胜的胜了，我们不该败的败了，这"天数"岂非人为？下阕慨叹报国无门的忠愤。"念"字一领七句，是回顾，更是现实。"渺神京"是必然的结果，也是作者爱国主义感情无依而深深叹惜。"干羽"三句是讽刺朝廷主和投降的政策。"冠盖"三句则是斥责求和的行为丑态。"闻道"三句刚从中原人角度斥责。最后三句从行人角度斥责。陈廷焯评本词云："张孝祥《六州歌头》

一阕，淋漓痛快，笔饱墨酣，读之令人起舞。惟'忠愤气填膺'一句提明，转浅、转显、转无余味。或亦耸当涂之听，出于不得已耶？"还算中肯。但这一句不仅"提明"原因为述，更因为是恶无可恶之直呼。总之，全词将当时民族的、朝廷的、统治者与人民的种种矛盾作了形象的再现，更显示了爱国者那种崇高的民族精神。使本词的思想性和艺术性都达到了完美统一，确实是爱国词作中不可多得的佳篇。

念奴娇

　　洞庭青草，近中秋、更无一点风色。玉鉴①琼田三万顷，著我扁舟一叶。素月分辉，银河共影，表里俱澄澈。怡然心会，妙处难与君说。

　　应念岭海经②年，孤光自照，肝胆皆冰雪。短发萧骚襟袖冷，稳泛沧浪空阔。尽挹西江③，细斟北斗④，万象为宾客。扣舷独啸，不知今夕何夕。

【注释】

　　①玉鉴：玉镜，原本作"玉界"，今据别本改。　②岭海：指两广，其北有五岭，南有南海，故称。　③挹（yì）：舀。西江：指长江，长江自西来，故称。　④细斟北斗：把北斗星当酒器饮酒。北斗星形似酒斗。

【译文】

　　洞庭湖和青草湖，临近中秋时节，湖面上没有一点风浪。三万顷湖面像玉镜一样晶莹，我驾着一叶小舟自由飘荡。明月分洒着辉芒，银河与湖面光影相望。水天一色，澄澈清旷。悠然安闲地心领神会，难以向你说清这美妙的景象。

　　会想到在岭南任职的一年中，应有寒月的孤光照我，肝胆都如冰雪般晶莹。满头稀疏的短发，两袖清冷，在空阔的沧浪里稳坐孤舟顺流飘动。将西来的长江水作为美酒掬净，将美酒慢慢斟满了北斗的酒盅，将宇宙万物作为饮酒的宾客来邀请。扣击着船舷独自发出啸声，不知道今夕何夕，竟是如此美妙空灵的胜境。

【赏析】

　　这首词别本题作"过洞庭"。作者曾于乾道元年（1165）任广南西路经略安抚使，"治有声绩"。次年，"被谗言落职"，由桂林北归，经洞庭湖，写了这首词。作者描写了月下洞庭空明澄澈、旷远清净的美妙景象，表白自己虽遭打击却胸怀坦荡、泰然自若的处世态度。上阕写洞庭月色的空明澄澈。首三句交代洞庭（连青草湖）中秋月夜，"无一点风色"，便见水月辉映的明朗。"玉鉴"一句在空明中更见坦荡寥廓；一叶扁舟置其间，不为显示渺小、而要映衬洞庭的"胸怀"。"素月"三句写天光水色通明澄澈的清奇壮美，妙在"表里俱澄澈"一句。这里不仅水天俱清，更有作者的表里俱清，审美的主体与客体浑然一体。这样坦荡的人生、玉洁冰清的人格，三万顷似的宽广胸襟也便上升到一个极纯净的境界。末句点明"妙处难与君说"的奥妙，是一种人生真谛。下阕抒发自己心似洞庭的澄澈之情。"应念"二句概括了这段遭遇，和"肝胆皆冰雪"的心志，比"一片冰心在玉壶"有更多的孤傲和自恃。"短发"一句写打击后的落魄，"稳泛"句表现宠辱偕忘、超然物外的豁达人生。"尽挹"三句，有李白似的超脱和豪放。最后化用苏轼文句回应中秋开头，以深沉的设问给人无限回味。

韩元吉

韩元吉（1118—1187），字无咎，号南涧，许昌（今属河南）人。南渡后寓居上饶（今属江西）。韩维四世孙。官至吏部尚书，有政绩。曾与张元幹、张孝祥、范成大、陆游、辛弃疾等以词唱和。著有《南涧甲乙稿》《南涧诗余》。

六州歌头

东风著意，先上小桃枝。红粉腻，娇如醉，倚朱扉。记年时，隐映新妆面，临水岸，春将半，云日暖，斜桥转，夹城西。草软莎平，跋马①垂杨渡，玉勒②争嘶。认蛾眉凝笑，脸薄拂燕脂，绣户曾窥，恨依依。

共携手处，香如雾，红随步，怨春迟。消瘦损，凭谁问？只花知，泪空垂。旧日堂前燕，和烟雨，又双飞③。人自老，春长好，梦佳期。前度刘郎，几许风流地④，花也应悲。但茫茫暮霭，目断武陵溪⑤，往事难追。

【注释】

①跋马：勒马使之回转。　②玉勒：玉制的马衔，也泛指马。　③"旧日"三句：刘禹锡《乌衣巷》诗："旧时王谢堂前燕，飞入寻常百姓家。"晏几道《临江仙》词："落花人独立，微雨燕双飞。"这里化用其意。　④"前度"二句：作者借刘郎自指。其中暗用刘晨进山采药遇仙的故事。　⑤武陵溪：用陶渊明《桃花源记》典故，渔人偶入桃花源，后迷失路径，没人再能寻访。

【译文】

东风带着情意，先朝小小的桃枝上飞。美人红粉细腻，娇艳如痴如醉，斜倚着朱红的门扉。记得去年时，她新妆衬着芙蓉面，隐隐与桃花相映争艳，临水自怜。春天过去一半，云日融融暖，顺着斜桥回转，直到夹城西边。绿草柔软平展，马儿跑得欢，渡口上垂柳翩翩，玉勒的骏马嘶鸣着驰跃争先。我认出她秀美的蛾眉，惊鸿一瞥的笑脸，面颊上胭脂敷得淡淡。绣窗前曾偷偷窥面的佳人今日不复见，依依相思愁恨绵绵不断。

当年携手共游之处，桃花依旧芳香如雾，满地落红随着步履旋舞，怨恨春光到了迟暮。惜春人也消魂瘦损，又靠谁来慰问？只有桃花知心，空将清泪垂淋。旧日堂前筑巢的燕儿，随着烟雾迷濛的春雨，又双双飞回旧居。惜春人空自衰老，年年更新的春光永远美好，但愿如梦的佳期跟着春天重新来到。前度刘郎今又到，昔日风流之地旧迹剩多少？桃花见此也应悲伤。只见黄昏时云霭茫茫一片，武陵溪已看不见，往事已难以追返。

【赏析】

这首词别本题作"桃花"。《六州歌头》原本"音调悲壮"，用此调写艳情便哀怨顿挫别有动人效果。上阕睹物思人，回忆与她初遇情景，以及寻访无着的怅恨。首二句点"桃花"题。次三句花人合写。"记年时"以下由见花引入思人。其间将崔护"人面桃花"故事与自己经历的现实混写，以增添诗情。结果"恨依依"，应是相见而未聚了。下阕起首"共携手处"陡然跃进。此前当有一段终于相见相恋的欢乐情景，作者却不惜割爱，可见是出手不凡，因为花前月下的事毕竟太滥太俗。由此而下，直抒今日情怀。先三句写景物依旧；"消瘦"以下四句则叹人事俱非。再用"旧日"的刘禹锡诗意叹惜人不如燕。继而以"人自老"三句感叹人生短暂；"前度刘郎"三句表示自己命运不济，好梦难再的悲哀。最后借武陵人深深叹惜那永不再有的欢乐。全诗以桃花始，以桃花终，处处紧扣桃花形神，借用桃花故事，由此生发出一段情事、一段叹喟，语言妩媚秀丽，情意婉曲缠绵，哀婉动人。

好事近

汴京赐宴闻教坊乐有感

凝碧旧池头，一听管弦凄切①。多少梨园②声在，总不堪华发。
杏花无处避春愁，也傍野烟发。惟有御沟③声断，似知人呜咽。

【注释】

①"凝碧"二句：据《唐诗纪事》载："安禄山大会凝碧池，梨园弟子欷歔泣下。乐工雷海青掷乐器西向大恸，贼支解于试马殿。王维时拘于菩提寺，有诗曰：'万户

伤心生野烟，百僚何日更朝天？秋槐叶落空宫里，凝碧池头奏管弦。'"凝碧池，在河南洛阳宫廷内，此处借指汴京故宫。 ②梨园：唐明皇选坐部伎子弟三百，教于梨园，号皇帝梨园弟子。宫女数百，亦称梨园弟子。后泛指演剧的地方为梨园。 ③御沟：流经皇宫的河道。

【译文】

想起旧日宫廷中的池苑，一听到弹奏起昔年宫中的管弦，我立刻感到无限的凄楚和哀怨。有多少当年梨园的曲调在里面，一声声，一段段，令我这白发老人实在难以忍受心灵的震颤。

山河破碎，中原沦陷，杏花也无处去躲避灾难，只有依傍着荒野独自开放，没有人欣赏，也没有人爱怜。只有御沟中的水断续鸣咽，好像明白人心的焦躁烦乱。

【赏析】

这首词别本题作"汴京赐宴闻教坊乐有感"。据《金史·交聘表》载：世宗大定十三年（1173）三月癸巳朔，宋遣礼部尚书韩元吉、利州观察使郑裔兴等贺万春节。韩元吉赴宴，记叙了此情此景，抒发了黍离之悲。上阕首二句暗用王维诗意，叙事抒情。作者与王维的遭遇十分相似，因而随手拈来化用其意，十分自然贴切。"多少"二句记叙听到演奏北宋梨园旧乐，便觉"山可俱非"，于是悲从心起，用夸张的手法写了"不堪华发"，可见忧心如焚。下阕借景抒情。先用拟人手法，写草木也知亡国之痛，羞于发在宫苑，而宁愿在寂寞的荒野中开放，宁愿在野烟中独自凄凉。草木尚知守持节操，何况人呢？作者借此表白心志。末二句借大宋宫殿中卑微的御沟声断的有灵性懂感情，来烘托作者内心的痛苦。两处拟人烘托，更增加了抒情的色彩，令人感慨万千。词短情长，言浅意深，催人泪下。故国深情，全从亲历中来。

袁去华

袁去华（生卒年不详），字宣卿，奉新（今属江西）人。绍兴十五年（1145）进士。曾任善化（今属湖南）、石首（今属湖北）知县。学识渊博，长于词赋。有表现自己壮烈怀抱和报国无门的愤世之作，风格慷慨悲凉；有描写离情别绪的，又凄婉忧伤。存《袁宣卿词》一卷。

瑞鹤仙

郊原初过雨，见数叶零乱，风定犹舞。斜阳挂深树，映浓愁浅黛，遥山媚妩。来时旧路，尚岩花、娇黄半吐。到而今惟有、溪边流水，见人如故。

无语，邮亭①深静，下马还寻，旧曾题处。无聊倦旅，伤离恨，最愁苦。纵收香藏镜，他年重到，人面桃花在否？念沉沉、小阁幽窗，有时梦去。

【注释】

①邮亭：古时设在路边、供送文书的人和旅客歇宿的馆舍。

【译文】

郊野上秋雨初晴，只见几片零乱的落叶，风停了还在空中动荡不停。斜阳挂在远处树上，映照着远山或暗或明，宛如美人微颦。来时曾经走过的旧路，当时尚有黄色的岩花开放争荣。如今只有溪边的流水，依旧见我故人。

我默默无语，客舍中寂静冷清。我下马开始寻找，从前在何处题诗抒情。奔波旅途的人本来无聊，感伤离别更令人愁苦不宁。纵然我保存着她的香料和明镜，可如今又有何用？等待他年重到那里，人面桃花是否依旧，实在难以肯定。我思绪联翩，眷恋着那小楼幽窗中的美人，也只能有时在梦里去寻找她的踪影。

【赏析】

这是一首写旅途思念情人的词。上阕用细腻的笔触，描写了秋日雨后旅途的景物。开头三句写近观。作者即住瞬间的所见定格，描绘了一幅秋叶飞舞的画图。次三句写远眺，作者用写意的笔法，描绘了一幅夕阳远山的图画，在旷远飞动的景色中，透出淡淡的凄凉和迷惘。"来时"三句，说明是旧地重访，景色还是秀丽的。但后面三句，便见人事俱非了。下阕写旅途的孤寂和对情人的思念。"无语"承"见人如故"，往事不堪回首，而旧踪又难寻觅，于是有下面"倦""伤"的愁苦。旅途怀人，是诗家常法，但这里怀的是矛盾的心情。尽管对爱人一往情深，却世事多变人情难料，"在否"一问更多三分愁苦。"念"也只能是从好处着想了。全词絮絮道来，情景两美。

剑器近

夜来雨，赖倩得、东风吹住。海棠正妖饶①处，且留取。

悄庭户，试细听、莺啼燕语，分明共人愁绪，怕春去。

佳树，翠阴初转午。重帘未卷，乍睡起、寂寞看风絮。偷弹清泪寄烟波，见江头故人，为言憔悴如许。彩笺无数，去却寒暄^②，到了浑无定据。断肠落日千山暮。

宋词三百首全解全析

【注释】

①妖饶：同"妖娆"。　②寒暄：问候起居寒暖的客套话。

【译文】

多么有情的春风，吹断夜间的绵绵丝雨。那带雨的海棠花分外妖娆美丽。愿这美景长留不去。

庭院中悄然静寂。仔细听，小燕子呢喃软语，黄莺啼唱呖呖，分明与人一样满怀愁绪，生怕春天匆匆归去。

枝条美丽的绿树，树荫刚刚转过正午。我刚刚睡起，尚垂着层层帘幕，寂寞地观看随风飘转的柳絮。我偷偷弹掉伤心的眼泪，寄予那轻烟迷漾的江水。待江水流到江头的故人那里，好诉说我怎样憔悴。唉，你寄来的情书不计其数，除去那些问寒问暖的客套语，归期却毫无定数，也未说何时才是归日。夕阳中我凝神伫立，所见到的只是暮色苍茫，千山暗淡凄迷。

【赏析】

本词牌始见于袁去华词，是一首双拽头三阕词。抒发了伤春怀人的愁绪。第一阕写雨后海棠的妖娆和作者的叹赏留连。清明"夜来雨"，原本是季节特点，作者却用拟人笔法说"赖倩得、东风吹住"，便情趣盎然了。"且留取"，就因它会匆匆消逝。第二阕借听莺啼燕语寄托惜春情怀。"细听"正是"凝神沉思"。"分明"是借助主观想象，移情别注之故。也是拟人笔法，笔意形象生动。第三阕写寂寞中的伤春怀人。开头"佳树"一词成句，由"海棠""莺""燕"的空间转换而来，景换情移。"翠阴"已是暮春的特点了。"重帘"三句是写女主人公的春困。"看风絮"是"困"之表象，其实是伤春怀人。果然，"看"还未了，便"偷弹清泪"了。写怀人又不直写，而说自己一次次失望，信笺无数，却多是"寒暄"。这便在"怀"中增添了不少凄惶与迷惘。结句便是这种情感的表露，是结束的"造型"。全词情意婉曲，语言清新明快。九曲回肠在一气流畅之中。

安公子

弱柳千丝缕，嫩黄匀遍鸦啼处。寒入罗衣春尚浅，过一番风雨。问燕子来时，绿水桥边路，曾画楼、见个人人否^①？料静掩云窗，尘满哀弦危柱^②。

庾信愁如许③，为谁都着眉端聚。独立东风弹泪痕，寄烟波东去。念永昼春闲，人倦如何度？闲傍枕、百啭黄鹂语。唤觉来厌厌④，残照依然花坞⑤。

【注释】

①个：这，那。人人：对亲爱者的称呼，是宋时人的口语。　②哀弦危柱：原指乐声凄哀，这里指弦乐器。柱，弦乐器上定音阶的柱。　③"庾信"句：参见周邦彦《大酺》。　④厌厌：同"恹恹"，精神不振的样子。　⑤花坞：花房。坞，原指四面高中间低的山地，这里引申为四面挡风的房子。

【译文】

柔弱的柳条千丝万缕，到处都是鹅黄嫩绿，鸦雀争相鸣啼。还是早春的天气，轻寒侵入罗衣，刚刚又过去一阵风雨。我深情地询问刚刚飞回的燕子：在来时路过的绿水桥边，有一个画楼耸立，可曾看到那美人正在屋里？我料想她静掩云窗，毫无意绪，任凭琴瑟的弦柱上落满尘泥。

我的忧愁像庾信那样多，不知为谁而双眉攒聚？独立在春风中弹下点点清泪，寄与这雾气迷漾的江水向东流去。想到这昼长春闲的时日，困倦慵懒怎生挨得过去？闲

宋词三百首全解全析

靠孤枕睡意沉沉，听到那黄鹂的婉声柔语。唤醒后更觉无聊，只见斜阳依然照在花囿里。

【赏析】

这首词写的是离情别怀，颇有特色。上阕写初春景象，以勾起离愁，引起对情人的思念。首先写柳，是离愁的媒介，用词色彩雅丽，声色两美，却不着哀怨。"寒入"所感，情调才始变向低沉。"问"字三句：用拟人手法写，便使离愁愁而不闷。燕子无知，怎知伊人消息，该是主人公情急所致的幻觉。"料"写二句设想也不俗，作者从对方情况的描摹着手，写主人公相思情切，犹如心电感应，极写痴绝。由实景引出虚人，离愁由浅入深。下阕写自己的相思情状。开头用庾信自比，"愁"是上阕的总结。"为谁"则又是"问燕子"的继续。都是因为无伊人消息。"独立"二句再次渲染相思深情。"念"字四句由自问转到自思，"闲"字两见，足见愁之深沉至无法排遣。最后二句创造了情景两怅恨的意境。以鸦啼起，以黄鹂唤止，结束婉曲抒情，留下绵绵情意。

宋词三百首全解全析

167

陆游

陆游（1125—1210），字务观，自号放翁。山阴（今浙江绍兴）人。绍兴中，应礼部试，被秦桧所黜。孝宗时，赐进士出身。曾任镇江、隆兴、夔州通判。一生主张抗战，曾投身军旅生活。官至宝章阁待制。晚年隐居山阴。是著名诗人，亦工词。著有《剑南诗稿》《渭南文集》《南唐书》《老学庵笔记》《放翁词》。

卜算子

咏梅

驿外断桥边，寂寞开无主。已是黄昏独自愁，更著风和雨。
无意苦争春，一任群芳妒①。零落成泥碾作尘，只有香如故。

【注释】

①群芳妒：借指打击作者的奸佞之徒。

【译文】

驿馆外面断桥的旁边，有一株开放的梅花寂寞而孤独，既无人欣赏也无人保护。已到了黄昏日暮，她仿佛在独自感伤愁苦，更何况又有凄风苦雨。

她也没有心思去争占春光，任凭那些凡花俗卉去中伤嫉妒。高洁芬芳是她天生的禀赋。对那些林林总总的庸俗行为自然不屑一顾。纵然片片零落被碾成泥土，那淡淡的清香却依然如故。那气质，那清香，将同天地长存，将同日月永驻。

【赏析】

这是一首托物言志的咏梅词，作者以梅花象征自己的孤高与劲节。上阕写梅花的遭遇。首句写开放在荒野，一似受到排挤；次句写"寂寞"，一似政治上的被孤立。"已是"二句写处境的艰难，不仅被孤立排挤，还受到风风雨雨的打击。这正是作者坎坷人生的写照。下阕写梅花的品格。"无意"可见其光明磊落；"一任"更见其坦荡胸怀，铮铮傲骨。最后二句写其孤芳清高、节操自持、绝不同流合污的高风亮节。无疑是作者在累遭打击下，孤高品性的象征和不怕挫折、决不屈服的倔强自白。在宋代的咏梅词中，是不可多得的精品佳作。

陈亮

陈亮（1143—1194），字同甫，号龙川，婺州永康（今属浙江）人。绍熙四年（1193）进士。授签书建康府判官厅公事，未赴而卒。陈亮力主抗金，反对和议，曾遭忌被诬入狱。词风豪迈，与辛弃疾唱和较多。有《龙川文集》《龙川词》。

水龙吟

春恨

闹花深处楼台，画帘半卷东风软。春归翠陌，平莎茸嫩，垂杨金浅。迟日①催花，淡云阁雨，轻寒轻暖。恨芳菲世界，游人未赏，都付与、莺和燕。

寂寞凭高念远，向南楼、一声归雁。金钗斗草②，青丝勒马③，风流云散。罗绶分香④，翠绡封泪，几多幽怨？正消魂又是，疏烟淡月，子规声断。

【注释】

①迟日：长日。　②斗草：古代女子采百草嬉戏。一种游戏，见万俟咏《三台》注。③青丝勒马：用青丝绳做的马络头控制马。勒：拉缰止马。　④罗绶分香：借指离别。绶（shòu）：丝带，用来系帏幕或印环。古代常用不同颜色的丝带，标志官吏的身份和等级。

【译文】

高楼掩映在繁花深处，春风温和柔软，画帘半卷。春风染绿了道路，平野上嫩草一望无边，垂柳的柳条黄色轻浅。迟迟的丽日催促着花儿开放，淡淡的云彩留住春雨的雨点，天气温和宜人，轻寒或轻暖。只恨如此美好芬芳的景色，游人未曾欣赏，却全都付给黄莺和飞燕。

寂寞时凭栏念远，听南楼传来一声声归雁。不禁忆念起欢乐的从前，你拔下金钗去斗百草，我牵着青丝缰绳的宝马，笑着欣赏观看，但这一切风流美好的生活都烟消云散。赠与熏香的罗带权作留念，翠色的丝巾上还有你的泪痕，那里包含着你多少幽怨。正当我极度伤心的时候，又传来几声子规的悲啼，满目尽是淡月疏烟。

【赏析】

这首诗别本题作"春恨"。但写的并非寻常闺怨和离愁，而是一首"春恨亡国"的政治抒情词。上阕写春日美好的景象和游人未赏的憾恨。前五句极力铺陈春天景色的秀丽迷人。由近及远层层展开，创造了令人怡然自乐的环境。"迟日"三句由景及人，楼中人正因此而感到惬意。下面"恨"字骤然一顿，涌起无限遗恨，前人刘熙载在《艺概》中评论这三句说："言近旨远，直有宗（泽）留守大呼渡河之意。"南宋初年爱国将领宗泽，临危吟杜甫"出师未捷身先死，长使英雄泪满襟"句，"但呼过河者三而薨"可作注脚。下阕写"恨"。首二句是逻辑上的倒置，大雁春日北回，这一声哀鸣，便引起作者的"寂寞"之感和"凭高念远"之思。"念远"是全词文眼。以下念的全是昔日欢乐春天，"风流云散"则是对比的现实，"念"的结果则是"几多幽怨"的设问。最后以景作结。一腔壮怀激烈，全在这淡淡的景物之中，写得沉郁悲凉。

范成大

范成大（1126—1193），字至能，号石湖居士，平江府吴县（今属江苏）人。绍兴二十四年（1154）进士。历知处州、静江府兼广南西路安抚使，参知政事等职。曾使金，不辱君命。诗多关心时政民生之作。词风清逸淡远。著有《石湖居士诗集》《石湖词》等。

忆秦娥

楼阴缺，阑干影卧东厢月。东厢月，一天风露，杏花如雪。
隔烟催漏金虬①咽，罗帏暗淡灯花结②。灯花结，片时春梦，江南天阔。

【注释】

①金虬（qiú）：铜制的龙。装在漏壶上计时用。　②灯花结：油灯灯芯的余烬，爆成花形，古人以为吉利。

【译文】

楼阁在树荫遮蔽下露出一角，一轮明月照东厢，栏杆阴影斜卧在地面上。东厢明月照四方，满天飘洒寒风露，如雪杏花绽芳香。

隔着熏炉的烟气朦胧，计时的铜龙鸣咽着催促滴漏的水声，纱罗的帏帐暗淡，灯花已烧得焦凝。灯光焦凝，我进入短暂美妙的春梦，梦见了江南辽阔的晴空。

【赏析】

　　范成大共有五首《秦楼月》（即《忆秦娥》），都抒写闺怨，其中这首最精彩。一般写怀人怨情的词，感情浓露，而本词无一言怨愁，抒情婉曲。上阕描写春天月夜景色。这是一个静谧的月夜，高楼掩映在绿荫之中，只露出一角；栏杆的影子洒落地上。情调非常温馨。朗月中清风徐来，可一"露"字露出端倪，女主人公深夜不眠，独在月下痴情思念，可无一字直写。下阕写回到楼内闺房的情影。首句的"催"和"咽"以及上阕的"风"都是以动衬静，但多了暗暗愁恨。"灯花结"，在"暗溪"的氛围中为之一振，于是有了后面梦到江南的慰藉，以夜月实景起，以春梦虚境止。静谧和温馨掩盖了淡淡离愁，确别有风味。

眼儿媚

萍乡道中乍晴，卧舆中困甚，小憩柳塘

　　酣酣日脚紫烟浮[1]，妍暖破轻裘。困人天色，醉人花气，午梦扶头[2]。春慵恰似春塘水，一片縠纹[3]愁。溶溶泄泄[4]，东风无力，欲皱[5]还休。

【注释】

　　①酣酣：艳丽旺盛的样子。日脚：穿过云隙下射的日光。　②扶头：即扶头酒，指易醉的酒。这里指花醉如酒。　③縠（hú）纹：绉纹，多指喻水的波纹。　④溶溶泄泄：荡漾的样子。　⑤皱：原本作"避"，据别本改。

【译文】

　　融融的阳光穿过飘浮的紫云落到平地，景色美，天气暖，敞开了轻轻的皮衣。令人困倦的天气，令人陶醉的花香，正午酣梦时扶着头，醉态迷离。

　　春日的慵慵恰似池塘里静静的春水，水面上一片涟漪就像春愁泛起。碧水缓缓波荡，东风柔软无力，水面像要皱起微波又将微波抹去。

【赏析】

　　据范成大自己记述："乾道癸巳（1173 年）闰正月二十六日，宿萍乡县，泊萍实驿。"是他出使金国载誉归来以后。当时他调任广西经略安抚使，应该说是"春风得意"。于是在途中写下了即景即兴之作。但是否亦有寄托呢？词的开头两句写春意煦暖，是"乍晴"的特点：身上暖洋洋的，又人在旅途，"困"也便自然而然了。有"困"也便易"醉"，这醉应是为春为花而醉，这便见春色之美、春气之困了。过阕以后，写"柳塘"。把春困昏昏沉沉与春塘的欲皱还休合写，十分传神。而说"东风无力"却又微妙了。作者当时使金归来，孝宗也似乎有积极进取之心，但不一会儿又主张议和了。是否"欲皱还休"呢？如是，则寓意微妙，正是词的妙处所在。

霜天晓角

梅

晚晴风歇，一夜春威折。脉脉①花疏天淡，云来去，数枝雪。

胜绝，愁亦绝，此情谁共说。惟有两行低雁，知人倚、画楼月。

【注释】

①脉脉(mò)：深含感情的样子。

【译文】

夜晚天晴风亦停歇，傍晚时天晴雨住。几枝寒梅立在风中。淡淡的云天下，浮云在天上来来去去，数枝梅梢犹带雪。

胜景极差，可却又触起无限悲愁与苦，此情向谁倾诉呢？只有长空里两行低飞的鸿雁，知道有个人独倚栏杆，在画楼上仰望明月。

【赏析】

这首词别本题作"梅"，是一首咏梅抒怀、托物言情的小令。上阕写早春寒梅。开头二句以概括写意，是梅花开放的季节。"脉脉"三句写寒梅的神韵。作者用疏笔淡墨写梅花的多情，天公以淡青的素雅色彩为其陪衬。明月皎洁，碧海青天中悠悠飘过几片浮云，与地面几枝白梅以幽情遥相呼应，真是妙不可言的良辰美景。"云来去"不写月而见月，上应"天淡"下呼"雪"，可谓神来之笔。下阕"胜绝"开端，承上赞叹作结；"愁亦绝"启下，突然出现赏梅人来。景与情落差千丈，用笔跌宕多姿。"共谁说"，一见"亦绝"，二见孤独，是愁亦绝的原委。"惟有"二句都撇下愁去写过楼的大雁。这一笔又荡得很远，抛开了题目中的"梅"。原来作者已由梅及人了。这样，梅的胜绝，人的愁绝，便给人留下充分的想象余地。画楼上的人是怀远，还是全移情于梅另有寄托，也供人无限遐想。

辛弃疾

辛弃疾（1140—1207），字幼安，号稼轩，历城（今山东济南）人。21 岁参加起义抗金，不久归南宋。历任江阴签判、建康通判等地方官职。42 岁遭谗落职，退居江西信州，长达二十年之久。虽曾两度被起用，但一直未被重用。68 岁病逝。一生力主抗战北伐，提出许多有关方略，均未被采纳。词风慷慨悲壮，有不可一世之概。

贺新郎

别茂嘉十二弟

绿树听鹈鴂①，更那堪、鹧鸪②声住，杜鹃③声切。啼到春归无寻处，苦恨芳菲都歇。算未抵④、人间离别。马上琵琶关塞黑⑤，更长门、翠辇辞金阙⑥，看燕燕，送归妾⑦。

将军百战声名裂⑧，向河梁、回头万里，故人长绝⑨。易水萧萧西风冷，满座衣冠似雪。正壮士、悲歌未彻⑩。啼鸟还知如许恨，料不啼清泪长啼血，谁共我，醉明月。

【注释】

①鹈鴂(tí jué)：鸟名，鸣于暮春。　②鹧鸪：鸟名，鸣声凄切，如曰"行不得也哥哥"。　③杜鹃：鸟名，相传为古蜀帝所化、鸣声哀切，如言"不如归去"。　④未抵：比不上。　⑤"马上"句：指王昭君出塞远嫁匈奴呼韩邪单于事。　⑥"更"二句：指陈皇后失宠幽居长门宫事。　⑦"看"二句：指春秋时卫庄姜送庄公妾戴妫归陈事。　⑧"将军"句：指汉李陵将军最后降敌败了声名的故事。⑨"向"三句：用李陵别苏武事。　⑩"易水"四句：指燕太子丹易水送荆轲赴秦事。

【译文】

听绿树荫里鹈鴂鸟叫得凄切，更如何忍受鹧鸪鸟"行不得也哥哥"的啼叫，而杜鹃又发出"不如归去"悲切的号呼。一直啼到春天归去再无寻觅处，芬芳的百花都枯萎，实在令人愁恨、痛苦。算起来这桩桩件件也抵不上人间生离死别的痛楚。汉代王昭君骑在马上弹着琵琶，奔向黑沉沉的关塞荒野，更有陈皇后阿娇退居长门别馆，坐着翠碧的宫辇辞别皇宫金阙。春秋时卫国庄姜望着燕燕双飞，远送休弃去国的归人。

汉代名将李陵身经百战，兵败归降匈奴而身败名裂。到河边桥头送别苏武，回头遥望故国远隔万里，与故友永远诀别。还有荆轲冒着萧瑟秋风，送别的宾客素衣素冠像一片白雪。正是勇士壮别去国，慷慨悲歌无尽无歇。啼鸟若知人间有如此多的悲恨痛切，料想它不再悲啼清泪，而总是悲啼着鲜血。如今嘉茂弟远别，还有谁与我饮酒共醉赏明月？

【赏析】

这是一首负有盛名的送别词。辛茂嘉是作者族弟，他南归宋室本为北伐抗金，结果反被贬到更南的广西。因此本词非一般赠别，而是借题发挥，抒国家兴亡之感。写法也很特别，真正切题的只末了一句。这更值得揣摩了。开头三句列举三鸟啼鸣悲切起来，哀叹大好春光逝去。"算未抵"一笔转过，对比人间离恨。上阕举汉王昭君出塞，陈皇后被贬，戴妫归国，三位女子红颜薄命的恨事。下阕又接写李陵、荆轲两位失败英雄的悲剧。周济在《宋四家词选》中说："上半阕北部旧恨，下半阕南渡新恨。"不无道理，但太机械。前段后段已无界限而浑然一体。引用历史人物的故事，无非暗讽南宋朝廷对敌妥协的政策，寄寓自己壮志难酬的凄怆。陈廷焯评本词"沉郁苍凉，跳跃动荡，古今无此笔力"。虽多溢美，但亦中肯。

念奴娇

书东流村壁

　　野棠①花落，又匆匆过了，清明时节。刬地②东风欺客梦，一枕云屏寒怯。曲岸持觞③，垂杨系马，此地曾轻别④。楼空人去，旧游飞燕能说。

　　闻道绮陌东头⑤，行人曾见，帘底纤纤月⑥。旧恨春江流不断，新恨云山千又叠。料得明朝⑦，尊前重见⑧，镜里花难折。也应惊问，近来多少华发⑨？

【注释】

　　①野棠：野生的棠梨。　　②刬(chàn)地：无端，只是。　　③曲岸持觞(shāng)：即曲岸流觞。《荆楚岁时记》："三月三日，四民并出水渚，为流觞曲水之饮。"觞，酒杯。　　④轻别：原本作"经别"，据别本改。　　⑤绮陌：原指纵横交错的道路，宋人多用指花街柳巷。　　⑥纤纤月：形容美人足纤细。这里借代美人。　　⑦明朝：以后，将来。　　⑧尊：指酒器。　　⑨华发：花白的头发。

【译文】

　　野外棠梨花纷纷凋零，时序又匆匆过了清明。东风无端地欺扰远客的美梦，枕上心怯难眠，寒气侵透了云母屏风。在弯曲的河岸分手，举杯凄凉，将马儿系在垂杨柳旁，难忘当年此地曾经离别的景象。而今楼阁已空，人去无影，只有飞燕能诉说旧日的游踪。

　　传说繁华的街道东端，行人曾经窥见，惟帘下秀足如弯月纤纤。旧恨如一江春水流不断，新恨又千重万叠如云海群山。料想今后，筵席前重逢相见，她会像镜中花难以折攀。她也该吃惊地问我：近来有多少白发增添？

【赏析】

　　此词当作于淳熙五年春，自江西召为大理少卿，清明前后赴临安途经东流村时作。他曾经此地，回忆当初一段艳遇，如今人去楼空，无限惆怅，因而感慨万千。上阕写旅途的凄寂，和对往事的回忆。前二句点明季节，那本是恋情骤发的时光。次二句抒发孤馆的寂寞，由此回忆起刚才经过的地方，那时正是"曲岸持觞"的节日，自己"垂杨系马"，有了一段欢乐的旧事。现在人去楼空，倍增孤馆的凄冷。下阕写对旧日恋人的思念及寻觅不见的惆怅。"闻道"三句写传闻中女子的身份。次二句写今日的怅恨。旧恨由于轻别而不能久长；新恨由于人去楼空，往事不堪回首。"料得"以下，全是无可奈何中的幻想，聊以自慰而已。最后以平添的白发作结，给人无限伤感。全词将所见、所闻、所思、所盼交错抒写，形成浓重的怅恨氛围，显示了辛词婉约而沉郁的风格。

汉宫春

立春日

春已归来，看美人头上，袅袅春幡①。无端风雨，未肯收尽余寒。年时燕子，料今宵梦到西园②。浑未办、黄柑荐酒③，更传青韭堆盘。

却笑东风，从此便熏梅染柳，更没些闲。闲时又来镜里，转变朱颜。清愁不断，问何人会解连环。生怕见花开花落，朝来塞雁先还。

【注释】

①春幡（fān）：古时风俗，每逢立春，剪彩绸为花、燕等状，插于妇女之发，或缀于花枝之下。　②西园：原是汉上林苑的别称，这里借指京都园林。　③黄柑荐酒：黄柑酩制的腊酒。立春日用以互献致贺。

【译文】

春天已重归大地，看美人的头顶鬓边，摇摇颠颠戴着春燕形状的彩幡。无端地一阵风雨，还不肯收尽残冬的余寒。去年的燕子，我料想它在今晚定然在梦中回到故都西园。我今天还没有备办黄柑酿制的美酒，更别说向亲友馈送青韭堆盘。

我却感到可笑，那痴顽的东风从此就要忙碌着将梅、柳熏染装扮，再没有一些空闲。待到空闲时又跑到镜子里，转变青春，衰老了红颜。凄清的忧愁缠绵不断，试问有什么人能解开郁结心中的九曲连环？实在害怕看见花开花落春光残，清早时关塞的大雁已先我返回了中原。

【赏析】

这首词从内容上看，当作于南渡之后及作者对朝廷失望之后。辛词常在竭力描摹物象抒发情感的同时，还含着另一种与之相似的境界和情思，似有两重的主题。这首写立春情景和自己感怀的词章很有代表性。作者写惜春、恋春抒发春怨的同时，借以抒发功业无成的苦闷和对北方故国的思念，同时隐晦地表示了对统治者苟安江南的不满。上阕写立春的景象和今不如昔的感慨。开头三句点题，立春很欢乐。次二句"无端"递转，"未肯"似在说，别忘了余寒未收。借讽偏安再妙不过了。"年时"二句更以燕子的遭遇，指明汴京陷落的现实。末二句从立春的无心绪和凄苦生活角度，抒发春怨的两重主题。下阕再推进一层，"都笑东风"忙于梅柳，讥讽更加形象而明朗。"闲时"还笑到将来的他们愧对人生，写得深沉。"清愁"则是写自己报国无门的悲哀了。最后写大雁先我回归北方而自叹。感情凄怆沉咽。激烈情怀却描述婉曲，更能感人情怀。

贺新郎

赋琵琶

　　凤尾龙香拨，自开元^①、霓裳曲^②罢，几番风月。最苦当阳江头客^③，画舸亭亭待发。记出塞、黄云堆雪。马上离愁三万里，望昭阳、宫殿孤鸿没。弦解语，恨难说^④。

　　辽阳驿使音尘绝，琐窗寒、轻拢慢捻^⑤，泪珠盈睫。推手含情还却手^⑥，一抹梁州哀彻。千古事，云飞烟灭。贺老定场^⑦无消息，想沉香亭^⑧北繁华歇，弹到此，为呜咽。

【注释】

　　①开元：唐玄宗年号，为唐代鼎盛时期。　②霓裳曲：即《霓裳羽衣曲》，传自西凉，经玄宗润色。　③"最苦"句：化用白居易《琵琶行》诗句。　④"记"七句：用王昭君出塞和亲故事。　⑤轻拢慢捻：琵琶指法。　⑥"推手"句：弹琵琶时推手前曰琵，引手却曰琶，故名。　⑦贺老：唐贺怀智，开元天宝之善弹琵琶者。定场：等于压场。⑧沉香亭：唐长安兴庆宫图龙池东有此亭，为君王游乐处。玄宗曾召李白为贵妃作诗。

【译文】

　　凤尾形的琵琶龙香柏的弦拨。自从开元盛世过罢，《霓裳羽衣曲》又经历了多少代风清月白？最愁苦是白居易浔阳江头夜送客，为听琵琶妙曲，等待出发的高高画船在江边停泊。记得王昭君远出塞外，天上黄云覆蔽，马前冰雪堆积。她在马上弹着琵琶诉离愁，去国别家三万里，遥望昭阳宫殿的方向，离群的孤雁隐没了踪迹。琵琶弦善解人意，昭君恨难以尽叙。

　　北方传递音信的辽阳驿使已经断绝。雕花窗透入了寒气，她轻拢慢捻地弹奏琵琶，泪珠儿盈满双睫。含情脉脉地在丝弦上推手又却手，抹一曲《梁州》哀痛欲绝。千古兴亡多少事，都如浮云飞散烟尘灭。贺怀智那样定场压众的琵琶名手已杳无消息，沉香亭北的歌舞繁华也已停歇。弹曲到这里，听曲皆呜咽。

【赏析】

　　这是一首著名的咏物抒怀词。其章法技巧与"别茂嘉十二弟"一曲相似。借说琵琶故事,来抒发国家兴亡和个人失意的感叹。上阕用三个有关琵琶的典故来议论和抒情。下阕借思妇弹琵琶表达对辽阳征人的思念,抒发对北国的怀念。首先暗喻辽阳的陷落,引起思妇的哀怨。她弹《梁州》不仅因为它乐曲音调激越,更是因它在北方,这才声音哀泣。最后以回忆唐朝琵琶高手贺老和沉香亭中玄宗与贵妃玩赏的故事作结,供以"呜咽"宋朝的衰亡。

水龙吟

登建康赏心亭

楚天千里清秋，水随天去秋无际。遥岑远目，献愁供恨，玉簪螺髻。落日楼头，断鸿声里，江南游子，把吴钩①看了，阑干拍遍，无人会、登临意。

休说鲈鱼堪脍，尽西风、季鹰归未②？求田问舍，怕应羞见，刘郎才气③。可惜流年，忧愁风雨，树犹如此。请何人唤取，红巾翠袖④，揾英雄泪⑤。

【注释】

①吴钩：一种弯形的刀，因先是吴王阖闾命造，故称。 ②"休说"三句：《晋书·张翰传》："翰（字季鹰）因见秋风起，乃思吴中菰菜、莼羹、鲈鱼脍，曰：'人生贵得适志，何能羁宦数千以要名爵乎？'遂命驾而归。"这里翻用其意，表示虽然思念故乡，但一则有家难归，二则不愿隐居无为。 ③"求田"三句：三国时，许汜去看望陈登，陈对他很冷淡，独自睡在大床上，叫他睡下床。后来许把此事告诉刘备，刘备说："君有国士之名，今天下大乱，帝主失所，望君忧国忘家，有救世之意，而君求田问舍，言无可采，是天龙所讳，何缘当与君语？" ④红巾翠袖：指歌女。 ⑤揾（wèn）：擦拭。

【译文】

南楚碧天千里辽阔，一派凄清的秋色，长江水随着碧天远去，秋色无边无际。极目眺望着遥远的山峰簇聚，传送着愁恨冤屈，有的高耸如碧玉发簪，有的层叠盘簇像螺形发髻。落日斜挂楼头，离群孤雁悲啼声里，我这江南游子悲愤压抑。看着吴钩宝剑把玩不已，拍遍了九曲栏杆走来走去，没有人理会我登楼临眺的心意。

别提家乡的鲈鱼脍肉细味美，尽管秋风又吹，我不会像张季鹰贪爱佳肴弃官而归。若像许汜只顾置地买房谋私利，恐怕见到才气雄大的刘备，应该会感到羞耻惭愧。可怕虚耗了大好时光如流水，令人忧愁呵国势如飘摇风雨，桓温北伐时感慨小柳树已长成十围，树犹如此，人如何不老迈、衰微？凭靠谁，唤来红巾翠袖的歌女，揩去英雄失志伤时的热泪！

【赏析】

这首词是宋词中不朽之作。作者来建康前后，一直备受压制，那报国无门、壮志难酬的一腔悲愤全倾注于词中。上阕写景，高远寥廓，景中寓情，沉郁悲壮。首二句写秋意高远开阔，创造抒情的博大背景。次二句写山河之美反引起愁怀，点明愁恨的原因：它已沦陷异族了。"落日"六句意境悲凉，似心平气和却壮怀激烈、悲愤填膺。"看""拍"十分传神。下阕由写景抒情转到言志与悲叹。接连用了三个典故：引季鹰故事，表明自己早已以身许国；引许汜故事，表明自己不屑为个人利益而不顾国家风雨飘摇；"树犹如此"是桓温北伐路上对流光飞逝之叹，作者亦引以表达自己功业未建年华虚度的感慨。抒情述志曲折而坚定。最后悲愤之情无法压抑，只能作英雄末路之叹。"搵英雄泪"，读之令人泣血。

摸鱼儿

淳熙己亥，自湖北漕移湖南，同官王正之置酒小山亭，为赋。

更能消几番风雨，匆匆春又归去。惜春长怕花开早，何况落红无数。春且住，见说道，天涯芳草无归路。怨春不语，算只有殷勤，画檐蛛网，尽日惹飞絮。

长门事，准拟佳期又误，蛾眉曾有人妒。千金纵买相如赋，脉脉此情谁诉①？君莫舞！君不见，玉环飞燕②皆尘土。闲愁最苦，休去倚危栏，斜阳正在，烟柳断肠处。

【注释】

①"长门事"五句：司马相如《长门赋序》："孝武皇帝陈皇后，时得幸，颇妒，别在长门宫，愁闷悲思。闻蜀郡成都司马相如，天下工为文，奉黄金百斤，为相如、文君取酒，因于解悲愁之辞，而相如为文人以悟至上，陈皇后复得幸。"按：该序非司马相如所作，史传亦无陈皇后复得宠的记载。　②玉环：杨贵妃小名玉环，唐明皇的宠妃。安史乱起，玄宗去蜀途中，赐死于马嵬坡。飞燕：汉成帝宠幸的皇后赵飞燕。后废为庶人，自杀。二人皆以善妒著名。

【译文】

还能经受住几次风雨侵袭，春天又将匆匆归去。怜惜那短暂的春光明丽，总怕花儿开得过早，更何况此时已是落花遍地。春光呵暂且停住！听说芳草铺到天涯，阻隔了春光的归路。怨恨春光总是默默不语。算来只有彩画屋檐上蜘蛛网情意殷勤，终日沾惹着飘飞的柳絮。

陈阿娇别居长门宫，期待皇帝的预定佳期一再耽误。因为她容貌美丽竟遭人嫉妒。

纵然以千金重资买来司马相如的《长门赋》，这一份脉脉深情向谁倾诉？劝君得意休狂舞，那杨玉环、赵飞燕得宠忘形都化作了尘土。无聊的愁情最苦。不要再倚着高高的栏杆纵目，那夕阳余晖，正斜照着令人断肠的暮烟迷蒙的柳阴处。

【赏析】

这首词别本题作"暮春"，在小序中交代了写作的背景。如《水龙吟》一样，是作者悲愤郁结的宣泄，只是内容形式不同而已。作者借一女子惜春、留春、怨春的感情，抒发自己心中的抑郁与悲愤。上阕写暮春景色，借以抒发自己对国事的忧愤和年华虚度的悲哀之情。开头一句推出暮春衰败景象，让人暗暗感觉这春光已去、风雨飘摇的南宋政局。"惜春"写得细腻，作者年岁已晚，能报效国家日子也不多了，怎不留恋珍惜，"春且住"的呼唤令人触目惊心。"算只有"更是心力交瘁。惜也好，怨也好，一定要留住春光。可有谁呢？只有画檐的蛛网。多么令人失望和悲愤。比兴的手法，写得形象而深沉。下阕抒发心中被压抑的苦闷和对执政者的幽愤。先用陈皇后的故事，表达自己被排挤遭打击的悲愤。再引用杨玉环、赵飞燕故事，警告朝中小人不可得意忘形。最后以"斜阳烟柳"来比拟国家前途的惨淡。

永遇乐

京口北固亭怀古

千古江山，英雄无觅、孙仲谋①处。舞榭歌台，风流总被、雨打风吹去。斜阳草树，寻常巷陌，人道寄奴②曾住。想当年，金戈铁马③，气吞万里如虎。

元嘉草草，封狼居胥，赢得仓皇北顾④。四十三年，望中犹记、烽火扬州路⑤。可堪回首、佛狸祠下，一片神鸦社鼓⑥。凭谁问，廉颇老矣，尚能饭否？

【注释】

①孙仲谋：孙权字仲谋，三国时东吴国主。他曾在京口建立吴都，并打败来自北方的曹操军队。　②寄奴：南朝宋武帝刘裕的小名。他的祖先由北方移居京口。刘裕在这里起事，最后建立政权。　③金戈：用金属制成的长枪。铁马：披着铁甲的战马。　④"元嘉"三句：宋文帝刘义隆（刘裕的儿子）在元嘉二十七年草率出师北伐，想要建立像古人封狼居胥山那样的功绩，最后落得惨败。当时韩侂胄试图北伐而准备不足，辛弃疾借元嘉事以针砭。封狼居胥，汉朝霍去病追击匈奴至狼居胥山（今内蒙

古自治区西北部），封山（筑土为坛以祭山神，纪念胜利）而还。 ⑤"四十三年"三句：作者于绍兴三十二年从北方抗金南归，至此任镇江知府作本词时，前后四十三年。烽火，指金兵南下的战火。 ⑥神鸦：庙里吃祭品的乌鸦。社鼓：社日祭神时击的鼓。

【译文】

千古江山依旧，却无处觅求英雄豪杰，像孙仲谋一流。昔日繁华的歌舞台榭，英雄的业绩风流，总被历史的风雨吹得化为乌有。一抹斜阳映着丛密的草树、平常的街巷，人们说刘裕曾在这里寄住。想当年，他指挥着金戈铁骑，气吞万里，威猛如虎。

元嘉年间刘义隆草草出兵北伐中原，梦想如霍去病在狼居胥山封坛祭天，作为全胜的纪念，却不料只落得惊慌败北狼狈逃窜。隆兴北伐失败至今四十三年，我遥望中原，扬州路上烽火杀敌的情景历历如在眼前。哪堪回首，而今侵略中原的拓跋焘祠庙香火盛烧，一片神鸦鸣噪，社鼓喧闹！靠谁问我：将军年老，饭量可好？

【赏析】

此词作于宁宗开禧元年（1205），当时作者被韩侂胄起用镇江知府，以作抗金旗帜。但韩好大喜功，草率行事。作者为此向宁宗和韩侂胄提出有益的建议，结果招致韩等忌疑，不仅不委以重任，后面还借故把他调离镇江。作者是怀着深重的忧虑和一腔悲愤写这首词的。上阕赞扬在京口建立霸业的孙权和率军北伐、气吞胡虏的刘裕，表示要像他们一样金戈铁马为国立功。这里，对孙、刘的创业、开拓的英雄业绩的缅怀与歌颂，正是对朝廷中主战派的期望和投降派的讽刺。而在"英雄无觅"与"雨打风吹去"的叹息中，不仅见作者对他们的仰慕，而且也隐含自己也想如孙、刘一样挥戈北伐的救国心情。下阕借讽刺刘义隆表明自己坚决主张抗金但反对冒进误国的立场和态度。最后还借廉颇自况，抒发未能实现自己怀抱的感慨。当时作者已66岁了，南归也已四十三年，可朝廷昏庸，王佐无人。不是和议投降，就是轻敌误国。国事糜烂，金瓯残缺，自己壮志难酬而老大无为，怎不令人悲愤。本词的抒发感慨连连用典，中间稍加几句抒情性议论以见精神，不仅体现了辛词好用典的特点，也可窥见"词论"的风格。这些典故不但是形象说理，而且都英豪壮烈或惨痛警策，豪壮中略见悲凉，谈之令人拍案。

木兰花慢

滁州送范倅

老来情味减，对别酒，怯流年。况屈指中秋，十分好月，不照人圆。无情水都不管，共西风、只管送归船。秋晚莼鲈①江上，夜深儿女②灯前。

征衫，便好去朝天③，玉殿④正思贤。想夜半承明⑤，留教视草⑥，却遣筹边⑦。长安故人问我，道愁肠殢酒⑧只依然。目断秋霄落雁，醉来时响空弦。

【注释】

①莼：指莼菜羹。鲈：指鲈鱼脍。 ②儿女：一指青年男女。一指儿子和女儿。此处当指作者。 ③朝天：指朝见天子。 ④玉殿：皇宫宝殿。 ⑤夜半承明：汉有承明庐，为朝官值宿之处。 ⑥视草：为皇帝拟制诏书之稿。 ⑦筹边：筹划边防军务。⑧殢(tì)酒：困于酒，沉溺于酒。

【译文】

我感到人生衰老，早年的情怀、趣味全减，面对着送别酒，怯惧年华流变。何况屈指计算中秋佳节将至，那一轮美好的圆月，偏不照人的团圆。无情的流水全不管离人的眷恋，与西风推波助澜，只管将归舟送归。祝愿你在这晚秋的江面，能将莼菜羹、鲈鱼脍品尝，回家后与儿女团聚在夜深的灯前。

趁旅途的征衫未换，正好去朝见天子，而今朝廷正思贤访贤。料想在深夜的承明庐，正留下来教你检视翰林院草拟的文件，还派遣筹划边防军务。京都故友倘若问到我，只说我依然是愁肠满腹，借酒浇愁愁难遣。遥望秋天的云霄里一只落雁消失不见，我沉醉中时时听到有谁奏响了空弦！

【赏析】

这首词作于乾道八年（1172）滁州（今属安徽）任上，为送他的同事范昂赴京城临安而作。辛弃疾南归后多年辗转后方州县，始终不得重用，内心非常悲愤。于是在送别好友的时候，表达了自己有志难伸的感怆。上阕写惜别之情和流光虚度之叹。起句"老来"突兀，须知此时他才三十三岁，但一想南归至今正好十年，抗金复国之志一直不得伸展，往日之愿如此遥远，"老"的感觉也便自然了。"怯流年"也是这个意思。下面"况"字一转，又回到送别，表达依依之情，并为范昂能叙天伦之乐而高兴。下阕寄托自己感慨之情。先以想象抒怀，羡慕范昂能到朝廷辅佐君王、做许多实事。是寄托也是勉励。"长安"句看似自谦，却是现实境况。最后用典收笔出人意料，更令人心酸。全词运用对比的手法寄托情怀，从"怯"开始，到"况"一进，再"只管"一恨；到下阕"便好"到"问我"到"醉来"，层层相催，逼人欷歔叹惋。即使抒离情也气势豪放。

祝英台近

晚春

宝钗分①，桃叶渡②，烟柳暗南浦③。怕上层楼，十日九风雨。断肠片片飞红，都无人管，更谁劝、啼莺声住？

鬓边觑④，试把花卜归期，才簪又重数。罗帐⑤灯昏，哽咽梦中语：是他春带愁来，春归何处？却不解、带将愁去。

【注释】

①宝钗分：将金钗分开各执一股，以作离别纪念，是唐宋时情人分别时的习俗。②桃叶渡：在南京秦淮河与青溪合流处。 ③南浦：泛指送别处。 ④鬓边觑(qù)：觑为细看、斜视之意。斜视鬓边所插之花。 ⑤罗帐：古代床上的纱幔。

【译文】

将宝钗擘为两截，离别在桃叶渡口，南浦暗淡凄凉，烟雾笼罩着垂柳。我怕登上

层层的高楼，十天里有九天风号雨骤。片片飘飞的花瓣令人断肠悲愁，风雨摧花全没人来救，更有谁劝那黄莺儿将啼声罢休。

瞧瞧簪在鬓边的花簇，算算花瓣数目将离人归期预卜，才簪上花簇又摘下重数。昏暗的灯光映照着罗帐，梦中悲泣着哽咽难诉：是春天他的到来给我带来忧愁，而今春天又归向何处？却不懂将忧愁带走。

【赏析】

本词别本题作"晚春"，写闺中女子在暮春时节伤春伤别的闺怨。有些论家根据《蓼园词选》"此必有所托，而借闺怨以抒其志乎"之说，认为是一首有政治内涵的抒情词，是词人借闺怨寄寓国家长期分裂的悲痛。词的上阕写伤春伤别。首三句写离别时凄迷景象，能融合如今思念时的怅惘情怀。次二句写不忍登高远望，因为总是失望，而失望当更添愁恨。又以"十日九风雨"烘托离人的凄苦。"断肠"三句，一波三折，寄情于景物，《谭评词辨》以为"托兴深切，亦非全用直语"。下阕写对恋人的盼望和怨春的情绪。首三句写其盼归细节，十分细腻动人。下面梦呓怨春亦很缠绵。全词塑造了闺中女子的栩栩形象：她多愁善感，娇媚深情，又天真单纯。本词风格"清而丽，婉而妩媚"，是辛词中"婉约"名篇。

青玉案

元夕

东风夜放花千树，更吹落、星如雨。宝马雕车香满路，凤箫声动^①，玉壶^②光转，一夜鱼龙舞。

蛾儿雪柳黄金缕^③，笑语盈盈暗香^④去。众里寻他千百度，蓦然^⑤回首，那人却在，灯火阑珊^⑥处。

【注释】

①"凤箫"句：指演奏音乐。 ②玉壶：指月亮，也指玉制的灯。 ③"蛾儿"句：据周密《武林旧事·元夕》载："元夕节物，妇人皆戴珠翠、闹蛾、玉梅、雪柳……。"黄金缕，此处指捻金为饰的雪柳，雪柳以丝绸或纸扎成。 ④盈盈：形容女子仪态美好。暗香：花香，此指女兴们身上散出的香气。 ⑤蓦(mò)然：突然。 ⑥阑珊：零落、稀疏。

【译文】

一夜春风吹开了繁花千树，更吹落了晶莹似雨的满天星斗。华贵的马车香风芳馥弥漫一路。凤箫声韵悠扬，明月清光流转，整夜里鱼龙灯盏随风飘舞。

妇女们满头插着蛾儿、雪柳，欢声笑语，体态轻盈，带着一缕香气远去。在熙熙攘攘的人群里，我千百遍寻觅她的踪迹，忽然间回首一瞥，那人却在灯火稀疏的地方伫立。

【赏析】

这首词大约写在他被迫退休于江西上饶之后。全词着力描写了元月十五夜元宵节观灯的热闹景象。先写灯会的壮观，如大地千树银花，天上星落人间。接写观众之多，特别是贵人多得"满路"。再反复渲染灯会的丰富多彩，姑娘们欢声笑语。"元夕"的热闹与欢乐占全词十二句中七句。"众里"一句方始出现主人公活动，而他仅是线索人物，最后要写的人却只末了两句。奇怪的是"那人"赏灯却不是"宝马雕车"，也不在"笑语盈盈"列中，她远离众人，为遗世独立，久寻不着，原来竟独立在"灯火阑珊处"，岂不奇怪。如果联系作者的遭遇，便可知道，全词用的是对比和以宾衬主的手法，烘云托月地推出这位超俗的女子形象：孤高幽独、淡泊自持、自甘寂寞、不同流俗。这不正是作者自我写照的？梁启超评曰："自怜幽独，伤心人别有怀抱。"是很有道理的。可见含蓄之深。是宋词中"婉约"类名作。

鹧鸪天

鹅湖归病起作

枕簟溪堂冷欲秋①，断云依水晚来收。红莲相倚浑如醉，白鸟无言定自愁。

书咄咄②，且休休③，一丘一壑也风流。不知筋力衰多少，但觉新来懒上楼。

【注释】

①簟(diàn)：竹席。溪堂：水边的楼台亭阁。 ②书咄咄(duō)：据《晋书·殷浩传》载：殷浩被免职后，虽口无怨言，却终日里用手在空中写"咄咄怪事"四字。 ③休休：《新唐书·司空图传》载，司空图隐居中条山，作亭名"休休"，并作文曰："量才一宜休，揣分(福分)二宜休，耄而聩，三宜休。"又，少也堕，长也率，老也迂，三者非济时用，则又宜休。表示要退隐。

【译文】

躺在水边阁楼的竹席上，清清冷冷好似凉秋，片片的浮云顺水悠悠，黄昏的暮色

宋词三百首全解全析

将它们渐渐敛收。红艳艳莲花互相倚靠，简直像姑娘喝醉了酒，羽毛雪白的水鸟安闲静默。定然是独个儿在发愁。

与其像殷浩朝天空书写"咄咄怪事"发泄怨气，倒不如像司空图寻觅美好的山林安闲自在去隐居，一座山丘，一条谷壑，也是风流潇洒多逸趣。我不知而今衰损了多少精力，只觉得近来上楼懒登梯。

【赏析】

这首词写病后的生活和感受。当作于淳熙十五年（1182）作者落职闲居在江西上饶。上阕写病休中所见盛夏景色。可起句一派秋凉。晚闲，有心如止水的况味。后两句宽对，红莲、白鸟原该色彩鲜艳相映衬，怎知一个带出"醉"，一个寻来"愁"，全是作者本人审美主体的主观感受，自己病体无力，愁绪似醉，于是红莲也便似醉；自己两鬓发白，独自无言，僵卧溪堂，于是鸥鹭也会白羽如发，伫立愁苦。以此比拟自己的境况自然而贴切，意象清丽而生动。下阕写病后所感。先用殷浩和司空图两个典故，意在对比后取舍，该积极抗争，还是消极退隐？结果违心地取了后者。但末二句"不知"一转，否定了前面的取舍。原来只是无奈中的自嘲，是貌似豁达而实为愤懑。而真意只在末二句。黄蓼园《蓼园词选》中评道："末二句放开写，不即不离尚含佳。"的确，似说病后虚弱的平常话，实则写壮志成灰的悲愤和老却英雄的叹息，都写得沉郁悲壮。所以陈廷焯说此词是："信笔写去，格调自苍劲，意味自沉厚，不必剑拔弩张，洞穿己过七扎，斯为绝技。"确是词中大手笔。

菩萨蛮

书江西造口壁

郁孤台下清江水，中间多少行人泪①。西北望长安②，可怜无数山。
青山遮不住，毕竟东流去。江晚正愁余，山深闻鹧鸪。

【注释】

①"郁孤台"二句：是追忆历史灾难。宋建炎三年（1129），金兵分两路南下。其中一路从湖北大冶间道袭洪州（州所在今南昌），追踪隆裕太后至泰和县（今属江西），隆裕太后退往虔州（州所在今江西赣州）。郁孤台：在今赣州市西南，一名望阙，唐宋时为一郡形胜之地。清江，赣江与袁江合流处，此处指赣江。行人，指金兵南下时逃难的百姓。　②长安：这里借指汴京。

【译文】

郁孤台下奔涌着赣江水，中间流淌着多少乱离灾民的血泪。向西北遥望着汴京都，可怜无数的青山将视线遮住。

大江滔滔呵，青山遮也遮不住，毕竟是东流赴海无可拦阻。然而江上正暮色苍茫使我愁苦，从群山深处听到鸣叫的鹧鸪。

【赏析】

此词作于淳熙三年（1176），时作者正在江西赣州任上。造口在万安县西南。作者登台望远，"借水怨山"，抒发国家兴亡的感慨。上阕由眼前景物引出历史回忆，抒发兴亡之感。起首含两地名，深有寄寓。郁孤台为唐虔州刺史李勉所建，他曾登台西望长安。而自己呢？哪有"长安"可望！一可悲。当年金兵追隆裕太后，受难的百姓成千上万过赣江，伤心泪汇成无底的河，至今失地未收。二可悲。"西北"二句，"岩逸中亦深练。"它借景抒情，借叹息北望京城被阻隔，暗喻恢复无望。"可叹"中有无限悲愤。下阕抒愁苦与不满之情。"青山"二句是写眼前所见，"毕竟"正是自然的规律，这里借水怨山有所暗喻：江水能冲破重重阻隔曲折而终于东去，而自己无法挣脱羁留、冲破压抑而被撇于一隅，岂不令人烦恼。最后以鹧鸪声增添诗人沮丧情绪，愁上加愁，益见诗人爱国情怀。全词对朝廷苟安江南的不满和自己一筹莫展的愁闷，却是淡淡叙来，蕴藉深沉。手法高超。

姜夔

姜夔（约 1155—约 1221），字尧章，号白石道人，鄱阳（今江西波阳）人。少随父宦游汉阳。父死，流寓湘、鄂间。诗人萧德藻以兄女妻之，移居湖州，往来于苏、杭一带。与张镃、范成大交往甚密。终生不第，卒于杭州。工诗，尤以词称。精通音律，曾著《琴瑟考古图》。词集中多自度曲，并存有工尺旁谱十七首。有《白石道人诗集》《白石诗说》《白石道人歌曲》等。

点绛唇

丁未冬，过吴松作

燕雁无心，太湖西畔随云去。数峰清苦，商略①黄昏雨。
第四桥边②，拟共天随③住，今何许？凭栏怀古，残柳参差舞。

【注释】

①商略：商量。 ②第四桥边：指唐诗人陆龟蒙隐居之处。《苏州府志》："甘泉桥一名第四桥，以泉品居第四也。" ③天随：陆龟蒙自号天随子。

【译文】

北国的鸿雁毫没有心机，自由自在，它们从太湖西畔飞去，随着浮云征逐。几座寂静的山峰清冷、凄苦，仿佛在商量着黄昏时骤雨飞瀑。

唐朝陆龟蒙曾隐居在甘泉桥边，我打算追随他亦在甘泉桥边住。而今如何？我倚栏高瞻，浩然怀古，残柳垂条参差随风舞。

【赏析】

本篇为淳熙十四年（1187），由杨万里介绍，自浙江湖州前往苏州访问范成大，途经吴松所作。吴松，即吴淞江，俗称苏州河，源出太湖，经吴江、苏州等地至上海合流于黄浦江。吴淞江边，太湖之滨，一路山明水秀，自然引起词人的几多感慨。加上作者一生属意江湖，对陆龟蒙更是推崇备至，其《除夜自石湖归苕溪》诗云："三生定是陆天随，又向吴松作客归。"《三高祠》诗又云："沉思只羡天随子，蓑笠寒江过一生。"向往隐居生活，这正是作者性格中超旷的一面，可周济在《介存斋论词杂著》中说："稼轩郁勃，故情深；白石放旷，故情浅。"观本词，"共天随住"只是欲共未共、欲住难住的"拟"而已，一字之中深寄了多少现实的凝重感，故点题之笔当在结处："今何许？凭栏怀古，残柳参差舞。"《人间词话》中说："东坡之旷在神，白石之旷在貌。"这里的"貌"当作为一种风格来理解，或许可以说，白石词貌旷易观，神旷则难会，其内心未尝不"郁勃"、不"情深"。

鹧鸪天

元夕有所梦

肥水^①东流无尽期，当初不合种相思。梦中未比丹青^②见，暗里忽惊山鸟啼。

春未绿，鬓先丝，人间别久不成悲。谁教岁岁红莲^③夜，两处沉吟各自知。

【注释】
①肥水：据《嘉庆一统志》，肥水源出安徽合肥西南紫蓬山，北流三十里分为二，其一东流经合肥入巢湖，其二西北流至青州入淮河。　②丹青：指画像。　③红莲：灯节的花灯。

【译文】

肥水滚滚东流，永远没有终止的时期，当时真不该一见你，便埋下相思的情意。今夜在梦境里见到你，虽然比不上画像神貌清晰，可惜暗地里一阵山鸟悲啼，突然间将我从梦中惊起。早春尚有寒意草木未绿，我年未老白发却已染白鬓角，人间别恨积累太久，过度的痛苦反而使人淡漠了悲愁！谁在年年元宵佳节，让红莲照亮了黑夜？两地佳节触景生情时，你我默默相思各自知。

【赏析】

本词借佳节记梦写恋情，作于宁宗庆元三年(1197)，词人已四十多岁。二十多年前，词人曾逗留淮南合肥，于勾栏坊曲间结识擅弹筝琶的姑娘，此后虽天各一方，词人旧情难以自抑，每每诉之于词章。本词首句以流水起兴。直如戴叙伦《湘南即事》："沅湘日夜东流去，不为愁人住少时。"次句翻悔前误，则是情深至极，便正语反说，犹如下阕的"别久不成悲"，更见其沉挚凄怆。词人一生坎坷，饱经创痛，然于笔墨之事，未尝稍懈。这种执着，这种"岁岁红莲夜"式九死不悔，其柔情中隐隐透出的清刚之气，实非平常词人所及。

踏莎行

自沔东①来，丁未元日②至金陵，江上感梦而作。

燕燕轻盈，莺莺娇软③，分明又向华胥④见。夜长争得⑤薄情知，春初早被相思染。

别后书辞，别时针线，离魂暗逐郎行⑥远。淮南皓月冷千山，冥冥归去无人管。

【注释】

①沔东：唐、宋时州名。即今湖北武汉市。　②元日：大年初一。　③"燕燕"二句：燕燕、莺莺指所思的女子。　④华胥：传说中的国名，此代指梦境。　⑤争得：怎得。　⑥郎行 (háng)：情郎那边。

【译文】

像飞燕般体态轻盈，像黄莺般话语娇软，分明又在白日梦境中跟你相见。你说长夜漫漫，薄情人怎知我辗转难眠？我说春天初到，我便早被相思病苦感染。

离别后你寄给我的信笺，离别时你缝制衣裳的针线，我想你定然像离魂的倩女，暗中追逐我远行的踪迹。淮南的一轮皓月呵，映照着千山冷寂，昏暗暗独自归去，可怜你伶仃无依。

【赏析】

又是佳节，佳节则倍思远人，思人至深则入梦。首二句即写梦中目睹耳闻玉人前来，视听并下，人鸟难分。梦者魂惊魄悸，此为蓄势，情潮高高逗起，跌落已不可避免，看"分明"二字，分明是自我解嘲，点出"华胥"，便见谜底。"夜长"二句是无奈、琐屑而颇具悲剧力量的对话。明艳春光尚未全面铺开，主人公便已相思苦染，这正是人在自然界中可笑的地位。上阕为感梦思人，换头则是睹物思人。又因人隔千山，故唯有空想幽魂"暗逐"，可怜的是，这最后一招在淮南皓月的冷照下竟已毫无欢趣可言，读者们也正是在"尴尬"这一层面上与作者达成了默契与共鸣。

庆宫春

绍熙辛亥除夕，余别石湖归吴兴，雪后夜过垂虹①。尝赋诗云："笠泽茫茫雁影微，玉峰重叠护云衣；长桥寂寞春夜寒，只有诗人一舸归。"后五年冬，复与俞商卿、张平甫、铦朴翁自封、禹同载，诣梁溪②。道经吴松，山寒天迥，云浪四合，中夕相呼步垂虹，星斗下垂，错杂渔火，朔吹凛凛，卮酒不能支。朴翁以衾自缠，犹相与行吟，因赋此阕，盖过旬，涂稿乃定。朴翁咎余无益，然意所耽，不能自已也。平甫、商卿、朴翁皆工于诗，所出奇诡；余亦强追逐之，此行既归，各得五十余解。

双桨莼波，一蓑松雨，暮愁渐满空阔。呼我盟鸥，翩翩欲下③，背人还过木末。那回归去，荡云雪、孤舟夜发。伤心重见，依约眉山，黛痕低压。

采香径④里春寒，老子婆娑。自歌谁答？垂虹西望，飘然引去，此兴平生难遏。酒醒波远，正凝想、明珰素袜⑤。如今安在？惟有阑干，伴人一霎。

【注释】

①垂虹：即垂虹桥，在今江苏吴江，因桥上有亭曰垂虹，故名。　②封、禹：皆山名，在今浙江德清。梁溪：今江苏无锡。　③"呼我"二句：《列子·黄帝》："海上之人有好沤鸟者，每旦之海上，从沤鸟游，沤鸟之至者百数而不止。其父曰：'吾闻沤鸟皆从汝游，汝取来，吾玩之。'明日之海上，沤鸟舞而不下也。"沤鸟即鸥鸟。后

常以此典喻出尘之想。　④采香径：范成大《吴郡志》卷八《古迹》："采香径在香山之旁，小溪也。吴王种香于香山，使美人泛舟于溪以采香。今自灵岩望之，一水直如矢，故俗又名箭泾。"　⑤明珰素袜：曹植《洛神赋》曰"凌波微步，罗袜生尘""无微情以效爱兮，献江南之明珰"。

【译文】

双桨划破长满莼菜的水波，整个蓑衣淋着松林的密雨，暮霭生愁渐渐充满空阔的天地。呼唤鸥鸟我愿与它结盟隐逸，它翩翩飞舞似欲降下，却又背人转身掠过树梢远去。那次归返吴兴，荡开云雾寒雪，乘着孤舟连夜启程。伤心往事今又重见，依稀隐约的是秀眉一样连绵的山峰，像青色黛痕低压着双眸脉脉含情。

采香径里正是早春寒冷，老子我婆娑起舞，独自放歌谁来回应？在垂虹桥头向西遥望，孤舟御风引领我飘然远行，这真是平生难以遏止的豪情逸兴！待我酒醒顺波舟行已渐远，我正凝神思念，她耳戴明珠闪闪，足裹素袜纤纤，如今美人何在？唯有倚眺的栏杆，伴人徘徊片刻间。

【赏析】

清代《宋四家词选目录序论》言及姜词的小序，曾颇有微词："白石小序甚可观，苦与词复。若序其缘起，不犯词境，斯为两美矣。"本词小序叙事详备，述及五年前的春寒夜和五年后的冬寒夜，其中亦有不少摹景抒怀之句，然较之原词，意境各异，一韵一散，一主一次，无相犯相叠之实，却有相得益彰之妙，相互注解即能相互发明，实为姜词一大特色。

本词写境空阔清远，写情亦超旷秀逸。陆友仁在《砚北杂志》中说此篇"词翰丰茸"，丰茸，丰盛茂密貌。初看此词，所绘景物似乎繁密庵庞杂，然而，若细细研读，紧随着内在的心律节拍，便可知其疏密相间，弛张有致。首二句，"双桨"与"一蓑"、"莼波"与"松雨"，工整而又滞重，不免有些压抑。需要空间的拓展，故有"暮愁"句；需要轻灵的天使，故有"呼我"句；需要时间的伸延，故有"那回"二句。然而种种挣扎皆归为虚无，过阕以"伤心"三句作收束，"低压"二字即是对现况的凝练概括，自此引出下阕。"老子婆娑。自歌谁答？"令人忆起《论语》中"浴乎沂，风乎舞雩，咏而归"的动人情景，陈廷焯在《白雨斋词话》中说姜词"清虚骚雅，每于伊郁中饶蕴藉"，词人不但有"暮愁"便呼"盟鸥"，"春寒"亦能"自歌"的洒落超逸情怀，而且更有"重见"时的"伤心"、"酒醒"后的"凝想"，这种时代赋予他的忧郁感，虽然深刻而又持久，却正在其一张一弛、一儒一道的天才笔法中得到了缓冲和稀释。

齐天乐

丙辰岁，与张功父会饮张达可之堂①，闻屋壁间蟋蟀有声，功父约予同赋，以授歌者。功父先成，词甚美。余徘徊茉莉花间，仰见秋月，顿起幽思，寻亦得此。蟋蟀，中都②呼为促织，善斗。好事者或以三二十万钱致一枚，镂象齿为楼观以贮之。

庾郎③先自吟愁赋，凄凄更闻私语。露湿铜铺④，苔侵石井，都是曾听伊处。哀音似诉，正思妇无眠，起寻机杼。曲曲屏山，夜凉独自甚情绪？

西窗又吹暗雨，为谁频断续，相和砧杵？候馆迎秋，离宫吊月，别有伤心无数。豳诗漫与⑤，笑篱落呼灯，世间儿女，写入琴丝⑥，一声声更苦。

【注释】

①"丙辰"二句：丙辰岁，宁宗庆元二年（1196年）。张功父：即张镃，见后张镃《满庭芳》说明。　②中都：南宋都城临安，今杭州。　③庾郎：指庾信。其《愁赋》今已不传。　④铜铺：门上铜制的铺首，以衔住门环。　⑤豳（bīn）诗：《诗经·豳风·七月》："七月在野，八月在宇，九日在户，十月蟋蟀入我床下。"⑥写入琴丝：作者自注""宣政间，有士大夫制《蟋蟀吟》。"

【译文】

张君先自吟成美妙的词章，像庾信的《愁赋》般哀婉凄凉。又听墙壁中窃窃私语，原来是蟋蟀在哀鸣吟唱。露水沾湿的铜铺首外，长满苔藓的石井台旁，都是蟋蟀鸣叫的地方。哀怨的声音如泣如诉，令妇人辗转彷徨，起来寻找机杼，借纺织来消磨这难熬的时光。曲折的屏风上山峦重叠，秋夜正凉，独自一人该是怎样凄伤？

仿佛又有风吹夜雨敲打西窗。也不知蟋蟀为了谁，断断续续地伴着捣衣的声响。旅馆里的蟋蟀悲吟暮秋，离宫中的蟋蟀哀吊暗淡的月亮，更增加人的无限感伤。《诗经·豳风·七月》中随便把蟋蟀写进诗章，世间的小孩们不知愁苦，相互招呼着，提着灯笼寻遍篱下院墙。有人把蟋蟀的吟声谱成琴曲，一声声弹奏出永久的忧伤。

【赏析】

本词创作缘起，小序里所述甚详，会饮之间，闻蛩声，见秋月，顿时幽思，与一般咏物之作并无二致，但清人宋翔风在《乐府余论》中仍想将作此词的动机落到实处：

"词家之有姜石帚，如诗家之有杜少陵，继往开来，文中关键。其流落江湖，不忘君国，皆借托比兴于长短句寄之，如《齐天乐》，伤二帝北狩也。"缘情造端，兴于微言，固然不无道理，陈廷焯也说："南渡以后，国势日非，白石目击心伤，多于词中寄慨"。（《白雨斋词话》）但评论或鉴赏具体作品，还是"有寄托入，无寄托出"的方法比较合适。这首咏物词本为蟋蟀而咏，但正如《皱水轩词鉴》所引姚弦的话："赋水不当仅言水，而言水之前后左右也。"问题是，人们总是对此词出现的不同身份的人物之众，不同性质的声音之多津津乐道，却忽略了对人之众、声之多是如何融为一个有机体的深入分析。对此，今人陶尔夫先生在《宋词百首译释》中认为本词"实际上就是一曲由单一形象的变奏曲发展成为当时社会总悲吟的交响乐"。并借用音乐术语，按变奏曲的结构层次对全词作了颇具现代意味的诠释，确是很能搔着痒处的。其实，诸如吟诗声、私语声、机杼声、暗雨声、捣衣声、呼灯声、琴弦声等等皆是外在的。只有词人内在的心声借词内在的气韵才能将它们糅合成一件艺术品，这件精品既是词人悲郁情怀的凝聚、物化，又是咏物词发展过程中一个不可或缺的标记，它透露出来的信息是，偏安没落的时代里，艺术家们是如何蜷缩于一个微型世界，将自己隐藏在暗处，借狭景细物悄悄而无奈地曲传个人沉郁的情思的。

琵琶仙

《吴都赋》云："户藏烟浦，家具画船。"惟吴兴为然。春游之盛，西湖未能过也。己酉岁①，余与萧时父②载酒南郭，感遇成歌。

双桨来时，有人似、旧曲桃根桃叶③。歌扇轻约飞花，蛾眉正奇绝。春渐远、汀洲自绿，更添了几声啼鸠。十里扬州，三生④杜牧，前事休说。

又还是、宫烛分明，奈愁里、匆匆换时节。都把一襟芳思，与空阶榆荚。千万缕、藏鸦细柳，为玉尊、起舞回雪。想见西出阳关，故人初别。

【注释】

①己酉岁：淳熙十六年（1189年）。　②萧时父：萧德藻之侄，作者妻党。　③桃根桃叶：桃叶为王献之爱妾名，桃根为桃叶妹。　④三生：指过去、现在、未来三世人生。

【译文】

双桨摇着船儿越来越近，乍看好像旧日坊曲的恋人。拿歌扇轻轻接着飞落的花瓣，她一双蛾眉秀目真是奇艳无比。春光渐渐远离，水边平展的沙洲一片浓绿，更增添了

195

几声伯劳鸟儿的悲啼。仿佛是十里扬州的绮丽，像杜牧缘定了三生幽期，往事感伤休再提。

又还是将近清明禁火的寒食节气，宫廷里点燃了蜡烛给群臣分送薪火，一路轻烟散去。无奈在离愁里，时节已匆匆变换。满怀惜春的情思已落空，都付与飘落空阶的榆树钱。眼前千万缕杨柳浓荫，浓荫里乌鸦藏掩，遂想起当年玉尊别筵，柳丝千缕舞翩翩，柳絮似雪漫天旋。眼前情景让我想见，当初奏起了"西出阳关"《渭城曲》，与故人初别的悲酸。

【赏析】

词调《琵琶仙》，始见于姜夔词，为其自度曲。小序所言，重在惊诧于吴兴"春游之盛"，似欲绘一幅热热闹闹的吴兴风俗画，观本词，却纯写个人情事，触目伤心，或许是想以此造成反衬的效果。"词之妙全在衬跌。"或盛而衰，或喜而悲，有衬才有跌。迎来双桨，有蛾眉倩影，本不失为郊游之一乐，只因似"旧曲桃根桃叶"，终非故人，便令人情思跌宕。此为因人而悲。汀洲草绿，本为乐景，着一"自"字，词人孤单形象立现，此为因景而悲。人、景皆惹离恨，却加以"几声啼"更何以堪？至下阕，词人更注重以景物来渲染感伤的气氛。许昂霄在《词综偶评》中说："'都把一襟芳思'，至末，句句说景，句句说情，真能融情景于一家者也。曲折顿宕，又不待言。"此词为感怀旧日相好之作，目击神伤，却无媚词艳调，诚如清代词评家吴蘅照之言："言情于词，必借景色映托，乃具深婉流美之致"姜夔此词正是以情驭景，笔健字清，"情景交炼，得言外意"。

八归

湘中送胡德华

芳莲坠粉，疏桐吹绿，庭院暗雨乍歇。无端抱影销魂处，还见篠^①墙萤暗，藓阶蛩^②切。送客重寻西去路，问水面琵琶谁拨？最可惜，一片江山，总付与啼鴂。

长恨相从未款，而今何事，又对西风离别？渚寒烟淡，棹移人远，飘渺行舟如叶。想文君望久，倚竹愁生步罗袜。归来后，翠尊双饮，下了珠帘，玲珑闲看月。

【注释】

①篠(xiǎo)：细竹。　②蛩(qióng)：蟋蟀。

【译文】

芳香的莲花坠落了粉红的花瓣，稀疏的梧桐吹残了带绿的树叶，庭院里暗夜秋雨刚刚停歇。没有原由独自销魂伤神，又看见竹篱墙暗处萤光闪灭，青苔覆盖的台阶下蟋蟀的鸣声凄切。而今送别行客，又重寻西行的道路远去，试问在这水面，是谁弹奏起琵琶琴弦？最可惜，一片大好江山，竟都付予了伯劳鸟悲哀的啼唤。

常常遗憾我们相识相知时间太短，而今在这落花时节，为何又要无奈地依依相别？沙洲上寒冷的烟雾渐淡，人已随着舟船渐移渐远，隐隐约约可见遥远的行舟像一片落叶飘转。我想文君夫人定然期望很久，她足踏罗袜倚着修竹愁容暗淡。等丈夫归家以后，将翠玉酒杯斟满双双对饮，垂下珍珠帷帘，悠闲地观看一轮明月皎洁、明艳。

【赏析】

《八归》，词牌名，始见于姜夔词。本篇为送别之作。胡德华是作者友人，生平不详。上阕先写庭院景物，是从离开居处上路时写起，刻画客中庭院之萧瑟，为离愁做铺垫。红衰绿减，晚雨初收，秋天摧败的景象已烘托了送别的心情。"问水面琵琶谁拨"用白居易诗意，写"主人忘归客不发"的送别场面，极尽其缠绵情绪。下阕写留客殷勤之意，却用"恨""西风离别"来表达，真切动人。"想文君"又一转，替行者设想：家中正有佳人企盼，回到家中，享受人间天伦之乐，因此客人自可心宽。忘己之离愁，为他人设想，这在写离愁诗词中并不多见。

念奴娇

予客武陵①，湖北宪治在焉；古城野水，乔木参天，予与二三友，日荡舟其间，薄②荷花而饮，意象幽闲，不类人境。秋水且涸，荷叶出地寻丈，因列坐其下，上不见日，清风徐来，绿云自动，间于疏处，窥见游人画船，亦一乐也。揭③来吴兴④，数得相羊荷花中，又夜泛西湖，光景奇绝，故以此句写之。

闹红一舸，记来时，尝与鸳鸯为侣。三十六陂⑤人未到，水佩风裳无数。翠叶吹凉，玉容销酒，更洒菰蒲⑥雨。嫣然摇动，冷香飞上诗句。

日暮，青盖⑦亭亭，情人不见，争忍凌波⑧去？只恐舞衣寒易落，愁入西风南浦。高柳垂阴，老鱼吹浪，留我花间住。田田⑨多少，几回沙际归路。

【注释】

①武陵：今湖南常德县。　②薄：临近。　③揭(qiè)：来，来到。　④吴兴：今浙江湖州。　⑤三十六陂(bēi)：地名。在今江苏省扬州市。这里指池塘多。　⑥菰蒲：水草。　⑦青盖：特指荷叶。　⑧争忍：犹怎忍。凌波：行于水波之上。常指乘船。⑨田田：形容浮在水面的荷叶。

【译文】

小舟荡漾在火红而繁茂的荷花丛里，记得来时曾经与水面鸳鸯结成伴侣。放眼望去池塘连绵一气，罕见游人踪迹，无数映水的荷花衬着荷叶微风摇曳，就像系着佩带和裙裳的美女。翠碧的荷叶间吹过凉风，花容粉艳仿佛带着残余的酒意，更有水草丛中洒下一阵密雨。荷花嫣然微笑轻摇倩影，幽冷的清香飞上我赞美荷花的诗句。

日暮之际，荷叶如青翠的伞盖亭亭玉立，情人艳姿已隐然不见，我怎忍心乘舟荡渡而去？只恐怕寒秋时季，舞衣般的荷衣容易凋落，西风吹得南浦一片狼藉，使我愁恨悲凄。那高高的柳树垂下绿荫，肥大的老鱼将浪花吹起，仿佛拘留我在荷花间留居。浮在水面的荷叶多得难以计算，可曾记得我多少回在沙堤旁边的归路上依恋徘徊。

【赏析】

本词写泛舟赏荷，所选词调不新，题材更是陈旧，但作者将它写得生动传神，意趣深远，恰恰体现了"生、香、真、色"四字的特点。生者，生新峭拔也，通篇写花却不流于纤弱柔媚，格调高雅，笔力劲健。香，不是红花翠叶的冷香，而应理解为一种精神气质的自然飘逸，那种"三十六陂"却"人未到"的清幽绝俗，那种"风为裳、水为佩"的潇洒古朴，这才是真正"令人挹之无尽"的"幽韵冷香"。真和色，徐渭在《赠成翁序》中有段议论："今天下事鲜不伪者，而文为甚。夫真者，伪之友也。故五味必淡，食斯真矣。"该篇语俊词丽，绘景如画，可谓五色缤纷，但吟诵全词，自有一股真气流转其间，只因深情动于中，故能文不灭质，言美且信。

扬州慢

淮左名都

淳熙丙申至日①，余过维扬。夜雪初霁，荠麦弥望。入其城，则四顾萧条，寒水自碧，暮色渐起，戍角悲吟。予怀怆然，感慨今惜，因自度此曲。千岩老人②以为有黍离之悲也②。

淮左③名都，竹西④佳处，解鞍少驻初程。过春风十里，尽荠麦青青。

自胡马窥江⑤去后，废池乔木，犹厌言兵。渐黄昏，清角吹寒，都在空城。

杜郎俊赏，算而今重到须惊。纵豆蔻词工，青楼梦好⑥，难赋深情。二十四桥⑦仍在，波心荡，冷月无声。念桥边红药，年年知为谁生？

【注释】

①淳熙丙申至日：邱孝宗淳熙三年（1176年）冬至。　②千岩老人：南宋诗人萧德藻的自号，姜曾跟他学诗，为其侄女婿。　③淮左：宋设淮南路，后分东西两路，东路称淮左，首府为所州。　④竹西：杜牧《题扬州禅智寺》："谁知竹西路，歌吹是扬州。"　⑤胡马窥江：指南宋绍兴三十一年（1161年）金完颜亮南侵。　⑥"纵豆蔻"二句：豆蔻，形容少女。杜牧《赠别》"娉娉袅袅十三余，豆蔻梢头二月初。"青楼，《遣怀》："十年一觉扬州梦，赢得青楼薄幸名。"　⑦二十四桥：杜牧《寄扬州韩绰判官》："青山隐隐水迢迢，秋尽江南草未凋。二十四桥明月夜，玉人何处教吹箫？"

【译文】

扬州是淮南东路的著名都城，竹西亭是扬州的风景名胜，初次到扬州，在此解鞍下马，稍作停留。经过昔日春风骀荡的十里繁华旧境，到处长了野麦满目青青。自从金兵窥犯长江之后，毁废的城池和高大的树木，还厌恶说到战火刀兵。天色渐渐黄昏，

凄清的号角吹送着寒冷，传遍了整座空城。

杜牧歌咏扬州的诗章，表现出杰出的鉴赏水平，料想他而今，若重到扬州也会愕然震惊。纵有赞美"豆蔻"芳华的精工词采，纵有歌咏青楼一梦的绝妙才能，也难抒写此刻深沉、悲怆的感情。二十四桥依然完好，桥下波心荡漾，只有一弯冷月寂寞无声。想那桥边红芍药，年年花叶繁荣，不知有谁欣赏为谁而生。

【赏析】

《扬州慢》，词牌名，姜夔创制，旁注工尺谱。宋词中，悯时伤乱，感今怀昔之作俯拾皆是，光有关扬州盛衰的就不少，如刘克庄《沁园春·维扬州》、李好古《八声甘州·扬州》等，可均比不上本词情韵兼胜。此类题材的做法，总不外乎对比、反衬，等等，本篇亦然。但此处谈两点超人之处。一是诗语入词，袭而愈工，上阕"春风十里"已暗用杜牧诗意，下阕则一用再用，入词后仍当家本色。二是一字得力，通首光彩。陈廷焯云："'犹厌言兵'四字，包括无限伤乱语，他人累千百言，亦无此韵味。"（《白雨斋词话》）这里主要是一个"厌"字，夏夔独造，所谓"陡然一惊，正是词中妙境"（刘体仁《七颂堂词绎》），读到此字，就有这种感觉，自古及今，有几日太平盛世，"当今争于气力"，韩非子所言极是。"厌"，不仅是麻木、死寂、无奈、绝望的替代字，而且隐隐含着抱怨、谴责，甚至仇恨。词人复杂的世界观在此作了含蓄透露。另外，"荡"亦为烹炼精警之字，它表现了词人迷惘、摇曳、无所依凭的心境。

长亭怨慢

余颇喜自制曲。初率意为长短句，然后协以律，故后阕多不同。桓大司马①云："昔年种柳，依依汉南，今摇落，凄怆江潭；树犹如此，人何以堪？"此语余深之。

渐吹尽，枝头香絮，是处人家，绿深门户。远浦萦回，暮帆零乱向何许？阅人多矣，谁得似长亭树？树若有情时，不会得青青如此！

日暮，望高城不见，只见乱山无数。韦郎②去也，怎忘得、玉环分付。第一是早早归来，怕红萼无人为主。算空有并刀③，难剪离愁千缕。

【注释】

①桓大司马：即东晋桓温。桓温语见辛弃疾《水龙吟》注。　②韦郎：《云溪友议》载，韦皋与玉箫女有情，别时赠以玉环，相约七年后再会，八年，韦不至，女绝食而死。

③并（bìng）刀：古代并州出产的刀，以锋利著称，故云。

【译文】

渐渐吹尽了，枝梢上淡香的柳絮，到处人家，柳浓深的绿荫将门户遮蔽。船儿顺着弯曲回绕的河浦远远离去，暮色里云帆凌乱，匆忙往返，究竟奔向哪里？看人间离别多矣，能比长亭的柳树悄然冷寂？柳树若是有情时，定不会长得如此青翠碧绿。

落日昏暮，高耸的城郭已望不见，只见乱岩层叠的群山无数。我难忘临别的叮嘱："韦郎这一去呀，怎能忘记你交付给我的玉环信物。""最要紧是记住早早归来，我是红萼，孤独无人为我作主。"即使是并州制造的锋快剪刀也枉然，难以剪断万缕离愁别苦。

【赏析】

《长亭怨慢》，词牌名，姜夔创制，旁注工尺谱。本篇虽非单纯的咏柳词，但以柳枝头的"香絮"起兴，以柳丝般的"离愁行缕"收尾，词人身心沉潜其中，早已物我莫辨，主客难分。杨柳，无论柔条还是纤叶，无论绿荫还是飞絮，它浑身上下都散发着浓厚的文化气息。"昔我往矣，杨柳依依"（《诗经·小雅·采薇》），灞桥柳岸，"柳""留"谐音，柳枝一折，令多少人心胆俱裂。在本词中，柳树的角色是频频转换的，前六句写别时别地，就时而言，正是"渐吹尽"时节，柳絮代表着无情流逝的时光，就地而言，绿荫深深，遮掩着门户，作为人与现实世界之间的一道屏障，柳树凸现了框入词这一艺术世界中的人，它本身也是一件艺术品。"阅人"句，孙麟趾在《词径》里说这是："路已尽而复开出之，谓之转。"可面对"青青如此"的长亭树，作者又一次隐入了困境，"望高城不见"的主人公显然已被深深的孤独感所包围，他希望树亦有情，可这只是空幻人生的一个空幻的要求，"怎忘得"一句，"第一是"二句，都是无力地呼唤，最后，连"并刀"也是"空"有，末句展示给读者的只是"离别之神"柳树那森然的面孔。

淡黄柳

客居合肥南城赤阑桥之西，巷陌凄凉，与江左①异，惟柳色夹道，依依可怜。因度此曲，以纾②客怀。

空城晓角，吹入垂杨陌。马上单衣寒恻恻③。看尽鹅黄④嫩绿，都是江南旧相识。

正岑寂，明朝又寒食。强携酒，小桥⑤宅，怕梨花落尽成秋色。燕燕飞来，问春何在？惟有池塘自碧。

【注释】

①江左：泛指江南。　②纾：宽解。　③恻恻：凄寒。　④鹅黄：形容柳芽初绽，叶色嫩黄。　⑤小桥：后汉乔玄次女为小桥，即小乔，此或借之谓合肥情人。

【译文】

拂晓的号角在空城里响起，随风吹入垂柳依依的街巷。骑在马上穿单衣，身上寒冷心凄凄。早春的柳色，满眼是鹅黄、嫩绿。全是我江南的旧日相识。

心境正冷落、孤寂，明天又到了寒食节气。我携带了酒，到恋人的宅院相聚，只怕梨花如雪片落尽，变成衰秋的颜色狼藉遍地。成双的燕子飞来，探问着春色在哪里，只有池塘依然是清波碧绿。

【赏析】

《淡黄柳》，词牌名，姜夔创制并旁注工尺谱。姜夔自度曲一般篇幅较长，本词仅六十五字，虽非小令，却也是精妙的短章。《人间词话》里说："白石犹不失为狷。"鄙薄白石，此语却也中的。狷者，有所不为也，恰是有所不为，故能有所为，所谓"清空""清虚"，便是如此。回头看本词，柳树梨花，都已"看尽""落尽"，有小桥池塘，也是"强携""自碧"，主人公似乎永远走不进眼前的世界，永难与异乡异景相融为一，最后都归于一个"空"字，而这恰恰又是全词的首字，可见人生这一徒劳循环，小序中标明"以纾客怀"，也许这才是逆旅中匆匆过客的真实情怀。另外，正如谭献在《谭评词辨》中说："白石、稼轩，同音笙磬，但清脆与镗鞳异响，此事自关性分。"狷者的进取固然可敬可佩，但本词于虚处寄慨，这是无奈的弱小者的哀歌，况且低回深婉，凄清其外，沉郁其中。

暗香

辛亥①之冬，余载雪诣石湖②。止既月，授简索句，且征新声，作此两曲，石湖把玩不已，使工妓肆习③之，音节谐婉，乃名之曰：暗香疏影。

旧时月色，算几番照我，梅边吹笛？唤起玉人，不管清寒与攀摘。何逊而今渐老，都忘却春风词笔④。但怪得竹外疏花⑤，香冷入瑶席。

江国，正寂寂，叹寄与路遥，夜雪初积。翠尊易泣，红萼无言耿相忆。长记曾携手处，千树压、西湖寒碧。又片片、吹尽也，几时见得？

【注释】

①辛亥：光宗绍熙二年（1191）。　②石湖：范成大晚年自号石湖居士。　③肆习：学习。　④"何逊"二句：梁诗人何逊有《早梅诗》。杜甫《和裴迪》："东阁官梅动诗兴，还如何逊在扬州。"　⑤竹外疏花：苏轼《和秦太虚梅花》："江头千树春欲暗，竹外一枝斜更好。"

【译文】

昔日皎洁的月色，曾经多少次映照着我，对着梅花吹得玉笛声韵谐和。笛声唤起了美丽的佳人，跟我一道攀折梅花，不顾清冷寒瑟。而今我像何逊已渐渐衰老，往日春风般绚丽的辞采和文笔，全都已经忘记。但是令我惊异，竹林外稀疏的梅花，竟将清冷的幽香散入华丽的宴席。

江南水乡，正是一片静寂。想折枝梅花寄托相思情意，可叹路途遥遥，夜晚一场积雪又遮断了大地。手捧起翠玉酒杯，禁不住洒下伤心的泪滴，面对着红梅默默无语，昔日折梅的美人便浮上我的记忆。总记得曾经携手游赏之地，千株梅林压满了绽放的红梅，西湖上泛着寒波一片澄碧。此刻梅花又一片片飘离，被风吹得凋落无余，何时才能重见梅花的幽丽？

【赏析】

《暗香》《疏影》皆旁注工尺谱。调名取自林逋《山园小梅》："疏影横斜水清浅，暗香浮动月黄昏。"刘熙载《艺概》："姜白石词幽韵冷香，令人挹之无尽。拟诸形容，在乐则琴，在花则梅也。"姜词中，专咏梅花的就有《暗香》《疏影》《小重山令》《玉梅令》《鬲溪梅令》及《浣溪沙》二首、《卜算子》八首，此外涉及梅花的尚有十余首，梅花在此已成了作者个人情愫的象征性延伸，它源于二者共通的精神实质。本词写法上有个特点，即虚多实少，词人的神思总是飞越了时空，"落笔得'旧时月色'四字。便欲使千古作者，皆出其下"，首四字确是定下了全词梦幻般的基调。只是在旧月下笛声中，携手西湖之乐，也唯有"无言耿相忆"，就是此时此地者，也要推开一段距离至"竹外"，还说"但怪得"。梅花在词中代表着遥远的甜梦，辉煌的往事，词人却永远无法走入其中。

疏影

苔枝①缀玉，有翠禽②小小，枝上同宿。客里相逢，篱角黄昏，无言自倚修竹。昭君不惯胡沙远，但暗忆、江南江北③。想佩环、月夜归来④，化作此花幽独。

犹记深宫旧事，那人正睡里，飞近蛾绿⑤。莫似春风，不管盈盈，早与安排金屋。还教一片随波去，又却怨、玉龙哀曲⑥。等恁时，重觅幽香，已入小窗横幅。

【注释】

①苔枝：苔梅，梅的一种，因枝长苔藓，故名。　②翠禽：《龙城录》载，隋人赵师雄于罗浮松林遇一淡妆女子，时天寒日暮，残雪对月；同至酒店对饮，有一绿衣童子歌舞助兴，久而醉卧，及天明起视，则身在梅树下，上有翠鸟。　③"昭君"三句：王建《塞上咏梅》："天山路边一株梅，年年花发黄云下，昭君已没汉使回，前后征人谁系马？"　④"想环佩"二句：杜甫《咏怀古迹》五首其三有"环佩空归夜月魂。"　⑤"犹记"三句：《太平御览》卷三十"时序部"引《杂五行书》："宋武帝女寿阳公主人日卧于含章殿檐下，梅花落公主额上，成五出花，拂之不去。皇后留之，看得几时，经三日，洗之乃落。宫女奇其异，竞效之，今梅花妆是也。"　⑥玉龙：玉笛。哀曲：指古笛曲《梅花落》。韩偓《梅花》："龙笛远吹胡地月，燕钗初试汉宫妆。"

【译文】

苔梅的枝梢缀着梅花点点，如玉晶莹，两只小小的翠鸟儿，栖宿在梅花丛。在客旅他乡时见到她的倩影，像佳人在夕阳斜映篱笆的黄昏中，默默孤独，倚着修长的翠竹。就像王昭君远嫁匈奴，不习惯北方的大漠飞沙，常常暗自怀念着江南江北的故土。我想是她的幽魂戴着环佩，趁着月夜归来，化作了梅花的一缕幽魂，缥缈、孤独。

我还记得旧日后宫里传说的事情，寿阳公主她正沉眠于梦境，梅花飘飘飞落她的蛾眉上，点染出梅花妆容。莫要像吹落残花的春风，不顾梅花的娇嫩轻盈，要学会及早惜花护花，应该像汉武帝刘彻金屋藏娇，呵护珍重。终究是护花无力，还是教苔梅凋谢的花片，随波飘零，更怨恨那玉龙笛吹奏出《梅花落》的哀曲。待到梅花落尽时，再寻觅她的幽香，她已经映入小窗，像一条横幅画着梅花的疏影。

【赏析】

本词虽说是咏梅花，但写景状物的词句少得可怜。开头三句，虽写梅花之形貌，可其中后二句分明是用了罗浮之梦的典故，从这里开始，梅已不光是梅，天寒日暮时巧遇的素妆女子，很自然地引出了"客里"三句，"日暮倚竹"的空谷佳人身上，暗暗地溶入了美好事物的普遍性遭际，而这也很容易使人联想到"独留青冢向黄昏"的明妃。许昂霄曰："宋人咏梅，例以弄玉，太真为比，不若以明妃拟之，尤有情致也。"（《词综偶评》）。之所以选用明妃，显然是身世和流品使然，只有幽独之魂月夜归来，才能化作幽独的梅花。下阕，词人由叹息转入期望，期望落空，便起无端埋怨，借用了美人、哀曲，极其吞吐难言之苦，结拍"等恁时"三句，幽香亦已难觅，几乎是明言所有努力失败。

翠楼吟

淳熙丙午^①冬，武昌安远楼成，与刘去非诸友落之，度曲见志。予去武昌十年，故人有泊舟鹦鹉洲者，闻小姬歌此词，问之，颇能道其事，还吴为余言之；兴怀昔游，且伤今之离索也。

月冷龙沙^②，尘清虎落^③，今年汉酺初赐^④。新翻胡部曲，听毡幕元戎歌吹。层楼高峙，看槛曲萦红，檐牙飞翠。人姝丽，粉香吹下，夜寒风细。

此地宜有词仙，拥素云黄鹤，与君游戏。玉梯凝望久，叹芳草萋萋千里。天涯情味，仗酒祓^⑤清愁，花销英气。西山外，晚来还卷，一帘秋霁^⑥。

【注释】

①淳熙丙午：淳熙十三年（1186）。　②龙沙：原指塞外荒漠之地，此言与金对峙的南宋前沿地带。　③虎落：遮护营帐的竹篱。　④汉酺初赐：秦汉时禁民聚饮，朝廷有庆祝典礼时方准许，称"赐酺"。　⑤祓（fú）：消除。　⑥"西山外"三句：王勃《滕王阁》："珠帘暮卷西山雨。"

【译文】

明月的冷光映照着寒冷的边塞沙碛，围护城四周的竹篱一片静寂，今年朝廷开始赏赐臣民饮酒欢聚。弹奏起塞北的乐曲，听到元帅的军帐歌声激荡。安远楼层层耸立，直入云霄，看它那红色栏杆萦绕楼檐，飞展一片翠碧。那位佳人容貌艳丽，从她身上飘散阵阵粉香，寒夜里风儿轻轻细细。

就在此地，正该有俊雅的词友，像拥揽白云乘御黄鹤的神仙一样飘然，同登楼观瞻的朋友尽兴游戏。登上高楼久久地凝神望远，可叹芳草萋萋，绵绵千里。漂泊天涯的游子情怀凄寂，仗着酒力减轻闲愁，借着赏花消磨志气。此刻西山之外，黄昏时又卷起，一帘秋雨过后的晴丽。

【赏析】

《翠楼吟》，词牌名，姜夔创制，旁注工尺谱。小序是词作成十年之后所写，补叙作词的本事。楼落成，作者与诸友前去共贺，因而度曲，本为应景之篇，但通读全词，才知绝非为了娱宾遣兴。上阕一开始便将高楼暂搁一旁，而将战地风光描写了一番。词历来为"艳科"，"诗庄词媚"，且不讨论是劝是讽，起首五句确实颇有唐人气象，

"层楼"六句，写红槛翠檐，丽人粉香，若无前面的龙沙虎落、毡幕元戎等雄壮景物相配，便觉气格纤弱。况周颐在《蕙风词话》中曾说："作词有三要，曰重、拙、大，南渡诸贤不可及处在是。"上阕先写楼外，次写楼内，笔法古拙，却沉着稳健，可谓又拙又重。至下阕，写"此人宜得人才，而人才不可得"。唯有玉梯凝望，但见"芳草萋萋千里"，意境亦是深远阔大。"天涯"三句，则由迷惘变为凄厉，清丽变为悲壮，歇拍以景结情，又与篇首冷寂的静景相应，突出了本词登高沉思的主调。

杏花天影

丙午之冬，发沔口①。丁未②正月二日，道金陵，北望淮楚，风日清淑，小舟挂席，容与波上。

绿丝低拂鸳鸯浦，想桃叶，当时唤渡。又将愁眼与春风，待去。倚兰桡，更少驻。

金陵路，莺吟燕舞。算潮水，知人最苦。满汀芳草不成归，日暮，更移舟，向甚处？

宋词三百首全解全析

【注释】

①沔口：汉水入长江处，即今湖北汉口。　②丁未：指淳熙十四年（1187）。

【译文】

鸳鸯浦口，绿柳丝条低垂飘拂，我想起桃叶，她曾呼唤小舟摆渡。杨柳又将含愁的柳眼送与春风，我正待扬帆上路。倚着木兰船桨，又泊舟稍作停驻。

金陵城的道路，处处有莺歌燕舞。我想那无情的潮水，知道我的心情最苦。芳草长满了沙洲，归返合肥的打算尚未成行，此刻已黄昏日暮。重新移舟漂泊，何处是归宿？

【赏析】

《杏花天影》，词牌名，姜夔创制，旁注工尺谱，又名《杏花天》。本篇作于淳熙十四年（1187）正月初二，恰是《踏莎行》"燕燕轻盈"的次日，均为恋情词，其对象显然亦是合肥结识的姐妹，但写作上二词异多同少。首先，前首是梦见伊人，惊醒成空，便假托对方的幽魂，来而又去，故词中出现的人物以对方为主，而此词虽有遥想之词，如"想桃叶，当时唤渡"，但这种记忆也只是因柳丝别浦而起，何况那愁眼早被春风吹走，空余词人独倚兰桡，故此词的人物以词人自身为主。其次，就写景而言，前首颇具梦幻色彩，此词则哀婉清丽，悲苦动人。而前首的景语亦仅末二句。极其幽独凄冷，本词景语虽多，最着力处，亦在末二句，这里，日暮移舟，家园难归，词人的自问已近于一种哲理的探讨。

一萼红

丙午人日①，予客长沙别驾之观政堂，堂下曲沼，沼西负古垣，有卢橘幽篁，一径深曲。穿径而南，官梅数十株，如椒、如菽，或红破白露，枝影扶疏。着屐苍苔细石间，野兴横生，亟命驾登定王台②，乱湘流，入麓山，湘云低昂，湘波容与，兴尽悲来，醉吟成调。

古城阴，有官梅几许，红萼未宜簪。池面冰胶，墙腰雪老，云意还又沉沉。翠藤共闲穿径竹，渐笑语惊起卧沙禽。野老林泉，故王台榭，呼唤登临。

南去北来何事，荡湘云楚水，目极伤心。朱户黏鸡③，金盘簇燕④，空叹时序侵寻⑤。记曾共西楼雅集，想垂柳还袅万丝金。待得归鞍到时，只怕春深。

【注释】

①人日：夏历正月初七日。　②定王台：在今长沙城东，汉长沙定王所筑。　③黏鸡：人日习俗。《荆楚岁时记》："人日贴画鸡于户，悬苇索其上，插符于旁，百鬼畏之。"④金盘簇燕：《武林旧事》载，立春前一日，后苑办造春盘供进，及分赐贵邸宰臣巨珰，翠缕红丝，金鸡玉燕，备极精巧，每盘值万钱。　⑤侵寻：渐进。

【译文】

在长沙城北的背阴，几十株官梅迎采早春，初吐花蕾的红梅还不适宜簪戴发鬓。池沼上面覆盖初融似胶的冰层，残雪在墙垣中间印着融痕，云彩中依然透出寒意，昏昏沉沉。同友人闲游小径穿过翠绿的藤蔓和竹林，渐渐笑语欢欣，惊起了栖卧沙滩的野禽。隐居的山泉野林，长沙定王的楼台亭榭，呼唤着游人去游赏登临。

我为何南去北来地竞奔？游荡在湘云楚水之间，纵目所望令人伤心。家家户户剪彩吉祥的画鸡贴上红门，铜盘上拼簇了生菜雕刻的玉燕迎春，陡然感叹时序的流逝，悄然渐进。记得曾经一起参加西楼的高雅聚会，我想那垂拂的杨柳，还摇曳着万缕丝金。等到乘马归去的时分，只怕春色已深。

【赏析】

小序中叙述甚详，本词以"兴尽悲来"而作。"兴"为何？"悲"为何？姜夔一生流转江湖，貌似野云孤鹤般脱略放逸，至死未尝仕进，但作为一个文人，况且出生于仕宦之门，父亲曾为知县。他必然深受儒家文化的浸染，传统的"忧患"意识不可能不反映到他的作品中。纵观白石词集，其登览之作，都隐含着这样的思路：眼前的佳景美不胜收，但词人总是将视点落在清冷幽暗之处，即或偶有红闹翠染，亦仅点缀而已，若遇宴集成游冶的良辰，则忘情片刻，可面对苍茫云天，便愁绪满怀，或叹漂泊、或念故土、或忆旧情，情绪渐渐变得凄厉激楚，最后稍作聊以自慰，以迷惘不解作结。本词也是如此。

霓裳中序第一

丙午岁，留长沙，登祝融①，因得其祠神之曲，曰《黄帝盐》《苏合香》；又于乐工故书中得《商调·霓裳曲》十八阕，皆虚谱无辞。按沈氏《乐律》②《霓裳》道调，此乃商调。乐天诗云"散序六阕"，此特两阕，未知孰是？然音节闲雅，不类今曲。予不暇尽作，作中序③一阕传于世。予方羁游，感此古音，不自知其辞之怨抑也。

亭皋正望极，乱落江莲归未得。多病却无气力，况纨扇渐疏④，罗衣初索。流光过隙，叹杏梁、双燕如客。人何在？一帘淡月，仿佛照颜色⑤。

幽寂，乱蛩吟壁，动庾信、清愁似织。沉思年少浪迹，笛里关山，柳下坊陌。坠红无信息，漫暗水、涓涓溜碧⑥。飘零久、而今何意，醉卧酒垆侧⑦。

【注释】

①祝融：衡山七十二峰之最高峰。 ②沈氏《乐律》：指沈括《梦溪笔谈》五有《乐律》。 ③中序：《霓裳》全曲分三大段：一，散序，六段；二、中序，遍数不详；三，曲破，十二段。 ④纨扇渐疏：秋天渐近，逐渐用不到团扇。 ⑤"人何在"三句：杜甫《梦李白》二首其一："落月满屋梁，犹疑照颜色。" ⑥"漫暗水"二句：杜甫《夜宴左氏庄》："暗水流花径，春星带草堂。" ⑦醉卧酒垆侧：形容豪饮，一醉方休。

【译文】

从平坦的江畔极目远望，乱纷纷莲花凋落，一去不远，顺水漂泊。多病的身躯气力衰弱，更何况秋风渐渐寒瑟，团扇渐渐闲搁，罗衣单薄，开始更换穿着。光阴流逝如白驹过隙，可叹杏梁上的双燕春来秋去就像远行的旅客。意中人何在？一帘淡淡秋

月银波，仿佛照着她憔悴的颜色。

多么幽暗寂寞。蟋蟀在墙壁里杂乱地吟歌，牵动了流寓异乡的庾信，清秋的愁绪如乱丝编织。深深地回忆年少时的浪迹漂泊，笛声里关山跋涉，垂柳下花巷消磨。意中人如落红断了音信，仿佛随着碧绿的暗水涓涓流去，空自失落。飘零日久，而今哪还有，醉卧酒垆的豪旷意绪和气魄。

【赏析】

《霓裳中序第一》，词牌名，姜夔创制，旁注工尺谱。小序中已明说本词是其辞"怨柳"的"羁游"之作，实际上此篇内蕴丰富，可谓万般悲苦集于一词，具有总结性。首句以伤高怀远始，因见江莲乱落而动归思，但欲归难归，无奈一；下言多病无力，何况天又转寒，则人更多病无力矣，无奈二；"流光过隙"，难以挽留，无奈三；伊人难觅，淡月之下恍惚中见其幻影，无奈四；换头借庾信清愁暗寓乡关之思，家国之恨，应上阕"归未得"。"沉思"三句虽似忆年少畅快的浪游，实是以此更显今日之无奈，"笛里关山"反衬多病无力，"柳下坊陌"既应上"人何在"，又启下"坠红"句。"飘零久"二句，用一反问，更显沉痛。古人认为"长篇须曲折三致意"，这样才能婉转回互，本词上下两阕即将一腔怨情反复申诉，貌如复沓，实为"似织"的愁怀，难以理清，故曲折致意，以强调人之无奈，生之困惑。

严仁

严仁，字次山，号樵溪，邵武（今属福建）人。与严羽、严参同称"邵武三严"。有《清江欸乃集》，不传。词存《花庵词选》中。

木兰花

春思

春风只在园西畔，荠菜花繁胡蝶乱。冰池晴绿照还空①，香径落红吹已断。

意长翻恨游丝短，尽日相思罗带缓②，宝奁③如月不欺人，明日归来君试看。

【注释】

①"冰池"句：冰、绿皆形容池水晶莹澄碧。　②罗带缓：因体瘦而衣带松。　③奁：镜匣。这里指镜子。

【译文】

春光只在庭园的西畔，荠菜花开得正繁，蝴蝶也飞舞忙乱。晴日照着池塘，碧绿澄鲜。香径上的花儿已经落尽，就连落在小路上的花瓣也被风吹得老远。

我的相思太深太长，反而恨那些游丝太短。整天里害着相思病，衣带渐渐松缓。梳妆匣里的明镜不会骗人，等明日归来，你再试着亲自看一看我憔悴的容颜。

【赏析】

词又叫"长短句"，本词调都七言八句，整齐划一，有点像七律，带些古雅之味，故适宜表现传统题材，本词为一篇闺阁香奁之作，先景后情，轻婉回环。上阕虽纯为景语，但怨情早已暗自流露。"只"字怪东风亦啬啬如人，"乱"字乃花繁蝶飞所致。冰池空碧如芳心一片，香径吹红则怜花又自怜也。下阕直抒胸臆，用词狠、直，篇末干脆以呼告作结，更显深情。本词上下阕第一、二、四句均押仄声韵，且以去声为主，声情相谐。

俞国宝

俞国宝（生卒年不详），临川（今江西抚州）人。淳熙太学生。有《醒庵遗珠集》，不传。《全宋词》录其词五首。

风入松

一春长费买花钱①，日日醉湖边。玉骢②惯识西湖路，骄嘶过、沽酒楼前③。红杏香中箫鼓④，绿杨影里秋千。

暖风十里丽人天，花压鬓云偏。画船载取春归去，余情寄、湖水湖烟。明日重扶残醉，来寻陌上花钿⑤。

【注释】

①一春：整个春天。长费：指耗费很多。买花钱：旧指狎妓费用。　②玉骢：毛色青白相间的马。　③"骄"二句：骄：马壮健。沽酒：从市上买来的酒；买酒。④箫鼓：箫与鼓。泛指乐奏。　⑤花钿：妇女用的花形首饰。

【译文】

入春后常常花费买花的钱，天天都陶醉在西湖的湖边。玉骢宝马也熟识了逛西湖的路径，嘶鸣着走过酒楼之前。在红杏幽淡的芳香中，萧鼓歌声喧哗。绿杨飘拂的树影里，荡着欢乐的秋千。

十里长堤上春风扑面，这里是美男侍女游冶玩乐的福地洞天。五光十色的花朵，把游女的鬓发压偏。暮色中画船载着春光归去，未尽的情致都留给湖面上的雾气岚烟。明天我还要带着残存的醉意，到湖边堤上来寻找遗落的花钿。

【赏析】

南宋偏安之际，词坛佳作，多愁苦、悲怆之音，能够像本词既写萧鼓喧天的游乐之事，又得古今词评家们的好评，确实少见。首先是其思想性不可低估，虽然据周密《武林旧事》载，此词书于酒肆，尝受宋高宗注目称赏，而且词作的讽刺意味也不如同时代诗人林升的《题临安邸》强烈，但我们仍能从字里行间感觉出作者的醉醒辩证法。"绍兴、淳熙之间，颇称康裕，君相纵逸，耽乐湖山，无复新亭之泪"（田汝成《西湖游览志余》卷二），据此，本词亦堪称实录。全词以赋笔为主。起处甚觉突兀，但"自然馨逸"，"结二句余波绮丽，可谓'回头一笑百媚生'"（陈廷焯《白雨斋词话》），以花边买醉起，以扶醉寻花结，可谓"善救首尾者也"。

张镃

张镃（1153—1221），字功甫，一字时可，号约斋，居临安（今浙江杭州）。宋将张俊之曾孙。官至司农少卿。嘉定四年（1211）坐罪除名，象州编管，卒。曾卜筑南湖，有园林之胜，与姜夔有交往。有《南湖集》《南湖诗余》。

满庭芳

促织儿

月洗高梧，露溥①幽草，宝钗楼外秋深。土花②沿翠，萤火坠墙阴。静听寒声断续，微韵转、凄咽悲沉。争求侣、殷勤劝织，促破晓机心③。

儿时，曾记得，呼灯灌穴④，敛步⑤随音。任满身花影，独自追寻。携向华堂⑥戏斗，亭台小、笼巧妆金⑦。今休说，从渠床下，凉夜伴孤吟。

【注释】

①溥（tuán）：形容露水多，此作动词用。 ②土花：青苔，苔藓。 ③机心：原指机巧功利之心。这里是说蟋蟀为"劝织"而煞费苦心。 ④灌穴：古时抓蟋蟀的一种方法。将水灌进蟋蟀穴，逼迫蟋蟀出来。 ⑤敛步：脚步很轻。 ⑥华堂：精美的厅堂。 ⑦亭台：指盛蟋蟀的笼子。笼巧妆金：笼子小巧而涂金色。

【译文】

月光如银洗涤着高高的梧桐，幽茂的草丛上露珠儿圆润，华丽的楼阁外秋意已深。苔藓沿着墙壁印出翠痕，萤火虫儿坠入了墙脚背阴。静静地倾听着凄寒的低吟断断续续，细微的声韵渐渐变成如泣如咽的凄切悲沉。是在争相追求伴侣，是在殷勤地催促着织女，催得织女直到破晓机杼不停，忘我尽心。

孩提时分，曾记得小伙伴呼唤着点灯，端水灌蟋蟀的凹洞，轻敛着脚步，追寻着它的声音。任凭花影铺了满身，还是一意追寻。将逮到的蟋蟀带到华丽的厅堂参加戏斗，亭台般的小笼巧构镶金。休再提幼年趣事，而今那蟋蟀正从床下发出低吟，在寒凉之夜陪伴我这孤独的人。

【赏析】

姜夔《齐天乐》前有小序，云："丙辰岁，与张功父会饮张达可之堂，闻屋壁间蟋蟀有声，功父约予同赋，以授歌者。功父先成，词甚美。"贺裳在《皱水轩词筌》中认为张词胜姜词："不惟曼声胜其高调，兼形容处，心细如丝发，皆姜词之所未发。"许昂霄也赞其："响逸调远。"又云："萤火句陪衬。'任满身'二句工细（《词综偶评》）。"然而，咏物之词，妙在离合，语不离则调不变宕，情不合则绪不连贯，描绘工细固然声色兼有，传神生动，但往往胶着呆滞，缺少流动、疏快的韵致。

宴山亭

幽梦初回，重阴未开，晓色催成疏雨。竹槛气寒，蕙畹①声摇，新绿暗通南浦。未有人行，才半启、回廊朱户。无绪，空望极霓旌②，锦书难据。

苔径追忆曾游，念谁伴秋千，彩绳芳柱。犀帘黛卷，凤枕云孤，应也几翻凝伫。怎得伊来，花雾绕、小堂深处。留住，直到老、不教归去。

【注释】

①畹：古代地积单位，或以三十亩为一畹，或以三十步为一畹，或以十二亩为一畹。

《离骚》："余既滋兰之九畹兮，又树蕙之百亩。" ②霓旌：云旗。这里指女子乘坐的车子。原为皇帝出行时仪仗的一种。此处借指云霓。

【译文】

刚从幽深的梦境醒来，厚重的阴云尚未散开，拂晓的曙光催得落一阵稀雨。竹栏上寒气漫溢，花圃里风声摇曳，一条新涨的绿溪暗暗通向南浦。还不见有人来往，推开半扇回廊上朱红的窗户。我毫无情绪，徒然地极目伫望，企盼着远方的云霓，空有相思书信也难作凭据。

踏过生着苔藓的小径，追忆旧日游赏的踪迹。我总想而今谁是秋千伴侣，芳柱上彩绳空自摇曳。卷起犀角帘钩的青黛色帷帘，绣凤枕上云梦孤栖，想他也应几次凝神远望，寄托情意。怎能够等到他的回来，在小小堂屋深处，花香如雾气缭绕，芳馥迷离。留住他，一直到老，再不让他回去。

【赏析】

本篇为抒写相思离情之词，题材陈旧，选用的意象也很传统，称不上名作精品，但从对本词的分析中，却能看出南宋密丽一派的长调在意象营构上的普遍特点。一是意象更为密集。表现在全词，不再是简单的上阕景下阕情，或上阕情下阕景，却往往以景代情，景中寓情；表现在词句中，不是一句一像，而是一句多像。二是意象更加精细。每个形象的中心词前面常用另一个词来修饰。这些修饰词往往来自作者对景物的敏锐感受，从中可以窥见主人公内心颤动着的深沉情思。三是意象更有层次。密集、精细容易"质实"而"凝涩晦昧"，故需要恰当的层次节奏使其具有流美之感。本词从起处"幽梦""重阴"的抑郁，到结处自立盟誓式的率直，情感体现出一种向外扩张的趋势，与之相适应，句式往往是先短后长，使语势如浪阵阵外涌。另外，动词的选择也颇为讲究，如"初回""未开""暗通""半启""空望"，以程度副词来表现情绪的细微变化，耐人寻味。

史达祖

史达祖，字邦卿，号梅溪，汴（今河南开封）人。尝为韩侂胄堂吏，韩败，坐受黥刑。其词以咏物逼真著称，亦有感慨国事之作。有《梅溪词》传世。

绮罗香

咏春雨

做冷欺花^①，将烟困柳，千里偷催春暮。尽日冥迷，愁里欲飞还住。惊粉重、蝶宿西园，喜泥润、燕归南浦^②。最妨他、佳约风流，钿车不到杜陵路^③。

沉沉江上望极，还被春潮晚急，难寻官渡^④。隐约遥峰，和泪谢娘^⑤眉妩。临断岸，新绿生时，是落红、带愁流处。记当日、门掩梨花^⑥，剪灯深夜语^⑦。

【注释】

①做冷欺花：春天寒冷，妨碍了花儿的开放。 ②"惊粉重"四句：李商隐《细雨成咏》："稍稍落蝶粉，班班融燕泥。" ③钿车：车的美称，犹言"香车""华车"。杜陵：汉宣帝陵，在今西安东南，附近多富贵住宅，此泛指风景名胜、约会之处。 ④"还被"二句：韦应物《滁州西涧》："春潮带雨晚来急，野渡无人舟自横。"⑤谢娘：唐歌妓名，泛指歌妓。 ⑥门掩梨花：白居易《长恨歌》："梨花一枝带春雨。"李重元《忆王孙》："欲黄昏，雨打梨花深闭门。" ⑦"剪灯"句：李商隐《夜雨寄北》："何当共剪西窗烛，却话巴山夜雨时。"

【译文】

春雨带着冷气，欺凌早开的花朵，雾气漫着烟缕，困疲垂拂的柳树，千里烟雨暗暗地催促着晚春的迟暮。整日里昏暗迷濛，像忧愁满腹，想要飘飞又忽然停住。惊飞的蝴蝶似乎感到粉翅湿重，落在了西园栖宿。燕子喜爱湿润的泥土，衔泥筑巢，翩翩地飞归南浦。最无奈，遍地泥泞妨碍了他与丽人佳期约会，华丽的车辆到不了杜陵路。

极目远瞩，江面上笼罩了沉沉雨雾，傍晚时，春潮涨起了急流，看不见渡口在何处。隐隐约约看见遥远的山峰，像含泪的谢娘秀眉微蹙。她俯瞰着峭崖，草木生出新绿，正是红花凋落，带着愁苦随水飘流之处，记得当时，朱门紧闭，梨花带雨，对佳人时时剪着灯花，深夜里绵绵细语。

【赏析】

《绮罗香》，词牌名，始见于史达祖词。咏物即为咏怀，咏春雨，只因词人自降生以来曾多少次见过春雨，感受过春雨，心有了悟，则将雨声化为诗声。首先，江南一带，春日本洒多雨，连连绵绵，一朝雨霁，才知花残柳败，春光难再，不由得陡然心惊。此为春雨偷"时"。再者，如《蓼园词选》所云："多少淑偶佳期，尽为所误，而伊仍浸淫渐渍，联绵不已，小人情态如是。"难赴佳约，两地空等，情人只知其妨事，不知春雨之隔，是春雨偷走了那宝贵的"空间"。"人生不满百，常怀千岁忧"，"忧"从何来？本词即对此进行了探究。春雨乃无情之物，尚且偷"时"又偷"空"，则有情之物更何以堪。或许人生除却"时"与"空"，另有超越此二者的存在，不然，谁敢奢言"生之留恋"？大约最后那带有浓浓人情味的"记当日、门掩梨花，剪灯深夜语"即是，想来黄蓼园也看到了这一点"好在结二语写得幽闲贞静，自有身分，怨而不怒"。

双双燕

咏燕

　　过春社①了，度帘幕中间②，去年尘冷。差池③欲住，试入旧巢相并。还相雕梁藻井④，又软语商量不定。飘然快拂花梢，翠尾分开红影。

　　芳径。芹泥⑤雨润，爱贴地争飞，竟夸轻俊。红楼⑥归晚，看足柳昏花暝。应自栖香正隐，便忘了、天涯芳信⑦。愁损翠黛双蛾，日日画栏独凭。

【注释】

　　①春社：古代春天的社日，以祭祀土神。在立春后第五个戊日。　②度：穿过。

帘幕：古时富贵人家多张挂于院宇。 ③差(cī)池：燕飞时尾翼舒张不齐貌。《诗经·邶风·燕燕》："燕燕于飞，差池其羽。" ④相：仔细看，端看。藻井：彩绘或画饰的天花板。 ⑤芹泥：水边长芹草的泥土。 ⑥红楼：富贵人家所居处。 ⑦"便忘了"二句：江淹《杂体诗拟李陵》："而我在万里，结发不相见。袖中有短书，愿寄双飞燕。"

【译文】

春社过了，燕子穿飞在楼阁的帘幕之中，房梁上落满了旧日的灰尘冰冷。双燕翩翩翅儿参差不齐，欲飞又停，试着钻入旧巢双栖并宿。它们张望着雕梁和天花板，呢喃软语商量不定。飘然地快速掠过花梢，如剪的燕尾分开了鲜红的花影。

芳香的小径，春雨将芹泥浸润融融。燕儿喜爱贴着地面争逐飞纵，仿佛竞相夸耀着轻俊的身形。傍晚时飞回红楼，看够了绿柳的昏暗花色的迷蒙。燕儿该是自顾在香巢栖息得正稳，便忘了捎回天涯游子的芳信。只愁得闺中瘦损了翠黛色的双眉，一天天独倚着画梁栏杆期盼意中人。

【赏析】

《双双燕》，词牌名，首见于史达祖词。本篇为史达祖的代表作，前人对此称誉有加。纵观全词，读者亦不妨遗貌取神，容易发现，"归"字乃一篇统摄。燕子逢春北归，故有上阕回归故园的欢欣；一日之中，阅尽春色，晚归红楼，又是"归"的满足；再加以双飞双宿，故能有归后"栖香正隐"的踏实。至结二句，已由物及人，写思妇盼归，全词以大量的"归"之喜，衬结处的"不归"之愁，难说不是自我解嘲。

东风第一枝

咏春雪

巧沁兰心，偷粘草甲①，东风欲障新暖。漫凝碧瓦难留，信知暮寒轻浅。行天入镜②，做弄出、轻松纤软。料故园，不卷重帘，误了乍来双燕。

青未了，柳回白眼，红欲断，杏开素面。旧游忆着山阴③，后盟遂妨上苑④。寒炉重暖，便放慢、春衫针线。恐凤靴，挑菜归来，万一灞桥相见。

【注释】

①甲：草木萌芽时的外皮。 ②"行天"句：韩愈《春》："入镜鸾窥沼，行天马度桥。" ③"旧游"句：山阴，今浙江绍兴。《世说新语·任诞》："王子猷居山阴，夜大雪。眠觉，开室命酌酒，四望皎然。因起彷徨，咏左思《招隐》诗。忽

忆戴安道,时戴在剡,即便夜乘小船就之,经宿方至,造门不前而返。人问其故,王曰:'吾本乘兴而行。兴尽而返。何必见戴?'" ④"后盟"句:《文选·谢惠连〈雪赋〉》:"岁将暮,时既昏,寒风积,愁云繁。梁王不悦,游于兔园,乃置旨酒,命宾友,召邹生,延枚叟,相如末至,居客之右。俄而微霰零,密雪下,王乃歌北风于卫诗,咏南山于周雅。"

【译文】

雪花儿巧妙地沁入兰心,悄悄地粘上草甲,仿佛想要阻挡住春风刚刚送来的微暖。雪花漫布在琉璃碧瓦上很快融化,难于久凝,确实感到了暮雪的寒意已浅。从桥面上行走像漫步明净的天空,俯视池沼就像映入莹澈的镜面,雪花就特意播弄,那么轻松纤软。我料想故乡也定然落雪天寒,重重帘幕未卷,错阻了初归的双燕。

积雪消融,杨柳青色无边,回顾着挂雪的白色柳眼,杏花红色欲残,绽放出蒙雪的素净娇颜。我回忆起山阴的王徽之雪夜拜访戴逵,兴尽而返,梁王约聚宾客,司马相如迟赴了赏雪兔园。降雪天寒,闲置的熏香炉又重新点燃,便放慢了缝制春衫的针线。只恐怕穿着凤鞋到郊外挑菜归来,返回灞桥万一同不期而降的春雪重新相见?

【赏析】

《东风第一枝》,词牌名,始见于史达祖词。前首《绮罗香》咏春雨,本篇咏春雪,且又有一"偷"字,但在此,读者耳目所及,远无前首令人心惊肉跳,究其原因,春雨在春日乃司空见惯之物,春雪虽在江浙一带并非罕见,但也是一种意外之喜,故"偷"字在此已由大主角沦为小配角。全词笼罩着一种受宠若惊的氛围,面对上天慷慨的恩赐,苦难的人们一时联想翩翩,不知所措,又想故园,又忆旧游,至结句,更失了国人一贯知足常乐的风度,奢想踏青挑菜时节,又会遇此轻松纤软的美目之物。沈际飞在《草堂诗余正集》中认为"青未了"三句"愧死梨花、柳絮诸语",不知其差点沦为"黄狗身上白,白狗身上肿"的油滑之调。也许,越失态,便越能反映出当时人们生活的沉重。

喜迁莺

月波疑滴,望玉壶①天近,了无尘隔。翠眼圈花②,冰丝织练,黄道③宝光相直。自怜诗酒瘦,难应接许多春色。最无赖,是随香趁烛,曾伴狂客。

踪迹,漫记忆,老了杜郎,忍听东风笛。柳院灯疏,梅厅雪在,谁与细倾春碧④?旧情拘未定,犹自学当年游历。怕万一,误玉人寒夜,窗际帘隙。

【注释】

①玉壶:指月亮。 ②翠眼圈花:极言花灯之华美精巧。 ③黄道:古人认为

太阳绕地而行。黄道为太阳绕地的轨道。《汉书·天文志》："日有中道，月有九行。中道者，黄道，一曰光道。"此处指彩灯满街，堪与黄道之光相比。 ④春碧：春日新酿的美酒。

【译文】

融融的月波只疑它似水欲滴，仰望明月澄澈天幕近在眼前，没有一丝的尘埃阻隔视线。旋转的花灯像翠绿的柳眼，丝织的彩灯射出冰丝般的光练，黄道的宝光与月光恰好相遇交映，争辉斗艳。可怜我自己为饮酒赋诗而瘦损衰残，再难去迎接那春色绚丽无边。感到最可喜的还是，拿着烛带着香，去陪伴那些风流狂客。

往日踪迹，隐约还有记忆。岁月催老了杜郎，怎忍听东风里的长笛。垂柳依依的庭院灯火稀疏，寒梅俏立的厅堂残雪犹积，谁为我缓缓斟满美酒春碧？旧日的豪情尚未拘止，我还要学着重寻当年游历。只怕万一，耽误了寒夜里的美人，在窗边帘缝间的约期。

【赏析】

本首上阕先写上元望月赏灯，接着便是感慨身世。王闿远在《湘绮楼词》中说此词："富贵语无脂粉气，诸家皆赏下二语，不知现寒气相正是此等处。"文如人，词如人生，人生而矛盾，词亦吞吐难言，前言后语大异其趣。本词起处，一派参禅悟道之辞，令人有飘然仙去的感觉，但自"自怜诗酒瘦"句始，叹老嗟卑，词情局促难展，如此悲苦之调，实有失蕴藉醇雅之旨，想来词人有其用心，抑或世情本该如此。

三姝媚

烟光摇缥瓦①，望晴檐多风，柳花如洒。锦瑟横床，想泪痕尘影，凤弦常下。倦出犀帷，频梦见、王孙骄马。讳道相思，偷理绡裙，自惊腰衩。

惆怅南楼遥夜，记翠箔②张灯，枕肩歌罢。又入铜驼③，遍旧家门巷，首询声价④。可惜东风，将恨与，闲花俱谢。记取崔徽模样，归来暗写⑤。

【注释】

①缥瓦：琉璃瓦。皮日休《奉和鲁望早春雪中作吴体见寄》："全吴缥瓦十万户，惟我与君如袁安。" ②箔：帘子。 ③铜驼：为洛阳街道名，这里借指临安。 ④声价：周邦彦《瑞龙吟》："惟有旧家秋娘，声价如故。" ⑤"记取"二句：元稹《崔徽歌》序："崔徽，河中府娼也。裴敬中以兴元幕使蒲州，与徽相从累月，敬中便还，崔以不得从为恨，困而成疾。有丘夏善写人形，徽托写真寄敬中曰：'崔徽一旦不及

画中人，且为郎死。'发狂疾卒。"

　　精美的琉璃瓦上笼罩着雾色烟光，房檐历历在目，天气晴朗，柳絮满天飘飞，沸沸扬扬。我急急来到她的闺房，不料人去楼空，只有锦瑟横放在琴床。我不禁黯然神伤，料想她在我离去后的苦况。一定是常常伤心流泪，常常抚琴弹瑟以寄托九曲愁肠。终日懒得迈出闺门，只能在梦境中见到我的模样。逢人又不敢公开说是害了相思，当偷偷整理丝裙时，才惊讶自己瘦削身长。

　　我更加惆怅，清楚地记得当日在南楼时欢爱的幸福时光，在翡翠的珠帘里，彩灯非常明亮。她亲昵地依偎在我的肩头，温柔深情地把情歌哼唱。如今我又到旧日街巷，遍访旧日邻居询问她的情况。可惜那无情的春风，吹落了鲜花，吹走了芬芳，并带着无限的感伤。我悲痛欲绝，她也没给我留下画像。我还清楚地记得她的容貌，回来后仔细描画那深情的模样。

【赏析】

　　《三姝媚》，词牌名，始见于史达祖词。本篇为悼亡之词，题材及想法都似周邦彦的《瑞龙吟》，边寻访边回忆，但此首遥忆之辞较多，且由今及昔，由昔之人推想昔人之泪、昔人之梦，甚至昔人因惦己而"自惊腰衩"之态，如此思虑层深，可知梅溪对清真有所继承，但绝不是"清真又附庸"（戈载《七家词选》）。陈廷焯曾说："诗以穷而后工，依声亦然，故仙词不如鬼词，哀则幽郁，乐则浅显也。"（《白雨斋词话》）也许应该说，哀时忆及乐事，"遍旧家巷陌"之实时忆及"翠箔张灯"，更令人骨折心惊。

宋词三百首全解全析

秋霁

　　江水苍苍，望倦柳愁荷，共感秋色。废阁先凉，古帘空暮，雁程最嫌风力。故园信息，爱渠入眼南山碧。念上国^①，谁是、脍鲈江汉未归客^②。

　　还又岁晚，瘦骨临风，夜闻秋声，吹动岑寂。露蛩悲，青灯冷屋，翻书愁上鬓毛白。年少俊游浑断得，但可怜处，无奈苒苒^③魂惊，采香南浦，剪梅烟驿。

【注释】

　　①上国：国都，此泛指故土。苏轼《送曾仲锡通判如京师》："应为王孙朝上国，珠幢玉节与排衙。"　②江汉未归：杜甫《江汉》："江汉思归客，乾坤一腐儒。"③苒苒：柔弱的样子。

【译文】

　　江水苍茫无际，眼望柳丝倦疲荷花愁凄，我跟柳荷共同感受到了秋意。荒废的楼阁先感到寒凉，陈旧的帷帘空垂着暮色，远征的大雁最厌恶这猛劲的风力。羁旅中期盼听到故园的消息，我爱那映入眼帘的南山翠碧。我眷念京城，谁是那羁旅江汉的未归人，怀恋家乡美味却不得归去？

　　很快又到了岁末，撑着一身瘦骨迎风而立，听着夜晚萧瑟的秋声，吹动起我心中的冷寂。夜露中蟋蟀叫得悲戚，一盏青灯照着冷屋，翻着书禁不住愁绪上涌，将头发染出白霜的痕迹。年少时俊雅的游伴全已断绝了消息。最使我可怜难堪的地方，使我痛楚无奈，柔弱的神魂惊悸，是在南浦采撷香草送别，是在雾绕烟迷的驿馆剪梅赠寄！

【赏析】

　　本词写自己流落江汉，当是史达祖贬谪时期的作品。陈匪石在《宋词举》中认为"露蛩悲"二句"寥寥十四字，可抵一篇《秋声赋》读"。但正如其他悲秋之作，除了"共感秋色"，还有念故土、忆俊游、叹岁晚、怜瘦骨等等凄苦，"秋"不过是一个触媒而已。上阕见秋色而怀归，下阕闻秋声而忆旧。前后阕各有侧重：一是空间远隔，二是时间消逝，故本词粗看都是些渲染悲凉心境的凌乱，实则脉络暗藏，不失为一篇沉郁而精工的佳作。

夜合花

　　柳锁莺魂，花翻蝶梦^①，自知愁染潘郎。轻衫未揽，犹将泪点偷藏。念前事，怯流光，早春窥、酥雨^②池塘。向消凝里，梅开半面，情满徐妆^③。

　　风丝一寸柔肠，曾在歌边惹恨，烛底萦香。芳机瑞锦，如何未织鸳鸯。人扶醉，月依墙，是当初、谁敢疏狂^④！把闲言语，花房夜久，各自思量。

【注释】

　　①蝶梦：《庄子·齐物论》："昔者庄周梦为蝴蝶，栩栩然蝴蝶也，自喻适志与！不知周也。俄然觉，则蘧蘧然周也。不知周之梦为蝴蝶与？蝴蝶之梦为周与？周与蝴蝶，则必有分矣。此之谓物化。"后常以此典喻人生虚幻，或咏梦、咏蝶。　②酥雨：韩愈《早春呈水部张十八员外》诗之一："天街小雨润如酥，草色遥看近却无。"　③"梅开"二句：《南史·梁元帝徐妃传》："妃无容质，不见礼帝，三二年一入房。妃以帝眇一目，每知帝将至，必为半面妆以俟帝。见则大怒而出。"周紫芝《木兰花·十梅》："新妆不比涂妃面，雪艳冰姿寒欲颤。"　④疏狂：狂放不羁貌。白居易《代书诗一百韵寄微之》："疏狂属年少，闲散为官卑。"

【译文】

　　柳丝万缕锁住了黄莺的神魂，残花片片掀翻了蝴蝶的梦想，自知为潘郎染上了愁肠。尚未换初夏的单装，桃花带露还将那点点泪滴偷藏。回想从前的情事，只害怕光阴匆匆流淌，悄悄窥望着早春酥润的小雨落入池塘。面对消魂伤神的地方，是梅花绽开了一半芳容，就像情深爱浓的徐妃梳了个半面妆。

　　微风丝雨撩起了寸寸柔肠。在歌宴旁惹起愁恨，在花烛下萦绕馨香。华丽的织机织出龙凤彩锦，却为何没有织上鸳鸯？人扶着陶醉身躯，明月依着高墙闪亮。在当初，谁敢放旷张狂？只扯些闲言碎语，在夜深的闺房，各自思量。

【赏析】

　　从词意来看，本篇不管是遣怀或是寄远，男女主人公的关系显然已成僵局，这有别于以往普通反映相思的作品。上阕从魂、梦开始，预示着情感的迷离难测，虽然潘鬓斑白，胜于盟誓，只因瑞锦未织鸳鸯，唯有将泪点偷藏。这里出现了一种相对的脱节，即韶光已逝，双方的爱情却搁浅了。苦笑之余，作者独对梅花，想到了弄巧成拙的徐妃，真的笑了。

玉胡蝶

晚雨未摧宫树①，可怜闲叶，犹抱凉蝉②。短景③归秋，吟思又接愁边。漏初长、梦魂难禁，人渐老，风月俱寒。想幽欢。土花庭甃④，虫网阑干。

无端啼蛄⑤搅夜，恨随团扇，苦近秋莲。一笛当楼，谢娘悬泪立风前。故园晚、强留诗酒，新雁远、不致寒暄。隔苍烟。楚香罗袖，谁伴婵娟。

【注释】

①宫树：本指宫廷之树，此处泛指，"宫"字修饰"树"。　②凉蝉：秋蝉。③短景：指夏去秋来，白昼渐短。　④甃（zhòu）：井壁。　⑤蛄：蝼蛄，通称喇喇蛄。

【译文】

黄昏的风雨没有摧折宫树，可怜的疏叶，还抱着凉秋的寒蝉。入秋后白昼的太阳渐渐变短，吟诗又接了悲秋的愁绪。夜间滴漏开始变长，使我的梦魂难耐难堪。人已渐入老年，风清月白的良宵美景全都透出秋寒。回想昔日幽会，青苔长满铺砖的庭院，蜘蛛网纵横伸展。

无奈，啼叫的蝼蛄搅乱长夜，只恨我身如随秋抛弃的团扇，心似苦涩难言的秋莲，想当年对楼吹笛，谢娘她垂泪伫立风前。迟迟未返故园，勉强饮酒赋诗驱愁烦，新飞的大雁已经飞远，也不能替我传书致送寒暄。隔着苍茫的云烟，罗袖飘香的美人，有谁与你相伴？

【赏析】

本词上下两阕以写景为主，以景起兴，情因景生，景随情变，究其内在逻辑，可以看出作者的几次努力。首先，本想借景消愁，可日暮天凉，秋声秋色皆起愁绪，只好借诗遣怀，可"吟思又接愁边"，更加以漏长人老，连梦魂也难以自主，便拟想往日幽欢之地，所见虽愈益细微，却琐屑凄凉，乃回到眼前，又是"啼蛄搅夜"，词人的笔触就这样从外物到诗心，又到梦魂、旧景，几乎搜索殆尽，可仍无法摆脱那团扇之恨、秋莲之苦，自救已不可能，最后竟想救人，末数句以遥念远隔苍烟的谢娘作结，境界虽然变得开阔，但情味更为深长沉痛。

八归

秋江带雨，寒沙萦水，人瞰画阁愁独。烟蓑散响惊诗思，还被乱鸥飞去，秀句难续。冷眼尽归图画上，认隔岸、微茫云屋。想半属、渔市樵村，欲暮竞然竹①。

须信风流未老，凭持尊酒，慰此凄凉心目。一鞭南陌，几篙官渡，赖有歌眉舒绿②。只匆匆眺远，早觉闲愁挂乔木。应难奈故人天际，望彻淮山，相思无雁足。

【注释】

①然竹：然，同"燃"。柳宗元《渔翁》："渔翁夜傍西岩宿，晓汲清湘然楚竹。" ②舒绿：即舒眉，古以黛绿画眉，故云。

【译文】

秋日江流挟带着秋雨，寒冷季节的沙滩萦绕着水湾，登上画阁俯瞰令人感到愁痛孤独。烟雨迷濛，渔夫披蓑撒网的声响，惊扰了我的诗兴，惊飞的乱鸥，搅得我佳句难续。冷眼尽望，汇入一幅图画之中，辨认着隔岸，隐约如云的房屋。我猜想它多半是渔市樵村，在黄昏暮色里竞相燃起了枯竹。

我自信风流犹存，尚未衰老，就靠持杯饮酒，抚慰我触目惊心的悲凉凄苦。从南陌一声鞭响，经过了几座津渡，幸亏有歌女使我眉展心舒开怀。仅向远方匆匆眺望，已觉得忧愁挂上高树。竟难思，故人远隔天边，望尽淮山，相思情无由雁足传书。

【赏析】

况周颐在《蕙风词话》中认为"此阕与《玉蝴蝶》皆较疏俊者"。但若以词情相较，此篇显然更加清逸超爽。上阕写"画阁愁独"，秋江、寒沙、隔岸、云屋，皆为远景，令人郁塞的胸怀顿开；"烟蓑""乱鸥"远俗之物，"渔市""樵村"，遁世之处，故有下阕"须信"六句，词人何等放达，但自"只匆匆"二句起，文情逆转，却自然、通脱。

刘克庄

刘克庄（1187—1269），字潜夫，号后村居士。莆田（今福建莆田）人。以荫入仕，淳祐六年（1246）赐进士出身。官至工部尚书兼侍读。诗词多感慨时事之作，是南宋江湖诗人和辛派词人的重要作家。词风粗豪肆放，慷慨激越。著有《后村先生大全集》《后村别调》。

生查子

元夕戏陈敬叟①

繁灯夺霁华②，戏鼓侵明发③。物色旧时同，情味中年别。

浅画镜中眉，深拜楼西月。人散市声收，渐入愁时节。

【注释】

①陈敬叟：字以庄，号月溪，建安（今属福建）人。刘克庄在《陈敬叟集序》中赞其"诗才气清拔，力量宏放，为人旷达如列御寇、庄周。" ②霁华：指明朗的月光。③明发：黎明阳光散开。《诗经·小雅·小宛》"明发不寐，有怀二人。"

【译文】

繁多明亮的灯光，遮蔽了晴明的月光。笙箫戏鼓直到拂晓还在喧响。节物风情与旧时没什么两样，只是人到中年，情味有些凄凉。

像汉朝的张敞，对着明镜为佳人描画新的眉样，共同在楼里深情地拜月亮。祈祷爱深情长。欢乐的人们渐渐散去，市街上恢复寂静一如往常，我的心情却渐渐感到有些忧伤恓惶。

【赏析】

本词题为"元夕戏陈敬叟"，细玩词意，却并非游戏之作。首二句的"夺""侵"二字很有意思，"繁灯"胜过"霁华"，人光盖过天光，本来就勉强，故曰"夺"；人逢乐事，亦应适可而止，"戏鼓"直到"明发"，显然是"侵"，所以上下两阕皆以警策之语作结，妥帖而自然。

贺新郎

端午

深院榴花吐，画帘开、束衣^①纨扇，午风清暑。儿女纷纷夸结束，新样钗符艾虎^②。早已有、游人观渡^③。老大逢场慵作戏，任陌头、年少争旗鼓。溪雨急，浪花舞。

灵均^④标致高如许，忆生平、既纫兰佩^⑤，更怀椒醑^⑥？谁信骚魂千载后，波底垂涎角黍^⑦，又说是、蛟馋龙怒。把似^⑧而今醒到了，料当年、醉死差无苦，聊一笑，吊千古。

【注释】

①束(shū)衣：粗布衣服。　②钗符艾虎：皆为端午节头饰，艾虎还可作门饰。③观渡：《荆楚岁时记》："五月五日竞渡，俗为屈原投汨罗日，人伤其死，故命舟楫拯之。"　④灵均：屈原小字。　⑤纫兰佩：《离骚》："纷吾既有此内美兮，又重之以修能。扈江离与辟芷兮。纫秋兰以为佩。"纫，联缀。　⑥椒醑：椒，香物，用来降神。醑，美酒。用来祭神。　⑦角黍：粽子。　⑧把似：与其，假如。

【译文】

深深的庭院里石榴花芳艳绽吐，彩绘的帷帘敞开，身穿粗麻衣服，丝绢扇子手中扑，中午的清风驱散了热暑。儿女们纷纷夸耀着自己的装束，鬓边插着钗头彩符，身上佩着艾草扎成的老虎。早已有游人到江边观看龙舟竞渡。我人已老大懒得跟着逢场作戏，任凭那些街头年轻人摇旗擂鼓，船桨起伏，搅得溪流飞溅如急雨，浪花翻卷飞舞。

屈原有那么崇高的风度，追忆他的生平作为，既喜爱佩戴连缀的秋兰以修身香馥，又虔敬地手拢着香椒和美酒以娱神祈福，真是离群脱俗。谁料想千载以后，他的诗魂，引得江底蛟龙贪食包成角状的米黍。还说是为了保护沉江的屈原，使蛟龙解馋不发怒。假如而今屈原醒过来，定会觉得当年醉死，比现在更少痛苦。姑且开个玩笑，凭吊千古！

【赏析】

本词为端午怀古之作，借端午习俗与屈原事迹，抒写自我感慨，上片写端午节时当地的事物风光，少年们身穿盛装，争渡看龙舟，而词人因年纪大，疏懒于此，这是情怀的不同。开头写石榴花开，点明季节。接下写自己的轻闲自在，实质却有"闲愁最苦"的意味，要从反面见意。"任陌头"几句描绘年轻人争渡的场面，动态感很强。下片赞颂屈原的品格，对端午节民众投粽的民俗予以批评，认为是对屈原的愚弄，有举世皆浊我独醒之慨。

贺新郎

九日

湛湛①长空黑，更那堪、斜风细雨，乱愁如织。老眼平生空四海，赖有高楼百尺。看浩荡，千崖秋色。白发书生神州泪，尽凄凉、不向牛山②滴。追往事，去无迹。

少年自负凌云笔③，到而今、春华落尽，满怀萧瑟④。常恨世人新意少，爱说南朝狂客，把破帽年年拈出⑤。若对黄花孤负⑥酒，怕黄花也笑人岑寂。鸿北去，日西匿⑦。

【注释】

①湛湛：深远的样子。 ②牛山：在今山东临淄南。 ③凌云笔：谓笔端纵横，气势干云。 ④满怀萧瑟：杜甫《咏怀古迹》"庾信平生最萧瑟，暮年诗赋动江关。"⑤"爱说"二句：南朝狂客，即指孟嘉。《晋书·孟嘉传》："九月九日，温燕龙山，僚佐毕集。时佐吏并着戎服。有风至，吹嘉帽堕落，嘉不之觉。温使左右勿言，欲观其举止。嘉良久如厕。温令取还之，命孙盛作文嘲嘉，著嘉坐处。嘉还见，即答之，其文甚美，四座嗟叹。"晁补之《洞仙歌·菊》："也何必，牛山苦沾衣。算只好龙山，醉狂吹帽。" ⑥孤负：辜负。 ⑦匿：隐藏。

【译文】

寥廓的长空一片昏黑，又交织着斜风细雨。实在令人难堪，我的心中纷乱如麻，万缕愁思如织。我平生就喜欢登高临远眺望四海，幸亏如今高楼百尺。放眼望去，千山万壑尽在秋色里，我胸襟浩大满怀意绪。虽只是白发书生，流洒的热泪却总是为着神州大地，绝不像登临牛山的古人，为自己的生命短暂而悲泣。追念以往的盛衰兴废，一切都杳无踪迹。

少年时我气冲斗牛，自负有凌云健笔。如今才华已经耗尽，只剩满怀萧条寂寞的心绪。常恨世人新意太少，只爱说南朝文人的疏狂旧事。每当重阳吟咏诗句，动不动就把孟嘉落帽的趣事提起，让人感到有些厌腻。如果对着菊花而不饮酒，恐怕菊花也要嘲笑人太孤寂。只见鸿雁向北飞去，昏黄的斜阳向西隐匿。

【赏析】

冯煦在《宋六十一家词选例言》中说："后村词与放翁、稼轩犹鼎三足，其生于南渡，拳拳君国，似放翁；志在有为，不欲以词人自域，似稼轩。"本篇即是这类雄放畅达的作品。九日登高抒怀，前人名作颇多，但词人却能自出机杼，另立新意，竟发出"常恨世人新意少"的感慨，这是本词的超人之处。另外，此篇也并非一味地率直酣畅、豪情满纸，而是粗细结合，疏密有致，既有"斜风细雨，乱愁如织"，又有"看浩荡，千崖秋色"，结尾以"鸿北去，日西匿"作收，更是意在言外，令人寻味不尽。

木兰花

戏林推①

年年跃马长安②市，客舍似家家似寄。青钱换酒日无何③，红烛呼卢④宵不寐。

易挑锦妇机中字，难得玉人心下事。男儿西北有神州，莫滴水西桥畔⑤泪。

【注释】

①林推：林姓节度推官。　②长安：指临安。　③无何：没别的事。　④呼卢：古时赌具有五木，类似骰子，五子全黑称为"卢"，掷得"卢"便获全胜，所以赌徒们连连呼"卢"。　⑤水西桥畔：泛指玉人居处。

【译文】

年年骑着马在京城东跑西颠，旅舍像家，家倒好似寄宿的旅店。挥霍青铜换酒买醉，无所事事一天混到晚，点亮了红烛掷骰赌博，竟玩得个通宵不眠。

对妻子所织出的锦字回文诗心有灵犀，容易理解，却难以猜透美人内心的情感。男儿要心向西北神州故国，莫为花巷丽人泪滴水西桥畔。

【赏析】

规劝之辞，采用何种方法、何种语气，当视对象而定。林推，应是作者的同乡好友，关系比较密切，故作者态度外柔内刚，情理结合。首句写其"年年跃马"，便画出了一个七尺男儿的雄姿，好男儿志在四方，故"客舍似家家似寄"也无可厚非，但"青钱"二句，极写其纵情游乐，表现出词人的惋惜，甚至痛心、责备。过阕更从"锦妇""玉人"下手，与"西北有神州"作对比，虽一近一远，却是一轻一重，最后明确告以"莫滴水西桥畔泪"，委婉而又严厉，可谓"足以立懦"。

卢祖皋

卢祖皋，字申之，又字次夔，号蒲江，永嘉（今浙江温州市）人。南宋庆元五年（1199）进士。官至权直学士院。词风婉秀淡雅。有《蒲江词稿》。

江城子

画楼帘幕卷新晴，掩银屏，晓寒轻。坠粉飘香，日日唤愁生。暗数十年湖上路，能几度、著婷婷①。

年华空自感飘零，拥春醒②，对谁醒？天阔云闲，无处觅箫声。载酒买花年少事，浑不似、旧心情。

【注释】

①婷婷：姿态美好。　②醒（chéng）：醉酒。

【译文】

彩楼卷起了帘幕，敞开一片新晴，掩闭起银白的屏风，清晨透出轻微的寒冷。坠落的花瓣飘着香气，呼唤着忧愁与日滋生。暗暗地计算着十年间西湖上往返行程，人生能有几度，能遇着美丽姑娘的钟情。

岁月蹉跎，空虚孤独地感到身世的飘零，拥着春酒醉饮，醒来对谁诉衷情？天空辽阔浮云悠闲，无处去寻觅情投意合的箫声。美酒载车，买花寄情，那是年少人的风流举动，如今我全不像昔日的心情。

【赏析】

这首小词初看颇似北宋晏、秦等婉约词作，但从"暗数十年湖上路"等凄黯之辞来看，即使缠绵、伤感如昔，却也不复有北宋前辈词人的自信、从容。另外，黄升言卢词"乐章甚工，字字可入律吕"（《花庵词选》），本篇在选声降调上显然有其意图，《江城子》这一词调据苏轼在《与鲜于子骏书》所记，其节奏感当是很明显的，本宜抒写豪迈之词，但苏轼也曾用此调作"十年生死两茫茫"，卢氏效之，显然是要表现沉痛盘郁之情。

宴清都

春讯飞琼管①，风日薄，度墙啼鸟声乱。江城次第②，笙歌翠合，绮罗香暖。溶溶涧渌冰泮③，醉梦里，年华暗换。料黛眉，重锁隋堤，芳心还动梁苑④。

新来雁阔云音，鸾分鉴影⑤，无计重见。春啼细雨，笼愁淡月，恁时庭院。离肠未语先断，算犹有凭高望眼。更那堪衰草连天，飞梅弄晚。

宋词三百首全解全析

【注释】

①琼管：古代以葭莩灰填满律管。节候至则灰飞管通。葭即芦。管以玉为主，故曰琼管。 ②次第：转眼，顷到。 ③泮：冰融解。 ④梁苑：兔园，又称梁园。在今开封市东南，汉时游宴胜地。此泛指园林。 ⑤鸾分鉴影：南朝宋范泰《鸾鸟诗序》："昔罽宾王结置峻卯之山，获一鸾鸟，王甚爱之，欲其鸣而不致也，乃饰以金樊，飨以珍羞，对之俞戚，三年不鸣。其夫人曰：'尝闻鸟见其类而后鸣，何不悬镜以映之？'王从其意，鸾睹形悲鸣，哀响冲霄，一奋而绝。"郑域《浣溪沙·别恨》："已自孤鸾羞对镜，未触双凤怕闻笙。"

【译文】

春天的讯息随着葭莩灰飞出琼管，早春的清风日头虽然还不暖，越过墙头的鸟啼已一片噪乱。江城转眼间，已是翠碧笼罩，笙歌喧天，人们穿上绮罗春衫，迎来花香日暖。溪涧里残冰消融，绿水涓涓，恍惚在醉梦里，岁月悄然转换。我料想隋堤的柳叶凝重地紧锁了黛眉，梁苑的林花芳心震颤。

新近我久已不闻鸿雁的叫声，分飞的鸾凤对着镜中的孤影悲唤，生离死别的情人再也不能相见。啼泣的春天洒下淅沥的细雨，愁云笼罩的夜晚，月光淡淡，我独守着此时的庭院。离别的愁肠未曾倾诉已先寸断。就算还能登高望远，更如何忍受那芳草连绵伸向天边，飞落的梅花舞弄着暮色昏暗。

【赏析】

《宴清都》词调上下阕皆押仄声韵，本篇以上、去两声交错互押，以造成声情跌宕的效果。上阕写景，江城风情，突出一个"换"字，以"醉梦里"二句点题，下阕抒情，写"无计重见"之愁，又借"春啼"二句渲染，末以景结情，辞尽意不尽。

潘牥

潘牥（1204—1246），字庭坚，号紫岩，初名公筠，福州富沙（今属福建）人。端平二年（1235）进士。历仕太学正，通判潭州。著有《紫岩集》。

南乡子

题南剑州^①妓馆

生怕倚阑干，阁下溪声阁外山。惟有旧时山共水，依然，暮雨朝云去不还。

应是蹑飞鸾，月下时时整佩环。月又渐低霜又下，更阑，折得梅花独自看。

【注释】

①南剑州：今福建南平。

【译文】

我生怕去独倚栏杆，阁下是潺潺的溪水，阁外是碧绿的青山。唯有这旧日的山水面目依然，她却像暮雨朝云般一去不还。

她应该化作仙女骑着飞鸾，在明月下时时整理衣衫佩环。露冷霜降，月儿渐渐低转，夜寂更阑，我折下一枝梅花，独自仔细欣赏观看。

【赏析】

本篇上阕以实景起，过阕转入幻景。歇拍又回至眼前，前后回环，别致精巧。南宋词坛，小令精品不多，本篇却深得诸词家赞赏，先著赞其"有许多转折委婉情思"，况周颐则说："小令中能转折，便有尺幅千里之妙"，这些正说明本词在命意谋篇上，符合小令的一般创作规律，正如沈祥龙所说："小令须突然而来，悠然而去，数语曲折含蓄，有言外不尽之致。"

233

陆睿

陆睿（？—1266），字景思，号西云，会稽（今浙江绍兴）人。绍定五年（1232）进士。官至集英殿修撰，江南东路计度转运副使兼淮西总领。

瑞鹤仙

湿云粘雁影，望征路愁迷，离绪难整。千金买光景，但疏钟催晓，乱鸦啼暝。花惊①暗省，许多情，相逢梦境。便行云都不归来，也合寄将音信。

孤迥②，盟鸾心在，跨鹤程高，后期无准。情丝待剪，翻惹得旧时恨。怕天教何处，参差双燕，还染残朱剩粉。对菱花③与说相思，看谁瘦损④？

【注释】

①惊：欢乐。　②孤迥：志趣高远。　③菱花：指菱花镜。　④瘦损：消瘦。

【译文】

阴湿湿的浓云粘着沉滞的雁影，遥望离人的征程愁情迷乱，离绪难以调整。纵有千金来买芳华风景，但徐缓的钟声催促着黎明，乱飞的乌鸦啼唤着昏暝。感花伤别使我心绪暗省，多少深情，竟付与了梦境的相逢。即便是一片行云，全不肯归来，也该寄个音信，让我心宁。

孤独而又高远呵，鸾凤盟约我记在心间，乘鹤高飞他跨上云程，后会相期的愿望没有准定。待要快剪般剪断情丝，反惹得旧时的怨恨在心中乱涌。只怕老天教他到了何处，像比翼参差的飞燕有了双飞双宿，忘了我这还染着残朱剩粉的娇容。对着菱花镜，跟那镜中人儿诉说相思情，看看谁有一副消瘦、憔悴的面容。

【赏析】

陆氏在宋词坛上称不上名家，本词亦非名作，之所以被选入本集，恐怕正看中了它普普通通的艺术特色，唯其如此，才反映出南宋词在相思等传统题材创作上驾轻就熟以及对前辈作品的某些不满足。写景方面，景物变得越来越虚幻，如"影""梦"等字频频出现，"参差双燕"不仅是虚拟之物，还想象它们染着"残朱剩粉"，想到"后期无准"，竟提到了"跨鹤"，相思的狼狈无望也恰恰是南宋王朝末日将临的小小缩影。

周密

周密（1232—约1298），字公谨，号草窗、频洲、四水潜夫、弁阳老人等，原籍济南（今属山东），后居吴兴（今浙江湖州市）。宋末曾任义乌令。宋亡不仕。能诗词，善书画，词讲究格律。著有笔记《武林旧事》《齐东野语》《癸辛杂识》等。词有《草窗旧事》《萍洲渔笛谱》，编纂《绝妙好词笺》。

高阳台

送陈君衡①被召

照野旌旗，朝天②车马，平沙万里天低。宝带金章，尊前茸帽③风欹。秦关汴水经行地，想登临、都付新诗。纵英游、叠鼓清笳，骏马名姬。

酒酣应对燕山雪，正冰河月冻，晓陇云飞。投老④残年，江南谁念方回⑤？东风渐绿西湖岸，雁已还、人未南归。最关情、折尽梅花，难寄相思。

【注释】

①陈君衡：名允平，一字衡仲，号西麓。宋亡后，应元王朝征召至大都。有词集《日湖渔唱》。 ②朝天：朝见天子 。 ③茸帽：皮帽。 ④投老：垂老。 ⑤"江南"句：黄庭坚《寄方回》："解道江南断肠句，世同唯有贺方回。"贺方回，即贺铸。

【译文】

映照着旷野的旌旗，随着朝见京都天子的车马，平沙万里，伸向远方低垂的天际。你佩戴着金章宝带，送别的酒席前，风吹皮帽斜歪。秦关、汴水是你北上经行之地，我想你定会登临观览，赋新诗吟唱山河胜迹。纵情地豪放游玩，鼓声密密，笳音凄厉，驰驱骏马，携伴名姬。

酒宴上应对酬答，正是燕山飞雪，冰河封冻的冬月，拂晓的飞云在陇头飘曳。到了衰残的老年，有谁惦念江南的故友在断肠悲咽？东风将西湖垂柳渐渐吹绿，待大雁已经归去，北上朝京的人尚无南归之期。最使人关切动情，是折尽了梅花，也难以寄托相思深意。

这是一首送别词。友人陈允平应召入元做官，临别之际，作者赋词送行。据王行《题周草窗画像》载，周密"以无所责守而志节不屈著称"，对陈允平此行自然难以苟同，故词中所表达的慰情极为复杂。上阕从送别场景的描写开始，又以拟想之辞写友人在秦关汴水经行地如何纵情游乐，换头承上，至"投老"句，念及自身，但仍从双方着眼，末结以折梅寄相思之情。俞陛云《唐五代两宋词选释》云："下阕但赋离情，于陈君衡出处，不加褒贬之词，仅言江南投老，见两人穷达殊途，新朝有振鹭之歌，而故国无归鸿之信，意在言外也。"全词虚实结合，言辞委婉，沉挚感人。

瑶华

后土之花，天下无二本，方其初，帅臣以金瓶飞骑，进之天上，间亦致贵邸。余客辇下，有以一枝①。

朱钿宝玦②，天上飞琼③，比人间有别。江南江北，曾未见，漫拟梨云梅雪。淮山春晚，问谁识，芳心高洁？消几番，花落花开，老了玉关④豪杰。

金壶剪送琼枝，看一骑红尘⑤，香度瑶阙。韶华正好，应自喜、初识长安蜂蝶。杜郎老矣，想旧事、花须能说。记少年、一梦扬州，二十四桥明月。

【注释】

①"后土"二句，参见蒋子正《山房随笔》"扬州琼花天下只一本，士大夫爱重，作亭花侧，榜曰：无双。德祐乙亥(1275)，北师至，花遂不荣。"北师，指元兵。尾缺字。他本题改作"琼花"。 ②玦：佩玉，半环形，有缺口。 ③飞琼：许飞琼，传说中西王母的侍女。 ④玉关：即玉门关，此泛指边关。 ⑤一骑红尘：杜牧《过华清宫》："一骑红尘妃子笑，无人知是荔枝来。"

【译文】

缀着朱红的首饰珍贵的玉佩，仙女许飞琼自天上翩然而来，她的美丽比人间的春色重具风采。江南江北，竟未曾目睹她的美态，便随意地虚想成如云一般的梨花，雪一般的梅花横斜绽。正当淮山春暮时节，请问谁理解，她芳心的高洁？只消几次的花开花谢，便衰老了戍守边关的豪杰。

剪好了琼枝插入金壶传送，看那一匹快马加鞭，红尘弥漫，花香随着尘埃传进玉殿。琼花正好芳华吐艳，定然会欣欣自喜，使临安城的蜜蜂、蝴蝶开始忙乱。诗人杜牧已然老矣，我想那扬州的繁华与衰亡的往事，琼花必定还有记忆，能够说出那些事迹。而今我追忆少年豪游，扬州美景似一梦转瞬逝去，唯有二十四桥的明月时时在眼前浮起。

【赏析】

本词调一作《瑶花慢》。本篇为咏琼花词，关于创作意图，原有一百五十余字的长序，今缺大半，故难知其全貌，但字里行间，故国旧君之思、讽谕讥刺之意不言自明。陈廷焯评此词"不是咏琼花，只是一片感叹，无可说处，借题一发泄耳"（《白雨斋词话》）。在词中，琼花已成了历史见证人，写得形象生动，"一意盘旋，毫无渣滓"。

玉京秋

长安①独客，又见西风、素月、丹枫，凄然其为秋也，因调夹钟羽一解。

烟水阔。高林弄残照，晚蜩②凄切。碧砧度韵，银床③飘叶。衣湿桐阴露冷，采凉花，时赋秋雪④，叹轻别，一襟幽事，砌蛩能说。

客思吟商⑤还怯。怨歌长、琼壶暗缺。翠扇恩疏，红衣香褪，翻成消歇。玉骨西风，恨最恨、闲却新凉时节。楚箫咽，谁倚西楼淡月。

宋词三百首全解全析

【注释】

①长安：借指临安。　②蜩（tiáo）：蝉。　③床：井栏。　④秋雪：指芦花。　⑤商：本为古时五声音阶的第二音级，此指秋天。《礼·月令》："孟秋之月其音商。"

【译文】

轻烟笼罩，湖天寥廓，一缕夕阳的余光，在林梢处暂歇，宛如玩弄暮色。晚蝉的叫声悲凉鸣咽。画角声中吹来阵阵寒意，捣衣砧敲出闺妇的相思之切。井边处飘下梧桐的枯叶。我站在梧桐树下，任凭凉露沾湿衣鞋，采来一枝芦花，不时吟咏这白茫茫的芦花似雪。我感叹与她轻易离别，满腔的幽怨和哀痛，台阶下的蟋蟀仿佛在替我低声述说。

客居中吟咏着秋天，只觉得心情寒怯。我长歌当哭，暗中竟把玉壶敲缺。如同夏日的团扇已被捐弃抛撇，如同鲜艳的荷花枯萎凋谢，一切芳景都已消歇。我在萧瑟的秋风中傲然独立，心中无比怨恨，白白虚度了这清凉的时节。远处传来箫声悲咽，是谁在凭倚西楼侧耳倾听，身上披着一层淡月。

【赏析】

本词为客中悲秋之作。上阕写景，能将声色融成一炉，"叹轻别"三句，则又转入直接抒情。换头以"客思吟商"点题，将悲秋、相思、投闲诸愁怀穿插写来，末以景作结，余韵高远，难怪陈廷焯赞此词"精金百炼，既雄秀，又婉雅"（《白雨斋词话》）。

曲游春

禁烟①湖上薄游，施中山②赋词甚佳，余因次其韵。盖平时游舫，至午后则尽入里湖，抵暮始出断桥，小驻而归，非习于游者不知也。故中山亟击节余"闲却半湖春色"之句，谓能道人之所未云。

禁苑③东风外，飏暖丝晴絮，春思如织。燕约莺期，恼芳情偏在，翠深红隙。漠漠香尘隔，沸十里、乱丝丛笛。看画船、尽入西泠④，闲却半湖春色。

柳陌。新烟凝碧，映帘底宫眉⑤，堤上游勒。轻暝笼寒，怕梨云梦冷，杏香愁幂⑥。歌管酬寒食，奈蝶怨、良宵岑寂。正满湖、碎月摇花，怎生去得。

【注释】

①禁烟：指寒食节，古时逢此节日，户户禁炊三日，吃冷食品。薄，句首助词。②施中山：名岳，字仲山，吴人。 ③禁苑：皇宫园林。临安是南宗都城，西湖一带故称禁苑。 ④西泠：桥名，在西湖白堤上。 ⑤宫眉：宫中式样的眉毛，借指女子。⑥幂：覆盖。

【译文】

东风吹拂着宫廷外西湖的丽姿，暖日晴空里飘扬起柳絮和游丝，纷然交织起游春的情思。莺燕期约、幽会的男女的情意，全都藏在绿荫深处、红花之间。漠漠的香尘遮蔽天地，沸腾了西湖十里，乱纷纷琴管笛繁音奏起。看那画船全都荡入了西泠桥的里湖，一半西湖的春色竟被嫌弃！

垂柳的湖堤，刚刚漫起烟雾围着树荫凝成翠碧。映衬出帘帘下女子的秀眉，还有湖堤上男子勒马游戏。淡淡的黄昏笼罩着寒意，只怕梨花如云的梦境破了，一片冷凄，杏花芳香馥郁却覆盖上浓密的愁绪，歌声管乐在入夜后响起，消遣着一年一度的寒食节，怎奈蝴蝶儿埋怨，如此良宵太静寂。恰好是整个西湖波光迷离，明月荡碎，落花摇曳，我怎能决然离去？

【赏析】

本篇为纪游之词。据词意，当为周密早年之作。正值寒食佳节，西湖边，游人如云，词人以其特有的工丽的笔致，描绘了一幅南宋危亡前难得的西湖游乐图。后来有马臻《西湖春日壮游》诗赞曰："画船过午入西泠，人拥孤山陌上尘。应被弁阳模写尽，晚来闲却半湖春。"

花犯

水仙花

楚江湄①，湘娥②乍见，无言洒清泪，淡然春意。空独倚东风，芳思谁养？凌波路冷秋无际，香云随步起。漫记得、汉宫仙掌③，亭亭明月底。

冰丝写怨更多情④，骚人恨，枉赋芳兰幽芷⑤。春思远，谁叹赏，国香⑥风味？相将共、岁寒⑦伴侣。小窗静，沉烟熏翠袂。幽梦觉、涓涓清露，一枝灯影里。

【注释】

①湄（méi）：岸边，水草交接处。 ②湘娥：湘妃，比喻水仙。 ③汉宫仙掌：见刘辰翁《兰陵王》。 ④"冰丝"句：屈原《远游》："使湘灵鼓瑟兮，令海若舞冯夷。" ⑤"骚人恨"二句：屈原《离骚》"扈江离与辟芷兮，纫秋兰以为佩。"⑥国香：本称兰为国香。《左传·宣公三年》"以兰有国香，人服媚之如是。"此处谓水仙为国香。 ⑦岁寒：竹经冬不凋。梅则耐寒开花，故有"岁寒三友"之称。

【译文】

水仙花仿若楚江边的湘妃女神，她默默无言洒下清泪点点，透出春意清新淡然。空自独倚着东风，向谁寄托她满怀芳春的情愿？她恍若凌虚跨波的洛神，一路上秋色凄冷，茫茫无边。芳香的云雾随着她的步履弥漫。我隐约记得，她还像伫立汉宫的金铜仙子，在明月下亭亭玉立地高捧着承露仙盘。

我仿佛听到她弹奏起琴琴冰弦，更多情地抒写着心中的哀怨，楚国诗人屈原抒发牢骚愤恨，徒劳地将芳香的兰草幽洁的白芷歌叹，竟忽略了多情的水仙。她春思深长悠远，然而那国色天香的风韵，有谁欣赏称赞？我将把水仙作为岁寒之友结成伴。小窗儿明净，沉水香缕缕轻烟将她的翠袖熏染。从幽深的梦境一觉醒转，但见水仙花叶露珠儿清晶点点，一枝独秀地挺立在灯影中间。

【赏析】

周密善于咏物，此篇即是咏物结构，周济尝赞其"一意盘旋，毫无渣滓"。词的上阕写花，以湘娥女神相喻，遗貌取神，着重写其清逸脱俗的流品，孤独幽怨的心情以及亭亭飘飞的神韵。下阕写赏花，从湘灵鼓瑟一典中述其出尘远世的超然情怀，并为其无人叹赏愤愤不平，最后折回自身，以人与花相对相赏作结，境清意远，余味无穷。

蒋捷

蒋捷，字胜欲，号竹山，阳羡（今江苏宜兴）人。咸淳十年（1274）进士。宋亡不仕。有《竹山词》。

瑞鹤仙

乡城见月

绀①烟迷雁迹，渐碎鼓零钟，街喧初息。风檠②背寒壁，放冰蟾，飞到蛛丝帘隙。琼瑰暗泣。念乡关、霜华似织。漫将身化鹤归来，忘却旧游端的。

欢极蓬壶蕖浸，花院梨溶③，醉连春夕。柯云罢弈④，樱桃在，梦难觅⑤。劝清光、乍可幽窗相照，休照红楼夜笛。怕人间换谱伊凉⑥，素娥未识。

【注释】

①绀（gàn）：深青带红的颜色，天青色。 ②檠（qíng）：灯架。亦指灯。 ③"花院"句：晏殊《寓意》："梨花院落溶溶月，杨柳池塘淡淡风。" ④"柯云"句：《述异记》：信安郡石室山，晋时樵者王质，逢二童子弈棋，与质一物，如枣核食之，不饥，坐而观。童子曰："汝斧柯烂矣。"质归乡间，无复时人。后以此典喻世易时移。 ⑤"樱桃"二句：段成式《酉阳杂俎》："姑婿裴元裕言群从中有悦邻女者，梦女遗二樱桃，食之，及觉，核堕枕边。"此指前事如梦，空留回忆。 ⑥伊凉：唐曲调名，即《伊州》《凉州》二曲，此泛指北方曲调。

【译文】

青红色的烟雾凄迷，遮断了飞雁的踪迹。渐渐听到零碎的鼓声钟鸣余音断续，街市里的喧哗刚刚静息。风灯背靠着寒冷的墙壁不住摇曳。冰晶般的明月放射着清光，一丝丝飞入细密的帘帷缝隙。像暗暗哭泣，泪珠儿凝成了琼玉。料想我的家乡也定然是月光如织，霜华铺地。像丁令威随意将自身化为白鹤归来，却已忘却故乡旧游之地究竟在哪里。

往日的旧游欢乐至极。恍若蓬壶仙境朵朵红莲倒映水面，梨花盛开的庭院，花月溶溶皎艳，一连几个春宵醉酒狂欢。像王质梦里观棋直到罢局，醒来斧柄已烂，像裴元裕随从有人梦见邻女吃樱桃，醒来樱核坠在枕畔，那奇妙的梦境再难寻见。我劝那清晶的月光，只可与我幽窗相照为伴，不要去夜晚吹笛的红楼映照留连。只怕人间的笛谱换成了《伊州》《凉州》凄厉的北方旧曲，嫦娥不懂得人世沧桑的相思情怨。

【赏析】

本词见月抒怀，将明月设置在各个不同的环境而寄慨。首次出现，是大雁匿迹，钟鼓声歇，街喧声止之后，用了一个"放"字，词趣意趣甚佳。望月必然思归，故有"念乡关"句，上阕结处以身化仙鹤的典故过渡到换头的蓬壶仙境，这是闹景，与前头静景相衬，但烂柯、樱桃又令人戒惧。下面"劝清光"二句，先著赞曰："句意警拔，多由于拗峭，然须炼之精纯，殆不失于生硬……妙语独立，各不相假借，正不必举全词，即此数语，可使长留数公天地间"。（《词洁》）歇拍写人间换谱，托意深微，抒发了故国山河之痛，悲郁苍凉。

贺新郎

梦冷黄金屋，叹秦筝、斜鸿阵里，素弦尘扑。化作娇莺飞归去，犹认纱窗旧绿。正过雨、荆桃如菽。此恨难平君知否？似琼台、涌起弹棋局①。消瘦影，嫌明烛。

鸳楼碎泻东西玉②，问芳踪、何时再展？翠钗难卜。待把宫眉横云样，描上生绡画幅，怕不是、新来妆束。彩扇红牙今都在，恨无人、解听开元曲。空掩袖，倚寒竹。

【注释】

①"此恨"三句：李商隐《无题》："莫近弹棋局，中心最不平。"弹棋秤的形状中间突起，周围低平。 ②东西玉：酒器名。

【译文】

梦中的黄金屋已然凄冷，可叹秦筝上斜排的弦柱似雁阵飞行，洁白的筝弦为灰尘覆蒙。她化作娇莺飞回去，还能辨认出纱窗旧日的绿色青葱。窗外正吹过细雨蒙蒙，樱桃如红豆圆润晶莹。这相思愁恨难以平静，君可知情？它就像琼玉棋秤，起伏不定。孤灯相伴映出我消瘦的身影，总嫌那烛光太明。

鸳鸯楼上碰杯饮酒，玉杯碰碎美酒倾。试问她的芳踪，何时再能相逢？实在难以寻头簪翠钗的丽影。欲把宫眉画成纤云式样，生绡的画幅描上她的秀容，只怕不是时兴的新妆。歌舞的彩扇、牙板如今都在，只恨无人，能将大宋隆盛的乐曲听懂。空虚地掩袖拭泪，独倚着翠竹寂寞寒冷！

【赏析】

本词借一位美人表达自己的亡国之恨，构思巧妙，辞意深曲。上阕首句以"黄金屋"暗点女主人公的身份、经历，接着写室内器物，抓住秦筝素弦，以抒发身世不幸之感。又以棋秤起伏比喻心中难平之恨，同时借用"人生一盘棋"之意，寄不尽的沧桑悲慨。换头句写酒泻玉碎，似有覆亡之意，接着表达了对伊人芳踪的热切关注，未因"无人、解听开元曲"而失望，故唯有洁身自好，表达了遗老孤臣幽独悲郁的情怀。

女冠子

元夕

蕙花香也，雪晴池馆如画。春风飞到，宝钗楼上，一片笙箫，琉璃①光射。而今灯漫挂，不是暗尘明月②，那时元夜。况年来，心懒意怯，羞与蛾儿③争耍。

江城人悄初更打，问繁华谁解，再向天公借？别残红炧④，但梦里隐隐，钿车罗帕。吴笺银粉砑⑤，待把旧家风景，写成闲话。笑绿鬟邻女，倚窗犹唱，夕阳西下。

【注释】

①琉璃：指灯。 ②暗尘明月：指元宵节灯光暗淡。 ③蛾儿：闹蛾儿，用彩纸剪成的饰物。 ④炧（xiè）：残余的烛灰。 ⑤银粉砑：碾压上银粉的纸。

【译文】

蕙兰花多么芳香呵！雪后的晴空，辉映着池沼馆阁犹如画景风光。春风飞荡，吹到酒楼歌馆之上，一片笙管箫笛的乐音繁响，琉璃灯盏放射光芒。而今灯盏冷落，胡乱悬挂。再不是昔日士女杂沓，彩灯映红了尘埃迷天漫地，遮暗了明月光华，那时的元宵盛况已化作消逝的烟霞。更何况近年来，心灰意冷，懒散疲乏，害怕跟头簪闹蛾的女娃们争耍。

夜晚的江城人声悄寂，初更的更声打罢。请问谁知道，如何再向天公借回大宋昔日的繁华？我将残烛的灰烬别下。只在梦境里隐隐约约，看见了熙攘的彩车里挥动着传情的罗帕。我铺开精美的吴笺，用闪烁的银粉磨压，想把故乡的元宵风景记下，写成一笔闲情漫话。我笑那邻家梳着绿鬟的姑娘，竟凭倚窗栏还在唱着"夕阳西下"！

【赏析】

本篇为元夕感怀之作。元夜赏灯，是古时一年之中最热闹的时候，正月为一年之首，元夕又是月亮第一次圆满，人们以此象征团圆美满，吉祥如意。但当江水易主，故园难回的年代，在元宵佳节，人们的感喟难免异乎寻常。本词与李清照及刘辰翁的《永遇乐》词题旨相似，写得也是情韵兼胜，沉痛感人。上阕今昔对比，"而今"二字，忽然一转，"有水逝云卷，风驰电掣之妙"（陈廷焯《白雨斋词话》）。下阕"问繁华"一句，直截有力，末以邻女犹唱作无言苦笑，倍觉伤感。

张炎

张炎（1248—约1320），字叔夏，号玉田、晚年号乐笑翁，前半生居于临安（今浙江杭州）。张俊后裔。宋亡，其家亦破。元初曾北游元都，失意南归。晚年在浙江、苏州一带漫游，与周密、王沂孙为词友。其词用字工巧，追求典雅。曾从事词学研究。著有《词源》《山中白云词》（又名《玉田词》）。

高阳台

西湖春感

接叶巢莺^①，平波卷絮，断桥斜日归船。能几番游？看花又是明年。东风且伴蔷薇住，到蔷薇、春已堪怜。更凄然，万绿西泠，一抹荒烟。

当年燕子知何处？但苔深韦曲^②，草暗斜川^③。见说新愁，如今也到鸥边^④。无心再续笙歌梦，掩重门、浅醉闲眠。莫开帘，怕见飞花，怕听啼鹃。

【注释】

①接叶巢莺：杜甫《陪送广文游何将军山林》："卑枝低结子，接叶暗巢莺。"②韦曲：在长安南郊，唐时韦氏世居于此，故名。此处借此西湖景区。　③斜川：在今江西，陶渊明有《游斜川》诗赞其美景，此亦指西湖景区。　④"见说"二句：沙鸥色白，如人之白头。

【译文】

密叶交接的柳丛里有筑巢的黄莺，平静的湖波将杨花柳絮漂卷，远处能望到断桥、斜日、归船。西湖春光短暂，还能够几次游玩？想看春光绚烂，还要等到明年。东风呵请你暂且陪伴蔷薇再做留连，待到蔷薇花开，已是残春景色实在可怜。更加凄凉的是，万绿青葱的西泠桥畔，只剩下一抹荒草寒烟。

当年巢居的燕子谁知飞向哪里？但只见那贵族府邸聚集的地区青苔深碧，隐士闲居的川原也草色暗绿。听说新生的愁绪，如今也沾惹到白鸥的翅羽。笙歌欢娱的旧梦我已无心再续，掩闭了重重门户，带着轻微的醉意悠闲地酣眠宁息。不要把帷帘掀起，怕看见落花飘飞，怕听见杜鹃悲啼。

【赏析】

　　亡国之音哀以思，本词是一首眷念故国的哀歌，借西湖感春抒发自己的亡国哀痛。上阕起拍写实景，景密意淡，接着以问句叫起陡转，悲叹盛景无常，"东风"句作一痴妄之想，下句"到蔷薇、春已堪怜"则从上句转出，意更深远。过阕再以问句振起词气，又以"但"字领起，借苔深草暗寓繁华都尽，接着从鸥愁写人愁，从闲眠写难眠，末以两"怕"字表露词人内心深藏的悲痛。陈廷焯赞此词"凄凉幽怨，郁之至，厚之至"（《白雨斋词话》），是很恰当的。本篇情挚辞婉，结构严谨，灵动流转，实为张炎词集中难得的佳作。

渡江云

山阴久客一再逢春回忆西杭渺然愁思

　　山空天入海，倚楼望极，风急暮潮初。一帘鸠外雨①，几处闲田，隔水动春锄②。新烟禁柳③，想如今、绿到西湖。犹记得、当年深隐，门掩两三株。

　　愁余. 荒洲古溆④，断梗⑤疏萍，更漂流何处？空自觉、围羞带减，影怯烟孤。长疑即见桃花面⑥，甚近来、翻笑无书。书纵远，如何梦也都无？

【注释】

　　①一帘鸠外雨：听帘外雨中鸠声。鸠，鸟名，俗称斑鸠。　②动春锄：开始春耕。③禁柳：官中的柳树，此泛指西湖一带柳树。　④古溆（xù）：古水浦渡头。　⑤断梗：用桃梗故事。　⑥桃花面：指佳人。

【译文】

　　远山随着空阔的长天没入了大海，我倚着高楼遥望海天无际，风势劲急黄昏时暮潮刚刚涌起。帘外斑鸠啼叫，周围一片细雨，几处闲置的冬田，隔河对岸开始春耕，趁着春雨锄地。嫩叶如烟雾缭绕着，柳梢泛出新绿，想如今，这如烟的新绿定已染得西湖翠碧。我还记得当年在湖山深处隐居，两三株杨柳将柴门掩闭。

　　这春色使我愁烦。荒芜的沙洲古老的江岸，枝梗断折、浮萍疏散，还要漂流到何处江湾？我自己依然感到，腰围只怕衣带减短，孤灯会照得身影瘦怯孤单。我常常疑惑自己很快能见到她那桃花般美艳的容颜，为什么她近来，反而连书信都已绝断。纵然说书信遥远，为何连梦也都不见？

【赏析】

本词倚楼怀远，感伤身世飘零，更寄寓了故国之思。《四库全书总目提要》中说："炎生于淳祐戊申，当宋邦沦覆，年已三十有三，犹及见临安全盛之日，故所作往往苍凉凄楚，即景抒情，备写身世盛衰之感，非徒以剪红刻翠为工。"这首词就是如此，极目所见，皆惹起无穷的哀思离情。上阕写久客绍兴，一片水乡风光，但笔调有些无奈，至"想如今"句，则明白点出。下阕由己及人，结末愈转愈深，曲折如意。

八声甘州

辛卯岁，沈尧道同余北归，各处杭、越。逾岁，尧道来问寂寞，语笑数日，又复别去。赋此曲，并寄赵学舟。

记玉关踏雪事清游，寒气脆貂裘①。傍枯林古道，长河饮马，此意悠悠。短梦依然江表，老泪洒西州②。一字无题处，落叶都愁③。

载取白云归去，问谁留楚佩，弄影中洲④？折芦花赠远，零落一身秋。向寻常、野桥流水，待招来，不是旧沙鸥。空怀感，有斜阳处，却怕登楼。

【注释】

①貂裘：貂皮制成的衣裘。　②西州：古城名，在今南京市西。此代指故国旧都。③"一字"二句：用红叶题诗事，见周邦彦《六丑》。　④"问谁"二句：屈原《九歌·湘君》："捐余玦兮江中，遗余佩兮醴浦。""君不行兮夷犹，蹇谁留兮中洲？"

【译文】

记得在北方边关，专事去踏雪漫游，寒气冻硬了貂裘。沿着荒枯的树林古老的大道行走，到漫长的黄河边饮马暂休，这内心的情意呵似河水悠悠。北游如一场短梦，梦醒后此身依然在江南漂流，禁不住老泪纵横，洒落在故都杭州。想借红叶题诗，却连一个字也无题写之处，那飘落的片片红叶已写满了忧愁。

你载着一船的白云归去，试问谁将玉佩相留，顾盼水中倒影于中洲？折一枝芦花寄赠远方故友，零落的芦花呵透出一身寒秋。向着平常的野桥流水漫步，待招来的已不是旧日熟识的沙鸥。空怀着无限情感，在斜阳夕照的时候，我却害怕登楼。

【赏析】

本词为追念北游、寄怀老友之作。全篇哀绪纷来，声调激越，情感却又缠绵悱恻。篇首为我们展开了一幅苍苍茫茫的北地长卷，正冰封雪飘之时，两位老友却冒雪出游，饮马长河。旧事为"记"字领起的五句，"短梦"句之后，折写南归，变得神情凄黯，无限辛酸落寞之意充谥在字里行间。末借斜阳隐含了无穷故国之思。本词将挚友聚散之情与家国兴亡之痛一并打入，词情起落有致，令人悲慨不尽。

解连环

孤雁

楚江空晚，怅离群万里，恍然①惊散。自顾影，却下寒塘②，正沙净草枯，水平天远。写不成书，只寄得、相思一点③。料因循④误了，残毡拥雪⑤，故人心眼。

谁怜旅愁荏苒，漫长门夜悄，锦筝弹怨⑥。想伴侣、犹宿芦花，也曾念春前，去程应转。暮雨相呼，怕蓦地、玉关重见。未羞他、双燕归来，画帘半卷。

【注释】

①恍：失意貌。　②"自顾影"二句：崔涂《孤雁》："暮雨相呼失，寒塘欲下迟。"③"写不成书"三句：雁群飞如字。又用《汉书·苏武传》雁足传书事。　④因循：迟延。⑤残毡拥雪：用苏武事。苏武被匈奴强留，毡毛合雪而吞食，幸免于死。这里喻指困于元统治下有气节的南宋人物。　⑥"漫"二句：长门：汉宫名，汉武帝时，陈皇后被打入长门冷宫。这里用长门宫的寂寞冷落来形容孤雁的凄凉哀怨。锦筝：筝的美称。古筝有十二或十三弦，斜列如雁行，称雁筝，其声凄清哀怨，故又称哀筝。

【译文】

在楚江空阔的暮色中，只恨脱离了雁群已万里遥远，失神落魄地像是遭到惊恐而离散。独自孤影顾盼，想要飞下寒塘夜眠，那正荒枯的野草白净的沙滩，江水平阔伸向辽远天边。群雁能排成人字雁阵呵孤雁却写不成书信，只能传寄相思一点。料想是由于拖延，而耽误了为北方吞残毡拥雪眠的故人，传达赤诚的期望和心愿。

谁哀怜羁旅愁思绵延不断？枉然在长门的静夜忧伤辛酸，弹奏起锦筝抒写哀怨。料想自己的侣伴，还栖宿在芦花密丛之间，也曾想到春天到来之前，该从旧路上折返。在暮雨潇潇中与侣伴相呼，只怕骤然间，竟在边关荒野里相见。即使边关荒野相见也惊喜万千，当双燕归来，栖息于画帘半卷的楼檐，也不觉羞惭。

【赏析】

此篇为咏孤雁词。张炎精于咏物，这首咏孤雁词最为有名，寄意深微，体物细腻，构思奇巧，用典亦妥帖自然，浑化无迹，实为精品佳作。上阕先以空阔凄寒的环境衬托雁之孤单，"写不成书"以下五句从雁影不成字只能成点生发开来，再与苏武故事结合，柔情与壮怀融合无间。下阕承前，叹息北去的南宋宫室艰难险恶的处境。"谁怜旅愁荏苒"既是写自己又是写孤雁。"漫长门夜悄，锦筝弹怨。想伴侣、犹宿芦花，也曾念春前，去程应转"也有双关之意，连同最后四句，孤雁只能哀鸣，若是能在玉门关重新见到离失的伴侣，该是何等惊喜！

孤影

咏荷叶

碧圆自洁，向浅洲远渚，亭亭清绝。犹有遗簪，不展秋心，能卷多少炎热？鸳鸯密语同倾盖[①]，且莫与、浣纱人说[②]。恐怨歌、忽断花风，碎却翠云千叠。

回首当年汉舞，怕飞去、谩皱留仙裙折[③]。恋恋青衫，犹染枯香，还叹鬓丝飘雪。盘心清露如铅水，又一夜、西风吹折。喜静看、匹练飞光，倒泻半湖明月。

【注释】

①倾盖：行车时车盖相碰，指朋友相契，一见如故。 ②"且莫与"二句：郑谷《莲叶》"多谢浣纱人未折，雨中留得鸳鸯盖。" ③"回首"三句：《飞燕外传》"中流歌酣，风大起，后（即赵飞燕）扬袖曰：'仙乎仙乎，去故而就新，宁忘怀乎？'帝令无方持后裙，风止，裙为之皱。他日，宫姝或襞裙为皱，号'留仙裙'。"

【译文】

碧绿的圆荷天生净洁，向着清浅的沙洲、遥远的水边，它亭亭摇曳，清姿妙绝。还有水面刚刚冒出的卷得纤细的荷叶像美人坠落的玉簪，抱着一片素洁的心田，能将多少炎热卷掩？两片伞盖状的荷叶像成双鸳鸯一见如故亲密私语，且不要，向浣纱的美女说起。只恐怕花风忽然吹断哀怨的歌吟，将荷丛搅碎像千叠翠云。

回首当年汉宫里起舞翩翩，天子怕大风吹走舞袖飘扬的赵飞燕，叫人胡乱扯皱了舞裙，自此带皱折的"留仙裙"就在后世流传。叫我恋恋不舍的青衫，还沾染着枯荷的余香，还叹息着鬓丝如白雪飘散。绿盘心中盈聚着清晶露珠，像金铜仙人清泪点点，又是一夜西风将它吹断。我喜欢观看，明月洒下澄净的飞光，如白色的匹练，倒泻入半个湖面。

【赏析】

本篇词调一作《绿意》，陈炎在《山中自云词》卷六《红情》序；"《疏影》《暗香》，姜白石为梅着语。因易之曰《红情》《绿意》，以荷花荷叶咏之。"可见本词乃有意仿姜咏梅二词，实际上，通观其论词名篇《词源》，主张好词要意趣高远、雅正合律，意境清空，并力推姜夔。而后人论及玉田，也常与白石比较。本词咏荷叶，亦颇具白石词清空骚雅之致，但已由幽韵冷香变为残韵枯香，尤其是"盘心清露如铅水"句，托意甚明。

月下笛

孤游万竹山①中，闲门落叶，愁思黯然，因动黍离之感。时寓甬东积翠山舍。

万里孤云，清游渐远，故人何处？寒窗梦里，犹记经行旧时路。连昌约略无多柳②，第一是难听夜雨。谩惊回凄悄，相看烛影，拥衾谁语？

张绪③，归何暮？半零落依依，断桥鸥鹭。天涯倦旅，此时心事良苦。只愁重洒西州泪，问杜曲④人家在否？恐翠袖、正天寒，犹倚梅花那树。

【注释】

①万竹山：在今浙江天台。 ②"连昌"句：连昌，唐宫名。元稹有《连昌宫词》，写战乱后连昌宫荒凉景象。约略，大约。 ③张绪：《南宋书》有传，少有文才，风姿清雅。此处作者自比。 ④杜曲：指故国家园。

【译文】

万里长空飘荡着孤云一片，清寂地浮游着渐飘渐远，故人，到何处才能将你寻见？在寒窗里入梦酣然，旧时曾经走过的道路还能记忆。连昌宫的杨柳大概已所剩无几，最叫我难过的是，听着渐渐沥沥的夜雨。梦回惊醒，无端地感到忧伤凄寂，面对着烛影摇曳，拥被孤眠谁与我倾心话语？

像风姿清雅的张绪为何迟迟不归去？断桥边鸥鹭相盟的伴侣，半已零落却仍然眷恋依依。我疲倦地颠簸于天涯羁旅，此时的心事实在痛苦悲凄。只怕重返临安故地，又重洒愁苦的泪滴，试问杭州故居的旧时人家，而今是否依旧在那里？恐怕她翠袖单薄，正当天寒日暮之际，还在梅花树旁斜倚。

【赏析】

据小序，这首《月下笛》是张炎漫游天台万竹山中，见落叶满目而触动内心久积的种种愁怀，产生了强烈的《黍离》之感而作。落叶为萧索景物，既引发身世飘零之痛，又象征国亡家破，有铜驼荆棘之意，但词中不提落叶，而以秋夜凄寒之景来渲染作者的凄苦之情。上阕写梦及梦醒后独自发呆之态，形象传神。下阕以"只愁重洒西州泪"寓"故国不堪回首月明中"的遗老沉痛幽怨的心情，末以天寒倚梅明志，增强词篇的感染力。

王沂孙

王沂孙，字圣与，号碧山，中仙、玉笥山人，会稽（今浙江绍兴）人。曾任庆元路学正。有《花外集》。

天香

龙涎香①

孤峤②蟠烟，层涛蜕月，骊宫夜采铅水。汛远槎风，梦浑薇露，化作断魂心字③。红瓷候火④，还乍识、冰环玉指。一缕萦帘翠影，依稀海天云气。

几回殢娇⑤半醉，剪春灯、夜寒花碎。更好故溪飞雪，小窗深闭。荀令⑥如今顿老，总忘却、尊前旧风味。谩惜余熏，空篝素被。

【注释】

①龙涎香：香料名。《岭南杂记》："龙涎香于香品中最贵重，出大食国西海之中，上有云气罩护，则下有龙蟠洋中大石，卧而吐涎，飘浮水面，为太阳所烁，凝结而坚，轻若浮石，用以和众香，焚之，能聚香烟。"龙涎香实为抹香鲸肠内的分泌物。②孤峤(qiáo)：传说中龙所蟠伏的海洋中大块的礁石。　③"化作"句：杨慎《词品》"所谓心字香者，以香末萦篆成心字也。"　④候火：焙制龙涎香时须时刻守候的适当文火。⑤殢娇：困顿娇柔。这里开始回想焚香的女子。　⑥荀令：指的是三国时代做过尚书令的荀彧，爱焚香。

【译文】

孤独耸立的海中礁石上缭绕着浓烟，层层云涛蜕尽而淡月出现，鲛人趁着夜晚，到骊宫去采集清泪般的龙涎。风送竹筏随着海潮去远，夜深时龙涎和着蔷薇花的清露进行研炼，化作心字形篆香而令人凄然魂断。龙涎装入红瓷盒后用文火烘焙，又巧妙地制成晶莹的指环。点燃时一缕翠烟萦绕在幕帘，仿佛是海气云天。

暗想从前，她不知有多少次撒娇要蛮，故意喝得半醉不醉，轻轻地把灯火乱剪。更兼故乡的溪山，飘扬着轻雪漫漫，我们把小窗一关，那情味真是令人感到陶醉香甜。

而今，我如同荀令老去，早已忘却昔年酒宴间那温馨与缠绵。徒然爱惜当年留下的余香，依然把素被放在空空的熏笼上，以此来熨帖一下伤透的心田。

【赏析】

本篇在《碧山乐府》及《乐府补题》中皆被置于卷首，周尔墉在《周评绝妙好词》中赞其为"极用力之作"，足见分量之重。上阕着重写龙涎香的产地、制作、形状等，语凝字炼，极力渲染了神秘奇幻的氛围，想象丰富而又贴切，"一缕"二句写香烟绕屋如海天云气，又与篇首产地呼应，脉络分明。下阕转入对当年焚香的回忆，感念撩人心旌的旧事，又拈出荀令一典，以示自伤自悼有失清雅之度。末以篝空难燃感叹往事长逝而不返，怅惘哀痛，令人深思。

眉妩

新月

渐新痕悬柳，淡彩穿花，依约破初暝。便有团圆意，深深拜①，相逢谁在香径？画眉未稳，料素娥，犹带离恨。最堪爱，一曲银钩小，宝帘挂秋冷。

千古盈亏休问，叹慢磨玉斧②，难补金镜③。太液池犹在，凄凉处、何人重赋清景④？故山夜永，试待他、窥户端正⑤。看云外山河，还老桂花旧影。

【注释】

①深深拜：古时有妇女拜新月之习俗。　②玉斧：指玉斧修月。慢：同"漫"，徒劳之意。　③金镜：喻月亮。李贺《七夕》："天上分金镜，人间望玉钩。"④"太液池"三句：据陈师道《后山诗话》载，宋太祖于后池赏新月，学士卢多逊应诏赋《咏月》诗云："太液池边看月时，好风吹动万年枝。谁家玉匣开新镜，露出清光些子儿。"　⑤端正：指月圆。韩愈《和崔舍人咏月二十韵》："三秋端正月，今夜出东溟。"

【译文】

渐渐升起的新月在柳梢头悬上了眉痕，月亮的微光从花树间透过，朦胧的光华将初降的暮色划破。新月明艳便使人生出团圆的意愿，闺中佳人拜月祈盼团圆，昔日是谁在花香弥漫的小径散步，如今在何处能重逢相见？一弯新月就像美人的两道秀眉没有画完，我料想月里嫦娥，还带着离恨别怨。最堪怜爱，这一弯小小的银钩，在冷冷的高空挂起秋夜的宝帘。

　　休问那明月千古以来的盈亏演变。只可叹空磨玉斧，难以使破镜般的残月补圆。长安故都的太液池依然还在，但到处是荒凉凄寂，谁人能重新描写昔日清丽的湖山？长夜漫漫。试等他重窥门户，明月重圆。可惜月影中的山河无限，我却徒自老去。只能在月影中看到故国山河的象征。

【赏析】

　　全词通篇咏新月。上阕侧重写新月形状和色光，起首以"渐"字领起，描绘新月初上时的动态夜景，细腻工致。又以人间拜月期盼团圆，想到嫦娥的离恨，过阕突出金瓯长缺的悲叹。太液池赋诗一典，感慨犹深，言"何人重赋"，其实纵有人赋，故土却已难复，也是徒然，"试待他，窥户端正"，虽寄予热望，末句却又是无望地长叹。全词辞工意曲，体物入微，热肠一片更使词作韵味深厚。

齐天乐

蝉

　　一襟余恨宫魂断①，年年翠阴庭树。乍咽凉柯，还移暗叶，重把离愁深诉。西窗过雨，怪瑶佩流空，玉筝调柱。镜暗妆残，为谁娇鬓②尚如许？

　　铜仙铅泪似洗，叹携盘去远，难贮零露③。病翼惊秋，枯形④阅世，消得斜阳几度？余音更苦，甚独抱清商，顿成凄楚。谩想熏风⑤，柳丝千万缕。

【注释】

　　①"一襟"句：马缟《中华古今注》："昔齐后忿而死，尸变为蝉，登庭树嘒唳而鸣，王悔恨之，故曰齐女。"　②娇鬓：指蝉翼薄而缥缈如鬓云。　③"铜仙"三句：见刘辰翁《宝鼎现》。　④枯形：孙楚《蝉赋》："形如枯槁。"　⑤熏风：指南风。古有《南风歌》云："南风之熏兮。"

【译文】

　　满怀着无尽的怨恨，她本是齐宫王妃的断魂，年年悲啼于庭树翠阴。抱着冰凉的树枝开始鸣咽，又来到密暗的叶丛，重又倾诉她的离愁深深。西窗外像掠过秋雨阵阵，令人惊怪竟如瑶佩从空中流泻发出清脆的远韵，似玉筝调拨弦柱奏出美妙的音乐。想当年梳制蝉鬓的莫琼树早已镜暗妆残，而今她还梳着如此娇美的蝉鬓，到底为谁怀着痴心眷恋?

金铜仙人离别长安故都时，以铅水般的清泪洗面，可叹携带着承露盘去远，再难贮存零露以饮寒蝉。病弱的双翼惊恐着秋冷霜寒，枯萎的形骸经历了时异世迁，还能承受几次斜阳余艳? 她残余的生命发出声音更觉寒苦，正独抱着清高的情志自珍自全，顿然变得凄楚难堪。徒然地想起和风送暖，在千万缕柳丝中曾寄身啼唱。

【赏析】

本词咏蝉，详玩词意，饱含的却是强烈的《黍离》之感，写得哀怨凄恻。起笔沉痛，将哀蝉心魄、身世的悲悼及故国沧桑之感一同拈出，上阕结处二句，张惠言在其《词选》中评曰："残破满眼，而修养饰貌，侧媚依然，衰世臣主，全无心肝，千古一辙也。" 如此释词，自然过于穿凿武断，但全词发展至此，却是人蝉难分，情与物融汇一气了，下阕"病翼惊秋"三句，更是典型的末世哀音，结拍又忽一转，追怀当年盛况，以反衬眼前的凄苦，显出词人浑厚和雅的本色。

长亭怨慢

重过中庵故园

泛孤艇，东皋过遍。尚记当日，绿阴门掩。屐齿①莓阶，酒痕罗袖事何限。欲寻前迹，空惆怅，成秋苑。自约赏花人，别后总、风流云散。

水远。怎知流水外，却是乱山尤远。天涯梦短。想忘了，绮疏②雕槛。望不尽，冉冉斜阳，抚乔木、年华将晚③。但数点红英，犹识西园凄婉。

【注释】

①屐齿:《急就篇》颜师古注:"屐者，以木为之，而施两齿，可以践泥。" ②绮疏: 镂花的窗户。《后汉书·梁冀传》"窗牖皆有绮疏青琐。" ③乔木: 高大的树木。年华: 年岁; 年纪。

【译文】

飘荡的孤舟划遍东面的水边，还记得当时，绿荫将园门遮掩。长着青苔的台阶踩出了木屐的齿印，和美人的赏心乐事无限美好，畅饮狂欢将罗袖洒溅了酒痕斑斑。想追寻往日的踪迹，空自惆怅凄然，已变成梨花零落的秋苑。自从相约赏花的故人，离别后全都风一样流逝云一样消散。

流水悠悠远远。怎知道那流水之外，还有乱山更加遥远。故人远在天涯，可惜归梦却太短，想必已经忘了，故园的花窗雕槛。一眼望不尽，那斜阳西下渐渐地没入暮霭苍茫的天边，手抚着昔日幼树今已高大参天，空叹年华将晚，感慨树犹如此，人何以堪！只有残存的红花零星几点，还能从西园的凄婉，体会到今昔盛衰的变迁。

【赏析】

本篇为重过友人故园感怀旧游之作。词人工于咏物，亦善用典，但此词即景抒怀，语淡情真，用典极少。上阕起笔直叙其事，交代自己一人泛舟，遍寻友人故居，接着便转入相邀出游、纵情欢乐的往事追忆，又感叹前迹成秋苑，旧事故人皆风流云散。下阕换头以"水远"句，通过空间的层层递进，表达对远隔天涯的友人的怀念。"想忘了"三字，着语沉痛。"抚乔木"句，则直接抒发了故国之思，最后故意以"数点红英"的暖色调作结，因其坠落西园，故也是暖中之冷，令人更觉清冷。

高阳台

和周草窗寄越中诸友韵

残雪庭阴，轻寒帘影，霏霏玉管春葭①。小帖金泥②，不知春在谁家？想思一夜窗前梦③，奈个人、水隔天遮。但凄然，满树幽香，满地横斜。

江南自是离愁苦，况游骢古道，归雁平沙。怎得银笺，殷勤说与年华。如今处处生芳草，纵凭高、不见天涯。更消他，几度春风，几度飞花。

【注释】

①玉管春葭：见卢祖皋《宴清都》。　②小贴金泥：泥金纸的宜春帖子。古时习俗，

立春日贴帖子，或写"宜春"二字，或写诗句。　③"相思"句：卢仝《有所思》"相思一夜梅花发，忽到窗前疑是君。"

【译文】

庭院背阴的残雪尚未消融，轻微的寒气透过帷帘晃动，玉管里的芦灰已纷纷飞扬，不知不觉到了立春时节。附于家书的泥金帖子传报登科喜讯，不知春风降临到谁人的家中？相思深情，使我窗前夜梦寻故人，无奈那人，水隔天遮无踪影。梦醒一片凄然，满树梅花暗暗散发幽香，满地疏枝斜影摇曳纵横。

江南的离别，本是离愁已苦，更何况在北方古道孤身纵马，遥望着归雁落在平旷的寒沙。怎能得到银色的信笺，殷勤地向故友诉说离别相思的年华。如今春回大地，处处芳草如画，纵然凭高眺望，也看不见故友远去的天涯。残余的春光还能承受它，几次东风，几次落花？

【赏析】

由词题可知这是一首和词。周密《高阳台》原词云："小雨分江，残寒迷浦，春容浅入蒹葭。雪霁空城，燕归何处人家。梦魂欲渡苍茫去，怕梦轻、还被愁遮。感流年，夜汐东还，冷照西斜。　凄凄望极王孙草，认云中烟树，鸥外春沙。白发青山，可怜相对苍华。归鸿自趁潮回去，笑倦游、犹是天涯。问东风，先列垂杨，后到梅花。"比较二词，优劣自知。陈廷焯评王沂孙此词："上半阕是叙其远游未还，悬揣之词；下半阕是言其他日归后情事，逆料之词。"这就是本词在叙事上的高超之处，抑扬顿挫，更表现出词意底蕴深厚，具有强烈的感人力量。

法曲献仙音

聚景亭梅次草窗韵

层绿峨峨①，纤琼皎皎，倒压波痕清浅。过眼年华，动人幽意，相逢几番春换。记唤酒寻芳处，盈盈褪妆晚。

已消黯，况凄凉近来离思，应忘却明月，夜深归辇②。荏苒一枝春，恨东风人似天远。纵有残花，洒征衣，铅泪都满。但殷勤③折取，自遣一襟幽怨。

【注释】

①层绿：重重叠叠长满绿苔的梅枝。峨峨：高耸的样子。　②夜深归辇：董嗣杲《西湖百咏》注："聚景园，在清波门外，阜陵（指宋孝宗）致养北宫（指宋高宗），拓圃

西湖之东，斥浮屠之庐九，曾经四朝临幸。"　③殷勤：情意浓厚。

【译文】

苔梅层层像翠峰，白梅纤纤像琼玉莹洁皎然，繁丽的花枝倒压西湖，波痕清浅。逝去的年华似过眼云烟，那动人的意蕴清幽淡远，再相连已变换了几度春天。记得当年呼酒畅饮，赏梅寻芳的地方，她像盈盈雅丽的佳人，伫立黄昏，褪掉残妆。

这情景已令人消魂黯然。更何况近来离思深切，凄凉难堪，大概已淡忘了昔日月明游宴，夜深归返，驱车乘辇的赏乐留连。可惜一枝梅秀春色柔弱，恨东风将它吹残，故友仿佛远在天边。纵然还有残梅花片，花片洒落征衣，溅得满是泪迹斑斑。我只能独自殷勤地折取梅枝，独自排遣满腔的幽怨。

【赏析】

这首词是一首咏聚景亭梅花的作品。周密《献仙音》原词云："松雪飘寒，岭云吹冻，红破数椒春浅。衬舞台荒，浣妆池冷，凄凉市朝轻换。叹花与人凋谢，依依岁华晚。　共凄黯，问东风、几番吹梦，应惯识、当年翠屏金辇。一片古今愁，但废绿、平烟空远。无语消魂，对斜阳、衰草泪满。又西泠残笛，低送数声春怨。"周词中明显有凭吊故国意，且题作"吊雪香亭梅"故吊梅亦是吊故国，王沂孙此词也是如此。上阕以追忆的笔调写梅花盛开的美景，下阕就聚景园梅花的今昔对比，发故国兴亡之思。"荏苒"二句写友人远隔天涯，由是动怀人之念，继而写残花铅泪，花、泪难辨。末以折梅遣怀作结，貌似归于雅正，实则感慨愈深，只是无望之举而已。

彭元逊

彭元逊（生卒年不详），字巽吾，庐陵（今江西吉安）人。与刘辰翁友善，宋亡不仕。

疏影

寻梅不见

江空不渡，恨蘼芜杜若①，零落无数。远道荒寒，婉娈②流年，望望美人迟暮。风烟雨雪阴晴晚，更何须，春风千树。尽孤城、落木萧萧，日夜江声流去。

日晏山深闻笛③，恐他年流落，与子同赋。事阔④心违，交淡媒劳⑤，蔓草沾衣多露。汀洲窈窕全醒寐，遗佩⑥环沉澧浦。有白鸥、淡月微波，寄语逍遥容与⑦。

【注释】

①蘼芜杜若：蘼芜和杜若皆为香草名，古乐府《上山采蘼芜》："上山采蘼芜，下山逢故夫。"屈原《九歌》："采芳洲兮杜若，将以遗兮下女。"　②婉娩：天气温和。此指青春年华逝去。　③笛：指《梅花落》曲。　④阔：疏阔，久违。　⑤交淡媒劳：屈原《湘君》"心不同兮媒劳，恩不甚兮轻绝。"　⑥遗佩：屈原《湘君》："捐余玦兮江中，遗余褋兮澧浦。"　⑦"寄语"句：屈原《湘君》："时不可兮再得，聊逍遥兮容与。"

【译文】

江天空阔，看不见梅花清影。又恨蘼芜杜若般的芳草，也在不断枯萎凋零。我不惜路远天冷，苦苦追寻她美好柔婉的芳容。可是在不断的渴望之中，她已如美人不再年轻。经过多少风烟雨雪，经过多少昏暮阴晴，却无法找到梅花的倩影，更不要说千树盛开的红梅沐浴着春风。整个孤城中只见落叶萧萧，只听见江水奔流之声日夜不停。

暮色中听到深山中传出笛声，是人们怕梅花零落，把她谱进乐曲传唱抒情。我想与梅花见面却又不能，她和我的交情太淡太轻。再殷勤也枉费徒劳，徒自让蔓草的浓露沾湿我的衣襟。美丽的梅花或在江边小洲睡醒，遗下的环佩飘浮在水滨。汀上的白鸥，天边的淡月，连同江中的微波都在劝我，姑且自在逍遥，不必劳神伤心。

【赏析】

本词牌名别本作《解佩环》。作者寻梅不见，独步江边，唏嘘感叹，想起了屈原《九歌》中《湘君》和《湘夫人》的神话故事，于是结合诗意，将景物、神话以及心理活动融汇在一首词中，表达了词人内心对美好事物仰慕、渴盼之情，以及失望之余的愁苦、怅惘。上阕以景带情，以萧索之景作结。下阕以笛声起兴，屡次用楚辞旧典，辞艳意婉，凄怨悱恻，歇拍自我寄语，更显意态深远。

六丑

杨花

似东风老大①，那复有当，时风气。有情不收，江山身是寄，浩荡何世？但忆临官道②，暂来不住，便出门千里。痴心指望回风坠③，扇底相逢，钗头微缀④。他家万条千缕，解遮亭障驿，不隔江水。

瓜洲曾舣⑤，等行人岁岁。日下长秋⑥，城乌夜起。帐庐好在春睡，共飞归湖上，草青无地。悄悄⑦雨，春心如腻。欲待化、丰乐楼前帐饮，青门⑧都废。何人念、流落无几，点点抟⑨作，雪绵松润，为君裛⑩泪。

【译文】

暮春时仿佛东风已经衰老，那还有当初风华正茂的意气。杨花有情却谁也不收，江山辽阔，身世飘零如寄。飘荡不知时移世易？只记得临近通衢大道，短暂留连不得久居，便离家远行千里。痴心地盼望叫一阵旋风吹坠大地，相逢在官人的扇底，在美人钗头轻轻缀系。他家居垂柳万条千缕，懂得遮护长亭，屏障驿邸，却能不隔断江水奔逸。

曾经在瓜洲渡口依舟着岸，年年等待着行人返归。斜日从故宫西坠，城头乌鹊在夜间惊飞。在帐庐上安然春睡，又一齐飞到湖面上流离，芳草天涯遍青绿，无地存身

去哪里？静悄悄地下着绵绵细雨、湿粘不飞的柳絮恰似一片春心柔腻。杨花将要消亡化去，无法赴丰乐楼前的饯别宴席，无法去青门外种瓜的园地。何人怜念，它流落无依，生命无几，一点点持成了如雪似绵的松润圆球，为君浸透了泪滴。

【赏析】

本词咏杨花。杨花有情但世道无情，丝丝袅袅随风飘零天涯，故杨花深得身世坎坷的词人共鸣。苏轼的《水龙吟·次韵章质夫杨花词》一开篇便是"似花还似非花"，那种潜流般的内在气韵似乎游离了物的世界，而进入缠绵的人世空间。本词看起来并不想固守词家所谓，不粘不滞的行规，而是直抒其情，随意任性，洋洋洒洒，一如漫天飞舞无可依归的落絮游丝，倒也清新别致。另外，从本词也可看出由宋入元后雅词的通俗化趋势，这也与散曲的兴起有关。

姚云文

姚云文（生卒年不详），字圣瑞，高安（今属江西）人。咸淳四年（1268）进士。曾任兴县（今属山西）县尉。入元，授承直郎，抚、建两路儒学提举。

紫萸香慢

近重阳偏多风雨，绝怜此日暄明。问秋香浓未，待携客、出西城。正自羁怀多感，怕荒台高处，更不胜情。向尊前，又忆漉酒①插花人。只座上、已无老兵②。

凄清，浅醉还醒，愁不肯，与诗评。记长楸走马③，雕弓拃④柳，前事休评。紫萸一枝传赐，梦谁到、汉家陵。尽乌纱⑤便随风去，要天知道，华发如此星星，歌罢涕零。

【注释】

①漉酒：滤酒。 ②"只座上"二句：据《晋书》载，谢奕尝逼桓温饮酒。温走避之，奕遂引温一兵帅共饮曰："失一老兵，得一老兵。" ③"记长楸"句：曹植《名都篇》"斗鸡东郊道，走马长楸间。" ④拃：射击。 ⑤乌纱：用孟嘉事。

【译文】

偏偏是临近重阳风雨越多，今日如此温暖明丽特别叫人爱惜。试问秋花的芳香是否浓郁，我欲携同朋友走出西城游历。我正自漂泊羁旅，满怀着无限愁绪，就怕登上荒台的高处，更是难以承受悲戚。面对着酒宴，又将滤酒、插花的友人回忆，只是坐席上已没有昔日的旧侣。

我感到悲楚凄清。微酒入肠浅醉又醒。积郁的愁情，比诗篇抒写得更加沉重。记得沿着长楸茂盛的大道乘马奔行，手持雕弓，施展百步穿杨的技能，这些往事休再评论。重阳节朝廷传赐下一枝紫萸，有谁的梦魂曾到故国园陵？任凭着乌纱帽随风吹去，要让老天知道，斑白的华发已如此丛生。我感慨长歌呵涕泪交尽。

【赏析】

本词始见于姚云文词。此篇借重阳佳节发羁愁、念远之慨，同时含蓄而深沉地表达了自己的亡国之哀。上阕写重阳日难得一天晴朗，使偏多风雨的烦闷心情得到暂时轻松，故作跌宕，接着是旅愁袭人，文笔陡然一转。过阕之后，追忆故国旧事，叠印出词人深藏着的愁苦心绪，末尾作直截的呼告，发人深省。

僧挥

僧挥，又称仲殊。姓张，字师利，安州（今湖北安陆）人。曾举进士，后出家为僧，先后居苏州承天寺，杭州吴山宝月寺，与苏轼交游唱酬。崇宁年间，自缢而死。有《宝月集》，不传。

金明池

天阔云高，溪横水远，晚日寒生轻晕。闲阶静、杨花渐少，朱门掩、莺声犹嫩。悔匆匆、过却清明，旋占得余芳，已成幽恨。却几日阴沉，连宵慵困，起来韶华都尽。

怨人双眉闲斗损，乍品得情怀，看承全近。深深态，无非自许，厌厌意，终羞人问。争知道，梦里蓬莱，待忘了余香，时传音信。纵留得莺花，东风不住，也则眼前愁闷。

【译文】

辽阔的天空高高地飘着浮云，横贯的溪水流向远方，落日黄昏，暮霭生寒，天边的夕阳朦胧如晕。空阶寂静，杨花渐渐稀少随风飘零，朱门掩闭，黄莺唱出还很娇嫩的歌声。后悔匆匆地过了清明，不久虽享受到暮春残余的芳馨，却已化成了深愁幽恨。这几日却天气阴沉，一连几宿慵怠疲困，待我起来时春花已经凋尽。

皱损的双眉锁入了伤春的怨恨。刚刚品味出春日余芳的情怀，我看待它特别亲近。我这种深深眷恋的态度，无非是自许情深，但余芳恹恹的病态，终究羞于别人的慰问。怎知道到梦里的蓬莱仙境，想要忘掉春花的余香，却时时传来它芳香的气韵。纵然能留得住莺啼花艳的芳春，东风依然吹个不住，也只落得眼前残败，满怀愁闷。

【赏析】

本篇词牌名又作《夏云峰》。别本又题作"伤春"。《全宋词》又将本词列为无名氏作品。上阕伤春，绘景如画，由远及近，继而过渡到抒写幽恨闲愁。下阕怀人，以口语入词，口吻真切，末写东风不住，余恨不尽。全词笔致婉丽，值得一读。

李清照

李清照（1084—1555？），自号易安居士。济南章丘（今属山东）人。出身于书香仕宦之家，自幼博通诗书，才力华赡。十八岁与太学生赵明诚结为夫妻，情趣相投。靖康之变后，北宋覆亡，李清照随夫南渡。赵明诚在高宗建炎三年（1129）病逝。此后，李清照流徙于杭州、绍兴、金华等地，处境凄凉。绍兴二年（1132）夏，李清照四十九岁时再嫁张汝舟，至秋八月因事离异。李清照词早年多写闺中生活情趣，词风清新俊秀；南渡后多写身世之痛和时世之悲，词风趋于凄咽悲楚。

宋词三百首全解全析

凤凰台上忆吹箫

香冷金猊①，被翻红浪，起来慵自梳头。任宝奁尘满，日上帘钩。生怕离怀别苦，多少事、欲说还休。新来瘦，非干病酒，不是悲秋。

休休，者回去也，千万遍阳关②，也则难留。念武陵人远③，烟锁秦楼④。惟有楼前流水，应念我、终日凝眸。凝眸处，如今又添，一段新愁。

【注释】

①金猊：狮子形的铜香炉。　②者：同"这"。阳关：即《阳关三叠》，为送别乐曲。③武陵人远：原指陶渊明《桃花源记》中渔人，此处借指在远方的爱人。　④秦楼：即凤台，相传是秦穆公女弄玉与其夫箫史乘凤飞升之前的住所。

【译文】

狮子造型的铜炉里熏香已经冷透，床上锦被翻卷起红浪，清晨起来，浑身慵懒尚未梳头。任随华贵的镜匣蒙满尘垢，红日悬上了门窗的帘钩。生怕离别时感伤痛苦，多少心事想要诉说又没敢张口。近来身体日渐消瘦，倒并非饮酒过量伤身，也不是因为触景悲秋。

罢了，罢了！这回离别一走呵，千万遍地唱起《阳关三叠》，也还是难以挽留。想那武陵人远去之后，烟雾笼锁了我的妆楼。唯有楼前的流水，该怜念我，终是倚窗远望凝眸。在我凝眸痴望之处，从今又平添了一段新的离愁。

【赏析】

本词调始见于李清照词。是从《列仙传》中弄玉和箫史故事取名。这首词当作于早期和赵明诚小别后。抒发了离别后思念的深情和独居的幽怨。上阕起首三句写彻宵不眠、晨起慵懒的无聊。次二句随时间推移,进一步写女主人公的心绪不宁。"女为悦己者容。"悦己者远去,又何必容。"生怕"由情态入情思,愁苦似乎不仅在"离怀",为什么?"欲说还休"。既然夫妻恩爱,哪定又是性格与世俗的矛盾无疑了。末三句说"瘦",又"非干""不是",那又为什么?吞吞吐吐,似说未说,极尽婉曲蕴藉之妙。下阕用叠词强调感叹,了结前段离别的思念,转入对远人的怀念。连用二典反映了女主人公内心的迷惘。"惟有"后,反复渲染自己的愁恨,一唱三叹,抒尽痴心痴情。全词按生活的逻辑自然展开,情意又随叙事脉脉流淌;叙事抒情曲折跌宕,表现了女主人公丰富而复杂的内心世界。

醉花阴

薄雾浓云愁永昼,瑞脑消金兽①。佳节又重阳,玉枕纱厨,半夜凉初透。

东篱②把酒黄昏后,有暗香③盈油。莫道不销魂,帘卷西风,人比黄花瘦。

【注释】

①瑞脑:一种叫龙脑的香料。金兽:兽形的铜香炉。 ②东篱:指种菊花的花圃。③暗香:幽香。

【译文】

薄雾浓云遮蔽了漫长的白昼,忧愁压抑着我的心头,龙脑在兽形的铜炉里燃烧消耗。又是重阳佳节来到,半夜的凉气开始将玉枕纱帐浸透。

在东篱手把美酒,正是黄昏之后,有阵阵暗香溢满我的双袖。莫要说不凄然伤神,当西风将帷帘卷起的时候,人会比菊花还要消瘦。

【赏析】

此词别本题作"重阳"或"九日"。"每逢佳节倍思亲",此时李清照夫妻暂时分离,思念之情绵绵不绝。上阕开头写节日的无聊与闲愁,连香炉里的香料也懒得添加,让它消尽。一个"愁"字奠定全词基调。后二句写佳节重阳的夜晚。一句"凉初透",全无热烈气氛,反给人以凄清寂寞的况味。下阕写独自对酒赏菊以及内心的愁绪。开头二句似乎写得闲雅洒脱,能自得其乐,原也是良辰美景啊!就因为酒前花下少了一个人，于是有了下面的凄凉意境。"莫道"是突兀而来，三个句子三个层次：不消魂承上逆转，引出下句"西风"，使重阳佳节带上萧索的凄凉；最后推出"人比黄花瘦"的警句来，是重阳"愁"的归结。"瘦"是全词词眼，主题所在。以愁字起，以瘦字止，情思绵绵。后三句是传世名句。据伊世珍《嫏嬛记》载：易安以此词寄明诚，"明诚叹赏，自愧弗逮，务欲胜之。一切谢客，忘食忘寝者三日夜，得十五阕。杂易安作，以示友人陆德夫。德夫玩之再三，曰：'只三句绝佳。'明诚诘之。答曰：'莫道不消魂，帘卷西风，人比黄花瘦。'正易安作也。"传闻未必可信，但这三句确言他人之所未能言也。

声声慢

　　寻寻觅觅，冷冷清清，凄凄惨惨戚戚。乍暖还寒时候，最难将息①。三杯两盏淡酒，怎敌他、晚来风急。雁过也，正伤心，却是旧时相识。

　　满地黄花堆积，憔悴损、如今有谁堪摘。守着窗儿，独自怎生②得黑？梧桐更兼细雨，到黄昏、点点滴滴。这次第③，怎一个愁字了得？

【注释】

　　①将息：休息，保养。　②怎生：怎么。　③这次第：这一连串的情况。

【译文】

　　茫然失落呵寻寻觅觅，时时处处呵冷冷清清，情怀悲苦呵凄凄惨惨戚戚。正是乍暖还寒的秋季，最难调养休息。饮三杯两盏淡酒，怎能抵御它，晚来的冷风吹得紧急。正伤心之时，大雁飞过去了，却原来是旧日相识。

　　满地的菊花零落堆积，它憔悴瘦损，如今还有谁能将它采撷？守着窗儿，独自怎么才能熬到天色昏黑梧桐凄凄更加细雨淋沥，到黄昏时分，那雨声还点点滴滴。这情景堪嗟堪泣，怎能用一个"愁"字了结？

【赏析】

　　这是一首脍炙人口的千古名篇。写作者历遭国破家亡、丧偶流离的愁苦悲惨。起首三句连用七对叠字，有排空而来的怨情，有"大珠小珠落玉盘"似的音乐效果。似泣如诉，笼罩全词。在写法上也是独创。在这种凄凉的境况下，又是"乍暖还寒"的悲秋时节。虽有"淡酒"御寒，可又偏是"晚来风急"，真是雪上加霜，环境层层压迫，外力重重摧折；正是词人历遭劫难、备受痛苦的形象写照。"雁过也"三句更进而把苦难与离乱结合起来，借旧时相识的大雁回归，寄托自己流落他乡的凄凉身世。下阕是在上阕愁闷无法排遣后的触景生情。首三句写庭院景象的凄凉。"黄花"无人采摘，只是"满地堆积"，一切不可收拾，一切百无聊赖。次二句写室内永昼难度的孤寂。"悟桐"三句内外并举，物我相呼。最后"这次第"一言总括了上面种种惨淡景象，发出"怎一个愁字了得"的不解愁结。全词以突兀的开头，写愁云惨淡，继而借一些典型的凄凉物象，用舒缓婉曲的絮语诉说愁情，一层层推进，将一"愁"字推出，用"怎一个"反问，将愁情推向高峰，让读者永不排解，感染力极强。

念奴娇

春情

萧条庭院，又斜风细雨①，垂门须闭。宠柳娇花寒食近，种种恼人天气。险韵②诗成，扶头酒③醒，别是闲滋味。征鸿过尽，万千心事难寄。

楼上几日春寒，帘垂四面，玉阑干慵倚。被冷香消新梦觉，不许愁人不起。清露晨流，新桐初引④。多少游春意。日高烟敛，更看今日晴未。

【注释】

①又：原未作"有"，据别本改。　②险韵：用难押的字或冷僻生疏的字做韵脚，叫险韵。　③扶头酒：指容易醉人的烈性酒，扶头是酒醉状，不是酒名。　④引：这里当生长解释。

【译文】

萧条冷落的庭院，吹来了斜风细雨，一重重门窗须要紧闭。温煦春光娇爱的弱柳娇花临近了寒食节，迎来种种令人烦恼的天气。推敲险仄的韵律写成诗篇，从沉醉的酒意中清醒，还是闲散无聊的情绪。远飞的大雁过尽，我万千心事难以托寄。

闺楼上一连几日春寒冷冽，垂下帷帘将四面遮蔽，白玉栏杆也懒得凭倚。新梦醒来，只觉得薰香消尽锦被透入寒气，不叫愁闷的人儿懒卧不起。清凉的露水在早晨流动，梧桐刚抽出新嫩的芽叶，逼引出多少游春的意趣。日头高高升起，烟雾消散敛去，还要看看今日天气是否晴丽。

【赏析】

这首词别本题作"春恨""春情"等。作者从一场春雨中引发出种种难以排解的愁绪。上阕由春闲引发对远人的思念。首三句反复渲染环境的凄凉，从庭院到天气，又折回院里。次二句写本该是春光明媚游赏的寒食节，却受风雨阻挠，"恼人"不仅是天气，主要还是人的离去。"宠柳娇花"四字与《如梦令》中"绿肥红瘦"句被公认为炼字的妙法，形象简炼而情趣盎然。女主人公在"恼"之后，便用写险韵诗解闷，无奈时间又难消磨，愁闷又不消减，于是借酒浇愁，最后说穿情由，回到"恨"的正题，原来上面的景皆因此情而生。下阕原应另设意境，而作者用"云断山连"的画法作词，"楼上"三句与上阕景物虽换了时空，但愁思连绵不断。景物也相互联系，楼上接庭院，帘垂照应重门，慵倚也应细雨，可见结构之缜密。"被冷"继续写愁，能见时光暗转。"清露"三句氛围出现转机，最后写雨后盼晴的希望。"今日晴未"？绝不是为了好去"游春"，因为夫远在天涯，盼他晴日归来。心境微微一振，多少变得开朗。李清照作为婉约派词风的代表，尤以描写细腻、细中见情为特长，本词可见其动力。

永遇乐

宋词三百首全解全析

落日熔金，暮云合璧，人在何处？染柳烟浓，吹梅笛怨①，春意知几许？元宵佳节，融和天气，次第②岂无风雨？来相召、香车宝马，谢他酒朋诗侣。

中州③盛日，闺门多暇，记得偏重三五④。铺翠冠儿，捻金雪柳⑤，簇带争济楚⑥。如今憔悴，风鬟霜鬓，怕见夜间出去。不如向帘儿底下，听人笑语。

【注释】

①吹梅笛怨：汉《横吹曲》有笛曲《梅花落》，吹时声音幽怨。　②次第：转眼间，接着。　③中州：指河南省，因为它是古代九州之中。这里借指汴京。　④三五：古人常称阴历十五为三五，这里指元宵节。　⑤"铺翠"二句：都是元宵应时装饰。⑥簇带：即头上插戴许多装饰物。宋时方言。济楚：齐整、漂亮。

【译文】

落日像一团正在熔化的黄金，暮云像笼罩天边的璧玉，我不知身在何地？渲染柳色的烟雾渐渐浓郁，笛子吹奏出《梅花落》的怨曲，谁知还有多少春意？正当元宵佳节，日暖风和天气，转眼间难道不会骤降风雨？有人驾起宝马香车，前来招我同游，我却婉言辞谢了那些酒朋诗侣。

汴京繁盛的日子，闺门妇女多有闲暇游戏，记得特别偏爱正月十五元宵赏灯的月夕。帽子铺衬着翡翠毛羽，揉捻了金丝织成雪柳，争相插戴了首饰妆扮得俊俏整齐。如今形容憔悴，蓬乱的鬓发像风吹雾散懒得梳理，怕人看见我夜间出去。倒不如守在帘儿底下，听听人家的笑语。

【赏析】

这首词是写作者晚年在临安的一段生活，反映了在历尽沧桑之后晚年的悲凉心境。上阕开始连下三个设问。第一个设问是问自己在何处？是明知故问，问的前提却是元宵夜夕阳西下玉兔东升之际，是"人约黄昏后"的良辰美景，一对比，便知作者有化不开的漂泊异乡的凄凉愁怀。第二个设问也是在"染柳烟浓"的大好春光之后，先以听笛"怨"转，再问自己还有多少春意可享受，正反映了晚景凄凉的心情。第三个设问也同样，用"岂无"递反，也反映出晚年生活动荡不安祸福莫测的忧患。最后三句写自己自甘寂寞的心灰意懒。可以感知作者几乎万念俱灰的心境。下阕承"酒朋诗侣"而下，这些朋友是南渡前的旧知，于是引发"中州盛日"那时元宵的汴京城，和名门淑媛"争济楚"的繁华与欢乐。与"如今"三句形成今昔强烈对比。最后二句看似淡泊自守、不慕繁华，实则是满腹辛酸、一腔凄怨的总爆发。在平淡中见浓烈，于细微处见精神，正是李清照词的纤丽风格。